KB259713

Out of Control

통제불능

이채영 장편소설

달

통제 불능 2

초판 1쇄 인쇄 2016년 10월 20일
초판 1쇄 발행 2016년 10월 27일

지은이 이채영
발행인 오영배
기획 박성인
책임편집 김보나
표지·본문 디자인 권지연
제작 조하늬

펴낸곳 (주)삼양출판사·단글
주소 서울시 강북구 도봉로 173
대표 전화 02-980-2112 **팩스** / 02-983-0660
편집부 전화 02-980-2116 **팩스** / 02-983-8201
블로그 blog.naver.com/dan_gul
출판등록 1999년 3월 11일 제9-00046호

ISBN 979-11-283-9021-0 (04810) / 979-11-283-9019-7 (세트)

+ (주)삼양출판사·단글의 서면 허락 없이는 어떠한 형태나 수단으로도 이 책의 내용을 이용하지 못합니다.
+ 지은이와 협의하에 인지는 생략합니다. 잘못된 책은 구입한 곳에서 바꾸어 드립니다.
+ 이 도서의 국립중앙도서관 출판시도서목록(CIP)은 서지정보유통지원시스템홈페이지(http://seoji.nl.go.kr)와
  국가자료공동목록시스템(http://www.nl.go.kr/kolisnet)에서 이용하실 수 있습니다. (CIP제어번호: 2016024254)

 은 (주)삼양출판사의 로맨스 문학 브랜드입니다.

ROMANCE STORY

통제불능 2

이채영 장편소설

달글

Out of Control

| 차 례 |

1장

곧장 지하로 내려간 원이 복도 끝 방으로 걸어갔다. 원목처럼 보이는 문에 손바닥을 가져다 대자 달칵 소리와 함께 잠금이 해제되었다. 문을 열고 들어가자 어두컴컴한 복도가 이어졌다.

그 길을 걸어가던 원이 또 다른 문을 열고 들어섰다. 원이 들어서자마자 센서에 의해 자동적으로 불이 켜졌다. 발을 딛고 들어서기 무서울 만큼 새하얀 공터가 드러났다.

익숙하게 들어선 원은 한가운데를 발로 쿵 내리쳤다. 그러자 성인 남자 크기의 무언가가 불쑥 올라왔다. 드문드문하게 자리한 버튼을 물끄러미 살피던 원이 하나를 눌렀다. 순식간에 화악 소리와 함께 불줄기가 사방에서 피어오르더니 뱀처럼 원을 공격했다.

쏴악!

날카로운 소리를 내며 불줄기가 원을 향해 달려들었다. 원은 자신을 향해 달려드는 네 줄의 불을 흘긋 바라본 뒤 능숙하게 몸을 피했다. 두 개의 불줄기가 충돌해 더 큰 불줄기로 만들어졌다.

파워가 높아진 불줄기가 원을 향해 더 빠른 속도로 달려들었다. 원이 뒷걸음질로 빠르게 피했다. 그의 옷자락이 아슬아슬하게 불줄기를 지나쳤다.

불줄기들은 부딪칠수록 더 굵게 변하며 힘을 더해 갔다. 원이 가는 곳마다 뱀처럼 따라다니던 불줄기가 기어코 원의 몸을 휘감았다. 순식간에 원의 몸이 불 속에 갇혔다.

잠시 움찔한 원이 손을 들었다. 조금씩 느린 속도로 원의 몸을 감싸고 있던 불들이 멀어지기 시작했다. 원의 몸을 에워싼 투명한 캡슐이 조금씩 더 커졌다.

이윽고 거대한 불줄기가 원에게서 1m쯤 멀어졌다. 그 순간 탁 소리와 함께 불줄기가 모두 사라졌다. 원이 시선을 움직여 버튼 앞에 서 있는 천이를 보았다.

"사우나 중이야?"

랑이가 얼굴을 찌푸리며 물었다. 원이 대답하지 않자, 랑이가 말을 이었다.

"그게 아니면 몸이 근질근질해? 의뢰 받아서 테러집단이라도 때려잡으러 다녀오지 그래? 이런 운동보다는 훨씬 박진감 넘칠 것 같은데?"

"무슨 일이야?"

"보고하라며, 이거. 오늘은 정신이 없었나 보다? 네가 옷을 다 태우고."

원이 랑이가 가리킨 팔을 들었다. 소맷자락의 끄트머리가 검게 그을려 있었다. 불줄기를 피하다가 살짝 스친 모양이었다.

이런 일은 처음이었다. 불줄기가 여기저기 치솟아 오르는데도 불구하고 원은 간간이 다른 데 정신을 팔았다. 초능력까지 발휘하지 않은 상태로.

원은 소매를 털며 랑이가 내민 자료를 받아 들었다.

"어디서 우리 무기를 사칭해서 불법거래 되나 했더니 신생 조직이었어. 거기다가 어설프게 튜닝까지 해놓으셨더라고. 간도 크시지."

말과 달리 랑이가 재미있다는 듯 웃었다. 처음 벌어진 재미있는 일이었다. 원은 말없이 서류를 보았다. 손으로 쓴 암호가 즐비하게 늘어져 있었다.

복잡한 내용임에도 한 번 보고 외운 원은 남아 있는 불씨에 종이를 던졌다. 금세 종이가 파라락 소리를 내며 타들어 갔다.

"어떻게 할 거야?"

"근원지 파악되는 대로 움직여야지. 언제쯤 파악될 거 같은데?"

"알아뒀어."

"내일. 준비해 둬."

"난 안 갈래. 천이랑 다녀와. 안 그래도 몸이 근질근질하다고 난리법석인데."

원이 무표정한 얼굴로 랑이를 응시했다. 침묵으로 이유를 묻자, 랑이가 씩 웃었다.

"오랜만에 집에 왔는데 쉬고 싶다. 그리고……."

랑이가 말끝을 일부러 늘였다. 원의 눈이 가늘어지는 걸 본 랑이가 이전보다 더 입꼬리를 늘이며 말했다.

"록을 혼자 두고 도저히 발이 안 떨어질 것 같아서 말이야."

하얀 벽면에 묻은 그을음이 서서히 옅어졌다. 자동세척 기능으로 그을음이 모조리 사라질 즈음, 원이 건조하게 물었다.

"진심이야?"

"음, 아직 그런 심도 있는 질문을 받기엔 가까운 사이가 아닌데. 그렇지만 곧 그렇게 될 거야."

랑이의 대답에 원의 입술이 보기 좋게 늘어났다.

"그래? 난 진심인데. 록한테 공들이는 중이거든. 한창 재미있는데 방해하지 마."

원이 웃는 얼굴로 경고한 후 랑이를 지나쳤다.

"진심은 그럴 때 쓰는 말이 아니지."

이전과 확 달라진 랑이의 낮은 목소리에 원이 걸음을 멈췄다. 랑이가 느릿하게 걸어와 그의 곁에 섰다. 원이 시선을 들어 그를 보았다. 원의 무심한 시선과 랑이의 날카로운 웃음이 맞부딪쳤다.

"적당히 재미있는 걸 진심이라고 하지 않지. 적어도 그 사람 때문에 미칠 것 같거나, 미치게 울고 싶거나, 죽어버리고 싶거나. 뭐 그런 기분 정도는 느껴야 남자와 여자 사이에 진심이라는 말을 쓰지 않겠어?"

"하고 싶은 말이 진심에 대한 정의야?"

원이 느긋한 얼굴로 랑이를 바라보았다.

"아니. 내가 하고 싶은 말은 다른 거지. 넌 방금 내가 말한 기분을 죽어도 못 느낄 거라는 거. 그러니 넌 진심이라는 말을 입에 담을 수 없다는 거."

랑이의 얼굴에 희미한 경멸이 피어올랐다.

"록을 보면 그 사람이 생각나."

"……."

"그래서 가끔 미칠 거 같아. 이런 상태면 곧 진심이 되지 않을까? 모처럼 맨 정신으로 살아가려고 하는데 물러서 달라고는 안 할게. 록에게 선택을 맡기자. 그 정도는 할 수 있을 거라 생각하는데, 자신 없는 거 아니지?"

랑이가 그림처럼 반듯한, 그러나 전혀 온기 없는 미소를 지은 후 돌아섰다.

지하실 문을 닫고 나간 랑이의 뒷모습을 바라보는 원의 얼굴엔 표정이 없었다.

*　　*　　*

똑똑. 문을 두드리는 조심스러운 소리에 크리스가 고개를 들었다. 이 시간에 찾아올 사람이 없기에 의아했다.

"네."

허락이 떨어지자 문을 스르륵 열렸다.

"많이 바빠요? 크리스?"

문 사이로 록이 얼굴을 빼꼼 내밀었다.

"아니. 괜찮아. 일어났으면 말하지 그랬어. 내가 찾아갈 텐데."

크리스가 자리에서 일어나며 대답했다.

“크리스는 바쁘잖아요. 한가한 제가 찾아와야죠.”

“거기 찾아갈 시간 정도는 돼. 그런데 무슨 일이야? 나를 다 찾아오고.”

“잠시 이야기 좀 했으면 해서요.”

“잘됐네. 나도 할 이야기가 있었는데. 여기 앉아.”

크리스가 안내한 곳은 응접실이었다. 뜬금없는 방문에 놀랐을 만도 하건만, 크리스는 여유롭게 차를 우려냈다. 록은 그사이 크리스의 응접실을 둘러보았다.

서재 바로 옆에 응접실이 있다는 것도 의외인데, 더 놀라운 건 구성이었다. 식당처럼 커다란 방 한가운데 소파와 의자 두 개만 놓여 있었다.

“내가 마시는 차인데 입에 맞았으면 좋겠네.”

크리스가 록에게 찻잔을 내밀었다.

“감사합니다. 그런데 응접실이 되게 황량하네요. 물건이 번잡하게 늘어져 있는 걸 싫어하시나 봐요.”

“아니. 그 물건에 폭발물이 있는지 하나하나 확인해야 하는 게 귀찮아서.”

“……”

“혹시나 모르잖아. 펑펑 터지는 장난감이 달려 있을지?”

크리스가 입꼬리를 끌어올리며 웃었다.

폭발물이 언제부터 장난감이었지?

록이 할 말을 잃은 얼굴로 크리스를 바라보았다.

“할 말이 있다고 하지 않았나?”

크리스가 차를 한 모금 마시며 물었다.

“아! 다른 건 아니고 엘리에 관해서 의논을 드리려고요. 사실 오늘 오후에 크리스와 엘리가 나누던 대화를 들었어요. 엿들으려고 한 건 아닌데 죄송해요.”

“상관없어. 어차피 거기 있는 거 알고 있기도 했고.”

크리스가 개의치 않는다는 듯 말했다.

“아, 그럼 혹시 유리창 깨진 사고의 범인도 아시……나요?”

“알아. 그 짧은 시간에 그런 짓을 벌일 사람은 한 명뿐이니까.”

크리스가 가볍게 고개를 끄덕였다.

‘역시.’

그녀의 짐작대로 크리스는 엘리가 벌인 일이라는 걸 모두 알고 있었다. 왜인지 모르겠지만 지금까지 묵과하고 있었고, 그녀로서는 다행이었다.

“그럼 말하기 편하겠네요. 원에게 말했지만 크리스에게도 말할게요. 엘리는 제가 알아서 처리할게요.”

“처리? 어떻게? 몰래 목이라도 따버리게? 아, 너무 잔인한가? 그건 너무 과하니까, 손가락 발가락을 다 부수겠다면 그 정도는 눈감아 줄게.”

록이 눈을 빠르게 감았다 떴다. 셋 중 그나마 가장 멀쩡한 줄 알았는데, 아닌 모양이었다. 갑작스럽게 머리가 아팠지만, 사고의 후유증이라 억지로 믿으며 입을 열었다.

“아뇨. 처리가 아니고, 수습이죠. 엘리의 손가락, 발가락, 목숨까지 멀쩡하게 보존시킬 테니까 걱정하지 마시고요. 그리고 원에게는 후에라도 엘리에 대해서 말하지 말아 주세요.”

“왜? 록의 입장에선 원에게 말하는 게 훨씬 수월할 텐데? 원에게 말하면 다 처리해 주잖아.”

크리스가 찻잔을 거머쥐며 물었다. 원은 록에게 관대한 편이었다. 그녀가 원하는 대로 충분히 해 줄 것 같았다.

“저도 처음엔 그럴까 했는데 쌍방과실인데 엘리에게만 가혹한 처벌이 가는 건 불합리한 것 같아서요. 그리고 이 집에 고용된 직원들을 다치게 하면 안 될 것 같기도 하고요.”

“직원들을 다치게 하면 안 된다? 왜 그렇게 생각해?”

크리스가 의외의 발언을 들은 듯, 찻잔을 빙글빙글 돌리며 물었다. 록은 크리스가 일부러 떠보듯 물어본다는 걸 알아챘다.

“나라에서 제공된 집이라면서요. 이곳에서 근무하는 사람들 대부분은 이 나라의 국민이라던데, 다치게 하면 골치 아픈 일이 생길 것 같아서요. 이 중에는 분명히 세 사람을 감시할 목적으로 고용된 사람들도 있을 거고요. 그런 사람을 다치게 하면 차후에 꼬투리 잡힐 가능성도 있잖아요. 확실하진 않지만 단순히 제 생각이에요.”

크리스가 조금 놀란 눈으로 록을 바라보았다. 그녀의 말 대부분이 맞았다.

나라에서 자신들에게 집을 제공한 이유는 편리함을 위해서도 있지만, 감시 목적이 더 컸다.

그들은 그 부분을 알면서도 암묵적으로 용인했다. 자신들도 이 나라의 고위간부들에게 일정부분 신뢰를 줄 필요가 있었다. 이런 상황에서 그들의 직원을 잘못 건드렸다간 꼬투리 잡힐 수 있었다.

불편하거나 불리한 상황이 오면 다 때려 엎고 철수하면 그만이긴 하지만, 구태여 적을 만들 필요는 없었다. 이런 사소한 이유로는 더더욱.

그러나 원은 이런 디테일한 면까진 신경 쓰지 않았다. 큰일은 깊게 생각하지만 간단한 일은 제거부터 했다.

그 뒷감당은 오롯이 크리스의 몫이었다. 이런 이유 때문에라도 크리스는 원에게 엘리에 대해 말하지 않았다. 록에게도 말하지 말라고 일러둘 참이었는데, 영민한 여자가 직접 자신을 찾아왔다. 그러고는 제가 해야 할 말을 대신 했다.

"놀랍네. 사실 이런 전반적인 상황까지 모두 눈치챌 줄 몰랐거든."

단순한 천이조차도 이 상황을 이해하기까지 몇 개월이 걸렸다. 그런데 록은 이런 전반적인 상황을 눈치챈 지 오래된 듯했다.

"그런 것 같더라고요. 거래로 맺어진 관계는 오늘 동지라도 내일은 적이 될 수 있을 텐데, 나라에서 이런 호의를 무작정 보일 리는 없을 테니까요. 그러다 보니 이런 결론이 나왔어요."

"그래? 천이가 록을 반만 닮았으면 좋겠네. 그럼 일하기 훨씬 수월할 텐데."

크리스가 웃으며 건넨 칭찬에 록이 씩 웃었다. 그녀의 입술이 보기 좋게 늘어졌다.

"감사합니다."

"나한테 하고 싶은 말은 그게 다야?"

"죄송한데 한 가지 더 부탁할게 있어요."

"뭔데?"

"이 집에 기억저장프로그램이 있다는 말을 들었어요. 혹시 가능하다면 어디어디에 있는지 알려 주실 수 있으신가요?"

"흠, 그건 왜? 나름 기밀이라면 기밀인 거라서."

"만약 모두 다 알려 주시기 힘들다면 제 방 근처에 어디 있는지 알려 주세요. 그리고 제가 말씀드린 시간의 영상 정보를 주실 수 있으신가요?"

"어디에 어떻게 활용할 건지 설명한다면 그렇게 해 줄게."

크리스의 말에 록은 이미 예상한 듯 고개를 끄덕였다. 그리고는 차분한 어조로 설명했고, 크리스는 대답 없이 들었다.

록의 설명이 끝났을 즈음, 크리스는 흥미로운 눈으로 록을 바라보았다.

"좋은 생각이네."

크리스의 칭찬에 록의 입술이 늘어났다.

"그 정도는 해 줄 수 있어. 잠시만 기다려."

크리스가 문 옆의 서재로 걸어갔다. 얼마 후, 크리스의 손에 파일이 들려 있었다.

"여기 있어. 부탁한 자료."

"와, 감사합니다. 그리고 바쁘실 텐데 시간 내주셔서 감사합니다. 차 맛있었어요. 그럼 가 보겠습니다!"

록이 깍듯하게 인사한 후 방을 나섰다. 크리스는 록이 나간 문을 물끄러미 바라보았다.

저 정도 눈치, 성격, 판단력을 가진 사람은 찾기 드물었다. 조금만 교육시킨다면 여느 조직원 부럽지 않게 키울 수 있을 텐데.

"초능력 고자라니."

크리스가 아쉽다는 듯 고개를 절레절레 흔들었다.

＊　　＊　　＊

"실례합니다. 혹시 엘리라는 직원 보셨어요?"

크리스의 방에서 나온 록이 때마침 복도를 지나치던 직원을 잡고서 물었다.

"아까까지 직원 휴게실에 있는 거 봤는데 지금은 모르겠네요."

"감사합니다."

그녀는 꾸벅 인사를 한 후, 직원 휴게실로 향했다.

직원 휴게실은 상주하는 직원들의 건물 맞은편에 있었다. 나라에서 제공된 저택이라 그런지 직원 휴게실까지 으리으리했다. 본래 다른 용도로 제공된 건물인데, 직원용으로 개조한 듯했다.

록이 직원 휴게실 문고리를 거머쥐었다. 문 너머로 소란스러운 소리가 들렸다.

"됐어! 나갈 거야! 더러워서라도 내가 나갈 거야!"

"네가 왜 나가? 억울하지도 않아? 너한테 팔찌 팔려고 수작 부린 그 여자가 나가야지. 왜 네가 나가?"

"됐어. 나가라면 나가야지. 여기 말고 일자리가 없는 것도 아니고."

"굴러 온 돌이 박힌 돌 뺀다더니. 진짜 별 미친년 하나가 물 흐리는 것 좀 봐. 연애 못 하게 생겨 가지고 연애상담한다고 할 때부터 알아봤어.”

“그러니까.”

문 너머로 들리는 악의적인 목소리에 록이 숨을 깊게 들이마셨다.

이럴 줄 알았다.

가제는 게 편이고, 팔은 안으로 굽는 법이다.

직원들은 당연히 같은 직원인 엘리의 편을 들 수밖에 없다. 더욱이 자신이 오해 살 짓을 하지 않았던가. 화가 나긴 했지만, 록은 꾹 참았다. 그녀는 땀이 난 손을 바지에 슥슥 문지른 후 주먹을 들었다.

쿵, 쿵!

“안에 사람 있어요? 엘리! 나예요! 록!”

록이 일부러 큰 목소리로 그녀의 이름을 불렀다. 그러자 문 너머가 조용했다.

“들어갈게요!”

록이 문고리를 잡아당겼다. 문을 열자 곧바로 세 명의 여자가 보였다. 그들은 록을 보자마자 각기 다른 표정을 지었다.

록이 엘리에게 성큼성큼 다가갔다. 그러나 엘리는 그런 그녀를 흘깃 보고는 기분 나쁜 듯 가방을 챙겨들었다.

툭!

엘리가 록의 어깨를 밀치고 지나갔다. 록이 엘리의 뒤를 쫓아 나왔다.

“왜 자꾸 쫓아와요?”

얼마 못 가 엘리가 빽 소리 지르며 록을 노려보았다.

“우리 아직 계산 덜 끝났잖아요. 짝사랑이 못 이루어진 화풀이치 곧 나한테 한 짓이 과하다고 생각하지 않아요? 서쪽 숲길에, 창문에 부딪쳐 기절시키기까지요."

록이 미미하게 얼굴을 찌푸리며 물었다. 생각하니까 더 아픈 것 같다는 듯 그녀가 자신의 뒤통수를 문질렀다.

"서쪽 숲길은 나도 몰랐던 일이고, 창문에 부딪쳐 기절한 건 나는 모르는 일이에요. 꿈이라도 꿨나 보죠?"

"그래요? 지금 내 손에 들려 있는 게 뭔지 알아요?"

록이 손톱만 한 칩을 들어 보였다. 엘리가 말없이 칩과 록의 얼굴을 번갈아 노려보았다.

"여기에 엘리가 했던 짓들이 영상파일로 저장되어 있어요. 집에서 벌어진 일이긴 하지만 이 정도로 고소 가능한 거 알고 있죠? 어디 한번 법대로 시시비비를 가려 볼까요? 그러고도 그렇게 말할 수 있겠어요?"

"으익! 지금 뭐하자는 거예요? 그래서 꺼져준다잖아요! 아, 혹시 돈 바라고 이래요? 그럼 진즉 말하지 그랬어요. 내가 아무리 거지 같아도 그쪽한테 줄 돈 정도는 있는데요."

"아니요. 내가 아무리 돈이 없어도 그쪽 돈은 안 받아요. 내가 바라는 건."

그녀가 말을 하다 멈추고 엘리에게 성큼성큼 다가갔다. 눈 깜짝할 새에 코앞에 선 록을 보고 엘리가 놀라 쳐다보았다.

록이 손으로 엘리의 양쪽 뺨을 세게 꼬집었다.

록이 말썽쟁이 막냇동생 혼내듯 엘리의 뺨을 잡고서 이리저리 흔들었다. 엘리가 버둥거렸다. 고통이 상당했는지 그녀의 눈꼬리에 눈물이 맺혔다.

"나요! 나요!"

발음이 제대로 되지 않아, '봐요'가 '나요'로 들렸다. 엘리가 록의 팔을 세게 꼬집었다. 그러나 록은 아랑곳하지 않고 엘리의 뺨을 더욱 세게 흔들었다.

"사람을 두 번이나 죽일 뻔했으면 미안하다, 한 번만 봐 달라고 말하면 되잖아요! 입 놔뒀다가 국 끓여 먹어요? 왜 이렇게 삐뚤어졌어요? 그러다가 내가 죽었으면 어쩔 뻔했어요?"

"으잇!"

엘리가 마침내 록을 뿌리쳤다. 엘리의 두 눈이 붉게 물들어 있었다.

"미쳤어요?"

엘리가 뺨을 감싼 채 하이톤으로 소리 질렀다. 록은 귀를 얼른 틀어막은 후 엘리를 쳐다보았다.

"그러게요. 내가 미쳤죠. 하아, 미쳐도 단단히 미쳤죠. 맨 정신이었으면 그쪽 고소하러 갔을 건데 미쳤으니 오해 풀고 화해하러 여기까지 왔겠죠."

"뭐, 뭐라고요?"

"하아, 일단 저번에 말했다시피 원과 그렇게 된 거 미안하게 생각해요. 원에게 고백하는 모습을 보여 준 것도 미안하고요. 이해하기 어렵겠지만, 그건 고백이 아니라 장난이에요. 꽤 가까운 사이끼리는 서로 그런 장난도 치잖아요."

가까운지 의문이긴 하지만.

록은 속마음을 꾹 삼켰다. 더 세세하게 설명할 수가 없어 록은 두

루뭉술하게 말을 돌렸다. 엘리가 마음에 안 든다는 듯 입술 끝을 삐쭉거렸다.

"충분히 기만당했다는 생각이 들 만했고, 엘리가 화나는 마음도 이해해요."

"빙빙 돌려 말하지 말고 요점이나 말해요. 그래서 무슨 말을 하고 싶은 건데요? 지금?"

"미안해요."

"……."

록이 진심을 다해 사과했다.

"돕겠다고 해 놓고 오해할 만한 행동을 해서. 사과가 너무 늦은 것 같아서 그것도 미안하고요."

엘리의 눈이 화등잔만 하게 커졌다. 당황한 듯 마른침을 삼키던 엘리가 눈을 이리저리 굴렸다. 생각지 못한 데서 사람의 진심을 마주하면 당황하는 법이다.

"지금 나한테 수작 부리는 거예요?"

엘리가 뾰쪽한 말투로 물었다.

"제가 엘리한테 수작 부려서 얻는 게 뭔데요?"

록이 힘 빠진 웃음을 지으며 물었다. 그러자 엘리가 할 말을 잃은 얼굴로 록을 바라보았다.

"그러면 왜 이러는데요?"

엘리가 답지 않게 한풀 꺾인 목소리로 물었다.

"이대로 가면 엘리도, 나도 계속 마음이 불편할 테니까요. 그리고 세상이라는 게 은근히 좁아서 길 가다가 마주칠 수도 있는 거고요.

굳이 적을 만들 필요 없잖아요. 안 그래요?"

록이 시원하게 웃어 보였다.

방금 전까지 샐쭉한 표정을 짓고 있던 엘리가 눈을 내리깔았다. 새빨개진 눈동자에 차오른 눈물을 보이고 싶지 않았다.

록은 엘리의 자존심을 알기에 못 본 척 시선을 돌렸다.

그녀도 내색하지 않았지만 그간 마음고생이 심했던 모양이다. 록은 그녀를 위로해 줄까 하다가 못 본 척 하기로 했다. 자존심이 센 그녀라, 아는 척하면 화를 낼 것 같았다.

"바쁜 일이 있어서 그만 가 볼게요. 엘리도 조심해서 가고요. 다음에 우연히 만나게 되면 인사라도 해요."

록이 먼저 돌아섰다.

"저기요!"

저를 붙잡는 목소리에 록이 몸을 휙 돌려세웠다. 엘리가 손등으로 눈가를 가린 채 중얼거리듯 말했다.

"다행이라고 생각했어요. 죽지 않아서요. 나도 너무 놀라서 두고 간 거지, 죽으라고 두고 간 건 아니에요. 그러니까 나도 너무 당황스러워서 더 화를 냈던 거라고요."

창가에서 있었던 일을 언급하고 있었다.

"알고 있어요. 내가 죽길 바랐으면 창문 밖으로 집어 던졌어야죠."

록이 장난스럽게 대꾸하고는 엘리에게 손을 흔들었다.

"조심히 가요."

화창하게 쏟아지는 햇살 아래에 록의 하얀 얼굴이 유난히 빛났다. 그녀에게서 건강하고 깨끗한 에너지가 흘러넘쳤다. 록은 씩씩하게 웃어 보이고는 휙 돌아서서 멀어졌다.

홀로 남게 된 엘리는 손바닥에 얼굴을 파묻었다. 뒤늦게 긴장감이 풀렸다.

창문 아래에 쓰러진 록을 두고 저도 모르게 도망친 후에 불안했다. 그 불안감을 잊기 위해 합리화가 필요했다.

록이 그렇게 된 건 모두 그녀가 나쁜 탓이라고. 억울한 누명을 쓰기 위해 도망쳐야 한다고 생각했다. 그래서 그녀는 더 화를 냈다. 실은 불안함으로부터 도망치고 싶었을 뿐인데.

"흐흡……."

엘리가 소리 내어 울었다.

마음 깊은 곳에서 다행이다, 라는 생각이 들었다.

＊　　＊　　＊

건물로 들어온 록은 터덜터덜 멀어지는 엘리의 뒷모습을 바라보았다.

엘리가 보이지 않게 되자, 록은 주머니에서 칩을 꺼냈다.

혹시 몰라 엘리가 자신을 창가에 밀치고 도망치는 장면을 담은 영상을 준비했다.

그녀가 자신의 범행을 발뺌하고 끝까지 못되게 나오면 최후의 수단으로 사용할 생각이었다.

그러나 엘리는 생각보다 순순히 자신의 범행을 인정했다. 그간의 마음고생이 심했던 모양이었다.

록은 자신의 방으로 돌아와 태블릿 PC를 들었다. 원이 예전에 주었으나 인터넷 접속이 되지 않아 사용을 포기했던 기계였다. 태블릿 PC의 옆면에 칩을 꽂자, 금세 화면이 재생되었다.

"아하, 이렇구나."

록이 화면을 바라보며 중얼거렸다.

기억저장프로그램은 쉽게 말해 CCTV 같은 것이었다. 태블릿 PC에 녹화된 영상을 확인한 록은 방에서 나와 지나치는 척하며 복도를 둘러보았다. 기억저장프로그램을 찾아볼 생각이었다. 그러나 그 어디에도 CCTV로 보이는 건 없었다. 하얀 벽지로 도배된 곳엔 자그마한 검은 구멍도 없었기에, 록은 기억저장프로그램이 몹시 소형일 거라 생각했다.

"어쨌든 여기에는 그런 프로그램이 돌아가고 있다는 거네."

록이 작게 중얼거리며 자신의 방으로 내려갔다. 자신의 방에 들어간 록은 이곳에도 있는 게 아닌지 샅샅이 뒤졌으나 역시나 찾지 못했다.

그녀는 당분간 이곳에서 중얼거리는 걸 참기로 했다. 어디에 CCTV와 도청기계가 있을지 모르기에 몸을 사려야 했다.

침대에 대자로 누운 록은 하얀 천장을 물끄러미 바라보았다. 그러곤 복잡한 머릿속을 정리하기 시작했다.

기억저장프로그램이 어디에 설치되어 있는지 모른다. 그 말은 자신도 감시당하고 있을 수 있다는 거다.

그럼 도망칠 땐 어떻게 해야 하는 거지? 아니, 도망칠 수 있을까?

록이 암담한 표정으로 긴 한숨을 내쉬었다. 그렇다고 해서 언제까지나 이런 상태로 지낼 순 없었다.

지금은 원이 호기심 반, 인내심 반으로 자신을 내버려 두고 있지만 언제 변덕을 부릴지 모른다.

또 누군지 모를 이상한 놈은 자신의 물건을 훔쳐 가고 있었고. 이렇게 살다간 언제 죽을지 모른다.

그러니 가장 적합한 때를 찾아 찍힐 걸 각오하고서 도망쳐야 한다. 기회는 단 한 번뿐이다.

만약 운 없이 다시 잡혀서 돌아온다면…….

록이 몸을 부르르 떨었다.

정말이지 상상하기 끔찍했다.

*　　*　　*

엘리의 일을 해결한 후, 침대에서 고민하던 록은 그 상태 그대로 잠에 빠졌다.

꿈속에서 록은 바닥이 하얀 길을 걷고 있었다. 한 사람이 지날 법한 좁은 길은 빛에 휘감긴 듯 환했고, 끝없이 이어져 있었다. 걷고 또 걸어도 같은 풍경이라, 하염없이 걷던 록은 이내 걸음을 멈추었다.

"누구 없어요?"

록이 소리 내어 물었지만 어디에서도 답이 돌아오지 않았다. 혼자 어딘가에 갇혀 있는 걸 질색하는 성격임에도, 이상하게 아늑했다. 마치 찾아야 할 곳을 제대로 찾아온 느낌이었다. 록이 다시 걸음을 옮겼다.

묵묵히 앞을 보고 걷던 록은 느낌상 길의 끝에 도달했음을 느꼈다. 누군가가 나올 것 같아, 록은 주변을 살폈다.

데구루루. 무언가가 굴러왔다. 투명한 공이었다.

그녀는 무릎을 굽히고 앉은 뒤, 답지 않게 공을 놓고 고민했다.

잡을까, 말까.

록의 손이 허공에서 멈칫거렸다.

'네가 원하는 대로 해. 결정도, 결과도 다 네 몫이니까. 혹시 알아? 그게 네 인생을 바꿔 놓을지.'

어디선가 익숙한 목소리가 들렸다.

록은 고민 끝에 투명한 공을 거머쥐었다.

환한 빛이 쏟아졌고, 그 순간 록은 목소리의 주인을 알아챘다.

바로 자신의 목소리였다.

*　　*　　*

스윽—

누군가가 문을 밀고 들어왔다. 록이 조용히 눈을 떴다. 창문 너머가 어둑했다. 잠시 졸았다고 생각했는데 밤이 찾아온 모양이었다. 더불어 밤손님까지도.

온 신경을 청력에 모으자, 침묵을 깨는 낮은 발소리가 들렸다.

저벅저벅—

록의 어깨가 금세 뻣뻣해졌다. 남자의 발소리가 침대 쪽을 향했다. 그녀는 다급히 눈동자를 굴렸다. 흉기가 될 만한 것을 찾았지만 전혀 없었다.

록이 몸을 뒤척거리듯 베개의 끄트머리를 거머쥐었다. 그러고는 남자의 걸음소리가 끝났을 즈음, 머리를 들어 베개를 빼냈다.

"윽!"

록이 이를 꽉 깨물고서 남자의 얼굴로 집어 던졌다. 동시에 록이 몸을 침대에서 굴려 아래로 내려왔다.

"악! 사람 살려요! 악!"

록이 비명을 내질렀다.

"환영이 너무 과한데?"

그러다 익숙한 남자의 목소리에 입을 다물었다. 록이 그제야 정신을 차리고 고개를 들었다.

원이 하얀 베개를 가뿐히 거머쥐고서 그녀를 무표정하게 바라보고 있었다.

"워…… 원?"

록이 그를 알아보기가 무섭게 문이 벌컥 열렸다.

"왜! 뭐! 누구! 어떤 신나는 일이!"

천이가 곱슬머리를 휘날리며 뛰어 들어와 소리 질렀다. 그러다 침대를 사이에 놓고 원과 록이 마주 서 있는 걸 보고는 얼굴을 찌푸렸다.

"엥? 뭐야? 원, 너야?"

천이가 원을 발견하곤 얼굴을 찌푸렸다.

"무슨 일이야?"

원이 천이에게 물었다.

"그건 내가 물을 말이지. 나야 일 마치고 집에 막 들어왔는데 록이 소리를 지르잖아. 어떤 미친놈인가 싶어서 와 봤는데, 아주 익숙한 미친놈이 여기 계시네? 록, 괜찮아?"

"네. 괜찮아요."

록이 가슴을 쓸어내리며 고개를 끄덕였다.

"안 괜찮아 보이는데? 원이 어떻게 했는데? 여자는 안 때리던 놈인데, 욕했어? 아니면 죽인대? 어쩐대?"

"다행히 아직은 아무 일도 안 일어났어요."

록이 고개를 절레절레 가로저었다.

"그래? 다행이네. 그런데 무슨 일이 일어나도 내가 못 도와주겠는데? 다른 놈도 아니고 내가 이놈은 못 이기거든."

천이가 진지한 얼굴로 원을 아래위로 훑었다.

"그래서 넌 지금 나한테 뭘 받고 싶은 건데? 죽는 거?"

원이 삐딱하게 고개만 돌려 천이를 보며 물었다. 순간 천이가 움찔했다.

"넣어둬라. 됐으니까. 그만 가 볼게."

천이가 냉큼 곱슬머리를 휘날리며 도망쳤다. 방이 금세 고요해졌다. 록은 그제야 자신이 거침없이 원의 얼굴에 베개를 집어 던졌음을 알았다.

물론 원이 낚아채서 맞지는 않았지만. 모르면 용감하다고. 딱 자신이 그 격이었다.

원이 손을 들어 까딱거렸다. 오라는 제스처에 록이 냉큼 다가갔다.

"때려서 죄송해요. 소리 없이 들어와서 도둑인 줄 알았어요."

"자면 그냥 가려고 했거든. 그런데 이 방에 도둑이 든 적 있어?"

원이 록의 머리카락을 귀 뒤로 넘기며 상냥하게 물었다. 손끝이 뺨을 간질이다 귀를 톡 건들자 어깨가 저절로 움찔거렸다.

록의 반응이 이상했다.

인간은 안전한 구역에 있다가 생각지 못한 순간에 사람을 만나면 경계가 아니라 놀라기 마련이었다. 그런데 록은 마치 외부침입자를 기다리기라도 하고 있었던 것처럼 반응했다.

"아, 아뇨."

록은 고민하다가 도둑맞은 사실을 숨겼다. 만에 하나 자신의 착각일 수도 있고, 이 일은 크리스의 협조를 얻어 자신이 직접 잡고 싶었다.

"땀을 많이 흘렸네."

"자다가 악몽을 꿨나 봐요."

원의 말을 듣고서야 록은 자신이 땀범벅이라는 걸 알았다. 록이 소매로 닦으려 하자, 원이 그녀의 손목을 잡아 내렸다. 그러더니 자신의 손바닥으로 땀을 훔쳐 냈다.

"더러워요."

록이 혹여나 이 땀을 빌미로 자신에게 화풀이할까 봐 조마조마한 얼굴로 말했다. 원은 픽 웃을 뿐 아무 말 하지 않았다.

"그런데 무슨 일로 오셨어요? 아직 자정이라면 한 시간 정도 남았는데요."

"미리 받으려고. 오늘밤에 출장을 가거든. 며칠간 바쁠 거야. 연락은 더더욱 안 될 거고."

“아, 그러셨군요.”

원이 흘깃 그녀를 바라보았다. 록은 현명하게 무슨 일이냐고 묻지 않았다. 아마 자신이 알려 준다고 해도 귀를 틀어막고 못 들었다고 우길 여자였다.

그녀의 반응에 대해 생각하던 원의 입술이 픽하고 늘어났다. 그걸 마주하고 있던 록의 심장이 두려움에 쿵— 하고 내려앉는 것도 모른 채.

“해.”

마치 원이 고백을 허락하듯 말했다.

“좋아해요. 왜냐하면 원은 저를 보살펴 주니까요.”

미처 좋아하는 이유를 생각해 본 적 없던 록이 힘겹게 이유를 짜냈다.

“보살펴준다?”

“네.”

“마치 새끼 고양이와 새끼 강아지를 보살피듯이?”

“쿨럭—”

놀란 록이 잘못 호흡해 기침을 터트렸다. 아무래도 원이 가슴속에 새끼 고양이와 강아지라는 말을 새긴 것 같았다.

어서 빨리 이 집을 벗어나야 해!

새빨간 위험을 감지한 록이 입술 끝을 끌어올리며 웃었다.

“하하, 그런가요? 바쁘실 텐데 가 보셔야죠. 이 밤중에 가시려면 위험하시…… 진 않겠지만, 그래도 시간을 지키면서 움직이는 게 좋으니까요.”

“그럴까 했는데 방금 마음이 달라졌어.”

“네?”

“누워.”

“……."

너무 놀란 록이 ‘네?’ 라고 되묻지 못했다. 앞뒤 맥락이 없어도 너무 없다. 그저 멍하게 원을 바라보았다.

록이 미친 척하고 지금이라도 도망칠까 고민하는 사이, 원이 한없이 다정한 얼굴로 침대를 가리키며 말했다.

“보살펴줄 테니까 누우라고.”

“저를요?”

“그럼 내가 너 말고 누굴 보살펴야 하지? 흠, 아니면 내가 누울까? 보살피는 쪽을 하고 싶어?”

“아뇨.”

록이 단호하게 거절했다. 그러자 원이 픽하고 가볍게 웃었다.

“그러니까 누우라고.”

“지, 직접 하시겠다고요?”

“왜? 다른 새끼 손 타고 싶어? 알렝 끌어안던데, 그쪽 취향인가?”

원이 방금 전보다 몇 도는 낮은 냉랭한 웃음을 지으며 물었다. 눈치 빠른 록이 얼른 고개를 가로저었다.

“아뇨. 절대로 아니죠.”

“그럼 누워.”

“혼자 잘 수 있습니다만.”

“요즘 잠도 잘 못자고, 잤다 하면 악몽이라며. 그럴 땐 사람이 옆에 있는 게 도움이 된다던데."

사람도 사람 나름이 아닐까요? 댁이라면 자다가 비명횡사할 것 같습니다만.

록이 막 튀어 나가려는 말을 꾹 참았다. 그녀는 얼마간 더 버텨 보려 했으나, 집요한 원의 눈빛을 이기지 못했다. 떨어진 베개를 주워 비척거리며 걸어간 록이 침대에 걸터앉았다.

"어쩌시려고요?"

"재워 줄게."

"영영?"

"영영 자고 싶나 봐?"

"아뇨."

저도 모르게 제 마음을 말한 록이 침대에 곱게 누웠다. 이불을 목 끝까지 끌어올리자, 원이 침대에 걸터앉았다. 그러더니 그가 주먹을 허공으로 치켜들었다. 놀란 록이 눈을 크게 부릅떴다.

"아, 손바닥이랬지."

원이 말아 쥐고 있던 손바닥을 폈다. 어디선가 글로 습득한 지식을 몸으로 해 보는 듯 서툴렀다.

그러거나 말거나 록은 시야에 들어오는 커다란 손을 보곤 입을 쩍 벌렸다.

와, 저 손에 맞으면 비명횡사할 수 있겠어.

그 손이 내려와 록의 배를 탁탁 두들겼다. 이런 일이 처음이라는 듯 그의 몸짓에서 미묘한 서투름이 느껴졌다.

"어서 자."

원이 다정한 미소를 지으며 말했다.

"……쿠, 쿨럭! 조, 조금만 사, 살살."

배에 힘이 바짝 들어간 록이 낮은 신음을 흘리며 말했다. 잠들기 전에 장 꼬이겠다.

"아."

그제야 원이 손에 힘을 완전히 풀고서 록의 배를 토닥거렸다. 록은 왜 하필 배냐고 묻고 싶었지만, 다른 마땅한 곳도 없었다. 허벅지를 두드릴 순 없는 일 아닌가.

록이 억지로 눈을 감았다. 이 상황에서 빨리 벗어날 수 있는 방법은 무의식으로 도망치는 것밖엔 없었다. 그러나 잠이 오질 않았다.

"저, 그런데 왜 이러시는 건지 이유를 알 수 있을까요?"

록이 한쪽 눈을 뜨고서 물었다. 이유나 알아야 이 상황이 좀 덜 억울할 것 같다.

"내가 살려 주고, 보살펴 주고, 다정해서 좋아한다며. 그 이유에 보답이나 할까 해서."

록이 입술을 깨물었다. 자신의 입이 방정이다. 부디 계속해서 자신을 살려 주고, 보살펴 주며, 다정한 인간이 되라는 뜻에 한 말이었다.

그런데 그 말을 이렇게 활용하다니. 아무래도 이 남자와 자신은 안 맞는 것 같다.

록이 터져 나오려는 한숨을 꾹 참았다. 그러다 흘깃 원을 바라보았다. 입을 다문 채 저를 바라보고 있는 눈빛이 고요했다. 정말이지 외모가 아까웠다.

무서운 사람만 아니었다면 친구라도 해 볼 텐데.

록은 아쉬운 마음을 숨긴 채 눈을 꾹 감았다. 실사판 저승사자 같은 인간이 자라고 두드리니 죽을 맛이었다.

결국 그녀는 잠든 척했다. 일부러 느리게 호흡하며 원이 가길 기다렸다. 그러나 그는 꼼짝도 하지 않았다.

아니, 왜!

록은 속으로 비명을 질렀다.

"자는 척하는 것보다 자는 게 빠를 거야."

원이 듣기 좋은 목소리로 속삭였다. 문제는 좋은 내용이 아니었다.

"네."

록은 순순히 대답한 후 다시 눈을 감았다.

에라, 모르겠다! 자라고 했으니 자는 게 낫겠지!

록은 머릿속으로 양을 셌다. 시간이 흐르자 절대로 오지 않을 것 같은 잠이 조금씩 밀려들었다. 하루 종일 깨지고 넘어지느라 온몸의 기력이 다한 탓이었다.

게다가 믿기지 않게도, 서투른 토닥거림이 묘하게 평온함을 주었다.

자신을 이렇게 어르고 달래듯 재워 주던 사람이 있었던가.

까마득한 과거에도 없었던 일이었다. 왠지 아주 조금 가슴이 따뜻해지는 느낌이었다.

록의 몸에 긴장이 서서히 풀렸다. 이윽고 그녀는 잠에 깊게 빠져들었다.

원은 20분 만에 쌔근쌔근 잠든 록을 물끄러미 바라보았다. 록은 미라처럼 이불을 목 끝까지 덮은 후, 양손을 곱게 포개어 가슴 위에 올려 둔 자세였다.

원은 그녀의 잠자는 자세가 우스운 탓이 자신 때문이라는 걸 전혀 모른 채 픽 웃었다.

침대에 걸터앉은 원이 발끝을 까딱거리며 잠든 록을 유심히 바라보았다.

하얗고 자그마한 얼굴에, 오밀조밀 들어가 있는 이목구비. 평범해 보이는 이 얼굴이 특별할 때는 환하게 웃을 때였다.

두 눈이 반짝반짝하도록 동그랗게 뜨고서 이야기할 때도 보기 좋았다.

그래서였을까.

'원은 다정하니까요.'

'왜냐하면 상냥하니까요.'

'보살펴 주기 때문이죠.'

이런 이유들을 계속해서 지켜 주고 싶은 것은.

그래도 언제까지 이 놀이를 계속하진 못할 텐데. 그냥 죽여 버릴까. 재미의 도가 지나치기 전에.

이런저런 생각이 정신없이 들었다.

침묵을 지키고 있던 원이 록의 목을 향해 손을 뻗었다. 그러나 록에게 닿기 직전 멈췄다. 또 손이 움직이지 않았다.

록을 죽여야겠다고 마음먹을 때마다 사지가 말을 듣지 않았다. 의아함을 느껴 지하에 들어가 훈련해 봤지만, 이런 증상은 없었다.

조용히 손을 거둬들인 원이 주먹을 쥐었다 펴길 반복했다.

원의 시선이 록의 입술에 머물렀다. 자그맣게 벌어진 입술에 닿

있다.

저 입술은 여러모로 사람을 기쁘게 만든다. 키스를 할 때도, 자신을 보며 따박따박 말대꾸를 할 때도.

그리고…… '좋아해요'라고 말을 할 때에도.

원은 자신이 웃고 있는지도 모른 채 록을 바라보았다. 그의 눈이 한결 따스해졌다.

* * *

창가를 뚫고 들어오는 햇살에 록이 눈을 떴다. 온 방이 환했다. 저도 모르게 몸을 벌떡 일으킨 록이 시계를 찾았다.

[A.M. 8시 20분]

"악!"

록이 머리를 거머쥐며 비명을 질렀다. 20분이나 지났다. 록이 다급하게 침대에서 내려오다 무릎에 힘이 풀려 넘어졌다.

"으. 몸이야."

록이 바닥을 짚고 일어나려다 다시 한 번 넘어졌다. 다리에 힘이 들어가지 않았다. 근육통 때문에 온몸이 욱신거렸다.

힘겹게 자리에서 일어난 록이 방문을 향해 걸어갔다. 록이 채 가기도 전에 문이 벌컥 열렸다.

"일어나셨어요?"

야미가 환하게 웃으며 록에게 말했다. 야미는 록이 크리스에게 사정해서 도로 근무할 수 있도록 했다. 오늘이 그 첫날이었다.

"응. 안녕. 야미. 좋은 아침이야. 혹시 원 어디 있는지 알아?"

"원은 새벽에 출장을 갔다고 보고 받았어요."

"아, 맞다."

록은 그제야 원이 외출하고 없음을 알았다. 며칠간의 출장인데 당분간 연락이 안 될 수도 있다고도 했다.

"그럼 이제 며칠간 자유구나."

"네?"

록의 중얼거림을 알아듣지 못한 야미가 되물었다.

"아니야. 아무것도."

"어서 씻어요. 배고플 텐데 식사해야죠. 식사하신 후에 약 드시는 것까지 꼭 확인하라고 하셨어요."

"누가?"

"그야 원이죠."

야미가 다른 누군가가 있겠냐는 듯 상냥하게 웃었다.

그가 그런 것까지 챙기는 사람이었나?

록은 의아함을 느꼈지만 크게 생각하지 않았다. 그는 아주 간간이 다정한 모습을 보이곤 했으니까.

간단히 샤워를 한 후 옷을 갈아입은 록이 가벼운 발걸음으로 식당을 향했다.

식당에 들어서자 거대한 홀이 눈에 들어왔다. 하루에 세 번씩 보는데도 이곳은 적응이 안 된다.

"여어!"

록을 알아본 천이가 손을 번쩍 들며 아는 체했다. 그는 근래 부쩍 기분이 좋아 보였다.

"안녕하세요. 오늘따라 멋있어 보이네요."

"아부해?"

천이가 얼굴을 찌푸렸다.

"아니요. 진심이에요. 저는 거짓말 못 하거든요."

"그래? 흠, 내가 원래 좀 멋지긴 하지. 랑이보다 멋지지?"

천이가 슬쩍 던지듯 물어봤다. 이때 대답을 잘해야 한다. 록은 당연한 거 아니냐는 듯 눈을 부릅뜨며 말했다.

"그럼요, 오늘따라 더 멋있어요. 얼굴이 더 살아나나 봐요. 역시 천이는 그 곱슬머리가 잘 어울려요."

"하하."

록의 칭찬에 천이가 뿌듯한 얼굴을 감추지 못했다. 천이는 칭찬에 약했다. 아니, 아주 몹시 약했다.

삭막한 집안 분위기상 그에게 칭찬해 줄 사람이 없었고, 록은 그걸 알아챘다. 그래서 천이를 볼 때마다 한마디씩 칭찬을 건넸다.

이제 천이는 록을 볼 때마다 내심 칭찬을 바라는 듯한 눈을 보였다. 그때마다 록은 상응하는 칭찬을 꼬박꼬박 건넸다. 그 덕에 록은 천이와 제법 친해질 수 있었다.

록과 천이의 대화가 이어지는 동안 식사가 차려졌다. 모락모락 김이 오르는 미역국 맛이 나는 해초국에, 각종 한식 반찬이 가득 올라왔다.

"맛있게, 아주 잘 먹겠습니다."

록이 신나는 얼굴로 소리친 후 숟가락을 들었다.

"그런데 출장은 원만 갔어요?"

록이 식사하다 말고 천이에게 물었다.

"어. 요즘 출장은 웬만하면 개만 가. 같이 갔다가 잘못하면 우리도 파편 맞아 죽을 수도 있거든. 그런 말도 있잖아. 미친개는 혼자 풀어놔야 그 가치가 드러난다."

아니, 뭐 그런 속담이…….

"원을 위해 만들어진 속담인가요?"

록이 한결 핼쑥해진 얼굴로 물었다.

"진짜로 있는 말이야. 아마 과거에도 유명한 미친놈이 있었나 봐. 딱 나 같은 놈이 그놈을 지켜보다가 뱉었을 거고. 그게 목격자에 의해 널리널리 퍼져 나가 지금의 원에게 딱 맞춤형 속담이 된 거고."

"……."

천이가 덤덤하게 식사를 하며 말했다.

가능하면 그 꼴은 보고 싶지 않다.

록이 속으로 간절히 빌며 식사를 이어 갔다.

*　　*　　*

식사를 마치자마자 록은 곧장 방으로 돌아왔다. 양치질을 하고 서재에 갈 생각이었다.

욕실로 들어서던 록의 걸음이 뚝 멈췄다. 칫솔이 없어졌다. 그녀는 곧장 방에 있는 전화기로 1번을 눌렀다.

―네. 말씀하세요.

“저는 록이라고 하는데요.”

록은 잠시 갈등했다. 자신을 뭐라고 설명해야 하는가. 이 집에서 무상거주하고 있는 여자인데요, 라고 해야 하는 건가.

―알고 있습니다. 필요한 부분이 있으면 말씀해 주세요.

“하, 다행이네요. 야미 연락처 좀 알려 주세요.”

―지금 바로 연결해 드리겠습니다.

상냥한 여자의 목소리를 끝으로 신호음이 이어졌다. 얼마 후, 야미가 전화를 받았다.

―록, 무슨 일이에요?

“내 칫솔, 혹시 야미가 버렸어?”

―아뇨. 전혀요. 왜요? 칫솔이 없어졌어요? 하나 가져다 드릴까요?

“아니. 그럼 혹시 티셔츠 봤어? 내가 즐겨 입던 건데.”

―아뇨. 못 봤어요. 그것도 없어졌어요?

“응.”

록이 장롱으로 걸어가 뒤적거리며 물었다. 그녀는 지끈거리는 관자놀이를 꽉 눌렀다.

“이게 대체 무슨…….”

록이 입술을 깨물었다.

―록. 제가 지금 갈게요.

“아니야. 바쁠 텐데 오지 마. 그냥…… 알았어. 답변해 줘서 고마워.”

록은 전화를 마친 후, 테이블에 엉덩이를 대고 앉았다. 물건이 사라지는 속도가 점차 빨라지고 있었다.

따돌림인가.

이 집엔 엘리처럼 원을 좋아하는 여자들이 많다. 그 여자들이 보기에 자신이 미워 보일 수도 있다. 얼마 전에 벌어진 엘리의 사건에 대해 아직도 오해하고 있는 사람들도 있을 테니.

저도 모르게 숨소리를 죽인 채 고민하던 록이 몸을 일으켰다. 이럴 땐 고민해 봤자 소용없다. 정공법을 택해야 한다.

록은 곧장 크리스를 찾아갔다.

*　　　*　　　*

"……그런 이유로 제 방 출입문을 찍고 있는 기억저장프로그램을 확인하고 싶어요."

록이 반듯한 자세로 앉아 크리스에게 정중하게 요구했다. 크리스가 고개를 기울인 채 그녀를 바라보았다. 무슨 생각을 하는지 모를 만큼 고요한 얼굴이었다.

"곤란한가요?"

"아니. 곤란하진 않아. 문제는……."

크리스가 말끝을 늘이며 록의 빈 찻잔에 차를 따랐다.

"록의 방문 앞엔 기억저장프로그램을 달아 놓지 않았다는 거지."

"제 방에 없다고요?"

록이 깜짝 놀란 얼굴로 물었다. 당연히 자신의 방 앞에 설치해 두었을 거라 생각했다.

"왜? 록의 방엔 필수로 달아놨을 것 같아?"

크리스가 빙긋 웃으며 물었다.

"솔직히 말하자면, 네. 그럴 줄 알았어요."

"처음엔 달았지. 그러다가 원의 명령으로 제거했고. 자기가 네 방에 들어갈 때마다 누군가가 감시하는 것 같아서 기분 나쁘다고 했거든."

크리스가 난처하다는 미소를 지으며 말했다. 록이 상심한 듯 긴 한숨을 흘렸다.

"그럼 어쩌죠?"

"아예 방법이 없는 것도 아니지. 록의 방으로 들어가는 복도와 다른 복도 사이에 기억저장 프로그램이 하나 있거든. 그곳에 달린 프로그램을 분석해 보면 알겠지. 어차피 록의 방으로 들어갔다가 나오는 길은 하나밖에 없으니까. 문제는 용의자가 아주 많을 거라는 거지. 어때? 찾아보겠어?"

"아뇨. 그런 방법으로는 몇 주가 지나도록 못 찾을 거예요. 되도록 원이 돌아오기 전에 해결하고 싶거든요."

가뜩이나 갖은 사고에 휘말려 못 볼꼴을 보여 주었다. 더 이상 손이 많이 가는 이미지로 낙인 찍혀서는 안 된다. 귀찮은 걸 싫어하는 원의 성격상 더 귀찮아지면 자신을 제거할지도 모른다는 생각이 들었다.

"그럼 포기하게?"

크리스가 설마 그럴 거냐는 눈으로 바라보았다. 그러자 록이 단호한 표정으로 말했다.

"아뇨. 이쪽도 심리전을 이용해야죠."

"어떻게 하려고?"

크리스가 흥미로운 눈으로 바라보았다.

"세상에서 가장 고전적이고 흔한 방법을 쓰려고요. '나는 다 알고 있으니까 순순히 돌려놔라. 그러면 너의 죄를 용서하겠다.' 그러면 범인은 돌려놓을 거예요."

"안 통하면?"

"그럼 그건 그때 가서 고민해야죠."

록이 별거 없다는 듯 대답했다.

뭔가 거창한 계획이 있을 거라는 예상과 다르자 크리스는 힘 빠진 표정을 지었다.

"안 무서워?"

"제가 뭘 무서워해야 하죠?"

록이 고개를 갸웃거리며 물었다.

"네가 모르는 사람이 네 방을 드나들면서 물건을 훔치고 있어. 네가 잠들 때, 혹은 옷을 갈아입을 때 드나들 수도 있지. 그 사람이 물건만 가져갔을까? 몰래 찍을 수 있는 기계나 혹은 폭발물 같은 걸 심어놨을 가능성도 있잖아. 결론은 언제든 그 사람 손에 네가 놀아날 수 있다는 거지."

"처음엔 저도 그렇게 생각했는데요. 그런데 그럴 거였으면 진즉에 저를 죽였겠죠. 그리고 범죄자가 훔쳐 가는 물건은 티셔츠, 양말, 칫솔, 슬리퍼 등 제가 쓰던 물건이에요. 그 사람이 계속해서 범죄를 저지르려면 제가 살아 있어야 해요. 그래야 제가 쓰는 물건이 계속 나올 테고, 그 사람은 그걸 모으든가 버리겠죠. 그런 의미에서 당분간 저를 죽이진 못할 거라고 판단했어요.”

록의 추리에 크리스가 놀란 표정을 지었다. 저 정도까지 깊게 추리했을 거라곤 생각하지 못했다.

“물론 마냥 괜찮진 않아요. 훔쳐 간 물건을 뭐 하는데 쓰고 있는지 모르니 찝찝한 것도 사실이고요.”

록이 한마디 덧붙였다.

“그래. 그럼 이렇게 계획을 말한다는 건 내 도움이 필요하다는 뜻일 텐데, 뭐가 필요하지?”

“소문 좀 널리 내주세요.”

“알렝에게?”

“아뇨. 상부에서 하부로 전달되는 명령이 아니라, 말 그대로 뜬소문처럼요. ‘록의 물건이 몇 가지 사라져서 찾는 중이래. 착각인지 아니면 진짜 도둑이 든 건지 긴가민가하다던데. 그래서 기억저장프로그램를 확인할까 말까 고민 중이래.’정도만요. 그 정도만 해야 범인이 물건을 가져다놓을 것 같아요. 만약 알렝과 각 구역의 장에게 전달되면 범인은 더 무서워서 꽁꽁 숨을 거예요. 도망칠 구멍을 만들어놔야 이곳으로 달려오죠.”

“그래서 물건을 돌려놓으면 그 사람을 어쩔 생각이야?”

“전적으로 크리스와 알렝이 결정할 문제지만, 제 생각으로는 퇴직정도가 적당하다고 생각해요. 이대로 놔주면 기강이 해이해질 거고, 그렇다고 신고를 하자니 그건 이쪽이 곤란하잖아요.”

록의 말에 크리스가 입술을 늘이며 웃었다. 이전과 다른 웃음에 록이 경계하는 표정을 지었다.

“왜 그렇게 웃으세요?”

“재미있어서.”

“……제 얼굴이요?”

바라만 봐도 웃음을 선사하는 그런 얼굴을 갖고 있었던가?

록이 심각한 표정으로 물었다.

“어. 네가.”

크리스가 담백하게 대답했다. 록은 확실히 재미있었다.

어설퍼 보이지만 의외로 촘촘한 계획을 세우는 것도, 눈치 보면서도 필요할 땐 확실히 요구하는 것도.

“일단 고맙습니다.”

칭찬은 아닌 것 같지만.

록이 뒷말을 삼켰다.

크리스가 자신을 호의적으로 보고 있다는 게 느껴졌다. 이럴 때일수록 조심해야 한다.

호의가 적의로 바꾸는 건 순식간이고, 그땐 자신도 끝장난다는 걸 알고 있었다.

록은 자신의 발전된 눈치가 대단하면서도, 애잔했다.

“그럼 부탁드리겠습니다.”

록이 두 손을 배꼽에 모으고서 꾸벅 인사했다.

“그래. 네 방 앞에 며칠간 기억저장프로그램 달아 놓을게. 물건 놓고 가는 녀석의 얼굴은 확인해야 하니까. 동의하지?”

“네.”

록이 웃으며 자리에서 일어났다. 크리스의 방에서 빠져나온 록은 속으로 빌었다.

하루라도 빨리 잡혀서 발 뻗고 잘 수 있기를.

＊　　＊　　＊

점심을 먹은 후, 록은 모처럼 느긋하게 산책을 했다. 평소 즐겨 가던 서쪽 숲길이 아닌 반대편 숲길로 향했다. 서쪽 숲길에서 봤던 환영은 아직도 꿈에 나왔다. 그 때문에 산책 가기 겁이 났다.

바스락—

발아래에서 마른 낙엽이 부서졌다. 록은 그 소리가 듣기 좋아 고개를 숙인 채 낙엽만 골라 밟았다. 길의 양쪽으로 기둥이 굵은 나무가 길게 늘어져 있었다. 평평한 모래 길 위엔 낙엽이 깔려 한층 운치를 더했다. 고개를 들자 나뭇가지 사이로 하늘이 파이처럼 쪼개져 있었다.

"스읍, 하! 날씨 좋다."

이게 얼마만의 여유인가.

원이 출장을 간 후, 록은 모처럼 휴식이라는 걸 취했다. 첫날은 파블로프의 개처럼 오전 8시, 오후 4시, 자정마다 깜짝깜짝 놀랐다. 이튿째가 되는 오늘도 마찬가지였다. 그래도 전날보단 한결 적응했다.

"으으—"

록이 길게 기지개를 켰다.

"록."

저를 부르는 소리에 록이 돌아섰다. 랑이였다. 그는 어깨까지 오는 머리를 한 갈래로 단정하게 묶었다.

"여기 있었네. 찾아다녔거든. 뭐해? 여기서?"

"산책하고 있었어요. 무슨 일 있어요?"

괜스레 록의 심장이 쿵하고 내려앉았다. 또 원이 자신을 찾는 게 아닌가 싶었다.

"아니. 보고 싶어서. 예쁜 얼굴은 자주 봐 주는 게 예의잖아."

랑이가 싱긋 웃으며 꺼낸 말에 록은 제 손을 작게 말아 쥐었다.

와, 방금 느끼해서 욕할 뻔했어.

록은 그 생각을 입 밖으로 내지 않았다. 그저 어색하게 웃으며 길을 따라 걸었다. 랑이가 록의 발걸음에 맞춰 걸었다. 그는 말 그대로 자신을 보러 온 건지 조용히 뒤따라왔다.

"록은 원을 어떻게 생각해?"

불쑥 묻는 그의 말에 록이 의아한 눈으로 바라보았다.

"'어떻게'의 의미를 어떻게 해석해야 하나요?"

록이 신중하게 되물었다. 이곳에서 원의 존재감과 역할이 몹시 컸다. 그런 그에 대해 언급하는 것은 신중에 신중을 더해야 할 일이었다.

"말 그대로 원에 대해서 어떻게 생각하냐고. 매일 원에게 좋아한다고 고백하잖아. 그 말에 세뇌되어서 이젠 정말 원이 좋을 수도 있잖아?"

"저를 살려줘서 고맙다고 생각해요."

"그게 다야?"

랑이가 눈을 접으며 웃었다. 분명 천이와 같은 미소인데 느낌이 확연히 달랐다.

천이가 마냥 순수하게 웃는다면, 랑이는 철저한 계산하에 웃는 느낌이었다. 시선 또한 사람을 꿰뚫어 볼 것처럼 강했다. 그래서 편하게 대하기 어려웠다.

"네. 그게 다예요. 여기에 와서 호의호식하게 해 줘서 고맙고, 가능하면 이 은혜도 갚고 싶고요."

록이 어물어물거리며 최대한 거슬리지 않게끔 말하려 노력했다.

"그럼 난? 난 어때?"

불쑥 치고 들어오는 뜬금없는 질문이었다.

"무슨 의미예요?"

"남자로서 어떻냐고. 나는 록이 좋아."

랑이가 눈을 접으며 웃었다. 록을 보면 그 여자가 떠올랐다.

여우 같으면서도 때론 천진난만했던 여자. 새털처럼 가볍게 제 품에 내려앉았다가 순식간에 사라진 여자.

그 여자가 제 이름을 부를 때가 세상에서 가장 행복했다. 록과 함께 있으면 그 여자와 함께 있는 기분이 들었다.

"어…… 그러니까 지금 그게……."

"응. 맞아. 고백하는 거야."

"……."

록의 얼굴이 멍해졌다. 이렇게 뜬금없이 예상치 못한 고백을 받다니.

"저를요? 언제부터요? 아니, 대체 왜요?"

"왜라니. 예쁘잖아. 재미있기도 하고."

"······요즘 부쩍 그 말 자주 듣네요."

재미있다니. 크리스에 이어 랑이에게도 그 말을 들었다. 록이 랑이를 보았다. 그는 웃고 있었으나 표정이 사뭇 진지했다.

그는 진심이었다. 그 사실을 깨닫는 순간 이유도 없이 숨이 턱 막혔다. 동시에 매끈한 외모를 가진 미친놈이 떠올랐다.

왜 갑자기 그 얼굴이 떠오르는 거지? 이 죄책감은 뭐고?

록이 고개를 가로저어 생각을 털어 냈다.

"저기."

록은 어떻게 돌려 거절해야 하나 고민했다. 미안하다는 말을 하려고 할 때였다.

"지금 당장 대답을 바라는 건 아니야. 내 마음이 이렇다는 걸 알아 두라는 것뿐이야. 곧 데이트 신청하러 갈 테니까 기다리고 있어. 쉬는 시간 끝났네. 또 일하러 가야겠어. 헤어져서 아쉽지만 가 볼게. 안녕."

랑이는 록이 더 이상 말하지 못하도록 한 번에 인사까지 끝냈다. 그는 더 이상 아무 말 하지 말라는 듯 웃어보였다.

"음······. 알겠어요. 조심히 가세요."

무언가 말을 하려던 록이 고민 끝에 말을 아꼈다. 랑이가 왔던 길로 사라진 걸 보며 록은 긴 한숨을 내쉬었다. 그러고는 고개를 들어 하늘을 바라보았다.

"하, SF, 스릴러에 이어 이젠 로맨스야? 다음은 무협이냐?"

이곳에 와서 별의별 장르를 다 겪은 록의 얼굴이 급격하게 어두워졌다.

　　　　　＊　　　＊　　　＊

　록이 집에 들어서자마자 천이가 앞을 가로막고 섰다. 그는 막 외출에서 돌아온 듯 외투를 입고 있었다.

　"안녕, 록."

　그가 씩씩하게 한쪽 팔을 들었다.

　"안녕하세요."

　록이 힘없이 대답했다.

　"응. 응. 나야 늘 안녕하지!"

　천이는 인사를 마친 후, 록을 물끄러미 바라보았다. 할 말이 더 없냐는 듯한 얼굴이었다. 평소의 록이라면 눈치 빠르게 천이를 칭찬했을 거다.

　머리스타일이 잘 어울린다는 둥, 어려 보인다는 둥, 잘생겼다는 둥. 그러나 방금 전 랑이로부터 폭격 같은 고백을 받은 후라 정신이 멍했다.

　"천이."

　록이 멍한 얼굴로 그를 불렀다.

　"응? 왜?"

　"천이가 보이기에도 제 얼굴이 재미있어요?"

　"응! 재미있지!"

　천이는 그걸 말이라고 하냐는 듯 세차게 고개를 끄덕거렸다.

　"대체 언제 보면 재미있어요?"

"대체로 재미있는데? 그중 특히 재미있는 건 원이랑 있을 때. 무서워 죽을 것 같은데 상냥한 척 웃고 있는 얼굴 보면 웃겨. 마치 애가 어른인 척 구는 걸 보는 기분이 든다고 해야 하나? 그거 말고 쓰러져서 표정 다 풀어졌을 때? 음, 그리고 또 밥 먹을 때?"

"그 얼굴이 고백하고 싶을 만큼 마음에 들어요?"

"아니. 미안한데 넌 내 취향이 아니야."

천이가 몹시 단호한 표정으로 손을 들어 거부 의사를 밝혔다. 순식간에 고백했다가 차인 꼴이 된 록이 눈썹을 찌푸렸다.

그런데 댁의 쌍둥이는 왜 그렇대요?

록이 울컥해 물으려다가 참았다.

"그렇지만 록이 죽겠다고 한다면 어쩔 수 없이 만나 줄게. 물론 가장 먼저 원에게 그래도 되는지 물어봐야겠지만."

천이가 으쓱거리며 말했다.

"……그럴 생각 없습니다."

"그럼 고작 그런 마음으로 나한테 고백한 거야? 적어도 고백을 한다면 죽을 각오를 갖고 해야지!"

천이와 대화할수록 패턴이 어긋나는 게 느껴졌다. 록은 새삼 이 남자와 일하고 있는 크리스가 대단하다는 생각이 들었다.

아, 혹시 그래서 크리스가 나날이 말라 가는 건가.

"그런데 그건 왜 물어?"

천이가 손끝으로 장난을 치며 물었다.

"천이한테 고백하는 거 아니에요. 구질구질하게 매달릴 생각도 없고요. 그냥…… 객관적으로 어떤가 싶어서 물어봤어요."

"그건 원한테 물어보는 게 어때?"

천이가 주머니에서 휴대폰을 들고서 말했다. 그는 방금 들어온 메시지를 확인하는 듯했다.

"아뇨. 무슨 그런 말씀을…… 괜찮아요."

그런 끔직한 제안은 넣어 두라는 듯 고개를 절레절레 흔들었다. 그사이 천이가 휴대폰을 들어 록에게 내밀었다. 천이의 휴대폰 액정에 익숙한 얼굴이 있었다.

―안녕.

휴대폰 액정에 원의 잘생긴 얼굴이 담겨 있었다.

"이미 늦었어. 원이 너랑 영상전화하고 싶대."

아니, 그건 걸기 전에 말했어야지!

록은 버럭 하고 싶은 걸 꾹 눌러 참으며 휴대폰을 받아 들었다.

"네. 안녕하세요."

록이 희게 질린 얼굴로 환하게 웃었다. 록의 시선이 흘깃 시계를 향했다. 4시가 되기 한참 전이었다.

"그 얼굴이야. 재미있는 얼굴."

천이가 피식피식 웃으며 말했다. 울컥한 록이 한마디 할까 하다가 꾹 눌러 참았다.

저렇게 대책 없어 보여도 이 조직을 이끄는 수장 중에 한 사람이다. 괜한 사람 적으로 만들었다가 피곤해지는 건 이쪽이다.

"바쁘다더니 시간이 되나 봐요?"

―어. 한가해.

원이 피식 웃으며 말했다. 그 곁으로 펑펑 하는 소리가 들렸다.

동시에 누군가가 비명을 지르는 소리가 들렸다.

자세히 보이진 않았지만 몹시 긴박한 상황이라는 걸 알 수 있었다.

―악!

원의 근사한 얼굴 뒤로 누군가가 저 멀리 날아가는 게 보였다. 새파란 하늘이 금세 연기로 자욱해지는 게 보였다.

너, 한가하다며.

"지금…… 어디에요? 주변이 소란스러운데요."

록이 설마 하는 얼굴로 물었다.

―아, 테러집단 진압 중. 거의 끝이야.

원이 가볍게 웃었다.

전혀 한가하지 않잖아!

록이 어이없는 표정으로 원을 바라보았다. 이 남자는 아무래도 한가하다라는 말을 모르는 것 같았다. 원의 주변은 여전히 소란스러웠다.

그 순간 액정으로 장검을 든 누군가가 달려오는 게 보였다. 치켜든 장검에 빛이 반사되어 반짝거렸다.

"원! 뒤! 뒤를 봐요!"

록이 다급하게 소리를 질렀다. 그러고는 악 소리를 내며 눈을 질끈 감았다. 감은 눈꺼풀이 저절로 바들바들 떨렸다. 숨이 멎는 침묵이 흘렀다.

얼마 후 조심스럽게 눈을 떴다. 잠시 어두컴컴한 화면이 이리저리 흔들렸다.

―크헉, 컥!

스피커로 누군가가 피를 토하는 소리가 넘어왔다. 록의 얼굴이 희게 질렸다.

"설마……? 원? 원!"

록이 휴대폰을 보며 소리 질렀다. 순간 록이 패닉에 빠졌다. 록의 눈이 크게 벌어졌다. 손이 벌벌 떨렸다.

"처, 천이. 워, 원이 칼 맞았나 봐요. 어떡해요? 가 봐야 하는 거 아니에요? 아니, 그러기에 왜 정신없는 전쟁통에 휴대폰을 들고 설쳐서 이 꼴을 당해요?"

"음, 흠, 흠. 록."

천이가 자중하라는 듯 손을 들었다. 그러나 록은 이미 정신이 나간 얼굴로 소리쳤다.

"진짜 이 사람, 미친 거 아니에요? 누가 그 순간에 영상통화를 해요? 미쳐도 작작 미쳐야지! 어떻게 해요? 데리러 가야하는 거 아니에요? 네?"

록이 버럭 소리를 지르며 천이를 바라보았다. 록이 동의를 구하는 얼굴로 천이를 바라보았다. 천이는 애매모호한 표정을 지었다. 그러더니 손끝으로 어딘가를 가리켰다.

"다시 봐."

록이 그의 손끝을 따라 고개 돌렸다. 휴대폰에 원의 얼굴이 보였다. 그가 멀쩡한 얼굴로 삐딱하게 고개를 기울이고 있었다.

─내가, 뭘 어쨌다고?

원이 싸늘하게 물었다. 평소라면 겁먹을 록이지만, 그녀는 제정신이 아니었다.

“피! 얼굴에 피 묻었어요!”

록이 다급하게 원의 왼쪽 뺨을 가리켰다. 그러자 원이 손등으로 가볍게 쓸어내렸다. 매끈한 피부가 드러났다.

설마 자기 피가 아니었던 거야?

록의 얼굴이 못 볼 걸 본 것처럼 구겨졌다.

―몇 방울 튀었나 봐.

원이 중얼거림과 동시에 발을 들었다가 내려놓았다.

―으악!

휴대폰 너머로 남자의 비명 소리가 넘어왔다. 원이 남자를 밟고 서 있는 듯했다. 그의 말대로 전쟁이 마무리상태인지 사위가 고요했다. 록이 눈을 감으며 참았던 한숨을 몰아쉬었다.

“그래도 조심하세요, 좀. 제발.”

전쟁통에 전화 같은 거 받지 말라고, 이 미친 새끼야! 등등 하고 싶은 말이 가슴속에 넘쳐났지만 록은 겨우 그 말만 할 수 있었다.

―걱정돼?

원이 입술을 늘이며 웃었다.

“그걸 말이라고 해요? 당연히 걱정되죠. 다치면 어쩌려고 그래요? 아니, 다치는 건 그렇다 치더라도 그러다가 진짜 죽을지도 모른다고요! 정말 죽고 싶어요?”

욱한 록이 무심결에 화를 내듯 쏘아붙이고는 흠칫했다. 주변이 순식간에 싸해졌다.

지금 자신이 누굴 걱정한 거지? 왜 걱정한 거지? 아니, 그보다도 상당히 과격하게 말한 거 같은데……

한바탕 폭풍이 친 것처럼 록의 속이 요란해졌다. 원은 그런 록의 마음도 모른 채 느슨하게 웃었다.

"아니, 그러니까 제 말은……."

록이 얼른 수습하려 할 때였다.

─기분 좋네. 그렇게까지 날 절절하게 생각하는 줄 몰랐거든. 그런데 왜 전화한 거야?

그가 평소보다 가벼운 목소리로 물었다.

"제가 한 거 아니에요."

"원."

천이가 불쑥 끼어들어 그를 불렀다. 원이 말하라는 듯 바라보자, 천이가 장난스럽게 웃었다.

"사실 너한테 전화한 이유는 말이야. 아까 록이 객관적으로 자기가 여자로서 어떻냐고 물어보던데."

"천이!"

록이 소리치며 통화를 끝내려고 하자, 천이가 휴대폰을 빼앗았다.

─여자로서?

"그렇겠지? 고백 운운했거든."

─그걸 너한테 물어?

어쩐지 원의 목소리가 한톤 낮아진 기분이 들었다. 단순한 기분 탓이 아니었는지 천이가 얼른 손을 가로저었다.

"아니. 나한테는 아니고."

천이가 얼른 발을 뺐다. 원의 시선이 느릿하게 록을 향해 움직였다. 그는 진압과정에서 등에 칼 꽂힐 뻔한 것보다 더 화난 얼굴을 하고 있었다.

─록, 설명해 봐. 갑자기 그 말이 왜 나왔는지.

넌 갑자기 왜 화났니?

"아…… 음. 별건 아니고, 그냥 새삼 궁금해졌어요. 제가 이쪽 세계에서 호감형 외모인지 아닌지요. 그것도 대화하다가 우연히 나온 말이에요. 신경 쓰지 않아도 돼요."

록이 당황한 티를 내지 않으려 애썼다.

─그건…… 가서 이야기할게.

말을 하려다 말고 원이 입을 다물었다. 대신 그는 묘한 웃음을 지었다. 잠시 침묵이 흘렀다.

─천이 바꿔.

"네. 조심히 다녀오세요."

록이 마지막까지 성실하게 인사하자마자 화면이 사라졌다.

"어? 여보세요? 끊은 거야?"

─말해.

스피커에서 목소리가 흘러나왔다.

"왜 나랑 통화할 땐 스피커인데! 사람 차별해?"

─그게 문제야?

"후, 됐다. 왜 부른 건데?

천이가 신경질적으로 중얼거리며 멀어졌다.

"뭐? 오라고? 왜? 뒷수습은 걔네가 하기로 했잖아. 아, 그래?"

오라는 말에 펄쩍 뛰던 천이의 목소리가 금세 수그러들었다. 뭔가 일이 생긴 모양이었다.

그사이 록은 넋이 나간 얼굴로 멍하게 바닥을 바라보았다. 손을 들어 왼쪽 가슴에 가져다 댔다.

쿵, 쿵.

지금도 심장이 거세게 뛰고 있었다. 방금 전, 원이 다쳤을지도 모른다는 생각에 심장이 내려앉았다.

왜 그랬을까?

자신도 모르게 원에게 버럭 소리까지 질렀다.

설마, 정말 그 남자를 진심으로 걱정한 건가? 저승사자마저도 거부할 것 같은 그 남자를?

그러다 록이 고개를 가로저었다. 아닐 거다. 인정하기 싫지만 현재 자신을 살려두고 있는 사람은 원이었다.

그가 마음먹으면 자신은 죽는다. 그걸 알기에 본능적으로 겁을 먹은 거다. 그래, 그런 거다.

"아주 깔끔해."

자신의 논리에 만족한 듯 록이 고개를 주억거릴 때였다.

"록, 넌 정말 운이 좋은 것 같아. 진짜 대단해. 이 말밖에 할 말이 없다."

뜬금없는 천이의 말에 록이 고개를 들었다. 그는 통화를 마친 듯 휴대폰을 쥐고 있었다.

"무슨 말이에요?"

이렇게 억세게 운 안 좋은 여자가 어디 있다고? 세수하다가 이세계에 끌려와 살인마보다 더 무서운 놈 옆에서 목숨을 연명하고 있는데?

록이 억울하다는 듯 쳐다보았다. 천이가 휴대폰을 주머니에 챙겨 넣으며 고개를 절레절레 흔들었다.

"와, 네가 아마 우리들을 제외하곤 최초일 거야."

원에게 '미친 거 아니에요?'라는 말을 직접적으로 퍼붓고도 사지가 멀쩡한 사람은. 거기다가 한술 더 떠 원에게 조심 좀 하고 다니라는 얼토당토않은 잔소리까지 퍼부었다.

천이는 록을 보며 고개를 절레절레 흔들었다.

"무슨 소리인지 설명 안 해 줄 거예요?"

"별거 아니야. 이걸 구구절절 설명하면 네 얼굴이 또 하얗게 변할 테니 못 하겠다. 수고해."

천이가 알 수 없는 미소를 지으며 돌아섰다.

*　　　*　　　*

의자에 늘어져 앉은 크리스가 창문을 바라보았다. 구름 한 점 없는 새파란 하늘이 눈부셨다. 창가로 치고 들어온 햇살에 그의 금발이 눈부시게 빛났다.

이렇게 화창한 날은 일하기 싫다. 물론 원이 자료를 갖고 올 때까지 할 일이 없긴 하지만.

며칠 전, 거래한 적 없는 테러집단에서 원의 무기가 사용되었다는 정보가 들어왔다. 무기를 사간 곳에서 다른 곳에 팔았을 수도 있다. 문제는 재거래를 금지한 신형 무기라는 점이었다.

무형, 무취의 조그마한 칩에 날짜를 설정해 땅에 심어 두면 그 시각이 되어 폭발하게 되어 있는데, 폭발력이 한 도시를 거뜬히 날리고도 남을 정도로 컸다. 그래서 원은 애초부터 이 무기는 구매자가 다른 판매자에게 팔 수 없다는 조건을 달았다.

그런데 새어 나갔다. 구매한 나라를 중심으로 조사해도 될 일을, 원은 테러 현장으로 직접 나섰다.

이를 두고 머리 빈 것들은 '남다른 책임감'을 운운했지만, 크리스는 알고 있었다.

미친놈이 심심했을 뿐이라는 걸.

그 답지 않게 오래 자리를 지키고 있긴 했다. 그러나 크리스는 그 일보다 다른 쪽에 신경이 쏠렸다.

"아아. 누굴까."

크리스가 나른한 목소리로 중얼거렸다. 록의 말대로 소문을 퍼트린 지 이틀이 지났다. 그런데 지금껏 감감무소식이었다. 크리스가 머릿속으로 한 사람을 그릴 때였다.

똑똑.

"네."

문을 두드리는 소리에 크리스가 대답했다. 문을 열고 알렝이 들어왔다.

"범인을 잡았습니다."

모처럼 들려온 희소식에 크리스의 입술이 늘어났다.

"어디에 있죠?"

"현재 본인의 방으로 돌아간 것으로 확인되었습니다."

"데려와요. 록에게도 연락하고요. 함께 추궁할 테니까."

알렝이 알겠다는 듯 고개를 끄덕였다. 그가 나간 후, 크리스는 즐거운 얼굴로 자리에서 일어났다.

*   *   *

"우와."

록이 주변을 둘러보았다. 그녀는 알렝의 연락을 받아 지하실로 내려왔다. 지하실에 얽인 안 좋은 추억들 때문에 피로 점철되어 있을 거라 생각했다.

그러나 생각 외로 커다란 방 한가운데는 먼지 한 점 없이 깨끗하게 관리되고 있었다. 조명은 자연광처럼 은은했다.

"여기가 마음에 드나 봐."

이리저리 구경하는 록을 보며, 랑이가 말했다.

"언제 왔어요?"

"방금. 크리스는 어디에 있어?"

"알렝이랑 같이 범인 데리러 갔어요."

"그래? 그럼 우리 둘 뿐이네?"

랑이가 싱긋 웃으며 록에게 다가왔다. 손을 들어 록의 머리카락을 귀 뒤로 넘겨주었다.

"제가 할게요."

록이 한발 물러서며 귀를 손으로 가렸다. 민망할 만도 하건만 랑은 개의치 않는다는 듯 웃었다. 그가 느릿하게 흰 공터를 걸었다.

"여기가 왜 이렇게 하얀지 알아? 그래야 피가 정확히 보이거든.

흘린 피와 흘러나오는 피의 양을 보면서 얼추 계산해. 이 녀석이 언제쯤엔 죽겠구나. 그럼 그 녀석을 내보내고 여길 자동세척기능으로 청소해. 그렇게 죽어 나간 사람이 몇이나 될까? 응?"

랑이가 마치 화창한 날씨 이야기를 하듯 평온한 얼굴로 말했다. 랑이의 설명으로 록의 어깨가 딱딱하게 굳었다. 잠시 잊었던 게 떠올랐다. 이 방을 박차고 나오던 남자는 피범벅이 되어 있었다.

"갑자기 그 이야기는 왜 하는 거예요?"

록이 대수롭지 않은 듯 물었다. 그러나 바짝 긴장한 손끝은 자신의 손바닥을 뚫을 것처럼 세게 눌렀다.

"원이 어떤 놈인지 잊고 있는 것 같아서."

"……"

"조심해, 록. 근사하고 다정한 가면에 속지 말고. 걔는 내가 봐도 제정신이 아니야."

"그럼 랑이는 왜 원과 함께 일하고 있어요?"

록의 예리한 질문에 랑이의 입술이 늘어났다.

"죽기 싫어서."

말과 어울리지 않는 산뜻한 목소리였다.

"우리도 정확히 원이 하고 있는 일의 규모를 몰라. 오로지 원만 모든 걸 파악하고 있어. 그만큼 사람을 믿지 못하는 거겠지. 어쨌든 여기선 원이 절대자야. 내가 알고 있는 정보는 원이 알고 있는 것의 10%도 안 될 거야. 이런 상태에서 내가 원을 배신하면 어떻게 될 거 같아? 하루는 도망칠 수 있을까? 천운이 따르면 한 달 정도는 살 수 있겠지. 그동안 원은 더 화났겠지? 아마 편안히 죽지 못하고 여기로 끌려와 갖은 화풀이를 다 당할걸? 내가 아무리 원이 싫다지만 그렇게 죽을 순 없잖아? 협조해서 안전하게 살다가 깔끔하게 가는 게 낫지. 안 그래?"

"그 이야기를 저한테 하는 이유가 뭐예요?"

"아까 말했잖아. 원을 조심하라고."

"……."

"원은 필요하면 가졌다가, 필요 없으면 찢어서 버리거든. 그게 물건이든, 사람이든."

랑이가 싱긋 웃었다. 마주 서 있던 록이 딱딱하게 굳었다. 마침내 록이 입술을 늘였다.

"충고 고마워요."

"제안도 하나 할게. 난 되게 착하거든. 나한테 올래? 잘해 줄게."

도긴개긴 같은데?

록이 숨을 깊게 들이마셨다.

"미안한데요. 저는……."

"거절은 다음에. 조금 더 고민해 봐. 그리고 빠른 시일 내에 놀러 가자. 나랑 있다 보면 마음이 달라질 수도 있잖아. 안 그래?"

랑이가 웃으며 록의 뺨을 쓸어내렸다.

쾅!

문이 열리는 소리에 두 사람의 시선이 한곳에 쏠렸다. 거칠게 문을 연 사람은 크리스였다. 그 뒤를 따라 알렝이 들어왔다. 록이 목을 빼고 그들의 뒤를 살폈다. 그러나 둘 뿐, 아무도 없었다.

"어? 왜 두 사람만 들어와요? 범인은요? 도망쳤어요?"

“범인은 유리라는 여자야.”

크리스가 딱딱한 목소리로 말했다.

“유리요? 어?”

유리는 록의 방 담당인 야미와 동갑내기 친구였다. 곧잘 록의 방
에 놀러와 그녀가 만든 팔찌를 구경하곤 했다. 웃는 게 예뻐서 그녀
에게 팔찌를 선물하기도 했었다. 그런데 범인이 유리라고?

“잘못 안 거 아니에요? 확실해요?”

“어.”

“말도 안 돼요. 그럴 리가요. 유리는 지금 어디 있어요? 직접 물어
야겠어요. 왜 그런 쓸모없는 물건을 훔쳤는지요. 뭔가 착오가 있었
을 거예요.”

“죽었어.”

크리스가 덤덤하게 말했다.

“……뭐라고요?”

한발 늦게 록이 힘 풀린 목소리로 물었다.

“네 방에 물건을 가져다놓고, 직원 기숙사로 돌아가 자살했다고.”

“……거짓말. 설마요. 도둑질 좀 했다고 자살을 한다고요? 그
게…… 말이 돼요? 사과하고 끝내면 되잖아요.”

록의 눈동자가 정신없이 흔들렸다.

“나도 이해 못 하겠는데, 알렝의 말에 따르면 감당할 수 없었다나
봐. 어쨌든 그 여자 방에서 훔친 물건이 다수 발견됐어.”

“그러니까 그것만 돌려주면 될 일이잖아요. 죽긴 왜 죽냐고요!”

록이 답지 않게 흥분해 소리쳤다. 크리스가 손을 들어 그녀를 저

지했다.

"흥분하지 말고 들어. 록, 네 물건 말고도 직원들 사이에서 사라졌다는 물건이 발견되었어. 뒷조사해 보니 정신과 기록이 있었어. 상담 내용은 도벽. 자신도 모르게 물건을 훔치는 도벽기질이라 고칠 수도 없다고 하더군."

"이건 직원 공고할 때 확인했어야지. 뭘 한 거야?"

랑이가 얼굴을 찌푸리며 물었다.

"동생 명의로 진료를 봤어. 평소 동생이 우울증이 있어서 정신과를 자주 드나들었다더군. 상담 내역이 걸리면 차후에 취업에 문제가 되니 상담한 모양이야. 이 모든 전말이 드러나면 일이 커질 테니 감당 못 하고 자살한 거겠지. 약간의 편집증 증세도 있었고. 이런 것까지는 세세히 확인하지 못하니 담당도 몰랐나 봐."

"하."

록이 기가 막히다는 듯 한숨을 내쉬었다. 머리가 멍해졌다. 순간 다리에 힘이 풀린 그녀가 그 자리에 풀썩 주저앉았다. 다른 건 귀에 들어오지 않았다. 그저 자신이 알던 사람이 자살했다는 것만 머릿속에서 뱅뱅 돌았다.

"그럼 이제 어떻게 되는 거예요?"

록이 저를 바라보고 있는 세 사람에게 힘 빠진 목소리로 물었다.

"이걸로 종결이지. 그 여자 물건은 다 가족들에게로 돌려보내질 거고, 이 사태에 대해선 이 나라에 책임을 물을 거야. 그 사람들이 고르고 고른 사람들인데, 질이 너무 형편없잖아? 도벽이라니."

크리스가 담백하게 대답했다. 그런 크리스를 록이 멀거니 바라보았다.

"사람이 죽었는데, 아무렇지도 않아요?"

"응."

크리스가 거릴 것 없이 대답했다. 록의 표정이 미묘하게 구겨졌다.

"그럼 그 가족들한테는 뭐라고 할 건데요?"

"가족들에겐 이 상황을 설명해 줘야겠지. 그리고 내가 그런 사람 때문에 감정적으로 흐트러질 이유 없잖아. 본인이 지은 죄를 감당하지 못하고 스스로 목숨을 끊었어. 그건 그 사람의 선택이야. 왜 내가 그 사람의 선택 때문에 괴로워해야 하지?"

크리스의 차가운 말에 록이 입을 다물었다. 그의 말이 옳았다. 그녀는 죄를 지었고, 본인 스스로 감당할 수 없어 목숨을 끊었다.

그렇지만, 원치 않는 병이었다. 조금이라도 일찍 발견해서 '괜찮다'라고 말 한마디 해 줄 수 있었다면…… 그랬더라면 그 여자도 살수 있지 않았을까?

"후우. 알겠어요."

크리스와는 대화가 통하지 않을 것 같았다. 이들은 지독하게 이성적인 사람들이었다. 감성적인 자신과 달랐다. 이런 사람들과 싸운다고 해서 죽은 사람이 살아 돌아올 일도 아니었다.

록이 힘들게 몸을 일으키자, 랑이가 곁에서 록을 부축했다.

"이걸로 모든 일이 끝난 거죠?"

록이 힘없이 물었다.

"어. 나머지는 내가 알아서 할게. 차후에 비슷한 일이 일어나지 않도록 조치할 거고."

"네. 알겠어요."

"그리고 이 사실은 원에게도 보고될 거야. 어쩌면 지금쯤 다 알고 있을 수도 있겠지만."

"알겠어요."

록은 힘없이 고개를 끄덕이고 돌아섰다.

"데려다줄게. 이대로 가다가 너 쓰러지겠어."

록이 계단을 오르자 랑이가 나란히 섰다.

"혼자 갈 수 있어요."

"원래 죽음에 대해 그렇게 민감해?"

랑이는 록의 말을 듣지 않고 그녀를 붙들었다.

"민감하지 않은 사람도 있나요?"

"대부분의 사람들은 본인의 죽음이나 지인들의 죽음에 동요하잖아. 얼굴 몇 번 안 본 사람이 자살했다는 소식이 그렇게 충격적이라는 게 의외라서. 난 경험해 본 적 없으니까."

"랑이 말대로 내가 민감한 걸 수도 있어요. 그런데 견딜 수가 없어요. 얼마 전까지 살아서 숨쉬고, 나랑 같이 대화를 했던 사람이 사라졌다는 게요. 그 사람이 죽기 직전에 얼마나 외로웠을까를 생각하면 숨이 막혀요."

"유사 경험이 있어? 아니면 직접 경험을 해 봤다든가."

"……."

"꼭 그런 것처럼 말하기에."

랑이의 예리한 말에 록은 입을 꼭 다물었다. 비슷한 일은 아주 자주 겪었다. 그녀는 어린 시절부터 늘 죽음과 마주하며 살았어야 했으니까. 그러나 대답하는 대신 앞을 보며 걸었다.

"데려다줘서 고맙습니다."

록이 꾸벅 인사하곤 문을 닫으려 할 때였다. 랑이가 문을 거머쥐더니 다시 열어젖혔다.

"침대까지 데려다줄 수 있는데."

"거절할게요."

"그럼 꿈속으로 데려다줄게."

"그것도 거절할게요."

록이 단호하게 말한 후, 문을 닫으려 힘을 주었다. 문이 꼼짝하지 않았다. 랑이는 싱글싱글 웃으며 문을 잡고 서 있었다.

"록."

"할 말 있으면 빨리하세요. 자고 싶어요."

"너, 무능력자지? 그런 기미도 전혀 안 보이고."

"네. 그 사실은 이미 널리널리 소문나지 않았나요?"

"다행이다. 그럼 네가 능력자가 될 일은 거의 없겠네."

다 아는 소리를 늘어놓는 랑이를 록이 의아하게 바라보았다.

"잘 자."

랑이는 설명하는 대신 싱긋 웃으며 잡았던 문을 놓았다. 문에 기대서 있던 록의 무게에 문이 쾅 닫혔다.

"미안해요!"

록이 문 너머에서 소리쳤다.

"괜찮아. 잘 자."

랑이는 닫힌 문을 바라보며 인사했다. 문 너머에서 부스럭거리는 소리가 들렸다. 랑이는 문 너머가 조용해진 걸 확인하고서야 돌아섰다.

*　　*　　*

죽기 직전의 공포.

갑작스레 떠오른 생각에 록이 숨을 들이마시다 말고 기침을 터트렸다.

"쿨럭, 쿨럭!"

한참 기침을 하다 일어난 록은 자리에서 일어나 침대 헤드에 등을 댔다. 온몸이 노곤하게 늘어졌다. 저절로 오늘 오후에 있었던 일이 떠올랐다.

유리의 죽음에 야미는 자신의 방을 청소하다 말고 울음을 터트렸다. 야미는 울면서 '괜찮아요. 저는 괜찮은데, 유리가 불쌍해요. 좋은 아이였거든요. 자기도 모르게 도벽이라니…… 얼마나 힘들었을까요?'라며 중얼거렸다.

록은 야미를 껴안은 채 아무 말도 할 수 없었다. 자신이 죄인이 된 기분이었다.

"하아, 왜 여기와선 일이 더 꼬이지?"

록이 긴 한숨을 내쉬며 몸을 일으켰다. 아무래도 서재를 쥐 잡듯이 뒤져서라도 인간계로 갈 수 있는 방법을 찾아야겠다. 여기 있다간 제명이 못 살지 싶었다. 록은 전화를 걸어 알렝의 집무실 번호를 알아냈다.

"알렝. 록이에요. 바쁜데 죄송해요."

—네. 무슨 일이십니까?

"혹시 이 집에서 가장 많은 정보가 보유되어 있는 곳을 알 수 있을까요? 신문도 좋고, 잡지도 좋아요."

—있죠.

"어디에요?"

록이 화색을 띠며 물었다.

—원의 머리요.

"……."

—물어보면 다 대답해 줄 겁니다. 나라, 무기, 인간 등 기억 못 하는 게 거의 없죠. 그런데 뭘 물어보려고 하시죠? 가장 많은 정보가 담겨 있는 만큼, 조금 예민하거든요. 살살 다루어야 해요.

조금 예민이라니요? 미친 듯이 예민한 거지.

록은 반박하고 싶었으나 꾹 참았다.

"그곳 말고는요?"

—도서관은 서쪽과 동쪽에 자리합니다.

록이 모두 알고 있던 곳이었다.

"혹시…… PC를 사용할 수 있나요?"

—아니요. 이 저택에 있는 PC는 모두 허락한 사람들만 접근할 수 있도록 만들어져 있습니다. 허락받지 않고 PC에 접근할 경우 모든 자료가 삭제되고 하드를 비롯해 모든 부품이 폭파한다고 알고 있습니다.

"……."

PC마저도 집주인을 닮았네.

―참고해 주십시오.

몰래 서재에 들어가 PC를 켜 볼 생각하지 말라는 경고에, 록은 얌전히 대답했다.

"네. 알려 주셔서 감사합니다."

―별말씀을요.

알렝과의 통화를 마친 후, 록은 곧장 동쪽 서재로 향했다. 동쪽 서재를 확인한 후, 서쪽 서재까지 확인해 볼 생각이었다. 두 서재의 구석구석을 다 뒤진 끝에 록은 마침내 두 권의 책을 찾아냈다. 일부러 숨겨 둔 건지 외국어칸 가장 아래에 꽂혀 있었다.

「인간계」

「인간계의 인간들에 관하여」

록은 그 자리에 주저앉아 책을 펼쳤다. 목차는 간단했다.

Chapter 1. 인간계의 정의

Chapter 2. 인간계 평화조약

Chapter 3. 인간계에서 왔다고 주장하는 사람들

책을 넘기자 먼지가 풀풀 날리었다. 책의 가장 뒷부분으로 넘겨 인간계에서 왔다고 주장하는 사람들의 인터뷰를 펼쳤다. 록이 막 인터뷰 자료를 읽으려 할 때였다.

"록."

"아, 깜짝이야."

록이 고개를 들다말고 깜짝 놀라 책을 떨어뜨렸다.

"뭘 그렇게 놀라? 섭섭하게?"

랑이가 픽 웃으며 물었다.

"언제 왔어요? 발소리를 전혀 못 들었거든요."

"책 읽느라 정신이 없었겠지. 무슨 책이야?"

랑이가 책을 주워들어 탁탁 털며 말했다. 록이 되돌려 달라는 듯 손을 내밀었다. 그러나 랑이는 싹 무시한 채 책 표지를 보았다.

"인간계라…… 인간계로 돌아가고 싶어?"

"그냥 궁금해서 찾아봤어요. 여기서 인간계는 어떻게 비춰지나 싶어서요. 겸사겸사 신간이면 인간계 소식도 접할 수 있을 테니 궁금하기도 하고요."

"그래? 이렇게 오래된 책에선 제대로 된 자료를 찾기 힘들어. 그런 의미에서 나랑 데이트하러 갈래?"

랑이가 책을 탁 소리 나게 접더니 저 멀리 던졌다.

"……대체 어느 맥락에서 '그런 의미에서'라는 말이 나온 거예요?"

대화가 탁구공처럼 제멋대로 튀어갔다.

"그냥 나랑 데이트하자는 말이지. 나도 밀린 업무를 겨우 다 했거든. 무슨 일인지 원이 나만 콕 집어서 한 달 치 업무를 일주일 만에 해내라고 하는 바람에 죽는 줄 알았어. 그리고 혹시 알아? 나랑 데이트하러 가면 내가 인간계 이야기를 해 줄지?"

"인간계에 대해 알아요?"

록이 고개를 휙 돌리며 물었다.

"적어도 크리스, 천이보단 관심이 많아. 그렇다는 건 그들보다 많은 정보를 갖고 있다는 뜻이겠지?"

랑이가 부드럽게 웃으며 말했다. 록은 고민했다.

"그렇지만 원에게 허락을 받아야 해요."

"원이 그렇게 신경 쓰여?"

"안 쓰일 수가 있나요. 멋대로 외출한 걸 들키면 혼날 거예요. 아니, 혼만 날까요. 목숨이 오락가락할지도 몰라요."

"어차피 원은 내일 새벽이나 돼야 돌아와. 그 전에 마지막으로 외출하고 돌아오는 게 낫잖아. 원이 널 순순히 외출시켜 주지도 않을 거고."

랑이의 말에 록은 갈등했다. 그걸 알아챘는지 랑이가 무릎을 굽히고 앉아 록의 눈을 바라보았다.

"팔찌 만들어야 하잖아. 재료가 다 떨어졌을 텐데? 돈 부족하잖아. 팔찌 몇 개를 더 만들어서 팔아야 도망칠 수 있을 텐데. 안 그래?"

랑이의 조근조근한 말에 록의 어깨가 흠칫하고 떨렸다. 그러나 록은 가까스로 놀란 표정을 짓진 않았다.

"무슨 소리예요? 도망이라니요. 여기서 호의호식하고 지내고 있는데."

"호의호식하는데 직원들한테 팔찌를 팔아 돈을 벌고 있는 이유는 뭘까? 갑작스레 사람이 돈을 필요로 할 땐 한 가지 이유지. 무언가를 해야 할 때."

"그야 원이 저를 놔주면 혼자 살아야 하니까요. 염치없이 원한테 노후까지 책임지라고 할 순 없잖아요. 사람이 어느 정도 돈을 갖고 있어야 편하기도 하고요."

"정말 그렇게 생각해? 원이 널 순순히 놔줄 거라고? 눈치 빠른 네가 그렇게 생각할 리가 없을 텐데."

랑이가 웃으며 물었다. 록이 무표정한 얼굴로 랑이를 바라보았다. 그는 모든 사실을 알고 있는 듯했다. 한 번 더 발뺌해야 하나, 아니면 이실직고해야 하나 고민할 때였다.

"발뺌하지 마. 걱정하지도 말고. 이건 나만의 비밀로 할 테니까. 나는 록이 도망치는 게 낫다고 생각하거든. 이왕이면 인간계로 도망치는 게 제일 좋다고 생각하고. 원이 거기까진 쫓아가지 못할 테니까."

"왜 나한테 그런 이야기를 하는 거예요? 랑이는 엄연히 원의 편이잖아요."

"원 때문에 죽기엔 아까워. 이렇게 예쁜 얼굴은 길이길이 보존되어야 한다고."

랑이가 자연스레 록의 뺨을 쓸어내렸다. 록은 얼어붙었으나, 그의 손길을 피하지 않았다.

"저한테 바라는 게 뭐예요?"

"일단 지금은 하나야."

"……."

"나랑 데이트하는 거. 시장 가자. 가서 네가 필요한 것도 사고, 술 마시면서 대화도 하고. 어때?"

랑이가 록에게 손을 내밀었다. 이런 조직에 몸담았다고 보기엔 몹시 깨끗하고 반듯한 손이었다.

"내 손 잡아줄래?"

랑이가 싱긋 웃었다.

“뒷일은 랑이가 책임지는 건가요?”

“물론.”

“어떻게 그렇게 자신만만해요?”

“그야 아무 일 없이 귀가할 테니까.”

록의 눈이 흔들렸다. 랑이의 말대로 자신은 현재 돈과 정보가 모두 필요하다. 랑이가 이걸 주겠다고 제안하고 있었다.

혹시나 만에 하나 이게 함정이라면? 원이 자신의 마음을 떠보기 위해 랑이에게 시켰을 수도 있다.

손을 든 록이 머뭇거렸다. 긴 기다림을 랑이는 말없이 지켜보았다.

결국 록의 손이 랑이의 손에 닿았다. 원이라면 이런 함정을 파지 않을 거라는 생각이 들었다. 그러면 칼을 직접 목덜미에 들이대고 물어볼 스타일이다.

“믿어볼게요.”

록이 랑이의 눈을 똑바로 쳐다보며 대답했다. 랑이가 그녀의 손을 감싸 쥐었다.

“그래.”

랑이가 가볍게 미소 지었다.

*　　*　　*

“변장 시켜준다면서요.”

록이 문을 벗어나며 어금니를 꽉 깨물고서 물었다.

“응. 변장 시켜줬잖아. 그거.”

랑이가 손끝으로 록이 쓰고 있는 모자를 톡 쳤다. 헐렁한 모자가 순간 앞으로 확 쏟아졌다. 록은 모자를 고쳐 쓰며 얼굴을 찌푸렸다.

"모자 하나 달랑 주고 무슨 변신이에요?"

"얼굴 안 보이면 변신이지."

랑이의 단순한 논리에, 록은 그를 따라가는 게 옳은 결정이었는지 의심이 들었다.

록은 모자를 푹 눌러쓴 채 주변을 살폈다. 어둑한 길이 끝없이 이어져 있었다. 이 집에서 거주한 지 꽤 되었다고 자부하는 록조차도 이곳은 처음이었다.

"여긴 어디예요?"

키가 큰 활엽수들이 길 양쪽으로 빽빽하게 나 있었다. 길도 몹시 가팔라 나무 쪽으로는 내려갈 수 없을 듯했다.

"직원들이 드나드는 쪽문. 철저하게 검사를 하지만, 늦은 밤엔 퇴근하는 사람이 없어서 경비가 허술하거든."

랑이가 코트 주머니에 손을 푹 찔러 넣으며 말했다. 록은 자신보다 한발 앞서 걷는 랑이의 뒷모습을 바라보았다. 그의 직모가 바람에 살랑살랑 흔들렸다. 머리 긴 남자는 별로인데, 랑이에겐 꽤 잘 어울려 거부감이 없었다.

"지금 어디 가요?"

"어디 가고 싶은데?"

"시장에 가고 싶어요. 가서 팔찌 재료도 사야 하고, 여윳돈으로 초능력 상점에 가서 1회용 호신 능력캡슐도 사야 하고요."

"그래. 가자."

랑이가 가벼운 걸음으로 걸었다. 그러다 무언가 생각난 듯 성큼 다가오더니 록의 손을 낚아채듯 잡았다.

"지금 도망치면 내가 곤란해지니까."

랑이가 록의 손을 쥐고서 주머니에 쏙 넣었다.

"도망 안 갈게요. 놔주세요. 그리고 내가 도망쳐 봤자죠. 금세 잡을 거잖아요."

"어? 눈치 빠른 줄 알았는데 이쪽 분야는 느린가 보지?"

"네?"

무슨 소리냐는 듯 록이 되물었다.

"도망 핑계로 손잡은 건데."

"……."

"나중엔 도망 핑계로 어깨동무도 할 거야. 팔짱도 끼라고 시킬 거고. 뭐야? 정말 몰랐어? 아까 말했잖아. 우리 데이트하는 거라고. 집중 좀 합시다. 아가씨."

랑이의 말에 록이 미간을 찌푸렸다.

데이트라니.

어색하기 그지없는 단어였다. 왠지 속에서 반발심도 올라왔다. 그러나 록은 잠자코 걸었다. 현재 외출이 아쉬운 건 자신이었기에.

*　　*　　*

"이 물건으로 말할 것 같으면 말입니다. 요 버튼을 탁 누르면 하트표 비눗방울이 뭉게뭉게 쏟아져 나오는 아이템입니다. 보통 남자

친구분이 여자 친구에게 고백할 때 많이 쓰죠. 방금 전 손님도 요거 사 가셨어요!"

누가 저 아저씨 좀 말려줬으면 좋겠다.

록은 상점에 들어서자마자 자신과 랑이를 세워놓고 각종 아이템을 설명하는 아저씨를 보며 생각했다. 몇 번이나 말을 가로막으려고 시도했지만, 실패했다. 그 때문에 벌써 커플 이벤트용 아이템 다섯 개째 설명을 듣는 중이었다.

"그래요? 록! 나, 이거 하나 살까?"

랑이가 검지만 한 칩을 들고서 물었다.

쟤는 왜 거들고 있지?

록이 한숨을 내쉬며 랑이를 말없이 바라보았다. 그러자 랑이가 의도적으로 시무룩한 표정을 지었다.

"아, 이거 싫어?"

"네."

"그렇구나."

랑이가 순순히 쥐고 있던 하트 비눗방울이 나오는 칩을 내려놓았다.

"이게 싫다네요. 그럼 혹시 별표 비눗방울이 나오는 칩 있나요?"

"랑이!"

록이 소리를 치며 랑이에게 성큼성큼 다가왔다.

"왜? 하트가 싫다며. 그럼 별이 좋은 거 아냐?"

"아뇨. 다 싫어요. 아저씨. 제가 바라는 건 호신용 물품인데요. 휴대성 좋고, 효과 좋은 호신물품 있나요?"

"그럼요. 있고말고요. 아가씨의 호신물품을 사러 왔군요. 진즉에 말씀하시죠. 다른 거 설명하느라 목이 다 아프네."

말할 틈을 안 주셨잖아요.

록은 속으로 대답하며 아저씨를 쳐다보았다. 잠시 뒤에 다녀오겠다던 아저씨는 네 개의 물건을 챙겨 왔다.

"어느 속성을 좋아하는지 몰라 몇 개 챙겨왔습니다. 이건 눌러서 상대방에게 던지면 됩니다. 그럼 그 사람은 감전되어서 쓰러지게 되어 있어요. 효과가 좋은 만큼, 관리가 까다롭고 금액대가 높습니다. 그리고 1회용이고요. 두 번째 물품은……."

아저씨의 설명이 죽 이어졌다. 아저씨가 두 번째로 내놓은 호신용품은 일시적으로 한쪽 팔에 힘이 세지는 기능을 갖고 있었다. 대신 그 이튿날 근육통에 시달리는 부작용이 있었다. 세 번째 물건은 누르면 엄청난 굉음이 뿜어져 나오게끔 설정되어 있었다.

늦은 밤, 괴한에게 습격당할 때 누르기 적합하다고 했다. 강한 공격력은 없으나, 무한 재사용 가능하다는 장점이 있었다.

"그리고 요건 마지막입니다만."

아저씨가 잠시 머뭇거리며 야릇한 웃음을 지었다.

"남자분들은 몹시 조심하셔야 하는 물건이지요."

"뭔데요?"

"요건 딱 누르면 자동으로 남자의 중요부위를 스캔해 직접 찾아가 때리는 기능이 설정되어 있지요. 본래 이 아이템은 작년에 한 괴짜 부인이 바람피우는 남편 때문에 만들었다고 합니다. 그런데 그걸 본 친척들이 호신용으로 좋겠다고 해서 특허 내어 판매중이지요. 그 괴짜 부인은 바람피우던 남편과 이혼하고 10살 연하와 함께 행복하게 살고 있다고 합니다."

별로 알고 싶지 않았던 괴짜부인의 말로까지 알게 되었다.

"자, 어떠십니까?"

아저씨가 자신만만한 얼굴로 물었다.

"이거 말고 버튼을 누르면 일시적으로 물이 쏟아져 나오는 아이템 있나요?"

"그럼요! 그럼요! 있고말고요!"

"그거 하나 주세요. 그리고 전기 감전용 아이템도 하나 주시고요. 또 두 번째 것도 주세요. 이렇게 구매하면 할인해 주시나요?"

"그럼요! 당연하죠. 얼른 준비하겠습니다. 그동안 둘러보고 계세요."

아저씨는 싱글벙글한 얼굴로 록이 주문한 물품을 챙기기 시작했다.

"만반의 준비를 하나 봐."

랑이가 픽 웃으며 말했다.

"혹시나 해서 준비하는 거예요."

"가기 전에 나한테 인사는 하고 가."

"정말 내가 도망치길 바라는 거예요?"

록이 믿을 수 없다는 눈으로 랑이를 바라보았다.

"아쉽지만 나랑 사귈 거 아니면 도망쳤으면 좋겠어. 원이 잡을 수 없는 곳으로 멀리멀리."

"왜요?"

“글쎄. 왤까?”

랑이가 애매모호한 미소를 지으며 되물었다. 록은 랑이를 물끄러미 바라보다가 시선을 돌렸다.

“준비 다 됐습니다. 남자분은 필요하신 거 없으신가요? 이를테면 설명할 수 없는데 남자분한테 참 좋은 물건들이 뒤편에 다량 준비되어 있습니다. 시간되시면 한 번 보고 가시죠.”

아저씨가 음울해 보이는 검은 커튼을 가리키며 천사처럼 환하게 웃었다.

“괜찮습니다. 쓸 일이 없을 것 같아서요.”

랑이가 예의상 웃으며 돌아섰다. 그러고는 몹시 당연하다는 듯 록의 손을 거머쥐었다.

＊　　＊　　＊

“캬아—”

록이 맥주잔을 내려놓으며 소리 냈다. 듣기에도 시원한 소리였다.

“여길 원이랑 왔단 말이야?”

랑이가 믿기 힘들다는 표정으로 물었다. 술집은 몹시 낡고 허름했다. 천장의 구석진 부분에는 거미줄이 걸려 있었다.

그 아래를 이루고 있는 기둥은 보기에도 부실해 보여 랑이가 마음만 먹고 기둥 몇 번만 치면 폭삭 내려앉을 것처럼 보였다. 그 때문인지 술집이 가장 호황을 이루어야 할 늦은 시간임에도 가게는 한산했다.

"네. 전에 그 시간에 여기 말고 문 연 곳이 없었거든요. 다른 곳도 있긴 했지만, 원 성격상 시끌벅적한 곳을 좋아하지도 않을 거고, 또 그런데 풀어뒀다간 무슨 일이 있을지도 모르고요."

"맞는 말이야. 잘 파악했네."

랑이가 픽 웃으며 술잔을 입술에 가져다 댔다. 낡은 것에 비해 규모가 제법 큰 술집엔 록의 테이블을 포함해 딱 세 테이블이 차 있었다.

가게에선 음울한 분위기와 딱 어울리는 잔잔한 음악이 흘렀다. 록은 자신의 옆자리에 쌓인 봉투를 보았다. 하나는 팔찌제작용품이고, 다른 하나는 호신용품이었다.

랑이에게 자신의 계획을 모두 들킨 것 같아 찝찝하긴 했지만, 하는 수 없었다. 랑이의 도움을 받지 않으면 영영 도망칠 수 없을 것 같았다.

"랑이."

록의 부름에 록이 눈동자만 움직여 앞을 바라보았다.

"응?"

그가 한발 늦게 물었다. 짧게 되묻는 목소리가 다정해서 오랫동안 함께한 연인을 대하는 것 같은 느낌이 들었다.

"랑이는 왜 원을 싫어해요?"

"여기까지 와서 원 이야기할 거야?"

랑이가 장난스럽게 얼굴을 구겼다.

"이렇게 이야기 피할 거예요? 나는 다 밝혔잖아요. 도망갈지도 모른다는 사실과, 준비한 무기는 뭔지 등등. 그런데 나는 랑이가 무슨 생각을 하고 나를 돕는지 몰라요. 그저 원을 싫어하기 때문에, 라는 것만 알아요."

"그래서 불공평하다?"

"네."

록의 대답에 랑이가 픽 웃었다. 이럴 때 록은 몹시 다부졌다. 랑이가 눈을 내리깔고서 술이 담긴 잔을 바라보았다.

"그럼 이야기를 시작…… 이런. 잠시만. 급한 전화라고. 이것만 받고 올게. 기다려."

랑이가 술집 문을 열고 나갔다. 틈새로 차가운 바람이 몰아쳤다. 록은 시린 바람에 어깨를 웅크렸다. 빈 술잔에 술을 붓고서 멍하니 쳐다보았다. 도망칠 수 있을까. 록이 그런 고민을 하며 술을 홀짝홀짝 마실 때였다.

드르륵.

술집 문이 벌컥 열렸다. 문을 열고 들어온 랑이가 다급하게 그녀를 불렀다.

"록."

"네?"

"따라와. 급한 일이야."

랑이의 얼굴이 희게 질려 있었다.

"무슨……."

"어서."

랑이가 록의 손목을 잡아챘다.

"어? 오늘 산 물건들 챙겨 와야 해요. 저것들을……."

"그건 다음에 내가 사 줄게. 가자."

돌아가려는 록을 잡아챈 랑이가 거칠게 끌어당겼다. 그러고는 카운터에 마신 술값보다 다섯 배는 많은 금액을 올려두었다.

"어디로 가요? 문은 저기예요."

록이 들어온 쪽의 문을 가리켰다.

"앞문은 위험해."

랑이가 록의 손목을 잡고서 가게 카운터 쪽으로 끌어당겼다. 카운터 사이로 한 사람이 지나갈 정도의 좁은 복도가 나왔다. 그 복도를 한참 지나자 지하로 이어지는 계단이 있었다. 지하로부터 습하고 차가운 바람이 몰아쳐 나왔다.

"여기 어디예요? 지금 어디로 가는 거예요?"

당황한 록이 소리쳤다.

"쉿. 지금부터 아무 말 하지 말고 나 따라와. 안 그러면 너도, 나도 죽어."

랑이가 록의 입을 틀어막고서 낮게 경고했다. 랑이의 손이 숨 막히게 차가웠다. 그 손길에 록의 등골에 자잘한 소름이 일었다. 왠지 낯선 느낌이었다.

록이 고개를 끄덕이며 한 발 내디뎠다. 오래된 계단은 낡고 가팔랐다.

"이리로 와."

지하로 내려간 랑이는 능숙하게 위로 향하는 계단을 찾아냈다. 가다 말고 록이 멈춰 섰다.

"랑이."

“질문은 나중에 해.”

“여기 처음이라고 하지 않았어요?”

록이 눈을 가늘게 뜨고서 물었다. 랑이는 마치 이곳을 자주 드나든 사람처럼 한눈에 알아보았다. 그러자 랑이가 얼굴을 찌푸렸다.

“처음 맞아. 그리고 건물내부를 스캔하는 게 내 능력이고. 이제 내 말을 믿겠어?”

랑이의 차가운 말투에 록은 마지못해 고개를 끄덕였다. 랑이의 능력에 대해 듣지 못했다.

“따라 올라와. 이 건물, 곧 폭파될 거야.”

“폭, 폭파요?”

“그래. 그러니까 어서 따라와.”

랑이가 먼저 가파른 계단을 올라갔다. 그 뒤를 이어 록이 올라섰다. 랑이는 록을 데리고 근처에 세워 둔 차에 그녀를 먼저 태웠다. 랑이가 운전석에 올라탔다.

달칵.

문이 잠기는 소리에 록이 고개를 들었다. 별것 아닌 소리가 소름 끼치게 들렸다.

“랑이? 문은 왜 잠가요?”

록이 눈을 동그랗게 뜨고서 물었다.

“안전을 위해서야.”

랑이가 핸들을 거머쥐었다. 그가 시동을 걸고서 차를 출발시켰다. 그의 차가 술집 앞을 지나쳤다.

펑! 퍼펑!

"윽!"

술집이 폭발했다. 폭팔의 여파로 차가 흔들렸다. 록이 머리를 감싸 쥐며 시트로 몸을 숙였다가 벌떡 일어났다.

"무슨 일이에요? 네?"

록이 하얗게 질린 표정으로 뒷창을 바라보았다. 건물이 있던 자리에서 시꺼먼 연기가 피어올랐다. 그 건물 앞에 누군가가 서 있었다. 큰 키에 생머리를 한 남자였다. 그 남자가 누군가를 찾으며 울부짖듯 외치고 있었다.

'록!'

남자가 비명처럼 그녀의 이름을 부르짖었다.

"……랑이?"

록이 눈을 크게 부릅떴다. 이윽고 연기가 남자의 모습을 집어삼켜 가렸다. 믿기지 않는 광경에 숨까지 멎었다.

랑이가 저곳에 있었다. 그렇다면 자신을 데리러온 랑이는 누구지?

목이 뻣뻣해졌다. 록이 힘겹게 목을 돌려 앞을 보았다. 운전석에 앉은 남자의 윤곽이 안개처럼 흐려지고 있었다. 서서히 윤곽이 사라지고, 비로소 남자의 실체가 드러났다.

왜소하고 마른 체구. 기이할 정도로 창백한 피부.

"오랜만이야, 록."

남자가 백미러를 보며 싱긋 웃었다. 록은 하얗게 질린 얼굴로 중얼거리듯 남자를 불렀다.

"……히카?"

2장

늦은 밤, 광활한 허허벌판의 군데군데에서 시커먼 연기가 피어올랐다. 셀 수 없이 많은 사람들이 피를 흘리며 바닥에 쓰러져 있었다. 원은 야트막한 언덕에 올라 참혹한 그 풍경을 물끄러미 바라보고 있었다.

원이 이곳에 도착했을 때 이미 비슷한 규모의 군대가 맞부딪쳤고, 아주 약소한 차이로 테러범들이 이기고 있었다. 원은 정부군과 약속한 대로 무기를 대여해 주었고, 유일한 전투인력으로 참전했다. 얼굴은 다른 사람으로 보이게끔 1회용 얼굴을 사용했다. 이리저리 뛰어다니는 원을 위해 크리스가 개발한 물건이었다.

'뭐 저런 놈 하나 가지고 되겠어?'

'와, 해도 해도 너무 한 거 아냐? 겨우 한 놈?'

'튀. 더러운 놈들. 그러게 무기 거래하는 놈들이랑 알고 지내지 말라고 안 했소! 이렇게 뒤통수 맞을걸!'

전쟁에서 밀리자 정부군들의 고위간부들 신경이 한껏 날카로워졌다. 그도 그럴 것이 점령당하면 그다음차례는 곧장 수도였기에 예민할 수밖에 없었다.

원은 자신을 향해 쏟아 내는 각종 비난에 아랑곳하지 않았다. 그는 상당히 기분이 좋으면서도, 묘하게 기분이 나쁜 이상한 상태였다. 그래서인지 다른 사람들의 말이 귀에 들어오지 않았다. 그 덕에 살아남았다는 것도 모른 채 고위간부들은 끝도 없이 구시렁거렸다.

그런 그들의 생각이 바뀐 것은 원이 참전하면서였다. 원에겐 테러범들의 초능력이 통하지 않았다. 상위 초능력자라는 걸 깨달은 고위간부들의 안색이 변했다.

이후 그가 시야에서 사라졌고, 얼마 지나지 않아 테러범들의 거처가 어마어마한 소리를 내며 폭발했다. 기지가 사라진 테러범들은 우왕좌왕했고, 정부군들은 금세 테러범들을 소탕할 수 있었다.

'약속대로 할 거 다 했으니, 넘기시죠.'

3시간 후, 유유히 나타난 원이 피에 젖은 손을 내밀었다. 피를 자주 봐 온 군인들조차도 얼어붙게 만드는 섬뜩한 모습이었다. 원의 활약상을 모두 본 그들은 얌전히 테러범들의 무기 자료를 넘겼다. 원은 펜으로 휘갈기듯 써져 있는 종이를 훑듯이 보았다.

'테러범들의 무기 입수 경로는 아직 알아보는 중입니다. 파악되는 대로 말씀하신 연락처로 자료 전송하도록 하겠습니다.'

'됐습니다. 이미 알아냈으니까.'

원이 뻐딱하게 서서 다 훑은 종이를 책상 위로 던졌다.

'버, 벌써요?'

'내가 저길 왜 다녀온 것 같습니까? 놀러? 아니면 구경?'

원이 손끝으로 폐허가 된 테러범들의 간이 기지를 가리켰다. 무기만 제공해도 충분히 승산 있는 싸움이었다. 그럼에도 원이 직접 테러범들의 기지로 들어간 것은, 직접 눈으로 파악하기 위해서였다.

'훔친 놈한테 묻는 게 빠르지 않겠어요?'

원이 서늘한 미소를 지으며 물었다.

그는 정부군의 자료를 신뢰하지 못했다. 정부군은 기본적으로 무기거래 하는 업체에게 자료 넘기는 걸 꺼려 했다. 몇 번의 조작된 자료를 건네받은 경험이 있는 원은 정부군을 신뢰하지 않았다.

'그럼 우리를 못 믿는다는 말 아니오.'

수뇌부중 한 명이 불편한 표정으로 물었다.

'그러는 그쪽은 우리를 믿습니까?'

원이 대머리 수뇌부를 보며 물었다.

'흠, 그야……'

'서로 신뢰 없는 거래라는 걸 알고 있는데, 일방적인 신뢰를 보여 달라?'

'말이 심한 거 아닙니까?'

'그러게요. 제가 말만 심한 것 같군요?'

'지금 협박하는 겁니까!'

군인이 욱하는 성질에 책상을 탕 내리치며 자리에서 일어나 소리쳤다. 원은 눈 한 번 깜빡하지 않고 군인을 바라보았다.

'제가 가지고 온 무기 8점 중, 한 점이 사라졌습니다.'

원의 낮은 목소리가 바닥을 기었다.

'그건 아까 말했다시피 고장이 나서……!'

'고장이 났는데 고장 난 무기를 되돌려줄 수 없다?'

'그야 우리 쪽의 실수로 고장 나자마자 폐기해버렸기 때문에 그렇다고 말하지 않았소!'

'폐기한 건 어디 있습니까?'

'모릅니다! 그건 우리가 계약된 사항에 따라 충분히 배상하겠다고 하지 않았습니까?'

더 이상 상황을 보고 있기 힘들다는 듯, 군인의 수장이 나서서 소리쳤다. 원은 눈만 움직여 수장을 바라보았다.

'우리 쪽 무기는 임의로 무기를 분해할 시 폭파하게 되어 있습니다. 언제, 어디서 폭파되었는지 저희 쪽으로 자료가 전송되죠. 동시에 그 무기를 분해한 사람의 얼굴이 촬영되어 저희 쪽으로 넘어옵니다. 그런데 방금 하필이면, 이곳에서 저희 무기가 폭발했다는 기록이 있더군요. 누군가의 얼굴도 찍혀서 왔다는데 어디 한 번 대조해서 심문해 볼까요?'

원의 물음에 군인들은 모조리 입을 다물더니 서로의 눈치만 살폈다.

그들이 가장 업신여기는 상대가 돈만 밝히는 무기거래상들이다. 그런 그들에게 도움을 받아 전쟁을 이긴 것이 분하고 억울했다. 그 중 한 명이 분을 참지 못하고 자신들도 이런 무기를 개발할 수 있다며 임의로 분해를 시작했다. 만류에도 불구하고 억지로 무기를 분해했고, 열자마자 폭파했다. 다행히 목숨은 살아남았지만 두 팔을 잃었다.

이 사실을 원이 모두 다 알고 있으리라 예상치 못한 그들은 아무 말도 하지 못했다.

'말씀하신 대로 계약 내용에 따라 무기거래가의 100%를 모두 받을 예정입니다. 그리고 무기를 임의로 분해한 것은 계약 위반이니, 우리 쪽에서도 테러범들의 자금줄 관련 정보는 넘기지 않겠습니다.'

'그건 너무 지나친 결정 아니오! 우리는 약속대로 무기 종류에 대해 다 전달하지 않았소! 우리 정보만 입수하고 발 뺀다는 건 말도 안 되오!'

'정확한 정보가 아니라는 거 알고 있습니다.'

'지금 우리 정보력을 무시하는 거요?'

'정보력은 믿습니다. 무기 숫자 세는 것 정도도 못 하면 군대가 아니죠. 다만, 방금 넘겨준 자료가 확실하다는 증거가 없으니 못 본 걸로 하겠다는 겁니다. 하여튼, 무기거래가를 정해진 시일 내에 납부하지 않으시면⋯⋯.'

원이 말을 하다 말고 멈췄다. 피에 잔뜩 젖은 마스크와 장갑을 벗어 그들의 책상 위로 던졌다.

'이것들을 가지러 돌아오죠.'

원이 가볍게 웃으며 돌아섰다. 그의 등 뒤로 군인들이 이를 바득바득 갈았다.

원은 이후 야트막한 언덕에 올라 정부군이 수습하는 상황을 지켜보았다. 죽은 시체는 차후에 수습할 예정인지 내버려 두었다. 그 때문에 밤하늘을 가르고 까마귀 떼가 달려들었다.

"여기 있었어?"

천이가 원의 곁에 앉으며 물었다. 원은 진즉부터 천이가 다가오고 있다는 걸 알았기에 놀라지 않았다.

"재미있는 일 있다면서 여기서 뭐해? 여긴 언덕이잖아. 재미있는 일이 뭔데?"

천이가 고개를 두리번거리며 물었다. 통화하던 중 원은 '재미있는 일이 있으니 당장 와.'라고 명령했다. 마침 몸이 근질근질하던 차였기에 천이는 두말 않고 냉큼 달려왔다.

"뭐야? 전쟁 끝났어? 전쟁 끝났는데 재미있는 일이 뭐야?"

천이가 실망스럽다는 표정으로 입술을 삐쭉거리며 물었다. 원은 손을 뒤로 돌렸다. 서류가방 크기의 가방이 놓여 있었다. 그들의 대형무기를 소형으로 압축시켜 담아 놓은 가방이었다. 부피는 줄여도 무게는 줄이지 못해 상당히 무거웠다.

"뭐? 저걸 어쩌라고?"

"가지고 돌아가."

"어. 다른 재미있는 일은?"

"없어."

"야! 넌 이게 재미있나? 고작 이런 거 시키려고 나 같은 고급 인력을 불렀냐?"

천이가 기가 막혀 말이 안 나온다는 듯 파르르 떨었다. 천이의 발악에도 불구하고 원은 어딘가에 시선을 둔 채 멍한 표정을 지었다.

"야! 대답을 하라고! 야!"

천이가 악을 쓰듯 부르다 말고 한숨을 내쉬었다. 천이는 화를 내는 대신 원의 곁에 앉았다. 자신이 왜 화가 났는지 조곤조곤 설명해 줘야겠다는 생각이 들었다.

"원. 내 말을 들어 봐. 나를 이렇게 쓰면 안 돼. 네 눈엔 내가 턱없이 부족해 보이겠지만 말이야. 어디 가서 막상 나 같은 놈 구하려면 엄청 힘들다? 그러니 나 같은 고급 인력을 이렇게 쓰는 건, 상당한 낭비라고. 응? 그러니까⋯⋯."

"⋯⋯좋아한다."

"⋯⋯뭐?"

천이의 표정이 흐려졌다.

"좋아한다⋯⋯."

원이 낮게 중얼거렸다. 입을 다문 천이가 오싹하다는 표정을 지었다. 실제로 머리부터 발끝까지 일순 소름이 끼쳤다. 천이가 힘겹게 말문을 열었다.

"네가 드디어⋯⋯ 말로 사람을 죽일 수 있는 방법을 터득했구나."

"⋯⋯."

"방금 진짜, 죽을 뻔했어."

천이가 부르르 떨었다. 얼굴만 멀쩡한, 참혹한 괴물의 입에서 '좋아한다'라니. 지금쯤이면 뭐라고 반응해야 할 원이 조용했다.

설마, 진심인가?

"이런 시팔."

천이가 욕설을 퍼부었다. 그러고는 두 손을 바지에 슥슥 문지르더니 모았다. 그러고는 간절한 마음으로 중얼거렸다.

"신이여. 한 번도 신을 믿은 적 없습니다만, 계시다면 들어 주세요. 저 새끼가 말한 좋아한다의 대상이 제가 아니게 해 주십시오. 다른 놈도 아니고 저놈이 제 인생의 반려자가 된다는 건 너무 참혹합니다. 다음 생에는 지렁이로 태어날 테니 이번 생은 봐주세요. 네? 간절히 기도드립니다. 크흡."

천이가 진심으로 기도하는 동안 원은 아무 말 하지 않았다. 천이의 웅얼거림이 귀에 재대로 들어오지 않았다.

'그걸 말이라고 해요? 당연히 걱정되죠. 다치면 어쩌려고 그래요? 아니, 다치는 건 그렇다 치더라도 그러다가 진짜 죽을지도 모른다고요! 정말 죽고 싶어요?'

원의 입술이 느릿하게 늘어났다. 누군가가 자신을 걱정하는 건 오랜만이었다. 자신이 죽길 바라거나, 죽어도 어쩔 수 없다고 생각하는 사람들의 틈바구니 속에서 록은 진심으로 자신을 걱정했다. 커다란 눈에 촉촉한 눈물까지 달고서.

그 순간, 그 말이 떠올랐다.

'좋아한다.'

그 말이 하고 싶어졌다. 하마터면 뱉을 뻔했다.

왜 그 말이 하고 싶었을까.

순간 술에 취해 풀어진 눈으로 저를 올려다보던 눈이 떠올랐다. 평범한 듯하면서 색기가 흘렀다.

그때 역시 눕혔어야 했나.

“미치게 눕혀버리고 싶네.”

원이 턱을 괴고서 곤혹스럽다는 듯 중얼거렸다.

“악! 미친놈아! 뭐래? 저리 꺼져! 난 안 돼!”

곁에서 천이가 비명을 지르는 것도 알아채지 못했다. 홀로 장풍을 쏠 기세로 버둥거리던 천이가 울리는 전화에 하던 짓을 멈췄다.

[랑이]

천이는 휴대폰을 귀에 가져다 댔다.

“랑이! 야! 전화 잘했다! 원이 미쳤어! 글쎄 나를 좋아하…….”

─입 닥치고 내 말 먼저 들어.

휴대폰 너머로 들려오는 목소리가 다급했다. 초조하고 불안한 기운을 확 담은 목소리에 천이가 하던 장난질을 멈추고 입을 다물었다.

“무슨 일인데?”

모든 일이 태평천하인 랑이가 이런 목소리를 낸 건 아버지가 돌아간 이후 처음이었다.

─록이, 사라졌어. 내 실수였어.

천이의 시선이 느릿하게 원의 뒤통수에 닿았다. 충격으로 눈동자가 차갑게 얼어붙었다. 그의 목울대가 한 박자 늦게 오르내렸다. 무언가를 감지한 듯 원이 고개를 돌렸다. 방금 전까지 기분 좋은 상상을 한 듯 그의 입술이 부드럽게 늘어나 있었다.

“뭔데?”

원이 물었다. 천이는 힘겹게 입술을 열어 그 사실을 전했다.

“록이 사라졌대.”

순식간에 원의 얼굴에서 표정이 사라졌다.

*　　*　　*

쾅!

문이 거칠게 열려 벽면에 부딪쳤다. 너덜거리는 문에 시선 한 번 주지 않고 원이 들어섰다. 원의 시선이 랑이에게 못 박혔다.

"원! 상황보고부터 들어야지!"

크리스가 그 앞을 가로막았다. 가까스로 걸음을 멈춰 세운 원이 말했다.

"말해."

원의 입술 사이로 흘러나온 목소리는 얼음장처럼 차가웠다. 죄 없는 크리스조차 바짝 긴장하게 만들었다.

"랑이랑 록이 잠시 외출했나 봐. 랑이는 보고를 받을 일이 있어서 잠시 술집에서 나왔었대. 그사이에 가게가 폭발했고. 현재 시신을 파악하고 있는 중인데 록은 없어. 인근에 기억저장프로그램이 있는지 확인 중이야. 파악되는 대로 보고 들어올 거야."

"이제 들을 건 다 들었네."

감정이 배제된 무심한 목소리였다.

"원!"

크리스가 잡기도 전에, 원이 랑이의 멱살을 잡고서 벽으로 집어던졌다.

우당탕탕—!

랑이의 몸이 벽에 강하게 부딪쳤다가 책상 위로 떨어졌다. 순식

간에 원의 서재가 아수라장이 되었다. 원이 떨어진 랑이에게 다가
가 그의 멱살을 다시 한 번 거머쥐었다.

"원!"

크리스가 말리려고 소리쳤으나, 한발 늦게 들어온 천이가 크리스
를 막아 세웠다. 그러고는 고개를 가로저었다. 지금 원의 폭주를 막
으면 다 죽는다.

"랑이가 끼어들지 말라고 하더라. 저 두 사람이 해결할 문제야."

그의 말에 크리스가 걸음을 멈춰 세웠다.

원이 숨 쉴 수 없을 만큼 랑이의 어깨를 강하게 움켜쥐었다. 원의
손끝이 랑이의 어깨를 파고들었다. 어깨가 순식간에 탈골되었다.

"으윽!"

랑이가 고통스러운 비명을 참았다.

"누구 마음대로 외출을 해?"

감정이 사라진 얼굴로 원이 차갑게 물었다. 랑이가 얼굴을 찌푸
리더니 기침을 터트렸다.

"록이 사라진 게 그렇게 미치도록 성질나?"

"어떻게 해 줄까?"

원의 무심한 물음에 랑이가 비리게 웃었다. 그러더니 그의 눈빛
이 점차 새빨갛게 충혈되었다.

"고작 사라진 걸로 그래? 록은 어딘가에서 살아 있을 거야. 넌 어
떻게든 찾아내겠지. 결국은 보게 될 테고. 그런데 난 못 봐. 너 때문
에 그 여자가 죽어 버렸으니까."

"그래서 그 일에 대한 복수다?"

원의 입술에서 차가운 목소리가 흘러나왔다.

"의도한 복수는 아니지만, 속은 시원해."

랑이의 입술이 비웃듯이 비틀렸다. 원은 랑이의 멱살을 잡은 채 자리에서 일어났다. 그러고는 곧장 문 쪽으로 집어 던졌다.

쾅!

굉음과 함께 문이 박살 났다.

"윽!"

벽면에 부딪쳐 뼈가 부서진 듯 랑이가 고통스러운 소리를 냈다. 아무리 강철체력과 탄탄한 골격을 가진 랑이라도 원의 힘에는 속수무책이었다. 이후 원은 몇 번이나 랑이를 바닥과 벽에 집어 던졌다. 그 과정에서 여러 군데의 뼈가 박살 났다.

"지하에 가둬놔. 처리는 록을 찾고 나서 할 테니까. 그리고 앞으로 록에 대해 들어오는 자료는 전부 나한테 넘겨."

원이 차갑게 말한 후 돌아섰다. 저벅저벅 멀어지는 걸음을 바라보던 크리스가 참았던 한숨을 내쉬었다.

"저 개새끼를 내가 그냥!"

천이가 욱하는 성질에 소리치며 랑이를 향해 달려가려 했다. 크리스가 그런 천이의 앞을 가로막았다.

"뒤처리는 내가 할게."

"왜 네가 해? 해도 내가 해야지. 저 새끼 미친 거 아냐? 뻔히 원이 록한테 관심을 보이는 거 알면서 왜 지가 나서서 설치냐고? 정말 죽고 싶어서 저래? 그리고 아까 그 여자 이야기는 뭐야? 걔 죽은 지가 언젠데 아직도 저러고 있어? 저 병신 머저리 새끼가!"

천이가 분노를 삭일 수 없다는 듯 악을 썼다.

"너까지 이러지 마라. 충분히 머리 깨질 것 같으니까."

크리스가 천이를 막으며 진지한 얼굴로 말했다. 평소와 다름없는 얼굴을 하고 있지만, 원은 미치기 직전의 상태였다. 그간 록에게 보여 왔던 집착을 감안하건대, 록이 죽으면 뒷수습을 감당할 수 없다. 원은 분명 폭주할 테고, 어쩌면 자신조차도 도망쳐야 할지도 모른다.

"후우."

천이가 미칠 것 같은 얼굴로 한숨을 내쉬었다.

"랑이는 내가 알아서 할 테니까, 너는 이 집 직원들한테 소문 새어 나가지 않도록 조심시켜 줘. 그리고 직원들한테 절대로 원에게 말 걸지 말라고 전달해 주고."

"후. 알았어."

크리스가 천이의 어깨를 툭툭 두들겼다. 복도로 나오자 바닥에 뻗어 있는 랑이가 보였다. 크리스가 다가갔다. 얼굴 위로 그림자가 지자 랑이가 찌푸렸던 눈가를 풀었다.

"왜 안 막았어? 충격 완화 정도는 할 수 있었을 텐데."

크리스가 랑이를 내려보며 물었다.

"쿨럭, 쿨럭. 저 새끼 힘이 막는다고 막아져? 쿨럭. 그게 가능한 게 이상한 놈이지. 그냥 맞으나 막으면서 맞으나 똑같아."

말과 달리 막으면서 맞으면 내상을 피할 수 있다. 랑이는 일부러 맞아서 자신의 죄책감을 털어 내려 했다. 크리스가 무릎을 접고 앉아 랑이를 내려다보았다.

“이 와중에 미안한데 심문 좀 하자. 록은 일부러 빼돌린 거야?”

“아니야. 그건, 절대로 아니야.”

“…….”

“정말 실수야. 록을 그렇게 만들 생각 없었어.”

랑이가 괴로운 듯 중얼거렸다. 그러고는 팔로 제 눈가를 가렸다.

폭파음과 동시에 자욱하게 피어오르는 연기.

랑이는 연기 속으로 뛰어들어 가게 안을 샅샅이 뒤졌다. 다 부서져서 어떤 것이 사람인지, 물건인지 구분이 가지 않았다. 순간 미칠 것 같은 기분에 사로잡혔다. 그는 그 후로 그도 지금껏 물 한 모금 마시지 못하고 있었다.

크리스가 낮은 한숨을 내쉬었다.

“아직도 그 여자 못 잊었어? 그건 원의 탓이 아니야. 그 여자의 결정이었지.”

“…….”

랑이는 동의할 수 없다는 듯 입을 다물었다. 크리스가 다시 한 번 한숨을 내쉬었다.

“가자. 지하실로.”

크리스가 랑이의 어깨를 잡아당겼다. 그는 순순히 크리스를 따라 내려갔다.

*　　*　　*

“응. 나야. 용케 알아보네. 오랜만이지?”

히카가 입술을 늘이며 웃었다. 반듯한 청년의 모습을 하고 있는 히카를 보며 록은 마른침을 삼켰다. 자신이 알던 모습보다 훨씬 마르고 날카로운 인상을 하고 있었다. 머리카락의 색과, 눈동자 색, 키도 조금 달라 보였다. 길에서 마주치면 '히카와 닮았네'정도로만 생각할 정도였다.

"모습이……바뀌었네?"

록이 당황한 표정을 숨기며 물었다.

"그러게. 전과 확실히 다르지? 이전엔 사정이 있어서 변장하고 있었어. 그런데 나인지는 어떻게 알아봤어?"

히카가 빙긋 웃으며 물었다.

"어, 글쎄? 나도 잘 모르겠네? 눈을 보니까 히카처럼 보였어."

백미러를 통해 눈이 마주친 순간, 자신을 향한 끈적거리는 집착이 느껴졌다. 그런 눈길을 준 건 히카밖에 없었다. 차마 이 사실을 설명할 수가 없어서 록은 말끝을 흐렸다.

"역시 날 기다렸구나. 그간 고생 많았지? 이상한 놈들한테 납치당해서 힘들었겠다. 그래도 나를 너무 원망하지는 마. 록이 안 보이는 곳에서 구해 주려고 안간힘을 다하고 있었으니까."

"아, 그래? 하하. 고마워."

록이 소리 내어 웃으며 자동차 시트에 몸을 파묻었다. 웃고는 있지만 손끝이 가늘게 떨렸다. 갑작스레 벌어진 상황에 어안이 벙벙했다. 잠시 멍하게 있던 록의 머릿속으로 무언가가 관통해 지나갔다.

'히카. 본명은 이카루. 미친놈이야.'

순간 원을 통해 들었던 히카에 대한 이야기가 떠올랐다.

하지만 그 말이 사실일까?

원의 말이 절대적인 사실이라는 증거가 없었다. 우선 록은 히카에게 긴장하는 모습을 보이지 않기로 했다.

"그럼 나를 집으로 데려다주는 거야?"

록이 떠보듯 물었다.

"그러고 싶은데, 그놈들이 너를 다시 괴롭히러 올 테니까. 당분간은 나랑 같이 지내자. 우리 예전에 함께 있을 때 즐거웠잖아. 응?"

히카가 아이를 달래듯 조곤조곤 말했다.

"히카. 그러지 말고 나는 그냥 집으로……."

"나랑 있기 싫어?"

조용히 물어 오는 목소리에 가시가 박혀 있었다. 이 가시를 잘못 건들면 안 되겠다는 위험이 느껴졌다. 지금 이 상황에서 히카를 자극해 좋을 게 없었다.

"아니. 그건 아니지. 내가 히카에게 폐를 끼칠까 봐 그게 걱정이 되어서 그렇지. 만약 히카가 괜찮다면 나를 좀 도와주겠어? 그 사람들이 나를 쫓아올까 봐 겁이 나서."

"역시, 그랬던 거지? 불쌍한 록. 앞으로는 내가 구해 줄게."

히카가 안쓰럽다는 표정으로 말했다. 록은 뻣뻣하게 굳어 올라가지 않는 입꼬리를 억지로 올렸다.

"고마워. 히카."

말을 하며 록은 창밖을 바라보는 척하며 흘깃 차문을 바라보았다. 안에서 열 수 없도록 차문이 폐쇄되어 있었다.

록은 자신이 납치되었다는 것을 깨달았다.

　　　　*　　　*　　　*

히카는 치밀하게 준비를 해두었는지 차를 두 번이나 갈아탔다. 그동안 록은 탈출하기 위해 주변을 살폈으나, 도움을 요청할 곳이 없었다.

괜히 어설프게 도망쳤다가 잡혀서 수갑이라도 채우면 곤란해지는 건 이쪽이었다. 이미 히카에겐 전적도 있었다. 가게를 그만두려고 하자 자신의 손목을 부술 것처럼 잡지 않았던가.

"록, 여기야."

세 번째로 갈아탄 차가 낡은 상점 앞에 멈춰 섰다. 간판이 보이지 않았다.

"여기가 어디야?"

"옷가게. 이제 옷 갈아입을 때도 됐잖아."

"옷? 멀쩡한데?"

록이 자신의 옷을 아래위로 훑으며 물었다. 헐렁한 청바지에 흰색 니트, 회색 외투는 록이 즐겨 입는 스타일이었다.

"그 새끼가 사준 옷이잖아. 내 앞에서 그 새끼가 사준 옷 입고 있을 거야? 응?"

히카가 눈을 빤히 쳐다보며 고개를 기울였다. 뱀이 먹잇감을 노리는 듯한 시선이었다. 금방이라도 탁 튀어나와 확 물어 챌 것 같았다. 목덜미에 잔털이 삐쭉 섰다.

록이 얼른 시선을 가게로 돌렸다.

"아, 그랬지? 맞네. 히카가 기분 나쁠 수 있겠다. 여기가 가게랬지? 예쁜 옷 많이 있었으면 좋겠다. 내가 직접 쇼핑하는 건 처음이거든."

"좋아할 줄 알았어. 들어가자."

록이 낡은 가게 문을 밀고 들어섰다. 낡은 외형과 달리 가게의 내부는 깔끔했다.

"어서 오세요."

두툼한 암막커튼을 걷히고 할머니가 지팡이를 짚고서 나왔다. 히카는 록을 데리고 원피스 코너에 섰다.

"나는 록이 이런 옷들을 입고 다니길 바랐어. 록에게 무척 잘 어울릴 거라고 생각했거든."

히카가 손에 쥔 옷은 레이스가 주렁주렁 달린 공주풍 드레스였다.

"음, 이걸 실생활에서 입고 다니긴 좀 곤란하지 않을까? 거리 다닐 때도 불편할 테고?"

"걱정하지 마. 록이 밖으로 나올 일은 몇 번 없을 테니까."

히카의 말에 록은 잠시 숨을 멈췄다. 밖으로 나올 일이 몇 번 없다는 건 갇힌다는 말이었다. 손바닥에서 식은땀이 흘렀다.

"그래도 몇 번을 다니더라도 활동하기 편한 옷은 있어야지. 이런 옷 입고 다니다가 넘어지면 옷도 버리고 나도 다칠 거 같은데? 저거 괜찮지 않아? 나머지는 히카가 골라줘. 나는 저것만 있으면 될 것 같으니까."

록이 웃으며 펑퍼짐한 바지 하나를 가리켰다. 히카는 고민 끝에 '좋아'라고 허락했다. 이후 옷들은 히카가 골랐다. 색만 다를 뿐 한

결같이 활동하기 불편한 치마들이었다. 마치 도망갈 수 없도록 작
정한 것 같았다.

히카가 현금으로 계산을 하는 동안, 록이 주변을 살폈다. 역시나
구조를 요청할 곳이 없었다. 힘이 빠진 록이 어깨를 축 늘어뜨렸다.

"히카, 오늘 돈 많이 썼겠다. 미안하네."

록이 가게 문을 밀고 나오며 친근한 척 말을 건넸다.

"괜찮아. 이거 모두 다 록의 돈이니까."

"어?"

"록의 집에 있던 물건 내가 다 처분했거든."

"……."

록이 입을 꾹 다문 채 가득 찬 쇼핑백을 바라보았다.

너, 지금 여태껏 내 돈으로 생색낸 거였어?

순간 울컥했다. 그러나 상황이 상황인지라 꾹 참으며 씩 웃었다.

"잘했어. 안 그래도 내가 못 찾으러 가서 집 걱정 많이 했거든. 그
런데…… 지금은 어디로 가는 거야? 여긴 처음 보는데."

록이 창밖을 두리번거리며 물었다. 차가 점점 더 좁고 험한 길로
향했다. 어느새 집들이 보이지 않고 양쪽으로 들어선 큰 나무들만
이 보였다. 비포장도로로 진입했는지 차가 정신없이 덜컹거리기 시
작했다. 낡은 시트는 쿠션감이 없었다. 엉덩이가 바닥에 찍히는 것
처럼 아파 왔다.

"윽. 히카. 어디로 가는 거냐니까?"

"잠시 볼일이 있어서. 별일 아니야. 안심해도 돼."

안심이 될 리가 있나.

록은 차문을 세게 밀치고 도망치려고 차문에 손을 뻗었다. 그 순간 찌릿하고 전기가 통했다. 얼얼한 손끝을 말아 쥐며 록은 소리 내지 않으려 입 안의 살점을 씹었다. 히카가 작정하고 준비한 모양이었다.

한참을 비포장도로를 달린 끝에 차가 멈춰 섰다. 록이 욱신거리는 온몸을 이리저리 움직였다. 저절로 으, 하고 비명 소리가 새어 나왔다.

"록. 저 집 보이지?"

히카가 산장처럼 보이는 집을 가리켰다. 관리가 제대로 되지 않는지 여기저기 낡아서 부서져 있었다. 멀리서 보기에도 음산하고 섬뜩한 분위기의 집이었다.

"응. 혹시…… 우리가 지낼 집이 저기야?"

"아니. 모자를 줄 테니까 착용하고, 이걸 가져가. 문은 세 번만 두드려야 해. 문이 열리면 손이 나올 거야. 절대로 얼굴을 보지 말고 내가 건네주는 것만 전달해. 알았지? 혹시나 눈이 마주치게 되면 '히카'라고 내 이름을 소리쳐. 할 수 있겠지?"

히카가 뒷좌석으로 돌아보며 말했다. 아무 말 하지 않자, 히카가 그녀의 손에 모자를 쥐어 주었다.

"뭐해? 어서 쓰지 않고."

록이 등 떠밀려 모자를 쓰자, 히카가 네모난 박스를 건네주었다.

"이걸 전달해 주면 돼. 떨어뜨리지 마. 쉽게 깨지거든. 최상품이라 잘 관리해야 해."

아까 전부터 모를 소리만 늘어놓는 히카 때문에 골이 울렸다. 히카가 운전석에서 나와 뒷좌석의 문을 열었다.

"히카. 잠시만."

"어서 다녀와. 시간 얼마 안 남았어. 늦으면 우리 둘 다 죽어."

히카의 다급한 재촉에 록이 마지못해 나섰다. 주춤거리던 록은 모든 걸 자포자기한 듯 성큼성큼 걸었다.

똑. 똑. 똑.

문을 세 번 두드리자 히카의 말대로 문이 벌컥 열리더니 손이 쑥 나왔다. 손을 본 록이 마른침을 삼켰다. 거인처럼 커다란 손의 중간이 시커멓게 썩어 있었다. 그 주변으로 붉은색 발진이 우둘투둘 올라 있었다. 록은 그 손 위에 네모난 박스를 준 후 홱 돌아섰다.

차에 타자마자 록이 히카에게 소리쳤다.

"방금 그 사람 뭐야?"

"아, 능력중독자."

"뭐? 능력중독자?"

"록은 모르겠구나. 무능력한 자들 중에 몇은 몹시 능력을 갈구하게 되어 있어. 불법이라는 걸 알면서도 능력을 갖기 위해 저렇게 아등바등이지. 나는 저런 불쌍한 사람들을 위해서 능력을 훔쳐 보관하는 법을 발명하게 되었어. 문제는 타인의 능력을 억지로 가지려고 하면 저런 부작용이 일어날 수 있다는 거지."

"……."

"방금 본 사람은 나의 오랜 고객이자, 곧 명을 달리할 고객이야. 단골이 이렇게 사라질 때마다 참 마음이 아파. 왜 사람은 억지로 능력을 가지려고 하면 죽는 걸까? 오래오래 살아서 고객으로 남아주면 좋을 텐데. 안 그래?"

히카가 핸들을 꺾어 좁은 길 아래로 내려가며 말했다.

"지금…… 나한테 이런 심부름을…… 시킨 이유가 뭐야?"

록이 더듬거리며 물었다.

"록은 똑똑해서 알 텐데."

히카가 히죽 웃었다. 동시에 말귀를 알아들은 록의 얼굴이 창백하게 굳었다.

"방금 전, 록은 내 동업자가 된 거야. 앞으로 같이 열심히 일해 보자."

"무슨 소리야?"

록이 창백한 얼굴로 되물었다.

"말 그대로야. 방금 본 그 녀석은 얼마 못 가 죽을 거야. 부작용으로 온몸이 붓고 썩은 거 봤지? 그 녀석이 죽으면 일주일에 한 번씩 들리는 여동생이 보고 신고하겠지? 그때가 되면 나와 록의 얼굴이 경찰에 넘어갔을 거란 말이지. 그러니 우리가 공범이 되는 거지."

"난 모자를 쓰고 있었어."

"그 녀석 집엔 기억저장프로그램이 한가득 깔려 있어. 마스크를 써도 투시할 수 있었을걸?"

"대체 모자는 왜 준 거야? 그럼?"

"그래야 네가 안심하고 내 심부름을 했을 테니까?"

히카가 히죽 웃었다. 록이 낡은 자동차 시트를 움켜쥐었다. 으득하는 소리와 함께 가죽의 일부분이 뜯겨져 나갔다.

"무슨 짓이야?"

히카가 백미러로 록의 얼굴을 확인했다. 록의 두 눈이 시뻘겋게 충혈되어 있었다.

"대체 나한테 이렇게까지 하는 이유가 뭐야?"

록이 겨우 침착한 목소리로 물었다.

"뭐긴. 같이 일하기 위해서지. 록, 앞으로 안전하게 살고 싶으면 협조하는 게 좋을 거야. 그게 아니면 내가 직접 신고할 거거든. 능력법 위반으로."

록이 어금니를 꽉 깨물었다.

"한 번 놓치지, 두 번 놓칠 순 없잖아? 록같이 좋은 동업자도 드무니까 말이야. 출생신고가 되어 있지 않은데다가 교육받은 기록도 없으니 이 세상에 없는 사람이잖아. 거기다가 인간계에서 왔으니 아는 사람도 없고, 초능력도 없으니 나와 갈등을 일으킬 일도 없고 말이야. 록만큼 능력운반하기에 알맞은 사람이 없다고. 록은 신이 내게 준 선물이야. 난 록을 만나기 위해 그토록 외롭게 지내 왔던 거고. 결론은, 우린 운명이라는 거지."

이죽거리는 히카의 말에 록이 주먹을 꽉 움켜쥐었다. 순간 록은 고민했다.

히카의 눈을 가리고 핸들을 꺾어서 의도적으로 사고를 내버릴까. 그러면 상대방 측에서 히카와 이야기를 하려고 할 거다. 만약 히카가 도주하더라도 경찰에 신고가 들어갈 테니……

생각을 이어 가던 록이 멈칫했다. 운전석과 뒷좌석 사이로 순간 빛이 반짝거렸다. 록은 중간 결계를 유심히 살폈다. 비눗방울 같은 막이 쳐져 있었다. 자세히 보지 않으면 알 수 없을 만큼 얇았다. 록이 조용히 손을 뻗어 비눗방울 같은 막을 건드렸다. 미끈한 비닐 느낌이었다.

방어막이구나.

허탈했다. 자신이 아무리 머리를 굴려도 히카를 따라갈 수가 없었다.

"하."

록이 기가 차다는 듯한 웃음을 흘리며 시트에 몸을 기댔다. 자신이 할 수 있는 일은 현재 아무것도 없었다.

*　　*　　*

히카는 훔친 능력을 특수 케이스에 담아 무능력자에게 파는 일을 하고 있었다. 엄연히 불법이었으나, 무능력자들은 아랑곳하지 않았다. 능력자만 될 수 있다면 어떤 일도 할 수 있을 것같이 굴었다.

문제는 그들의 바람과 달리, 그들이 능력자가 될 가능성은 0.001%에 불과하다는 사실이었다. 체질적으로 능력 발현이 안 되는 몸은 능력을 받아들이지 못했다. 오히려 몸의 균형을 깨어 각종 부작용을 일으켰다.

피부 괴사, 근육 괴사, 시력 상실 등. 개인차가 크다고 했다. 록은 그 정도가 부작용의 전부인 줄 알았다.

다음 집을 방문하기 전까지만 해도.

"차 세워 줘. 히카! 나 토할 것 같아!"

록의 비명에 히카가 차를 갓길에 세웠다. 히카가 뒷문을 열자마자 튀어나온 록이 땅에다 참았던 구역질을 쏟아 냈다.

"욱!"

"이런. 쯧쯧. 비위가 많이 약하구나."

히카가 록의 등을 툭툭 두들겨 주었다. 그 손길이 더 역하게 느껴져 록은 한 번 할 구역질을 두 번 더 해야 했다.

"하아……."

몇 분 만에 록이 반쪽이 된 얼굴을 들었다.

"여기 물."

록은 히카가 내민 물로 입 안을 헹구었다.

"그렇게 충격적이었어?"

"하아, 방금 그 사람들 뭐야? 그거 부작용 맞아?"

록이 숨을 몰아쉬며 물었다.

"그럼."

히카의 대답에 록이 참혹한 표정을 지었다.

방금 전, 들린 집에서 록은 피부에 구멍이 난 사람을 보았다. 스펀지를 연상시킬 만큼 큰 구멍이었다. 그곳에선 살점이 썩는 냄새가 흘러나왔다. 그들은 록이 내민 케이스를 건네받고는 말없이 문을 닫았다.

록은 그들에게서 절망을 느꼈다. 이미 돌이킬 수 없는 지경이 되었으니 능력이라도 가져야겠다는 절망감.

"하아."

록이 이마를 짚었다.

"저 집에 아이도 있었어. 아니, 아이 목소리를 들었어. 설마 아이한테까진 그러지 않지?"

"글쎄? 그건 부모 마음이 아닐까? 그런데 하나 힌트를 주자면, 그들에겐 한 달에 한 번씩 세 개의 능력이 투여되고 있지."

히카의 가벼운 목소리에 록은 입을 꽉 다물었다. 저절로 주먹에 힘이 실렸다.

그 말은 아이까지…….

록의 입술이 바들바들 떨렸다.

"저 사람들한테 이렇게 된다는 거 설명해 준 거 맞아? 알고서 정말 선택한 거야?"

"물론이지. 각종 부작용에 시달릴 수 있다고 설명했지. 아, 물론 능력을 갖게 되면 그 모든 부작용이 사라지게 될 거라고 했어."

록은 그제야 그들이 부작용에 시달리면서도 능력을 왜 포기 못 하는지 깨달았다. 이미 돌아가기엔 너무 멀리 와버렸다. 그래서 그들은 끝을 보려고 하는 것이었다. 능력을 얻으면 이전의 삶과 능력 차의 삶을 동시에 가질 수 있으니까.

동시에 록은 그들이 그런 상태이면서도 히카에게 덤비지 못하는 이유를 알았다. 히카에게 불복종하면 능력보급이 끊긴다. 그렇게 되면 그들은 저 부작용을 죽을 때까지 끌어안고 살아야 하는 거였다.

"그건 거짓말이잖아."

록이 바들바들 떨리는 목소리로 물었다.

"거짓말까진 아니야. 실제로 능력을 얻은 사람의 부작용이 서서히 아무는 걸 봤거든."

"본 게 확실해?"

“응. 십만 명 중에 한 명이라서 그렇지. 왜? 그들이 불쌍해?”

히카가 이죽거리며 물었다.

“응.”

록이 지체 않고 대답했다. 이 대답이 히카의 기분을 거스를 거라는 걸 답하고서야 깨달았다. 다행히 히카는 그녀의 대답에 개의치 않았다.

“저 사람들이 선택한 거야. 그만큼 능력이 절실한 거고. 그들이 한 선택을 이룰 수 있도록 우리가 돕는 거고.”

히카가 바지 주머니에 손을 꽂고서 말했다. 록은 눈을 내리깔고서 호흡을 골랐다. 눈을 감자 다시 그 모습이 떠올라, 어쩔 수 없이 록은 눈을 뜨고 있어야 했다.

“어쨌든 록 덕분에 평소보다 빠르게 움직일 수 있어서 좋네.”

“내가 토하느라 시간 잡아먹었는데 무슨.”

“그래도 평소보다 빨랐어.”

히카가 기분 좋은 듯 웃었다.

“잠시 쉬었다 갈까?”

히카의 물음에 록이 얼른 고개를 끄덕였다. 록이 먼저 차에 탄 걸 확인한 후, 히카는 차를 몰아 한적한 갓길에 댔다.

“조금 쉬…….”

히카가 뒷좌석을 보다 말고 입을 다물었다. 록이 뒷좌석에서 눈을 감고 있었다. 자지 않는 거 같지만 휴식이 필요해 보였다.

“푹 쉬어. 록.”

히카가 씩 웃으며 시선을 앞으로 돌렸다.

*   *   *

　타인의 능력을 빼앗을 수 있는 능력자들은 태어나면서부터 멸시를 받았다. 과거엔 가족들에 의해 살해될 때가 많았으나, 인권 상승으로 인해 살해는 불법이 되었다. 그러나 눈에 보이지 않는 차별은 여전했다.

　그들은 여전히 무능력자보다 못한 취급을 받았다. 사람들은 타인의 능력을 빼앗을 수 있는 능력자들에게 자신의 능력이 빼앗길까봐 노심초사했다. 그래서 타인의 능력을 빼앗을 수 있는 능력자들은 태어나자마자 열 개의 손가락에 별도의 문신을 새겼다.

　태어날 때부터 주홍글씨를 이고 태어난 사람들.

　그들은 제대로 된 직장도 가지지 못했다. 스치기만 해도 능력을 빼앗길지 모르기 때문에. 그런 그들은 자연스럽게 음지에 모였다. 그들이 가장 잘하는 능력으로 돈을 벌기 시작했다.

　능력을 훔쳐 무능력자들에게 파는 것.

　무능력자들은 열광했다. 몹시 낮은 확률이라는 걸 알면서도 그들은 능력을 갖길 바랐다. 부작용에도 아랑곳하지 않았다. 그들이 이렇게 열광하는 데에는 기저에 깔린 피해의식 때문이었다.

　능력자 중심으로 돌아가는 세상.

　더 강한 능력을 가진 사람이 더 많은 부를 축적하는 세상.

　그들은 자신의 몸에 능력을 투여하는데 주저함이 없었다. 점차 무능력자들이 강제로 능력을 투여 받아 죽는 사례가 늘어나자, 국제적으로 대대적인 캠페인이 벌어졌다. 갈취된 능력을 사고파는 것은 엄연한 불법이며, 죽음에 이르는 길이라고 했다. 동시에 판매자 소탕 작전도 벌였다.

역사에 길이 남을 소탕 작전 이후, 살아남은 사람은 히카를 포함해 셋밖에 되지 않았다. 그사이 능력자 확인 장치도 개발되었다. 자동차를 찍으면 탑승자 수와, 능력의 수가 찍혀 나온다. 시중에서 판매되는 능력은 푸른색, 제작이 불가능한 고유의 능력은 붉은색으로 표시되었다. 사람의 수보다 붉은색 능력이 많으면 그 차는 잡힌다.

무능력자를 동업자로 골라도 되지만, 까다로웠다. 그들은 이미 무능력자로 신분이 노출되어 있는 상황이었다. 만에 하나 판독장치에 얼굴이 같이 인식되어 무능력자로 밝혀진다면 골치 아파진다.

더군다나 무능력자들은 이런 일을 기피했고, 한다고 나서는 무능력자들은 임금 대신 대부분 자신들에게 능력케이스를 달라고 요구했다. 개중에는 능력 케이스를 들고 도망치는 녀석도 있었다. 그럴 땐 경찰에 신고도 못 하기 때문에 손해가 막심했다.

그 때문에 히카는 혼자 다니는 길을 택했다. 그는 힘겹게 경찰들의 눈을 피해 배달해야 했다. 배달이 끝나면 히카는 자신의 모든 정보를 이용해 록의 위치 파악에 총력을 기울였다.

록은 언제나 숲 한가운데 위치한 큰 집에서 머물렀다. 그러다 딱 한 번 원과 외출했을 때, 그는 멀리 떨어져 있었다. 돌아왔을 때 원과 록은 이미 돌아간 후였다. 피가 마르는 기분이었지만 인내했다. 그리고 마침내 록이 자신의 손에 떨어졌다.

천사 같은 록.

‘히카.’

두 눈을 반짝이면서 제 이름을 부를 땐 더없이 사랑스러웠다.

‘밥 먹을래요?’

자신에게 서슴없이 다가와 다정하게 말을 건네곤 했다. 자신이 어깨를 두드려도 아무 문제가 없는 몇 안 되는 사람.

놓아줄 수가 없다.

어떻게 잡은 록인데.

히카가 잠든 록을 그윽하게 바라보았다.

*　　*　　*

"록, 이제 일어나야 할 거 같은데. 더는 시간을 지체할 수 없거든. 집에 가서 마저 자."

히카의 목소리에 록이 힘겹게 몸을 일으켰다.

"여긴 어디야?"

"오늘 마지막으로 일을 할 곳."

히카의 대답에 록이 주변을 살폈다. 어둠이 내려 이곳이 어딘지 파악이 되지 않았다. 비몽사몽간에 히카에게 끌려 나온 록은 한순간에 잠이 깼다.

록이 뻣뻣한 목을 힘겹게 숙였다. 자신의 허리를 히카의 손이 감고 있었다.

"히카, 이 자세는 뭐야?"

"왜? 이 자세가 불편해? 숨 쉬어. 그리고 자연스럽게 걸어."

말을 하던 히카가 고개를 숙여 록의 귓가에 소곤거렸다.

"이 자세, 좀 불편한데……."

"불편해도 조금만 참아. 능력 사냥을 시작할 때까지는."

히카가 손으로 록의 허리를 슬슬 쓸었다. 자잘한 소름이 돋으며 기분이 나빠졌다.

"그게 뭐…… 뭐? 여기서?"

록이 화들짝 놀라 주변을 둘러보았다. 사람들이 다니는 길가였다. 그나마 다행인 것은 사람들이 많이 다니지 않는다는 거였다.

"사람이 많으면 할 수가 없어. 다른 능력자들한테 걸리면 곤란하니까. 록은 특별히 할 게 없어. 망만 봐주면 돼. 나머지는 내가 다 알아서 할 테니까."

히카가 말을 할 때마다 숨결이 목덜미에 닿았다. 소름이 끼치면서 속이 메슥거렸다.

이런 경험을 어디서 한 번 해 봤던 것 같은데.

잠시 고민하던 록은 원을 떠올렸다. 원이 이럴 땐 긴장될 뿐, 더럽다는 느낌은 받지 못했다.

그땐 공포가 역겨움을 누른 건가.

아니다.

그땐…… 정말 괜찮았다. 원에게선 좋은 향기가 났고, 그는 자신이 편안히 걸을 수 있을 만큼 거머쥐었다. 그리고 인정하기 싫지만 그의 외모는 그녀의 취향이었다.

이런 상황에 처하게 되자 원과 함께 있었을 때가 천국이었구나, 라는 생각이 들었다.

록은 나오려는 한숨을 꾹 참았다.

"찾았다."

히카가 가벼운 목소리로 중얼거렸다. 고개를 들자 이어폰을 꽂고 가는 여학생이 보였다. 그녀는 기분 좋은 일이 있는지 흥얼거리며 가볍게 걷고 있었다.

"학생이잖아. 그것도 여학생."

록이 굳은 얼굴로 말했다.

"그러니까 아주 적합한 먹잇감이지."

"히카."

록이 지나가려는 히카의 손을 잡았다.

"저 여학생은 어떻게…… 할 건데?"

록의 눈동자가 흔들렸다.

"후환은 없애야지."

히카가 가볍게 웃으며 지나쳤다. 록이 선 자세에서 굳었다. 머릿속으로 수십 가지의 생각이 스쳐 지나갔다.

지금 당장 도망칠까. 지금이라면 가능했다. 길 따라 내려가면 번화가니까 아무에게나 도움을 요청할 수 있다.

그러면 저 여자애는 어떻게 되는 거지? 저렇게 즐거워 보이는데…… 만약 저 애가 없어지면 저 가족들은?

히카가 여학생의 뒤로 바짝 다가가는 게 보였다. 점점 폭이 좁아졌다. 곧 히카가 팔을 뻗을 것만 같았다.

"에이씨."

록이 '에라이, 모르겠다' 라는 듯 중얼거리더니 배를 움켜쥐었다.

“아!”

록이 단말마의 비명을 지르며 그 자리에 풀썩 쓰러졌다. 히카가 그 자리에 멈춰 섰다. 이어폰을 뚫고 들어온 비명에 돌아보던 여학생이 등 뒤에 바짝 붙어선 히카를 보곤 비명을 질렀다.

“악!”

도망치는 여학생을 보며 히카가 얼굴을 구기며 욕설을 뱉었다. 히카가 무서운 표정으로 록에게 달려갔다. 록이 배를 움켜쥐고서 뒹굴었다.

“으으.”

록의 머리 위로 검은 그림자가 졌다. 히카가 한쪽 무릎을 굽히고 앉아 록을 바라보았다.

“어디가 아픈 거야?”

“배, 배가. 으윽. 병원을 가야할 거 같아…….”

“입 벌려.”

“으, 응?”

히카가 주머니에서 갈색의 정체불명의 약을 꺼냈다. 록의 머리가 바쁘게 돌아갔다.

정체불명의 약을 먹을 것인가, 꾀병이라는 걸 들킬 건가.

히카가 록의 턱을 잡아 벌렸다. 약이 코앞까지 다가왔다.

짝!

록이 저도 모르게 히카의 손을 강하게 쳤다. 히카의 손에서 알약이 떨어져 바닥을 데굴데굴 굴렀다. 록이 뒤늦게 아차한 표정을 지었다.

"아, 미안해. 히카. 알잖아. 내가 약 싫어하는 거. 배가 아파서 예민
한데 억지로 약을 먹이려고 하니까 놀라서 그랬어. 화난 거 아니지?"

록이 어설프게 웃으며 히카를 걱정했다. 히카의 손등이 붉게 달
아오르게 시작했다.

"괜찮아?"

록이 걱정스럽게 물었다. 히카의 턱이 꿈틀거렸다. 손끝이 바들
바들 떨리던 히카가 록의 턱을 강하게 움켜쥐었다.

"윽."

강한 통증에 록이 짧은 비명을 질렀다. 순간, 히카의 동공이 좁
아졌다. 록은 히카의 이 눈을 본 적 있었다. 자신이 가게를 관두겠
다고 했을 때, 손목을 움켜쥐고서 이런 눈을 했었다. 미치기 직전의
눈.

위험하다.

"감히, 나를 쳐? 다른 사람도 아니고 네가 나를!"

히카가 악을 쓰듯 소리치며 록을 벽으로 밀쳤다.

쿵―!

록의 몸이 충격을 이기지 못하고 앞으로 고꾸라졌다. 온 등이 얼
얼했다. 동시에 입가에서 비릿한 피 맛이 났다. 아무래도 부딪치면
서 혀를 깨문 모양이었다. 록의 입술 사이로 붉은 피가 새어 나갔
다. 록이 손을 들었다.

"진정해. 히카. 미안해."

록이 힘들게 사과했다. 록의 피를 보더니 히카가 흠칫하고 몸을
떨었다.

“세상에나. 로, 록? 피 나? 내가 그런 거야? 내가 언제 그랬어? 나
도 모르는 새에 널 때렸어? 언제?”

갑자기 정신을 차린 것처럼 히카가 다른 사람처럼 두 손을 바들
바들 떨었다. 정신분열이라도 일으키는 사람처럼 그는 알아듣기 힘
든 혼잣말을 중얼거렸다. 그러더니 록에게 무릎으로 기어가더니 어
쩔 줄 몰라 했다.

“피라니. 미안해. 록. 내가 미쳤었나 봐. 이걸 어쩌면 좋아.”

히카가 빈 주머니를 뒤지다 안 되겠는지 소매 끝으로 록의 입술
을 닦았다. 그의 소매가 닿자마자 반감이 일어난 록이 얼굴을 찌푸
렸다.

“왜? 많이 아파?”

다행히 히카는 통증 때문이라 받아들였다. 히카가 어린아이처럼
순진한 눈으로 록을 이리저리 살폈다.

히카의 정신상태가 좋지 않구나.

록은 갑작스레 돌변한 히카를 보며 짐작했다. 록은 손을 들어 소
매로 제 입가를 마저 닦았다.

“괜찮아. 히카. 미안해할 거 없어. 내가 실수했는걸. 히카가 기껏
챙겨 주는데 성의도 모르고. 미안해.”

록이 미안한 웃음을 흘리자 히카의 어깨가 축 늘어졌다. 그러더
니 바들바들 떨리는 두 손을 들어 록의 머리를 쓰다듬었다. 그 손길
이 성스러운 것을 만지는 냥 몹시 떨렸다.

“내가 이렇게 착한 록을 아프게 하다니…… 내가 미친놈이야.”

“괜찮아. 덕분에 배도 안 아프네. 그만 가자. 응?”

록이 힘겹게 몸을 일으켰다. 히카가 그녀를 부축했다. 어깨와 팔에 닿은 히카의 몸이 미치게 싫었지만, 록은 꾹 참았다.

＊　　＊　　＊

히카의 집은 자동차가 아니면 드나들기 힘들 만큼 깊고 험한 곳에 자리하고 있었다.

몇 개의 헷갈리는 길 끝에 도착한 집은 낡고 허름했다. 그에 비해 내부는 깔끔하게 정돈되어 있었다.

방은 세 칸으로 두 사람이 생활하기엔 넉넉하다 못해 큰 감이 있었다. 히카는 간단히 집을 설명한 후, 록을 데리고 방으로 들어왔다.

"여기가 앞으로 네가 쓸 방이야. 미리 필요한 물건을 사다뒀는데 부족할지도 몰라."

자신이 때렸다는 사실을 알게 된 후, 히카는 이전보다 한결 더 그녀의 눈치를 살폈다. 록은 알면서도 모르는 척 웃었다.

"응. 알았어."

"그리고 옆방은 잠겨 있어. 내가 작업하는 방이라 위험해. 들어가면 다치니까 되도록 들어가지 마. 내 방도 마찬가지고. 만약 나와 연락하고 싶으면 이걸 눌러."

히카가 침대 맡에 놓여 있는 벨을 가리켰다.

"내 방으로 연락이 오게 되어 있어."

"그럼 내 방, 거실, 부엌만 쓸 수 있다는 거지?"

"응."

히카가 기분 좋은 듯 부드럽게 웃었다. 그러더니 록을 향해 성큼 걸어왔다. 록은 움찔했으나 물러나지 않았다. 히카는 자신이 거부하면 무섭게 돌변했다. 굳이 그를 자극할 필요 없었다.

히카의 손이 록의 목덜미를 훑었다.

"왜 그래? 뭐 묻었어?"

록이 애써 웃으며 물었다.

"아니. 목걸이 보고 있었어. 잘 간직하고 있었네?"

"아, 응. 히카 거잖아. 돌려줘야 하니까."

"록도 나를 다시 만날 날을 기다리고 있었다는 거네? 그치?"

제멋대로인 해석이었다. 실은 원이 끼고 다니라고 해서 착용하고 있었을 뿐이다. 록은 그 말을 하지 못하고 어설프게 웃었다.

"다행이야. 이걸 끼고 있어서 내가 록을 찾을 수 있었으니까."

"어……? 그게 무슨 소리야? 여기에 위치 추적을 달아 놓은 거야?"

록이 놀란 얼굴로 목걸이를 쳐다보았다.

"뭐, 그런 셈이지. 어느 정도 반경에 들어오면 내가 알아챌 수 있으니까. 덕분에 그 녀석의 집도 알아냈지."

록은 얼굴을 구겼다.

이걸 원이 몰랐을까?

'그래야 그 녀석이 널 찾아오지.'

언젠가 원이 록의 목걸이를 만지작거리며 그렇게 중얼거렸다. 그는 알고서 채워둔 거다. 어쩌면 이 목걸이 때문에 자신의 집이 발각될 수도 있었다.

대체 왜?

록의 미간이 확 좁아졌다. 아무리 생각해도 원의 생각을 파악할
수가 없었다. 물론, 파악이 된다면 자신도 같은 인간이라는 소리니
파악이 안 되는 게 다행인 건가.

그것과 별개로 마음이 무겁게 내려앉았다. 자신을 미끼로 사용하
고 있었다는 생각이 들자, 알 수 없는 실망감이 들었다. 그와 자신이
무슨 사이였다고, 이런 실망감이란 말인가.

생각과 달리 록의 얼굴은 한층 우울해졌다.

"기분 상했어?"

히카가 물었다.

"아냐. 좀 피곤해서. 이제 좀 쉬고 싶은데. 히카도 피곤할 거 아
냐. 가서 쉬어."

"그래야지. 내일 봐."

히카는 아쉬운 표정으로 록을 바라보다가 몸을 돌렸다.

"아!"

돌아서다말고 히카가 멈춰 섰다.

또 왜!

한껏 예민해진 록은 하마터면 소리칠 뻔했다.

"록은 내 편이지?"

"뜬금없이 무슨 소리야?"

록이 아무렇지 않은 얼굴로 물으며 머리를 굴렸다.

"대답해. 그 녀석 편이야, 내 편이야?"

"그야……."

어느 미친놈에게도 소속되고 싶지 않다.

그러나 록은 별말을 다 듣는다는 듯 웃었다.

"당연히 히카지."

"그렇지?"

록의 대답이 흡족한 듯 그의 얼굴에 환한 미소가 걸렸다.

"그럼 말해 줘도 되겠구나. 그럴 리 없겠지만 현관문 강제로 열지 마. 비밀번호 없이 열었다간 감전될 수도 있어. 비싼 돈 주고 구매한 거니까 조심해 줘. 그럼 잘 자. 내 꿈꾸고."

자신의 편이 아니라고 하면 감전시켜 죽이려고 했던 거다. 그 사실을 알자 록의 몸에 자잘한 소름이 돋아났다. 그사이 문이 쿵하고 닫혔다.

"하아."

문이 닫히고서야 록이 참았던 숨을 흘렸다. 목이 졸릴 리 없건만, 애꿎은 티셔츠의 목 부분을 잡아당겨 늘였다.

그녀는 방을 스윽 훑었다. 침대, 티테이블, 장롱, TV, 몇 권의 책이 전부였다. TV도 나올지 미지수였다. 예상대로 창문을 비롯해 외부와 접촉할 수 있는 건 하나도 없었다.

왠지 어딘가 기억저장프로그램이 있을 것 같다. 록은 행거와 티테이블을 이용해 옷을 갈아입을 곳을 마련해 두었다. 이후 방문을 잠그곤 침대에 드러누웠다. 온몸이 뻐근했다.

몸을 모로 누워 이불을 목 끝까지 끌어올렸다. 그새 원의 집에 익숙해졌는지 낯선 침대가 불편했다. 이불에 쌓인 먼지 때문에 재채기가 났다.

"찾으러 올까."

록이 작게 중얼거렸다. 지금쯤 원도 자신이 사라졌다는 사실을 알거다. 문제는 자신이 있던 술집이 폭파됐다는 거다. 자신이 죽었다고 생각해서 포기할 수도 있다. 원이 자신에게 호기심이 많긴 했지만, 애써 찾을 만큼 필요하진 않으니까……. 어쩌면 그는 '결국 사라졌군.'하고 잊어버릴 지도 모른다.

갑자기 숨이 턱 막혔다. 그럼 이제 평생 히카의 비위를 맞추며 살아야한다는 건가. 원도 영원히 보지 못하고…….

록이 암담한 얼굴로 눈을 감았다. 급격히 피로가 몰려들었다. 무거운 눈꺼풀을 억지로 움직이던 록이 완전히 눈을 감았다. 기절하듯 잠들기 전, 록은 생각했다.

그럴 리 없겠지만, 그럼에도 원이 자신을 찾으러 와 줬으면 좋겠다고.

*　　*　　*

"록은 어제 배탈도 났으니까 조심하는 게 좋을 것 같아서."

록은 모락모락 김이 피어오르는 죽을 바라보았다. 그러고는 히카의 앞에 차려진 진수성찬을 바라보았다. 잡곡빵, 딸기쨈, 베이컨, 계란, 오렌지 주스가 먹음직스럽게 놓여 있었다.

록이 저도 모르게 침을 꼴깍 삼켰다. 그러고 보니 어제 하루 종일 아무것도 먹지 못했다. 그 때문에 히카의 음식을 보자마자 록의 위장이 요동쳤다.

"이제 속 괜찮은데? 나도 밥 먹을 수 있을 것 같아. 나도 빵 먹으면 안 돼?”

“안 돼. 약 먹기 싫어하잖아. 또 탈나면 어쩌려고? 병원도 못 가는데. 그러니까 얌전히 죽 먹어.”

히카가 온화한 미소를 지으며 록의 맞은편에 앉았다.

이 녀석, 실은 다 알고 이러는 거 아닐까.

새삼 의심이 들었다. 그러나 직접적으로 물을 수 없어서 록은 얌전히 숟가락을 들었다. 죽을 슥슥 휘젓던 록의 표정이 점점 더 참담해졌다. 건더기가 하나도 없었다.

“쌀만 소량 넣었어. 괜히 야채 넣었다가 탈 날 수 있으니까.”

히카가 록의 표정을 읽은 듯 대답했다.

이걸 먹었다가 더 탈 날 거 같은데.

록은 낮은 한숨을 내쉬며 말간 죽을 떠먹었다. 소금간도 안 되어 있었다. 자신이 착각했나보다. 히카는 자신을 좋아하는 게 아니라, 미치도록 싫어하는 게 틀림없었다.

히카가 주머니에서 작은 약통을 꺼내 입에 털어 넣었다.

“무슨 약이야? 어디 아파?”

록이 의아한 눈으로 물었다.

“별거 아니야. 요즘 두통이 심해서 먹는 약이야. 신경 쓸 거 없어.”

“그렇구나.”

록은 대수롭지 않다는 듯 대답하며 약통을 흘깃 보았다. 약은 직접 제조한 것처럼 보였다.

어젯밤, 히카가 정신분열을 일으켰던 걸 떠올렸다. 그것과 관련된 약일까.

그럼 지금보다 히카를 더 조심스럽게 대해야 한다는 말이었다. 안 그래도 없던 입맛이 뚝 떨어졌다.

"록."

히카의 부름에 록이 마지못해 죽을 떠먹다 말고 고개를 들었다. 히카가 먹음직스러운 잡곡빵을 반으로 뜯고 있었다.

"그 녀석과는 어땠어? 같이 살기 편했어? 집은 굉장히 좋았던 것 같은데."

"누구? 아…… 그 녀석이라고 해서 누굴 말하나 했네. 납치범 말하는 거지?"

당황하는 것도 잠시, 록이 금세 천연덕스럽게 대답했다. 일부러 원을 납치범이라 표현했다. 그 표현법이 마음에 드는지 히카의 입술이 기분 좋게 늘어났다. 히카의 그 표정에 록은 입맛이 완전히 떨어졌다. 록은 아예 숟가락을 내려놓았다.

"이름이 뭔지 알아?"

"직원들이 원이라고 부르는 것 같던데. 나한테 정확하게 이름을 알려 준 적은 없어."

록이 그와 친하지 않다는 것을 일부러 피력했다. 그 때문인지 히카의 표정이 더욱 풀어졌다.

"그래? 그거 말고 그 녀석에 대해 아는 거 있어?"

"사업을…… 한다고 들었어. 되게 큰 사업을 해서 부자인가 보더라고. 집이 크잖아. 사실 나도 자세히는 몰라. 납치범이 인질한테 구구절절 자세히 설명하진 않잖아. 안 그래?"

"그래서 전혀 모른다?"

"어, 뭐. 그렇지."

"집에서 자주 만났어? 대화를 나누었고? 대화만 나눈 거야?"

히카가 빵에 잼을 바르며 물었다. 록은 마른침을 삼켰다.

지금 이 질문은 지뢰다. 자신이 어떤 대답을 하느냐에 따라 지뢰가 터지느냐 터지지 않느냐의 기로에 서 있다.

"내 방에 자주 왔어."

달그락.

록이 솔직하게 시인하자마자 히카가 신경질적으로 나이프와 포크를 내려놓았다. 록이 바짝 긴장했다.

"그래서 그 후엔 어떻게 됐어?"

"내 방에 자주 와서 너에 대해서 물었어. 네가 누군지, 뭐하는 사람인지. 내가 모른다고 하니까 매일 찾아와서 기억날 때까지 묻겠다고 하더라고. 그게 다였어. 무슨 이유에서인지 고문을 시키거나 괴롭히는 일은 없었어. 나야말로 묻고 싶었어. 너랑 그 사람이랑은 무슨 사이인지. 무서워서 그 남자한테는 자세히 못 물었거든."

록이 진지하게 물었다.

"나도 모르는 원한 사이겠지. 나를 뒤쫓는 녀석들이 한둘이어야지. 곧 정체에 대해선 알게 될 것 같아."

히카는 원에 대해 잘 모르는 듯했다. 이게 불행인지 다행인지 알 길이 없었다.

"그런데 록, 너는 그 남자랑 전혀 모르는 사이 맞아?"

"무슨 뜻이야?"

"우리 가게가 폭파되던 날, 넌 그 녀석을 구했잖아."

히카의 눈빛에 날이 섰다. 순간 록이 움찔했다. 지금 이 상황을 잘 모면하지 않으면 굉장히 위험할 거라는 느낌이 왔다.

록이 일부러 얼굴을 과하게 찌푸렸다.

"그건! 후우, 히카. 그날에 관해선 나도 할 말 많아. 나는 그때 그 남자가 아니라 널 구하러 뛰어갔었어. 그러다 운 없이 그 납치범을 구하게 된 거고. 네가 죽었다고 생각했어. 그래서 울다가 기절했고. 눈 떠보니 그 납치범 집이잖아. 너야말로 이렇게 멀쩡하면서 왜 나를 안 구했어? 내가 끌려갈 때까지 넌 뭘 한 거야? 내가 그 안에서 얼마나 개고생한 줄 알아?"

록이 잊고 있었던 화가 되살아난 듯, 날카로운 목소리로 채근했다. 물론 연기였다.

록이 처음으로 화를 내는 모습에 히카가 움찔했다. 그러다 기분 좋은 듯 입술을 늘이며 웃었다.

"데려가 주지 않았다고 지금 귀엽게 투정 부리는 거야?"

귀엽게…….

히카의 소름 끼치는 표현력에 미칠 것 같았지만 록은 최선을 다해 아래위로 고개를 끄덕였다.

와, 정말 이놈보단 익숙한 미친놈이 낫겠다 싶었다. 새삼 원이 보고 싶었다.

히카가 먹던 빵을 내려놓고는 손을 탁탁 털었다.

"손."

그러더니 손을 내밀며 록에게 손을 요구했다. 록은 개가 된 참담한 기분을 느끼며 그의 손 위에 얌전히 손을 올렸다. 히카가 그녀의 손을 조물거리더니 미안함과 황홀함이 뒤섞인 표정으로 말했다.

"나를 그렇게 기다렸구나. 내가 너무 늦게 데리러 가서 미안해. 록. 이제 다시는 헤어지지 않을 거야."

히카의 달콤한 목소리에 록은 소름 끼쳤다. 차마 대답이 나오지 않아 힘겹게 고개를 끄덕였다.

"앞으로는 이제 그 녀석을 영영 다시 볼 일 없을 거거든."

"……어?"

록이 놀란 듯 되묻자, 히카가 진한 웃음을 흘리며 확언했다.

"그 녀석은 오늘 밤, 죽어."

"……그게 무슨 말이야?"

록이 제 귀를 의심하는 얼굴로 물었다.

원이 죽는다니. 하늘이 두 쪽으로 쪼개지면 모를까, 그가 죽는다는 건 생각해 본 적이 없다.

"자세한 건 나중에 설명할게. 결론은 록이 걱정할 일은 없다는 거야. 앞으로 영영."

히카가 다정하게 웃었다.

"아…… 어."

떨떠름하게 대답한 록이 입을 꾹 다물었다. 순간 뒤통수를 맞은 것처럼 머리가 얼얼했다. 록의 기분을 파악하지 못한 히카가 잔을 들며 물었다.

"록, 인간계에선 어땠어? 전에 록이 해 주던 인간계 이야기가 참 재미있었는데. 들려줄래? 인간계엔 지하철이라는 게 있다고 했지? 그건 어떻게 생긴 거야? 그려줄 수 있어? 아! 그리고 인간계의 인간들은 주로 뭘 좋아해? 그들은 뭐로 대화해?”

“아 그건 말이지…….”

록이 대답하려다가 입을 다물었다. 머리가 텅 빈 기분이었다. 아무 생각도 나지 않았다.

원이 죽는다. 설마, 그럴 리가.

오로지 그 생각만 머릿속에 빙빙 돌았다.

“록?”

히카가 그녀를 빤히 쳐다보다 불렀다.

“히카. 미안한데 그건 나중에 이야기하면 안 될까?”

록이 창백한 얼굴로 말을 끊었다.

“왜?”

“속이 갑자기 안 좋아서. 죽도 안 맞나 봐. 오늘 특별한 일 없으면 방에 가서 쉬고 싶은데 괜찮을까?”

“약은 필요 없어? 체한 거면 약을 줄게.”

“아냐. 쉬면 나을 것 같아.”

록은 무능력자들에게 전달했던 약이 떠올라 강하게 고개를 가로저었다. 자신에게 무슨 약을 먹일지 모른다는 생각이 들었다. 히카가 고집부릴까 걱정했으나, 의외로 순순히 그녀를 보내주었다.

록은 자신이 먹다 남긴 그릇과 수저를 싱크대에 옮겨 놓은 후, 방으로 돌아왔다. 혼자 쓰기에 적당한 침대에 누워 록은 천장을 바라보았다.

원이 죽을 수도 있다는 말에 머리가 멍했다. 설마, 하는 생각과 만에 하나, 라는 생각이 교차되었다.

원이 죽을 리 없겠지만, 만약 그렇게 되면 어떻게 되는 거지?

자신은 어쩌면 여기에 영영 갇혀 살아야 할지 모른다. 지금까진 다행스럽게 히카가 온순한 편이지만, 언제 돌변할지 모른다. 그는 정서가 몹시 불안한 상황이었다. 언제 터져도 이상하지 않았다.

그보다도 영원히 원을 보지 못할 거라 생각하니 눈앞이 캄캄했다.

록이 누운 자리에서 한참을 뒤척거릴 때였다.

똑똑―

문을 두드리는 소리에 록이 흠칫하며 고개를 들었다. 시계가 없어서 몇 시인지 알 수도 없었다.

"흠, 흠. 들어와."

"많이 불편해?"

히카가 문을 빼꼼 열고 들어왔다.

"아니. 조금 잤더니 괜찮아졌어."

"얼굴이 희게 질렸는데."

히카가 록의 앞에 무릎을 굽히고 앉았다. 창백한 손으로 록의 뺨을 쓸어내렸다. 록의 어깨가 경직되었다.

"정말로 괜찮아. 무슨 일이야?"

록은 히카가 갑작스레 자신에게 스킨십을 시도하는 게 불안했다. 소름 끼치도록 차가운 손끝이 뱀 같았다. 창백한 손등엔 새파란 핏줄이 도드라져 보였다. 그 차가운 손끝에서 욕정이 느껴졌다.

"록도 그 납치범이 사라졌으면 좋겠지?"

"웅? 아, 그 남자. 으, 웅."

딴생각에 빠져 있던 록이 흠칫하며 고개를 끄덕였다. 실은 원이 죽길 바란 적 없었다. 자신이 그곳에서 무사히 풀려나 평온하게 살길 바랐을 뿐.

"다행이야. 그럼 이게 록에게도 좋은 소식이 될 수 있겠네. 방금 연락 받았어. 록이 거주하던 집이 폭발했다고."

"……뭐?"

록의 얼굴이 굳었다. 히카가 휴대폰을 꺼내 사진을 한 장 띄웠다. 그녀가 거주하던 집이 화염에 휩싸여 있었다. 히카가 다음 장으로 사진을 넘겼다. 그러자 폭삭 내려앉은 집의 골격이 보였다. 록의 입술이 서서히 벌어졌다.

"빠져나간 사람이 없다는 보고까지 받았어. 생각보다 크게 폭발했는지 시신도 거둘 수 없는 지경이래. 이제 안심하고 잘 수 있겠지?"

"그, 그럼 거기 있던 사람들은……."

"전부 죽었지. 아니, 죽였다고 해야 하나? 나오는 대로 처리하라고 했으니 그렇게 했을 거야."

히카가 해사하게 웃으며 말했다. 그는 칭찬을 바라는 어린아이 같은 얼굴로 바라보았다.

"전……부?"

"왜 그래? 좋은 일이잖아."

록의 눈앞으로 수많은 사람들의 얼굴이 스쳐 지나갔다. 원, 크리스, 천이, 랑이, 알렝. 그 사람들은 왠지 죽지 않고 살아남았을 것 같았다. 이런 허술한 폭발에 속을 사람들이 아니라는 느낌이 들었다.

문제는 따로 있었다.

"거기서 일하던 직원은?"

록이 초조한 얼굴로 물었다.

"다 죽었지. 납치범과 동조해 일하던 사람들이야. 죽어 마땅하지."

히카의 말에 록은 목이 메었다. 순간 야미, 유호를 비롯해 몇몇 직원들의 얼굴이 떠올랐다.

"히카. 거기 일하는 그 사람들은, 그 사람이 나쁜 사람인지 몰랐어."

"몰랐다고 해도 지은 죄가 사라지는 건 아니지."

"거기 사람들은 그냥 집안일만 하는 사람들이야. 집을 돌보고 가꾸는 사람들."

"그놈이랑 같이 일한 게 죄야."

히카와 대화를 할수록 록은 목이 바짝 조여 오고 머리가 어지러웠다. 동시에 속에서 뜨거운 분노가 치솟아 올랐다. 자신이 알던 사람들이 불구덩이에서 고통스럽게 죽었다고 생각하자 미칠 것 같았다.

더군다나 그 이유가 자신 때문이라니.

록의 손끝이 벌벌 떨렸다.

"히카. 그 사람들은…… 하아, 정말 아무것도 모르는 착한 사람들이란 말이야. 정말 그 사람들까지 다 죽인 거야? 왜? 왜 그랬어?"

야미의 얼굴이 눈앞으로 스쳐 지나갔다. 동시에 매일 자신과 눈을 맞추며 인사하던 직원들이 머릿속으로 스쳐 지나갔다.

"록."

히카가 음산한 목소리로 그녀를 불렀다. 그러나 이미 록의 눈에는 눈물이 한가득 차올라 있었다.

"그 사람들이 불쌍하지도 않아?"

록이 그를 힐난했다.

"록. 지금 나를 비난하는 거야? 내가 잘못됐다고 말하는 거냐고."

히카의 안색이 금세 달라졌다. 록은 목이 메여 아무 말도 하지 못했다. 히카가 서서히 몸을 일으켰다.

"그렇구나. 나를 비난한 거였어. 다른 사람도 아니고, 록. 네가 나를 비난했어."

그의 눈빛이 서서히 차갑게 식어 갔다. 그제야 록이 아차, 하는 표정을 지었다. 그를 몰아붙여선 안 되는 거였다. 자신의 감정에 취해 히카의 상태를 잠시 잊었다.

"히카."

록이 다급하게 그를 불렀다.

짝!

강렬한 마찰음이 방 안을 쩌렁쩌렁 울렸다. 이후 소름 끼치는 침묵이 이어졌다.

록의 얼굴이 왼쪽으로 꺾였다. 순식간에 얼굴이 시뻘겋게 달아올랐다. 뺨에서 열감이 느껴졌다.

갑작스레 벌어진 일에 비명도 지르지 못했다. 록이 느릿하게 입술을 벌였다. 그러자 부푼 뺨이 더욱 명확하게 느껴졌다.

짝!

다시 한 번 록의 얼굴이 오른쪽으로 꺾였다. 록이 속으로 비명을 삼켰다. 지금 일어난 일들이 꿈처럼 느껴졌다.

"버르장머리 없는 년. 거지 같은 너를 거둬 보살펴 주는데 감히 나를 비난해? 너 같은 게? 내가 아니었으면 네가 그 버러지 같은 놈한테서 벗어날 수 있었을 것 같아? 아니. 절대로 불가능하지. 그러니 나한테 고맙게 생각했어야지."

가까스로 아물었던 입 안이 사정없이 터졌다. 록은 이전처럼 일부러 입술 사이로 피를 흘려보내지 않았다.

꿀꺽.

입 안에 고인 피를 삼키며 고개를 들었다. 미안하다, 라는 말이 거짓말로도 튀어나오지 않았다. 히카와 눈이 마주쳤다. 그는 록의 눈물이 고인 눈을 보고도 제정신으로 돌아오지 않았다. 오히려 히카를 자극한 듯 그가 비명을 질러 댔다.

"아악!"

우당탕탕!

그가 티테이블을 벽으로 집어 던졌다. 파편이 깨어지며 사방으로 튀었다. 록은 손을 들어 파편을 막았다. 파편이 찍힌 팔뚝이 화끈거렸다.

"아악! 왜! 왜!"

히카가 비명을 내지르며 날뛰기 시작했다. 점점 그가 미치는 시간이 길어지는 게 눈에 보였다. 앞으로 더 상황은 악화될 거라는 게 느껴졌다.

"히카, 미안해. 내가 잘못했어."

록이 끓어오르는 분노를 삭이고서 사과했다. 마음 같아선 부러진 물건의 파편으로 목을 내리찍어버리고 싶었지만 꾹 참았다.

자신은 만 하루째 굶고 있는 중이고, 히카는 미친 상태였다. 히카가 이길 게 뻔한 게임에 덤빌 수 없었다. 일단 자신에겐 시간이 필요했다.

"정말 미안해. 히카의 마음을 몰랐어."

록이 다시 한 번 사과하고서야 히카의 눈이 차츰차츰 돌아왔다. 그러고도 잔여의 분노감정이 남은 듯 씩씩댔다.

"록. 조심해."

"응."

"조금만 더 늦게 사과했으면 난 널 죽일 뻔했어."

그의 경고가 섬뜩했다.

"후우, 내가 돌아올 때까지 자숙하고 있어."

방 안을 엉망을 해 놓은 히카가 명령한 후 방문을 잠그고 나갔다. 록은 암담한 표정으로 고개를 숙였다. 소음이 한순간 사라지자 귀에서 쨍하는 소리가 들렸다.

머리가 터질 것 같았다. 록이 눈을 내리깔았다. 튕겨 나온 파편에 맞은 듯 그녀의 손등에 상처가 나있었다.

"하……."

기가 찬 듯 입 사이로 한숨이 새어 나왔다.

대체 무슨 죄를 지었기에 저런 미친놈들만 줄줄이 꼬이는 건지, 원.

입 안에 고인 피를 다시 삼키던 록은 시야가 뿌옇게 변하는 것을 느꼈다. 마치 물속에 빠진 느낌이었다.

히카가 이상한 가스라도 주입한 걸까.

록이 다급하게 눈을 깜빡거리자 후드득 소리와 함께 눈물이 떨어졌다.

"아."

울고 있었구나.

록은 뒤늦게 자신의 상태를 알아채곤 손등으로 눈물을 닦았다. 이상하게 닦을수록 더 많은 양의 눈물이 쏟아져 내렸다. 록은 제 눈물이 낯설었다. 마치 타인의 눈물 같았다.

멍하게 바라보던 록의 입술에 점차 힘이 실렸다. 그녀의 입술이 새하얗게 질렸다.

"흐흡."

기어코 록의 깨문 입술 새로 서러움이 터져 나왔다. 있는 힘을 다해 참아온 서러움이었다. 울어버리면 자신이 비참한 상황이라는 걸 인정하는 꼴이 될까 봐.

이젠 참을 수가 없다. 미치게 무섭고, 미치게 고통스럽다. 그리고 또 미치게…… 외로웠다.

록의 어깨가 한껏 좁아졌다. 두 팔로 자신의 몸을 끌어안았다.

뿌리를 잃은 깃대가 바람에 나부끼듯, 록의 가녀린 몸이 한없이 흔들렸다.

*　　　*　　　*

끼이익.

낡은 방문이 느릿하게 열렸다. 히카는 불이 꺼진 록의 방 안을 훑어보았다. 그는 침대에서 잠들어 있는 록을 물끄러미 바라보았다. 울다가 지쳐 쓰러진 모양새로 록이 잠들어 있었다.

몇 시간 전, 록의 방문 너머에서 희미하게 들려오는 울음소리를 들었다. 그제야 히카는 자신이 폭주했음을 깨달았다. 그러고도 가슴에서 뱅뱅 도는 분노 때문에 집을 박차고 나갔다. 길거리에서 미친놈처럼 무차별적인 사냥을 하고서야 정신이 돌아왔다.

요즘 부쩍 감정이 통제되지 않았다. 감정을 컨트롤하는 약을 조제해서 먹고 있지만, 그마저도 몇 시간 유지되지 않았다.

"후우……."

히카가 낮은 한숨을 내쉬며 록의 침대에 걸터앉았다. 그가 록의 부은 뺨에 손을 가져다 댔다. 아직도 뺨이 후끈거렸다.

이러고 싶지 않았는데…….

히카가 미안한 표정으로 록을 물끄러미 바라보다 그녀를 한 번 더 불렀다.

"록. 4시야. 일어나."

간단히 뭐라도 먹여야겠다, 그는 그렇게 생각했다.

＊　　＊　　＊

원이 서 있었다. 그가 손을 들어 까딱거리고 있었다.

'록.'

그가 그녀를 불렀다. 그녀는 눈앞에 있는 원을 물끄러미 바라보았다.

‘나를 데리러 온 거예요?’

록이 믿기지 않는다는 듯 물었다. 믿을 수가 없었다. 순간 가슴에 남아있던 응어리가 스르륵 녹아 사라졌다. 동시에 눈가에 눈물이 핑 돌았다. 무슨 말이라도 해야 할 거 같은데, 아무 말도 나오지 않았다.

그사이 원이 성큼성큼 다가와 그녀의 뺨을 어루만졌다. 평소처럼 상냥한 손길이었다. 록이 홀린 듯이 쳐다보자, 그가 말했다.

‘지금 4시야.’

4시!

록이 순식간에 몸을 벌떡 일으켰다. 눈도 제대로 뜨지 못한 채, 록이 주절주절 말하기 시작했다.

“원, 좋아해요. 왜냐하면 원은…….”

말을 하던 중, 록의 말문이 막혔다. 좋아하는 이유가 냉큼 떠오르지 않았다. 뭐라도 말을 해야겠다고 생각한 순간, 온몸이 서늘해졌다. 급속도로 방 안의 공기가 차갑게 얼어붙는 듯했다.

히카!

순간적으로 정신이 돌아온 록이 고개를 번쩍 들었다. 예리하게 날선 눈이 들어왔다. 순간 록의 심장이 덜컹하고 내려앉았다. 잠결에 히카의 집이라는 걸 잊었다.

“히, 히카.”

록이 침착하게 그를 불렀다.

“그랬단 말이지?”

히카의 목소리가 음산해졌다.

"히카. 아니야. 오해한 거야. 내 말 좀 들어 봐."

"그 녀석과 그러고 놀았단 말이지?"

히카의 입술이 부들부들 떨렸다. 그가 충동적인 감정을 이기지 못하고, 록의 팔을 강하게 움켜쥐었다. 히카의 힘에 딸려 록이 강제로 일으켜 세워졌다.

"그 새끼랑 잤어?"

"뭐?"

"잤구나. 그러니 대답을 못 하지. 잤어! 그 새끼랑 잔 게 틀림없어!"

"윽! 아냐. 안 잤어! 그런 거 아니야! 일단 내 이야기부터 들어 봐! 나도 이유는 모르겠는데 그 녀석이 하루에 세 번씩 꼬박꼬박 고백하라고 시켰어. 이유까지 덧붙여서. 나는 죽기 싫어서 했고. 그게 전부야. 방금 히카도 봤잖아. 고백할 때 말문 막히는 거. 그리고 내 얼굴 못 봤어? 하기 싫어서 구기고 있던 거. 나도 납치되어서 별의별 짓을 다 당한다고 생각했어."

록이 억울해서 미치겠다는 표정으로 소리쳤다. 히카가 고요한 눈으로 록을 쳐다보았다. 자신의 말에 흔들리고 있다고 판단한 록이 단호하게 말했다.

"나도 하기 싫어서 미치는 줄 알았어. 괴로웠어! 하여튼 확실하게 말할 수 있어. 아무 일 없었어. 그건 믿어 줘."

"못 믿겠는데."

"뭐?"

록이 불안한 눈으로 히카를 바라보았다. 히카의 얼굴이 차츰차츰

종잇장처럼 구겨졌다. 그가 사나운 표정으로 입을 열었다.

"확인해 봐야겠어. 네가 그 새끼랑 잤는지, 아닌지."

히카가 위협스럽게 성큼 다가왔다. 자신의 셔츠단추를 풀기 시작했다.

"뭐하는 거야? 히카!"

록이 진정하라는 듯 손을 들어 보이며 주변을 살폈다. 무기가 될 만한 건 하나도 없었다. 테이블이라도 집어 던질 생각으로 몸을 틀었다. 그러나 히카의 속도를 이길 순 없었다.

"어딜 가려고!"

"윽……!"

히카가 우악스러운 손길로 록의 팔을 거머쥐었다. 팔이 떨어져 나갈 것처럼 아렸다. 록이 힘으로 버텼으나, 소용없었다. 록의 작은 몸이 히카가 휘두르는 대로 흔들렸다.

"히카! 정신 차려! 일단 내 이야기 좀 들어!"

"입 닥쳐. 꿰매어서 지하에 갖다버리기 전에! 내가 못 할 거 같아? 네 내장을 싸그리 긁어다 버린 후에 박제시켜버릴 수도 있어! 내가 못 가질 거면 그렇게라도 되어야지! 안 그래?"

히카가 서늘하게 중얼거린 후, 록의 목을 거머쥐었다. 순식간에 목이 졸린 록이 흡, 하고 숨을 삼켰다.

숨을 못 쉬는 고통에 록이 벗어나기 위해 버둥거렸다. 그러나 히카의 힘을 조금도 이길 수 없었다. 반항도 제대로 못 해 보고 몸에 힘이 쭉 빠졌다.

"이제야 얌전하네. 예뻐."

히카가 록의 목을 한 손으로 졸랐다. 그러고는 다른 손으로 자신의 셔츠를 풀기 시작했다. 비쩍 마른 하얀 몸이 드러났다.

"아아. 아니지. 여기서 이럴 게 아니야. 록, 너에게 보여 줄 깜짝 선물이 있는데 잊었네? 내 방으로 가자."

무언가 생각난 듯 히카가 즐거운 얼굴로 웃었다. 그러고는 록의 목을 거머쥐고서 자신의 방으로 향했다.

"으윽."

록이 일부러 더욱 고통스러운 듯 연기했지만, 통하지 않았다. 눈물도 흘렸다. 그러나 히카는 이전처럼 반응하지 않았다. 그는 자제력을 완전히 상실한 것처럼 보였다.

좁은 거실을 가는 동안 다리에 힘이 빠진 록이 수도 없이 휘청거렸다. 바닥에 늘어질 수도 없게 히카가 그녀를 꽉 움켜쥐었다. 어느새 록이 잡힌 채 그의 방문 앞에 섰다.

"록, 내가 재미있는 거 보여 줄까? 아니다. 보여 줄게. 이건 너한테 정식으로 고백할 때 보여 줄까 했던 건데 생각보다 이르게 보여 주게 될 것 같아."

히카가 록의 뒤로 다가가 팔로 목을 끌어안고서 속삭였다. 벌레가 귀를 타고 기어가는 느낌에 록의 파르르 떨었다.

"아마 보고나면 눈물이 날 거야. 감동적이라서 말이야. 네가 직접 열어봐. 록."

"윽."

히카의 팔 사이에 끼인 목 때문에 록은 아무 말도 할 수 없었다.

"어서!"

히카가 다그쳤다. 록이 마지못해 문고리를 잡았다. 손끝이 바들바들 떨렸다.

열기 싫다. 아니, 열어서는 안 된다는 생각이 들었다.

“안 열어? 열게 만들어 줄까?”

히카의 협박에 록이 마지못해 손을 움직였다. 끼익, 소름 끼치는 소리와 함께 문이 열렸다. 달칵, 불이 켜지자 내부가 환하게 드러났다.

낡은 침대, 엉망이 되어 있는 책상, 환기시키지 않아 쾌쾌한 냄새가 나는 것 말곤 자신의 방과 별다를 게 없었다. 조금 안심한 듯 록의 어깨가 슬쩍 내려갔다.

“이런. 아직 못 찾았어? 한 번 자세히 봐. 익숙한 게 보이지 않아?”

히카의 말에 록이 침대에서 옷걸이로 시선을 옮겼다.

이런 곳에 익숙한 게 있을 리가…….

움찔—

록의 몸이 눈에 띄게 굳더니 그녀의 눈이 서서히 커졌다. 히카의 방 벽면에 익숙한 옷이 걸려 있었다. 록이 원의 집에서 분실한 옷이었다.

“찾았어? 하나가 아닐 거야.”

히카가 즐거운 듯 속삭였다. 록의 시선이 다급하게 흔들렸다. 히카의 방 곳곳에 록이 잃어버렸던 물건이 산재해 있었다.

팔찌, 옷, 머리 끈 등등.

히카가 팔에 힘을 풀어 록의 목을 느슨하게 해 주었다.

“네가 어디 있는지는 진즉에 알았어. 그런데 워낙에 경비가 철통 같아서 들어갈 수가 있어야지. 나오는 건 자유로운데, 들어가는 게 어렵더라고. 그래서 한 녀석을 돈 주고 샀어. 그 녀석한테 부탁했지. 네 물건을 가져다 달라고.”

히카가 목석같이 서 있는 록의 뺨을 쓰다듬으며 뱀처럼 속삭였다. 록은 마른침을 삼키며 히카가 하는 대로 듣고 있어야 했다.

“처음엔 싫다고 반항하더라고. 그럴 수 없다나 뭐라나. 그래서 네가 나서지 않으면 네 여동생이 죽을지도 모른다고 했더니 그제야 말을 듣더라고. 아마 너도 잘 알거야. 이름이 야미라고 했던가?”

히카의 말에 록이 숨을 들이쉬다 말고 멈췄다.

“……뭐?”

저도 모르게 입술에서 말이 새어 나갔다. 그런 록의 반응이 즐거운 듯 히카가 록의 머리를 쓰다듬었다.

“전혀 눈치 못 챈 모양이구나? 그럴 거라고 하더니. 야미라는 여자애가 그러더라고. 넌 참 좋은 사람이라 크게 의심할 줄 모른다고.”

“그럼…… 유리는? 유리는 어떻게 된 건데?”

“그게 누구지? 아, 혹시 야미를 대신해 죽은 애 말인가? 처음엔 야미인가 뭔가 하는 애를 죽일까 했어. 그런데 아직 쓸모가 많더라고. 그래서 대신할 애를 하나 알아봤지. 알아보니 유리라는 애한테 도벽기질이 있더라고. 그 애한테 말했지. 네가 죽을래, 아니면 네 가족들이 전부 다 죽는 걸 볼래? 처음엔 신고하겠다고 날뛰더라고. 도벽 사실이 알려져도 무서울 게 없다나 뭐라나. 다시 생각해도 우습네.”

“……”

“그래서 그 집 개새끼를 죽여다가 던져 줬더니 조용해지더라고.

숨어 다니길래 그 집에 불을 질러줬어. 경찰에 신고하더라? 이후에 몇 번이나 술래잡기가 계속됐지. 안 되겠다싶어 그 집 아버지를 차로 밀어버렸어. 그랬더니 울면서 시키는 대로 하겠다고 하더군.”

“…….”

“아, 물론 고통스럽게 죽이진 않았어. 편안하게 죽을 수 있도록 다 약을 제조해 줬지. 기분 좋게 죽었을 거야. 세상에서 그것보다 더 즐거운 쾌락은 없었을걸?”

히카의 이야기가 계속될수록 록의 얼굴이 희게 질렸다. 발끝으로 피가 다 빠져나가는 기분이었다. 통나무처럼 우두커니 서 있던 록이 느릿하게 눈을 감았다 떴다. 머리가 생각을 멈춘 듯했다. 자신이 무슨 말을 듣고 있는지 이해가 되질 않았다.

“왜? 화났어?”

히카가 이죽거렸다. 록은 대답하지 않았다. 히카가 그녀와 마주 서서 그녀의 목을 한 손으로 감싸 쥐었다.

“믿은 사람한테 배신당해서 화난 거구나. 정말 멍청하도록 사람을 잘 믿는 건 여전해. 내가 이래서 널 좋아하지. 하긴 나도 같은 처지구나. 멍청할 정도로 순수한 너를 아주 굳게 믿었거든. 그래서 나도 지금 굉장히 아파. 다른 사람도 아니고, 네가 어떻게? 응? 록?”

히카의 목이 기이할 정도로 꺾였다. 그의 이마에 핏줄이 바짝 섰고, 눈은 한없이 날카로워졌다. 제정신과 광기의 경계에서 끊임없이 오가는 얼굴이었다.

“내가 널 기다리는 동안, 네가 그 새끼랑 그런 짓을 해?”

“안 했어.”

"못 믿겠어."

"후우, 그래서 날 어쩔 건데?"

이상하리만치 차분한 록의 목소리에 히카의 눈썹이 치켜 올라갔다.

"어떻게 하긴."

히카의 남은 손이 록의 귀를 만지작거렸다. 귓바퀴, 귓불을 타고 목덜미로 흘러 내려갔다. 차가운 손끝이 스칠 때마다 혐오스러웠다. 어느새 그의 손이 어깨를 타고 쇄골로 향했다.

"그 새끼랑 잤는지 온몸으로 제대로 확인해야지."

"……."

"내가 네 물건을 볼 때마다 얼마나 목이 탔는지 모를 거야. 나한테 내려온 유일한 선물인 너를 뺏기고서 밤에 잠도 제대로 못 잤어. 그럴 때마다 네 물건을 보면서 위안을 얻었지. 이 물건들처럼 너도 곧 되찾을 수 있을 거라고 끊임없이 세뇌시켰어. 그리고 봐. 결국 찾았잖아? 네가 내 거라는 거지."

록의 목을 조르던 히카의 손이 브래지어의 끈을 타고 차츰차츰 내려왔다. 가슴에 닿기 직전에 록이 덤덤한 목소리로 물었다.

"날 좋아해?"

록이 감정을 완전히 잃어버린 표정을 지었다.

"어. 네가 날 배신하면 박제해버릴 거야. 그리고 아주 깊은 곳에 숨겨놓고 나만 볼 거야."

"그럼 씻고 올 시간 좀 줘."

"안 돼. 기다리다가 지쳐서 목이 빠질 지경이거든."

록이 고개를 돌려 히카의 옆얼굴을 바라보았다. 이상하리만치 차가운 록의 얼굴에 히카가 얼굴을 구겼다.

"몇 달을 기다렸다며. 삼십 분을 못 기다려?"

"어차피 도망 못 가."

"나도 알아. 그러니까 씻고 겸허하게 이 상황을 받아들이겠다는 거야. 어차피 욕실에 창문 하나도 없잖아."

히카의 눈이 가늘어졌다.

"그럼 문을 열어놓고 씻어."

"나도 여자야. 나한테 준비할 시간을 줘. 히카. 부탁할게. 지금 이대로 해버리면 죽을 때까지 후회할 거 같아서 그래. 네가 안 믿는 거 같지만, 나 정말 처음이거든. 내가 히카한테 제대로 부탁하는 거, 처음이잖아."

록이 차분하게 설득하자 히카가 한 걸음 물러섰다.

"그래. 만찬을 즐길 때도 준비가 필요한 법이니까. 대신 옷은 모두 문밖에 내놔. 허튼짓하면 알지?"

히카가 록의 뺨을 쓰다듬으며 말했다. 록은 대답하는 대신 고개를 끄덕였다. 욕실로 가는 동안 히카는 록의 손목을 움켜쥐었다. 그녀가 어디론가 가버릴까 봐 노심초사하는 얼굴이었다. 욕실로 들어간 록은 약속대로 옷가지를 벗어 문밖에 던져 놓았다.

"하아……."

옷을 벗자마자 히카가 달려들어 냄새를 맡았다. 그녀의 속옷을 움켜쥔 손이 벌벌 떨리는 게 보였다.

문 너머로 보이는 혐오스러운 광경에 록은 고개를 홱 돌렸다. 빈 속에 구역질이 치밀어 올랐다.

“얼마나 걸릴 거 같아?”

히카가 초조한 목소리로 물었다.

“삼십 분.”

“안 돼. 십 분.”

“처음이자 마지막으로 하는 부탁이야.”

록의 부탁이라는 말에 히카가 숨을 깊게 들이마셨다. 그러더니 벗어 놓은 록의 속옷을 만지작거리며 갈등했다.

“히카, 제발.”

록이 문 너머에서 간절하게 부탁하자 숨을 내쉬었다.

“그래. 좋아. 정확히 삼십 분이 지나도 안 나오면 문을 부수고 들어갈 거야.”

“응.”

알몸으로 욕실에 들어온 록은 거울에 비친 제 모습을 보았다. 귀신처럼 하얗게 뜬 얼굴에, 표정이 사라졌다. 록은 애써 그 얼굴을 외면하곤 욕조에 들어갔다.

샤워기에선 뜨거운 물이 금방 쏟아졌다. 머리부터 쏟아진 물이 금세 온몸을 흠뻑 적셨다. 멍하게 서서 물을 맞던 록이 무심히 중얼거렸다.

“야미였구나.”

절대로 야미가 아닐 줄 알았다. 아니, 야미만큼은 아니었으면 했었다. 이곳에 와서 자신이 마음 붙인 몇 안 되는 사람이기에.

그러나 록은 야미를 탓할 생각 없었다. 살기 위해선 뭐든 하는 게

인간이다. 그녀로서도 어쩔 수 없는 선택이었다. 오히려 히카에게
원과 자신의 사이에 대해 제대로 말하지 않은 것만 해도 고마웠다.

다만, 이유도 없이 죽어야 했던 그 여자가 안타까워서 목이 메었
다.

대체 무슨 죄로…….

록이 입술을 깨물었다. 피곤한 듯 눈을 감았다 뜬 록이 얼굴을 씻
었다. 이후 주변을 살폈다. 흉기가 될 만한 게 전혀 없었다. 커튼이
라도 있으면 목이라도 메어 볼 텐데 그마저도 불가능했다.

진짜 죽기 싫은데.

아니, 제 손으로 목숨 끊는 사람들이 제일 한심하다고 여겼었는
데, 사람 일은 알다가도 모를 일이었다.

록이 쓰게 웃었다.

간단하게 샤워를 마친 록이 욕조에 걸터앉아 샴푸 뚜껑을 열었
다. 자살할 수 있는게 이런거 밖에 없다니. 흔한 락스나 독한 물질
도 없었다.

살다 보니 별 걸 다 마셔 보네.

록은 샴푸통을 바라보다 무심결에 한 사람을 떠올렸다.

숨 쉬는 것 자체가 고역인 것처럼 온몸으로 괴로워하던 사람. 자
신의 고통을 감당하지 못해 어린 자식에게까지 고통을 물려주던 사
람. 언제나 다른 사람들을 때리기만 했었던 사람. 자신을 미치도록
살고 싶게 만들었던 사람.

끝내…… 스스로의 고통을 이기지 못하고 스스로 목숨을 끊어 버
린 사람.

죽을 때까지 이해하지 못할 줄 알았다. 아니, 이해하지 않길 바랐다. 그러나 지금 이 순간 아주 조금은 이해되었다. 당신의 삶이 지금 내 삶처럼 이토록 고역이었다면, 그럴 수밖에 없었겠노라고. 다시 당신을 만나게 된다면, '사느라 수고했다'라는 말을 하고 싶다.

록의 눈동자에 투명한 눈물이 차올랐다. 록이 샴푸통에 입술을 가져다 댈 때였다. 순간 누군가가 떠올랐다.

원.

왜 하필 이 순간 그 남자가 이렇게 보고 싶은 건지.

좋아해요.

그 말은 또 왜 생각나는 건지. 왜 그 말을 하고 싶은 건지…….

"흡…….".

록의 눈에 눈물이 그렁그렁 차올랐다.

쾅!

순식간에 문짝이 뜯겨 나갔다. 찬바람이 확 몰려들었다. 순간 온몸이 자잘한 소름이 일었다.

"히카! 아직 삼십 분 안 됐잖아!"

록이 소리치며 밖을 보았다. 문 앞에 한 남자가 우두커니 서 있었다. 역광 때문에 남자의 모습이 제대로 보이지 않았다. 록이 고개를 조금 더 빼고서야 남자의 모습을 제대로 볼 수 있었다.

큰 키에, 다부진 체격, 날카로운 눈매를 가진 그가 록을 빤히 쳐다보고 있었다. 록의 입술이 자그맣게 벌어졌다. 그녀가 저도 모르게 그를 불렀다.

"……원?"

깊고 좁은 산길의 귀퉁이에 멈춰 선 나무에 붙여놓은 소형 알림기를 제거했다. 손바닥만 한 알림기는 34도 이상의 온도가 확인되면 알람이 울리도록 설정되어 있었다. 바닥 트랩이 흔해진데다 오류가 많아 새롭게 만들어진 신형 알림기였다.

"와, 이걸 여기서 다 보네."

천이가 순수하게 감탄했다. 보통 사람들이야 신형 알람기라 하겠지만, 천이와 크리스에겐 향수를 불러일으키는 물품이었다. 원이 십 년 전 재미 삼아 만든 물건이었기 때문이다. 군부대에서 돌다가 얼마 전부터 암암리에 시중에 보급되었다.

"원. 이것 봐."

천이가 신이 나서 저도 모르게 원을 불렀다가, 크리스에게 입이

틀어막혔다.

"읍."

"미쳤어?"

크리스가 작게 욕지거리를 뱉으며 물었다. 그제야 천이가 상황을 파악한 듯 고개를 끄덕였다.

록이 사라진 후, 랑이를 지하실에 가둬 놓은 원은 시종일관 차분했다. 기이하게 느껴질 정도로 말수가 없었다. 서재에 틀어박혀 록이 갈 만한 모든 루트를 짜냈다. 은둔의 귀재인 히카를 찾는 건 원조차도 버거웠기에, 그는 늦은 밤이면 말없이 나갔다 돌아왔다.

그 이튿날이면 여지없이 뉴스에선 테러범의 지하시설이 터지거나, 정부의 항의 전화를 받아야 했다.

'대체 대련하겠다고 와서 한 군대의 군인들을 박살 내놓으면 우리보고 어쩌라는 거요? 우리한테 지금 본인들의 힘을 과시라도 하고 있는 거요? 아니면 협박이요? 지금 이게 몇 번째인지 알긴 알아요? 한 번만 더 그쪽 사람 보내서 우리 군대를 이래 놓으면 우리도 가만있을 수 없습니다!'

크리스는 이제 전화라는 소리를 듣기만 해도 골이 쑤셨지만, 원을 말릴 수 없었다. 원을 잘못 건들면 자신들이 뒤집어쓸 확률이 높았다.

그러던 차에 마침내 록의 흔적이 발견되었다. 모든 인력을 대거 풀어 이 나라의 기억 저장 프로그램을 해킹해 뒤진 끝에 찾아냈다. 히카의 번호판을 분석한 끝에, 원이 히카의 은둔지인 이곳을 찾아냈다.

좁고 높은 나무들이 빽빽하게 서 있는 곳으로, 본래 나 있는 길이 아니면 찾아들어올 수도 없는 곳이었다.

"향수를 느끼려다가 인생 종칠 뻔했네."

천이가 생각만 해도 아찔하다는 얼굴로 조용히 중얼거렸다.

"언제까지 이러고 있어야 해?"

원이 나무에 기대서 히카의 집을 뚫어져라 쳐다보며 물었다. 그의 눈빛이 베일 만큼 차가웠다.

저게 어떻게 며칠간 잠을 못 잔 놈 눈이야?

크리스는 괴물 같은 원의 모습을 보며 속으로 혀를 찼다.

"마지막 확인만 하면 돼. 힘들겠지만 조금만 더 기다려. 자칫 잘못해서 잘못 터지면 저 집도 어떻게 될지 몰라. 미친놈이라 이 길 전부가 폭발하게끔 설정해놨을 수도 있으니까. 그러니까 3분만 더 기다려."

"1분."

"……."

크리스는 원과 협의를 하는 대신 전보다 더 빠르게 주변을 스캔했다. 크리스가 스캔하면, 천이가 제거했다.

"다 됐는데, 아직 저 집은 확인을 못 했……."

크리스의 말이 끝나기가 무섭게 원이 성큼성큼 걸어갔다.

"몸으로 직접 확인할 참인가 보네. 저 집에는 폭발할 만한 건 없어 보여?"

천이가 혀를 끌끌 차다 말고 크리스를 보며 물었다. 크리스가 집을 스캔하다 말고 얼굴을 확 찌푸렸다. 그가 다급하게 무선기로 원에게 소리쳤다.

"원! 저 문에 전기가 통하고 있……."

원이 문짝을 가뿐하게 한 손으로 뜯어냈다.

"……는데, 해결됐네."

크리스가 작게 중얼거렸다.

이제 전기까지 안 통하는구나.

날이 갈수록 괴물이 되어 가는 원을 보며 크리스가 고개를 절레절레 흔들었다. 천이는 크리스를 힐긋 보더니 그의 어깨를 두드렸다.

"괜찮아. 민망해할 거 없어. 나도 가끔 잊어버려. 저 새끼한테 아무 공격도 안 먹힌다는걸."

"위로할 필요 없어. 나는 괜찮으니까."

"괜찮아. 괜찮아. 민망해해도 괜찮아. 다 그런 거지."

천이는 크리스의 거절에도 불구하고 끊임없이 위로했다. 크리스는 언짢은 표정으로 흘깃 쳐다보더니 무시했다.

"그나저나 오늘 한 인생이 종치겠네. 미리 애도를 표합니다."

무교인 천이가 두 손을 가지런히 모으고서 허리를 굽혔다.

*　　*　　*

낡은 문이 별다른 소음 없이 손쉽게 떨어져 나갔다. 갑자기 쏟아지는 빛에 히카가 얼굴을 와락 찌푸렸다. 무슨 일인지 눈치챌 겨를 없이 등에 화끈한 통증이 몰려왔다.

"윽!"

히카가 고통스러운 신음을 뱉으며 눈을 떴다. 방금 전까지 거실에 있던 자신이 방에 끌려 들어와 벽에 밀려 있었다. 순간이동도 아닌데 인간이 이만큼의 속도를 낸다는 사실에 그의 눈이 크게 벌어졌다, 화끈한 통증을 삭이며 고개를 든 히카는 익숙한 얼굴을 보고 얼굴을 찌푸렸다.

"너…… 너는, 대체……."

보고도 믿지 못하겠다는 듯 히카의 눈이 정신없이 흔들렸다.

분명 생존자 하나 없이 집이 모조리 불탔다고 했는데?

땅에서 불쑥 저승사자라도 튀어 올라온 듯, 히카의 머리털이 삐쭉 섰다.

"왜? 반가워? 아니면 땅에 파묻혀 있는 줄 알았는데 멀쩡해서 놀랐나 봐?"

원이 물으며 손에 힘을 주었다.

"으윽!"

어깨뼈가 부서지는 통증에 히카가 온몸을 부들부들 떨었다. 흐려지는 정신을 다잡은 그가 주머니에서 나이프를 꺼내 원에게 휘둘렀다. 그 팔마저 원에게 붙잡혔다.

뚝.

섬뜩한 소리 끝에 히카가 끅끅 소리 없는 비명을 지르며 몸을 들썩거렸다. 왼쪽 어깨와 오른쪽 팔이 순식간에 박살났다. 벗어나려고 다리에 힘을 주었지만, 그럴수록 부서진 곳의 고통이 더 심하게 몰려들었다. 극도의 통증을 경험하자 비명조차 나오지 않았다.

"록은?"

원이 차분한 목소리로 물었다.

"으윽."

"내가 왜 입을 가만히 둔 거 같아? 아니면 턱뼈 포기하고, 피로 글 쓸래?"

원의 손이 히카의 팔을 타고 올라갔다. 원의 손이 지나가는 곳마다 뼈가 산산조각 났다. 견딜 수 없는 통증에 히카의 눈이 뒤집혔다.

"끄. 끄윽. 꺽."

"말해. 입에 총알 박히기 싫으면."

"끄윽. 모, 목욕 중……."

"그럼 이게 록 거라는 거네?"

원이 덤덤하게 물으며 히카가 떨어뜨린 여자 속옷을 물끄러미 보았다.

"그랬단 말이지."

작게 중얼거리던 원의 눈에 순식간에 핏발이 섰다. 분홍색 팬티를 보는 순간 그의 눈이 가늘게 떨렸다.

이 집에 들어오자마자 본 것은, 여자 팬티를 만지작대고 있는 히카였다. 이것만으로 며칠간의 일이 모두 다 설명된 듯했다.

"아아. 그랬단 말이지."

다시 한 번 원이 나른한 목소리로 중얼거렸다. 통제력을 잃은 원이 히카의 팔을 꽉 움켜쥐었다. 순식간에 히카의 한쪽 팔이 박살 났다.

"으어어억!"

"내가 그때 널 죽였어야 했는데. 태어나서 이렇게 후회를 해 보는 건 처음이야."

시선을 든 원이 무서운 눈으로 히카를 보았다. 원은 멀쩡한 얼굴을 하고 있었지만, 이성을 잃기 직전이었다.

자신이 몇 날 며칠간 제대로 먹지도, 자지도 못하는 동안 이곳에서 이런 일이 벌어지고 있었을 줄이야.

이것보다 더한 것도 상상을 하긴 했지만, 직접 본 지금의 상황이 더 충격적이었다.

"너도 곧 그 생각을 하게 될 거야. 그때 술집에서 죽었어야 했다고, 매순간 생각하도록 해 줄게."

원이 새빨갛게 충혈된 눈으로 중얼거렸다. 그가 주먹을 휘둘러 히카의 어깨 뼈 두 곳을 박살 냈다.

"으윽!"

히카가 고통에 몸부림쳤다. 원은 그의 눈을 똑바로 바라보며 손에 닿는 곳마다 그의 뼈를 부수어놓았다. 열 군데가 넘게 부수고서야 원은 히카를 내려놓았다. 풀어주자마자 도망치려고 꿈틀거리는 히카의 목 뒤를 내리쳤다. 의식을 잃은 히카가 바닥에 풀썩 쓰러졌다.

원은 히카의 뒷덜미를 거머쥐어 집 밖으로 집어 던졌다. 쿵 소리와 함께 히카가 떨어진 곳에서 먼지가 날렸다.

크리스와 천이 있는 곳을 바라보며 무전했다.

"치료해서 지하에 가둬놔. 죽을 수 없도록 사지결박 단단히 해 놓고, 약물복용 체크해놔. 그리고 내가 나올 때까지 이 집에 들어오지 마."

귀에서 빼낸 무전기를 낡은 테이블에 올려두었다. 저벅저벅 낮은 발소리를 내며 다가간 원이 물소리가 났던 문 앞에 섰다. 문고리를 잡고서 문을 열지 못했다. 그가 힘주어 당기자 허무할 정도로 문이 쉽게 뜯겨 나갔다.

뿌연 수증기가 문밖으로 몰려나왔다. 수증기가 사라지자 샴푸통을 든 채 욕조에 걸터앉아 있는 록의 모습이 보였다.

길게 뻗은 다리, 잘록한 허리, 젖은 머리카락, 실오라기 하나 없는 나신, 놀란 얼굴.

그 짧은 순간, 원은 록이 다친 곳 없이 멀쩡해서 다행이라고 생각했다. 마음이 차분하게 내려앉는 느낌이었다.

"히카! 아직 삼십 분 안 됐잖아!"

이 말을 듣기 전까지는.

* * *

"삼십 분 후에는 여기 들어오기로 했었나보지?"

원이 냉랭한 목소리로 물었다. 그동안 멍하게 있던 록이 다급하게 욕조 안으로 뛰어 들어갔다. 그러고는 쭈그리고 앉아 원을 올려다보았다. 갑작스러운 상황에 혼란스러웠다.

"뭐, 뭐예요? 어떻게 여기 있어요?"

록이 당혹스러움, 부끄러움, 놀람이 뒤엉킨 얼굴로 소리쳤다. 동시에 믿을 수 없게 반가웠다. 지옥 같은 시궁창에 끌려가는 기분이었는데, 구제당한 듯했다.

"왜? 좋은 순간에 방해했나 봐?"

“네? 아뇨. 그게 아니라…….”

“히카는 되고 나는 안 되나보지? 그 며칠 사이에?”

원이 화가 난 얼굴로 성큼성큼 다가왔다. 록이 다급하게 눈을 굴렸으나 몸을 가릴 수 있는 건 하나도 없었다. 그저 작은 샴푸통으로 아래를 가리고, 두 팔로 가슴을 가렸다. 록은 제 앞에 위협적이게 서서 내려다보는 원을 보며 어깨를 웅크렸다. 그의 옷자락에서 묻어온 한기에 록의 몸이 더욱 웅크러졌다.

“오해예요. 무슨 오해를 하는지 알겠는데, 그런 상황이 아니에요.”

록은 말을 하면서도 억울했다.

어떻게 이름보다 ‘오해예요.’라는 말을 더 많이 하지?

록이 눈물을 그렁그렁단 채 원을 바라보았다. 이상하게 속상했다. 같은 오해라도 원에게 받는 게 훨씬 더 속상하고 힘들었다.

“잠도 못 자고 달려왔는데, 넌 이러고 있다?”

원이 낮은 목소리로 음산하게 중얼거렸다. 그는 기가 막히다는 듯 고개를 떨구었다. 록이 그사이 원의 눈치를 보다가 벌떡 일어났다.

“옷 입고 올게요! 조금 있다가 이야기를…… 윽!”

재빠르게 그를 지나치려다가, 순식간에 붙잡혔다.

원이 록의 허리를 확 끌어안았다. 록의 몸에 묻은 물기가 그의 얇은 옷을 천천히 적셔 갔다. 원의 시선이 아래로 내려갔다. 티셔츠 한 장을 사이에 놓고 가슴이 맞닿아 있었다. 가슴골이 훤히 드러났다. 록의 얼굴이 화끈하게 달아올랐다. 얼른 가슴골을 손바닥으로 가렸다. 민망한 건 위만이 아니었다. 맞닿은 허벅지 때문에 미칠 것 같았다.

“오, 옷 입으러 간다니까요. 옷은 입어야 할 거 아니에요.”

록이 마른침을 삼키며 원의 시선을 피했다. 그가 차가운 눈으로 록을 보았다.

“그 새끼랑 뭐했어?”

“아무것도 안 했어요.”

“안 했는데 이렇게 자연스럽게 행동해?”

“내가 뭘 어쩌고 있었는데요? 씻고 있었잖아요. 아, 일단 옷 입고 이야기해요. 이 상태로 무슨 이야기를 해요. 추워요. 안 그래도 이틀간 밥도 못 먹어서 배고파 죽겠는데, 이런 걸로 힘 빼지 말아요. 차근차근 설명할 테니까요.”

록이 다시 빠져나가려고 했으나 꼼짝도 할 수 없었다. 고개를 들자 원과 눈이 마주쳤다. 그는 고집스럽게 록을 바라보고 있었다. 그는 자신을 놔줄 생각이 조금도 없어 보였다. 록의 어깨가 축 늘어졌다.

“뭘 알고 싶은 건데요?”

록이 힘 빠진 목소리로 물었다. 원이 아무 말하지 않자, 록이 말을 이었다.

“뭘 물을지 알겠어요. 그냥 내가 먼저 말할게요. 정확히 말하자면 히카와 한편 아니에요. 물론 히카에게 납치되어 함께 있는 동안 협력하긴 했어요. 구질구질하게 변명해 보자면 히카는 정신이 불안한 상태였고, 협조하지 않으면 언제든 나를 죽일 수 있을 것 같았거든요. 실제로 나를 박제해버리겠다는 말까지 했었구요. 그래서 그가 묻는 대로 대답하긴 했지만, 내통한 건 아니에요. 나도 랑이인 줄 알고 따라나섰다가 뒤늦게 히카라는 거 알았어요. 그러니까 내 말은……."

록이 횡설수설 하다 말고 입술을 깨물었다. 수만 가지 감정이 불쑥 치솟아 올라와 목이 메었다. 록이 눈을 내리깔자 긴 속눈썹이 눈물이 맺혔다. 자신이 이 상황에서 이런 말을 한다는 게 자존심이 상하고 비참했다. 더욱이 원에게 이런 꼴을 들켰다는 게 치욕스러워서 미칠 거 같았다.

원은 허리를 붙잡고서 아무 말도 하지 않았다.

"……미안해요. 나 때문에 집도 불타고, 일도 꼬였잖아요. 그러니까……."

록이 꾸역꾸역 힘겹게 말을 할 때였다.

"그 새끼가 좋아, 내가 좋아?"

"……네?"

뜬금없는 물음에 록이 고개를 들었다. 줄줄 나오던 눈물도 뚝 멎었다. 그가 농담한다고 생각했다. 그러나 원은 정색하고서 다시 물었다.

"나랑 그 새끼 중에 누가 좋냐고."

'엄마가 좋아, 아빠가 좋아'를 들은 것과 비슷한 느낌이 드는 건 기분 탓일까.

물론 록은 부모로부터 그런 질문을 들어 본 적이 없었다. 아마 듣는다면 이런 기분이 들지 않을까 하는 추측이었다.

록이 입술을 달싹거렸다.

"그야……."

그녀는 자신도 모르게 '당연히 원이죠'라고 대답할 뻔했다.

자신이 원을?

순간 록의 머릿속이 아득해졌다. 자신이 원을 좋아한다고? 그럴 리가. 하루에 세 번씩 꾸준히 했던 말이라 이젠 인사만큼이나 편한 말이 되어서 그런 모양이었다.

"대답이 늦잖아."

원의 말에 록이 벙긋거리던 입술을 열었다. 그가 좋다고 말해야 하는데 이상하게 나오질 않았다. '좋아한다'는 말의 파급력이 어마어마할 것 같았다.

"확실히 말할 수 있는 건, 전 히카가…… 웃."

록이 결심한 듯 입을 열었다. 그 순간 원의 얼굴이 변하는가싶더니, 록의 턱을 거머쥐었다. 순식간에 원의 혀가 빠르게 록의 입 안을 가르고 들어왔다. 제집인 양 점령한 혀가 록의 입 안을 훑었다. 미끈한 점막과 부드러운 혀를 옭아맸다. 입 안에 고인 열기에 록이 흠칫했다. 뒤로 물러나려고 몸을 비틀었으나 꼼짝도 할 수 없었다. 그럴수록 원이 더욱 집요하게 록을 끌어당겼다.

"으음!"

록이 고개를 가로저으려 했으나, 그의 손에 잡혀 바들바들 떠는 것 말곤 할 수 있는 게 없었다. 원이 강하고 거칠게 록의 입 안을 점령했다. 그걸로 부족하다는 듯 더 깊은 곳, 더 예민한 곳을 집요하게 훑었다. 애정보다 폭력에 가까운 키스에 록은 숨을 쉴 수가 없었다. 숨이 넘어갈 것처럼 끅끅거리다가 뒤늦게 코로 숨을 쉬게 되었다.

뜨거운 피부가 맞닿았는데 가슴이 시려와 록의 눈가에 눈물이 고였다. 키스가 아니라 벌을 받는 기분이 들어 서러움이 몰려왔다.

원의 입술이 록의 귓가에 닿았다. 애무처럼 가볍게 그녀의 귓불을 깨물었다.

툭—

그 순간, 어깻죽지를 두드리는 낯선 물소리에 원의 움직임이 멈췄다. 느릿하게 고개를 든 원의 얼굴이 굳었다. 록이 무표정한 얼굴로 눈물만 뚝뚝 흘리고 있었다.

"왜 울어?"

원이 화를 억누르는 목소리로 물었다. 마치 네가 왜 우냐는 듯한 물음이었다. 록이 눈동자만 움직여 원을 바라보았다. 물기 어린 눈동자가 이상하게 건조해 보였다.

"……상관없는 거 아닌가요? 내가 울든 말든, 죽든 살든. 내 감정 같은 건 아무 상관없는 거 아니냐고요. 어차피 자기 마음대로 다룰 거면서."

록의 말에 원이 주먹을 불끈 쥐었다. 화가 치밀어 오르면서 감정이 통제가 되질 않았다. 미치도록 날뛰어서 다 부수고 싶은데, 이상하게 손가락 하나 까딱할 수 없었다. 늘 록의 앞에선 이랬다.

"이렇게 되기 싫었으면 내 앞에서 그 새끼 이름은 뱉지 말아야지. 똑똑하던 눈치는 다 어떻게 했어?"

원이 숫구치는 화를 억누르며 힘겹게 물었다.

"히, 아니. 그 자식이 싫다고 말하려고 했어요! 더 좋은 사람보다 더 싫은 사람을 말하려고 했던 거라고요."

"그래서 나도 싫다?"

"왜 말이 그렇게 돼요? 시, 싫은 건 아니지만, 지금 원이 말하는 그 감정은 아니란 말이에요. 남자로서 좋아하는 건 아니라고요. 그래서 그렇게 대답하려고 했는데, 말도 제대로 듣지 않고서⋯⋯."

말을 할수록 서러움이 솟구쳐 록의 눈에서 눈물이 뚝뚝 떨어졌다. 록은 빌어먹게도 이 상황에서 자신이 원을 좋아하고 있음을 깨달았다.

좋아한다. 좋아하는데⋯⋯ 원에게 '좋아한다'라고 대답할 수가 없었다. '좋아한다'라고 말하면 그에게 자신을 맡기는 꼴이 되어 버린다. 그렇게 되면 다시는 인간계로 돌아갈 수 없게 된다. 영영 원에게 붙잡혀 있을 순 없었다.

그래서 돌려 대답하려다가 봉변을 당했다. 평소라면 참겠지만, 지금은 견딜 수가 없었다. 배고프고, 춥고, 다리 아프고, 마음도 아팠다. 온갖 고통 때문에 미치기 직전이었다. 눈에 뵈는 게 없었다.

그 때문에 록은 평소라면 하지 않을 말들을 줄줄 뱉었다.

"진짜 나한테 왜 이래요? 내가 뭘 그렇게 잘못했는데요? 방금 전까지 변태처럼 달려드는 히카 때문에 죽으려고 샴푸까지 먹으려 했다고요. 죽을 방법이 없어서! 진짜 열심히 살았는데 샴푸 먹고 자살이라니⋯⋯! 그래도 이왕이면 향기롭게 죽을 수 있어 다행이라는 말도 안 되는 위안을 해 가면서 죽으려고 했다고요. 그러다 그쪽이 나타나서 얼마나 반가웠는지 알아요? 근데 나한테 또 왜 이래요? 상황 파악도 제대로 안 하고 왜 사람을 죄인취급하면서 잡아 족치려고 하냐고요! 내가 뭘 그렇게 잘못했는데요! 진짜!"

록이 눈물을 뚝뚝 흘리며 물었다. 서러움이 한껏 몰려나왔다.

그리고 막말로 자신이 히카와 잠을 자든 침대를 공유하든 무슨 상관이야? 무슨 자격으로 자신을 바람피운 애인 잡듯이 잡는 거지?

그보다 더 속상한 건, 원이 자신을 믿지 못한다는 거였다. 자신이 왜 이런 꼴을 당하고 있었는데. 생각해 보면 원 때문이었다.

록이 억울해서 도저히 못 견디겠다는 듯 손바닥에 얼굴을 파묻었다. 서럽다고 생각하니 더 서러웠다. 그러자 눈물이 멈추지 않았다.

툭—

어깨에 뜨거운 온기가 닿았다. 묵직한 옷이 온몸을 덮었다. 록이 고개를 들자, 원이 외투의 단추를 잠그고 있었다.

"나머지는 네가 잠가."

원의 말에 록이 아래를 내려다보았다. 단추 두 개만 잠겨 있었다. 그 아래로 옷이 벌어져 맨몸이 훤히 드러났다.

"최대한 빨리 잠가. 이성 끊어지기 전에."

원의 말에 록이 얼른 팔을 내려 옷을 껴입었다. 록의 얼굴이 눈물로 인해 퉁퉁 부었다. 원은 그런 록의 얼굴을 물끄러미 바라보았다.

"미안해."

원의 말에 록이 하던 행동을 뚝 멈췄다. 귀로 듣고도 이해가 되지 않았다. 고개를 들자 원이 록의 눈을 보며 말했다.

"미안하다고."

"……."

"이렇게 몰아붙일 일이 아니라는 거 알고 있었어."

머리는 알고 있었는데, 마음대로 되지 않았다.

원이 나지막하게 한숨을 내쉬었다.

"집 밖에 나가 있을 테니까 옷 입고 나와."

원이 말을 마치자마자 돌아섰다. 눈 깜짝할 새에 원이 문밖으로 사라졌다. 홀로 남은 록은 그 자리에 풀썩 주저앉았다.

원에게서 미안하다는 말을 들을 줄이야. 이보다 더욱 황당한 건, 저 한마디에 여태껏 겪었던 각종 고생들이 조금은 보상받는 느낌이었다는 거였다.

"하아."

긴장이 풀렸다.

"다행이다."

록이 저도 모르게 그 말을 툭 뱉었다.

어쨌든, 원을 다시 봐서…… 다행이었다.

록이 일어나려고 욕조를 더듬거리다가 샴푸통을 밀쳤다. 꿀렁거리며 샴푸액체가 쏟아져 나왔다. 금세 욕실로 향긋한 냄새가 퍼졌다. 록은 샴푸통을 흘깃 보더니 진절머리 난다는 듯 고개를 저었다.

*　　*　　*

옷을 갈아입은 록이 쭈뼛거리며 집밖을 나섰다. 팬티를 입지 못했다. 히카의 집에 있는 팬티엔 왠지 그가 몹쓸 짓을 해 놓았을 것만 같아 섣불리 손이 가지 않았다. 브래지어까지 입지 않으려니 그건 티가 날 것 같아 마지못해 입었다.

히카의 집 앞에 차 한 대가 세워져 있었다. 날렵하게 생긴 까만 차가 원을 연상케 만들었다. 크리스가 차의 뒷문을 연 채 서 있었다.

“어서 와.”

크리스가 록을 향해 너그러운 웃음을 보였다. 순간 록의 눈가에 눈물이 핑 돌았다. 이제 다시는 못 볼 사람이라고 생각했었는데 다시 보니 반가웠다.

“나 보면서 그런 애틋한 표정 짓지 마. 일찍 죽기 싫어.”

크리스가 뜻 모를 말을 하며 싱긋 웃었다. 록이 차의 뒷좌석을 흘 깃 보았다. 원은 눈을 감고 있었다.

“차에 타. 집에 가야지.”

“집은 불탔잖아요.”

록이 제 탓인 것만 같아 웅얼거리듯 말했다. 차마 야미와 다른 시 신들은 어떻게 처리했는지 물을 수 없었다.

“응? 어느 집이 불타?”

“히, 아니. 그 범죄자가 원의 저택을 폭발시켰다고 하던데요. 사 진도 봤고요.”

“아. 그거?”

크리스가 무슨 소리인지 알겠다는 듯 말끝을 늘이며 씩 웃더니, 설명했다.

“그 녀석이 우리를 만만한 사업가로 본 모양이야. 몇몇 질 나쁜 놈들을 고용해 저택을 폭발시키려고 했는데, 우리한테 먼저 걸렸 어. 간단한 트랩조차 걸러내지 못하더라고.”

크리스의 설명은 간단했다. 고용된 범죄자들에게 조작된 저택 폭 파 영상을 전송하게끔 하고, 전파를 파악해 히카의 위치를 알아냈 다고 했다. 록은 현명하게 고용된 범죄자들의 신상에 대해선 묻지 않았다.

"그럼 야미랑 다른 직원들은 무사해요?"

"응. 록이 알고 있다시피 우리는 집에 고용된 사람들이 떠날 때까지 지켜야 할 의무가 있거든."

"그렇구나. 그럼 저는…… 이제 떠나도 되죠?"

록이 멍한 얼굴로 물었다.

"응? 무슨 소리야?"

"히카도 처리했으니 제가 더는 있을 필요 없잖아요. 더부살이하면서 밥만 축낼 수도 없는 노릇이고요."

"떠보는 거야? 아니면 지쳐서 뇌 활동이 멈춘 거야? 록이 원에 대해 안 이상 죽기 전까지는 못 벗어나."

"비밀로 할게요."

록이 지친 목소리로 말했다. 한 번 죽을 각오를 해서 그런지, 이런 말이 쉽게 입 밖으로 튀어나왔다.

"사람의 입은 간사해. 각종 고문에 못 이겨 실토할 수도 있고, 그게 아니더라도 능력자를 만나 환각상태에 빠지게 되면 말할 수도 있거든. 그러니까 원이 살려 둘 때까지 옆에 얌전히 있어. 그게 1초라도 더 살 수 있는 법이니까."

크리스의 말에 록은 할 말을 잃었다. 협박이 나긋하니까 더 무섭다.

"자, 타."

크리스가 다시 한 번 원이 앉아 있는 뒷좌석을 권했다. 다른 자리로 가고 싶다. 그러나 허락하지 않을 것 같다. 어쩔 수 없이 록은 얌전히 그 자리에 앉았다.

＊　　＊　　＊

가시방석이 따로 없다.

록이 창가를 바라보며 생각했다. 크리스가 운전을 하고, 조수석엔 천이가 앉았다. 뒷좌석엔 원이 앉아 있었는데, 그는 왜인지 한마디도 없었다. 화가 났다기보단 생각에 잠긴 듯했다.

앞으로 어떻게 될까.

록이 여태껏 멀쩡했던 이유는 히카 때문이었다. 살아남을 이유가 사라졌으니, 말 그대로 끈 떨어진 연이다. 언제 바닥으로 곤두박질칠지 모를 신세라는 소리였다.

역시 도망쳐야 하나.

록은 자신의 수중에 남아 있는 돈을 떠올렸다. 그 정도 금액이라면 도망칠 수 있지 않을까, 생각할 때였다.

"록."

크리스가 그녀를 불렀다. 록이 쳐다보자, 크리스가 백미러로 그녀를 보며 말했다.

"록의 방은 3층으로 옮겼어."

"옮겼어요? 왜요?"

록이 깜짝 놀란 얼굴로 되물었다.

"본래 록이 머물던 방은 손님방이야. 이제 록은 손님이 아니니까 3층으로 옮겨도 되겠다는 판단이 들었어. 사실 이건 원의 판단이기도 해.”

“그래도 잠시 이전에 있던 방에 들렀다가 와도 되죠? 놓고 온 물건은 없는지 다시 확인해 보려고요.”

“그래도 되지만 없을 거야. 서랍 뒤쪽에 테이프로 봉해 둔 돈도 우리가 잘 옮겨놨어. 정확히 말해 원이 옮겨 놓은 거지만.”

“……그, 그게 무슨 소리예요? 하하. 통 못 알아듣겠네요.”

“직원들한테 열심히 팔았던데? 팔찌 팔아서 많이 벌었더라. 왜 모으는지 알 거 같지만, 묻진 않을게. 열심히 모아봐. 어차피 쓸 순 없을 테지만.”

록이 할 말을 잃었다. 그게 무슨 소리냐고 발뺌하기엔 그들은 이미 확신하고 있었다. 록이 조용히 옆을 바라보았다. 어느새 눈을 뜬 원이 그녀를 물끄러미 바라보고 있었다. 까만 눈동자가 빛을 머금어 반짝 빛나고 있었다.

“되도록 그 돈을 쓰는 일이 없었으면 좋겠어.”

원이 이전처럼 낮은 목소리로 말했다. 그러나 록은 눈치 빠르게 알아들었다. 도망칠 생각은 접으라는 그의 경고였다. 록은 고개를 끄덕거리곤 창밖으로 시선을 돌렸다.

이들은 처음부터 자신이 팔찌를 직원들에게 팔고 있다는 사실을 알고 있었다. 어쩌는지 두고 보고 있었을 뿐이다. 만약 이 사실을 모른 채 자신이 도망쳤다면 어떻게 됐을까? 아무 생각도 하고 싶지 않았다.

록은 우울한 눈으로 흘러가는 풍경을 바라보았다.

       *   *   *

또 죽이다.

록이 암담한 얼굴로 앞에 놓인 죽 그릇을 바라보았다. 자려고 누웠다가 허기져서 부엌에 왔다가 마침 알렝을 보았다. 알렝에게 먹을거리를 부탁했는데 죽이 나왔다. 록이 숟가락을 들다 말고 곁에 선 알렝을 바라보았다.

"왜 그러시죠? 다른 게 필요하신가요?"

"알렝. 죄송한데 죽 말고 다른 거 없나요? 정말 배고프거든요. 요 며칠 동안 제대로 된 음식을 못 먹어서요. 만약 직원을 깨우기가 곤란한 거라면 제가 가서 요리해 먹을게요."

"안 됩니다. 저도 록에게 맛있는 음식을 주고 싶지만, 24시간 빈 속에 곧바로 음식이 들어가면 부담이 될 수 있어요. 죽부터 차근차근 시작하세요."

알렝의 말은 틀리지 않았기에, 록은 마지못해 숟가락을 들었다. 죽인지 물인지 모를 만큼 말갛다. 록이 힘없이 죽을 먹을 동안 알렝은 왜인지 곁을 떠나지 않았다.

"하실 말씀이라도 있으신가요?"

"식사 마치신 후에 건강검진을 해 보라는 원의 명령이 있었습니다."

"저는 괜찮아요."

"그래도 검사 한 번 받아보시죠."

"그럼 병원을 가는 건가요?"

"아뇨. 간단한 검사와 치료까진 이 저택에서 가능합니다."

"그렇군요."

록이 고개를 주억거리며 식사에 임했다.

"불편하시면 조금 있다가 다시 올까요?"

"네. 제가 알렝을 찾아갈게요."

"알겠습니다."

알렝이 꾸벅 인사하곤 물러났다. 커다란 식당에 록이 혼자 남았다. 록은 천천히 죽을 먹으며 식당을 둘러보았다. 며칠 동안 변한 게 없었다. 그제야 마음이 푸근하게 늘어났다.

삐끄덕 문이 열리는 소리에 록은 알렝일 거라 생각했다. 그가 무언가를 놓고 갔기에 들어오는 거라 생각한 록은 죽을 한술 크게 떠 후후 불다가 물었다.

"알렝, 혹시 잡혀온 남자, 어떻게 됐는지 알아요?"

"어떻게 됐을 거 같아?"

듣기 좋은 중저음의 목소리에 록이 고개를 돌렸다. 원, 크리스, 천이가 서 있었다.

록은 그제야 알렝이 들어왔으면 발소리가 났을 거라는 걸 떠올렸다.

숟가락을 들다만 자세로 굳어 있는 록을 보며 원이 픽 웃었다. 그 웃음에 록은 자신의 자세가 몹시 어색하다는 걸 알아챘다. 록은 숟가락을 내려놓은 후, 애써 덤덤한 표정을 지었다. 그러나 표정과 달리 속은 몹시 난처했다.

히카의 집에서 이곳으로 돌아올 때까지만 해도 정신이 흐려 상황

파악이 되지 않았다. 이곳에서 한숨 푹 자고 나니 뇌가 활동을 하기 시작했다.

그제야 자신이 원에게 나체를 보였다는 사실과, 엉엉 우는 볼썽사나운 모습까지 보였다는 사실이 떠올랐다. 안 그래도 보기 껄끄러운 원이 이제는 더욱 불편하게 느껴졌다.

그는 자신의 몸을 보고 무슨 생각을 했을까. 옷은 입히고 다그칠 수 있었던 거 아닌가. 그리고 웬일로 소리 내서 발악하는 자신을 순순히 살려 둔 걸까.

이런 속을 아는지 모르는지 세 사람이 자연스럽게 식탁에 둘러앉았다. 세 사람이 앉자 근처에 있던 직원이 다가왔다. 천이가 식당에서 주문하듯 생각나는 대로 줄줄 말했다.

"치킨구이, 소불고기, 오리훈제, 돼지목살구이 넉넉하게 주세요."

"방금 말씀하신 것들 중 몇 가지는 시간이 조금 걸립니다."

"최대한 빨리해 주세요."

"네. 알겠습니다."

고기를 종류별로 주문한 천이가 의자 등받이에 몸을 기댔다. 커다란 홀이 조용했다. 록은 자신에게 와 박히는 세 사람의 시선을 느꼈다. 입에 넣기만 해도 술술 넘어가던 죽이 목에 걸린 기분이다. 록은 어쩔 수 없이 숟가락을 내려놓았다.

"맛있게 잘 먹었습니다. 먼저 가 보겠습니다."

"죽이 그대로 남아 있는데?"

원이 죽 그릇을 가리키며 물었다.

"속이 많이 놀랐는지 안 들어가서요. 내일 아침에 먹어야 할 거 같아요. 그럼 식사 맛있게 하세요."

"십 분 후면 곧 자정이야. 나한테 할 말 있지 않아?"

"……."

"그러니까 편하게 먹어."

진심으로 하는 말인가.

록은 흘깃 원을 쳐다보았다. 어느새 그는 턱을 괴고서 자신을 뚫어져라 바라보고 있었다. 평소처럼 여유로운 미소를 짓고 있었다.

이 남자는 몇 시간 전까지만 해도 자신과 싸웠던 일을 잊은 모양이었다. 울컥해서 한마디 하려다가 꾹 참았다. 괜히 홧김에 불씨를 잘못 건드렸다간 화상 입는 법이다.

"그럼 천천히 먹도록 하겠습니다."

괜히 빠져나갔다가 원이 뒤따라오면 골치 아프다. 록은 다시 숟가락을 들었다. 죽을 한술 뜨는데 세 사람이 빤히 쳐다보았다.

"저한테 하실 말이라도 있어요?"

록이 원에게 물었다. 얼굴을 뚫을 것처럼 쳐다보는 원의 시선이 한없이 부담스러웠다.

"다친 곳은? 건강 점검 해 봤어?"

원이 물었다.

"시간이 늦어서 내일 하려고요."

"아픈 곳은 없어?"

"네. 괜찮아요."

"다행이네. 아까 이카루에 대해 물었지?"

원이 앞에 놓은 빵을 뜯으며, 히카에 대해 먼저 말을 꺼냈다. 하마티면 록은 가까스로 떠넣은 죽을 뱉을 뻔했다. 록은 힘겹게 죽을 삼킨 후, 전혀 그런 생각한 적 없다는 표정을 지었다. 그러나 원에겐 조금도 먹히지 않았다. 그는 록의 얄팍한 계산을 읽은 듯한 미소를 지었다.

"지금 지하에 잘 갇혀 있어. 물론 의식은 없고. 아, 물론 죽지도 않았어. 함부로 살생하는 타입은 아니라서. 목숨은 귀한 거잖아. 안 그래?"

원의 대답에 천이의 입이 벌어졌다.

원의 말은 틀리지 않았다. 그는 쉽게 사람을 죽이지 않았다. 다만 차라리 죽여줬으면 하고 생각하게끔 만드는 타입이라 문제였다. 차라리 죽고 싶다는 사람의 귀에 대고 상냥한 목소리로 '목숨은 하늘이 결정하는 거야' 따위의 말을 했다. 그 모습을 볼 때마다 잔인함에 몸이 부르르 떨렸다.

죽어도 적으로 삼지 말아야지.

천이는 백만 번쯤 한 다짐을 오늘 한 번 더 했다.

"그래서 말인데, 이카루를 어떻게 했으면 좋겠어?"

원이 턱을 괴고서 록에게 물었다.

"제가 뭐라고 할 거 있나요? 알아서 처리하시겠죠. 저보다 다수의 경험을 가지신 분들인데, 제 보잘것없는 의견을 들어서 뭐하시려고요."

록은 평소보다 심드렁한 목소리로 대답했다. 오후의 일 때문에 심사가 이만저만 꼬인 게 아니었다.

"맞아. 네가 뭐라고 하든 우리가 알아서 처리하겠지. 그런데 의견

정도는 물어볼 수 있잖아? 혹시 알아? 네 의견을 우리가 반영할지?"

원의 말에 록의 눈썹이 움찔했다.

"반응하는 거 봤어. 편하게 말해."

와, 이 고문관 자식.

갑자기 목이 타기 시작했다. 록은 한 번에 물 잔의 반을 비웠다.

히카를 어떻게 처리하면 좋을까.

록은 애써 머릿속에 처박아두었던 질문을 꺼내 스스로에게 던졌다. 히카 덕에 자신이 지금껏 무사할 수 있었다. 그가 술집에서 자신을 고용해 주었기에 이 세계에서 무사히 적응했다. 납치되었을 때도 그는 삐딱하긴 했지만, 애정을 보여 주었다. 그는 자신의 애정을 요구했고, 관심을 필요로 하는 불쌍한 사람이었다. 지금 상황이 어찌 되었든 고맙고 불쌍한 사람이었다.

그렇지만, 자신이 해 줄 수 있는 건 없다. 록이 고민 끝에 입술을 달싹거리다 말을 꺼냈다.

"히카는…… 저한테 고마운 사람이에요."

록의 말에 장난스럽게 포크를 만지작대던 원의 손이 뚝 멈췄다. 그 곁에 앉은 천이가 기겁한 얼굴로 고개를 가로저었다.

'미쳤냐? 미쳤어? 자다가 눈치 흘렸냐?

천이가 붕어 버금가게 입술을 뻐끔거렸다. 록은 애써 천이와 크리스의 모호한 눈빛을 피하며 말을 이었다.

"그래서 히카가 평온하게 잘 살았으면 좋겠어요. 아프지 않고, 행복하게 지냈으면 좋겠지만, 다시는 만나고 싶지 않아요. 같이 있는 며칠 동안 엄청 힘들었거든요. 히카가 미쳐 가는 것도 보였고요."

히카는 자신을 필요로 했지만, 그건 집착이었다. 그것도 파괴성이 몹시 높은 집착. 히카는 서서히 미쳐 가고 있었고, 종국에는 자신을 죽였을지도 모른다. 온몸에 돋아 오르는 소름을 애써 무시하며 록이 차분하게 말을 이었다.

"히카와 제 인연은 여기서 끝인 것 같아요. 더는 서로에게 서로가 해 줄 수 있는 일이 없는 것 같아요."

록이 조용한 목소리로, 단호하게 끝을 맺었다. 오랜만에 강경하게 제 뜻을 드러내는 록에게서 다부진 기운이 흘러나왔다.

록은 눈치를 보고 조심스러운 성격이었지만, 자신의 뜻을 드러낼 땐 가감 없이 드러냈다. 이런 모습이 마음에 들었다. 원의 눈빛이 부드럽게 풀어졌다.

"그래. 네 의견을 존중할게. 다시는 이카루가 네 앞에 나타나는 일 없을 거야. 그리고 이카루가 죽는 일도 없을 거야. 아주 행복하게 잘 지낼 테니까 잊어버려."

원의 말에 록이 고개를 끄덕였다. 지하 감옥에 갇혀 죽지도 못한 채 숱한 날을 고문 받다가 능력 압수 및 기억 삭제를 당한 채 섬에 팔려갈 거라는 걸 록은 알지 못했다.

오리훈제를 비롯해 몇 가지 고기 요리와 곁들여먹을 채소요리가 함께 나왔다. 거대한 식탁이 금세 가득 찼다.

천이는 식탁을 보고서 '아, 힘을 썼더니 배고파 죽겠네!'라며 냉큼 포크를 들었다. 록은 냄새를 솔솔 풍기는 고기 요리를 보며 침을 꼴깍 삼켰다. 안 그래도 배고픈데 고기 요리가 눈앞에서 아른거리니 미칠 지경이었다.

"저, 그런데 몇 가지 물어봐도 되나요?"

록이 애써 식탁에서 원에게 시선을 옮겼다.

"물어봐."

"직원이 다 바뀌었더라고요. 야미도 안 보이고, 다른 직원들도 그렇고요. 알렝한테 물어봤는데 대답 없이 웃기만 하시고. 어떻게 된 거예요? 혹시 잘못된 건 아니죠?"

"직원들 다 갈아치웠어."

"네?"

록이 놀란 눈으로 바라보았다. 대답을 한 건, 원의 바로 옆자리에 앉아 있던 크리스였다.

"몇몇이 외부와 접촉하고 있다는 건 이미 알고 있었어. 정부 쪽 사람이라 생각해서 크게 신경 쓰지 않았어. 어차피 애써 봤자 알 수 있는 게 없을 테니까. 문제는 아주 잠시 감시가 소홀해진 틈에 이카루가 직원들과 접촉했다는 사실이지."

"……"

"그래서 이참에 정부 쪽에 이야기해서 앞으로 직원은 한 달 간 계약직으로 받겠다는 의사를 전달해 뒀어. 직원들 때문에 자꾸 번잡한 일이 벌어지니 그쪽에서도 우리 요구를 수용할 수밖에 없었고."

"아, 그렇구나. 그럼 잘린 직원들은 어떻게 돼요? 앞으로 다시는 못 봐요?"

"그럴 거야."

크리스의 담백한 대답에 록은 아쉬운 표정을 감추지 못했다.

"누구랑 그렇게 정이 든 거야?"

"제 방 담당인 야미요. 오면 볼 줄 알았는데 안 보이네요."

록이 씁쓸한 표정을 지었다. 야미의 성격상 히카의 말을 듣는 내내 힘들었을 거라는 생각이 들었다. 그리고 최대한 자신을 보호하려고 애썼다는 사실도 깨닫게 되었다.

히카의 편이었다면 이 집에서 벌어지는 일들을 가감 없이 전했을 텐데, 야미는 그러지 않았다. 히카의 기분을 거스를 만한 정보는 제거한 채 전달했고, 그 덕에 록은 히카의 곁에서 얼마간 무사히 버틸 수 있었다.

그러니 '야미 탓이 아니야. 괜찮아.'라는 말을 해 주고 싶었다. 혹여 문득 드는 죄책감에 가슴 아파하지 않길 바라면서.

"무슨 생각해?"

원이 록의 숟가락 위에 오리훈제 한 점을 올려두며 물었다. 록이 오리훈제와 원의 얼굴을 번갈아 보았다. 다른 사람이 하면 평범한 행동일 테지만, 원이 하니 한없이 낯설었다. 이건 자신만의 생각이 아닌지 천이가 뜨악한 표정을 짓고 있었다.

"아까부터 흘깃대고 있었잖아. 그냥 먹어. 먹고 싶은 거 참으면 병 돼."

록이 오리훈제와 원을 다시 한 번 번갈아보았다. 오리훈제 한 점에 마음이 녹아내리다니. 자신도 어쩔 수 없는 인간이었다.

"하하…… 감사합니다. 안 그래도 먹고 싶었거든요."

록이 멋쩍은 듯 웃으며 오리훈제 한 점을 냉큼 입에 넣었다. 록의 입이 바쁘게 오물거렸다. 이 오리훈제가 특출나게 맛있는 건지, 아니면 배가 고픈 탓인지, 입에서 살살 녹았다.

원은 이리저리 움직이는 록의 입술을 물끄러미 바라보았다.

식사 중인데 허기진 기분이 든다. 그것도 음식이 아니라, 누군가의 입술을 보면서. 이게 무슨 기분일까.

원은 진지한 얼굴로 록을 쳐다보았다. 그제야 원의 시선을 느낀 록이 불편한 듯 슬그머니 고개를 천이에게로 돌렸다.

"랑이는 어디 있어요? 안 보이던데. 혹시 그날, 사고로 많이 다친 건 아니죠?"

"어. 다치진 않았어."

"그럼 어디 갔어요? 출장 갔어요?"

록이 묻자, 천이가 난감한 듯 턱을 긁적거렸다. 말을 해야 하나 말아야하나 고민에 잠긴 얼굴이었다.

"지하에 갇혀 있어."

록의 시선이 원에게 확 돌아갔다. 깜짝 놀란 얼굴로 물었다.

"랑이가 왜요?"

"그새 친해졌나 봐? 표정이 확 달라지네?"

원이 록의 숟가락 위에 오리훈제 한 점을 더 올려놓으며 말했다.

"저랑 같이 나갔는데 랑이만 지하에 갇혀 있다니까요. 분명 그 일이 벌어진 데는 제 책임도 있잖아요."

"그래서? 같이 갇히고 싶어? 그만큼 애틋해?"

원의 말투에 가시가 박혀 있었다. 원은 록의 입에서 누군가의 이름이 나오기만 하면 삐딱한 말투로 물었다.

"아뇨. 그건 절대로 아니에요."

록이 단호하게 가로저었다. 지하에서 무슨 일이 일어나는지 몇 번 보았다. 굳이 그곳에 몸담고 싶은 생각은 없었다.

다만 동료를 지하에 가두다니.

록의 머리로는 이해가 되지 않았다. 록의 혼란스러움을 읽은 듯, 크리스가 입을 열었다.

"우리가 가족처럼 지내긴 하지만, 엄연히 동료야. 한 일을 함께 책임지고 있는 사람들. 넌 엄연히 우리 인질이었고, 무단 외출이 금지라는 걸 알면서도 랑이는 어겼어. 책임감 없는 행동으로 인력, 재산적 피해가 생겼어. 그러니 이 일에 대한 책임도 확실히 져야겠지. 본인도 그 부분에 대해 충분히 자각하고 있어."

"그럼 다시는 랑이를 못 보나요?"

"내일쯤 처분이 결정될 예정이니 그때 알 수 있겠지."

록이 이해한 듯 고개를 끄덕였다. 동시에 자신의 처분에 대해 궁금했지만, 그녀는 애써 입 밖으로 내지 않았다.

록이 오리훈제를 우물거리며 흘깃 시계를 보았다. 식사하는 동안 어느새 자정이 되었다. 록은 티슈로 입가를 닦았다. 그리고는 이미 들을 준비를 마친 듯 앉아 있는 원을 바라보았다. 크리스와 천이도 이제 당연하다는 듯 그 광경을 구경했다.

"원, 좋아해요. 왜냐하면 당신은…… 손이 예쁘기 때문이죠."

록이 쥐어짜내듯 말했다. 이러다 나중엔 손톱, 발톱, 눈썹까지 예쁘다고 칭찬해야 할 판이었다. 그럴 줄 알았으면 '엄지손톱이 예쁘니까요'라고 말할걸 그랬다. 그럼 손톱, 발톱 다 합쳐 스무 개쯤 이유가 있을 텐데.

록이 한숨을 삼키는 그 순간, 몹시 뜬금없는 말이 들렸다.

“나도.”

순간 머리가 멍해졌다. 록이 제 귀를 의심하는 표정으로 원을 바라보았다. 의자에 삐딱하게 앉은 그가, 손끝으로 테이블을 톡톡 두들기며 여상한 얼굴로 한 번 더 말했다.

“나도 좋아한다고.”

식당 안이 고요해졌다.

쨍그랑—

뒤늦게 포크 떨어지는 소리가 들렸다. 그러고도 천이는 자신이 포크를 떨어트린지 몰랐다. 좀처럼 표정에서 감정을 드러내는 법이 없는 크리스조차 원을 뚫어져라 쳐다보았다.

원이 록에게 기이할 정도로 집착한다는 건 알고 있었지만, 고백을 할 줄은 몰랐다. 그것도 저렇게 평연하고, 멀쩡하게 고백할 줄이야.

록이 빈 입술을 벙긋거렸다.

방금 저 남자가 뭐라고 한 건가.

모두가 기가 막혀 하는 가운데, 원만이 가벼운 표정을 짓고 있었다.

“또 말해야 해?”

“아뇨! 잘 듣긴 들었습니다만, 지금 제가 이해한 게 맞는지 고민 중이에요.”

“좋아한다는 말에 다른 뜻이 있어?”

있죠. 나처럼 ‘살려 주세요’라는 의미를 담아 ‘좋아해요’라고 하는 경우.

록은 차마 못 할 말을 꿀떡 삼켰다. 분위기가 싸해졌다. 그녀는 무슨 말을 해야 할지 몰라 원을 쳐다보았다. 그가 픽 웃었다. 등 뒤에서 천이가 제 머리에 대고 손가락을 뱅뱅 돌렸다. 미쳤냐는 뜻이 다분한 제스처로 크리스를 쳐다보았다. 크리스는 그런 천을 깔끔하게 무시했다. 천이가 이를 드러내며 으르렁거렸다.

"식사 마쳤어?"

원이 록에게 물었다.

"네."

입맛이 뚝 떨어졌다. 지금은 산해진미가 앞에 놓여도 먹고 싶은 기분이 들지 않을 것이다.

"아니. 너 말고."

원의 시선이 크리스와 천이를 향했다.

"너희들 다 먹었으면 자리 좀 비켜줘."

"나는 먹는 중인데."

천이가 눈치 없이 말하자, 크리스가 그의 손에서 강제로 포크를 빼앗았다.

"아씨, 왜! 나는 밥 먹는 중인데!"

"못 먹은 음식들은 방으로 보낼게."

"니들이 가면 되잖아!"

"얘가 걸을 수 있는 상황이 아닌 거 같아서."

원이 턱 끝으로 록을 가리켰다. 록의 얼굴이 허옇게 떠 있었다. 이 와중에 걸으라고 하면 풀썩 쓰러질 것 같았다. 록의 꼴이 보기 안쓰러울 정도라, 천이는 입을 꾹 다물었다.

"아씨."

천이는 이 재미있는 구경을 마저 하지 못하는 게 아쉬운 듯 입술을 삐쭉였다. 그러나 더는 꼼지락대고 있을 수 없는 터라, 자리에서 벌떡 일어났다. 그는 앞에 놓인 빵에 두툼한 고기 한 점을 끼워 넣고는 성큼성큼 식당을 벗어났다.

순식간에 두 사람이 사라지고, 식당엔 싸한 공기만 흘렀다. 록이 큰 눈을 깜빡거리며 원을 물끄러미 바라보았다.

"장난이죠? 하하, 뭐 이런 장난을 치고 그러세요. 재미있네요. 하하."

록이 마침내 용기 내어 물었다.

"내가 밥 먹는 사람 나가라고 하면서까지 장난칠 그런 성격으로 보이나 봐?"

"아뇨."

록이 얼른 고개를 가로저었다. 심란했다.

물론 그의 마음을 의심해 본 적 있었다. 사납기 그지없는 그가 언제나 예외대상으로 취급하는 게 자신이었다. 의외로 다정한 면모도 많이 보여주었고, 챙겨주기도 했었다.

그러나 결론은 언제나 '아니다'로 났다. 그가 자신을 좋아할 이유도 없었다. 더 큰 문제는, 그가 사람을 좋아한다는 전제 자체가 성립되지 않았다. 크리스와 천이의 말에 따르면 그는 감정적으로 일부분 결함이 있는 사람이었다.

"대답 안 해? 사람이 고백이라는 걸 했잖아."

"저기…… 정말 진심이에요?"

“몇 번 확인해? 진심이라니까.”

“대체 제가 왜 좋으신 건데요?”

정말 자신과 자 보고 싶어서 이러나. 알고 보면 이 남자는 여자가 허락해 줘야 잘 수 있는 남자인가. 자신보다 더 육체적 매력도가 높은 여자들이 깔렸는데, 대체 왜?

생각할수록 늪에 빠지는 기분이었다.

원이 손을 뻗어 록의 머리카락을 만졌다. 스르륵 타고 내려온 손끝이 머리카락 끄트머리를 만졌다. 긴장되면서도 묘하게 기분 좋은 손길이었다.

“네가 다른 놈 손 타는 게 싫어.”

그의 입술 새로 흘러나오는 목소리는 스산했다.

“다른 놈 보는 것도 싫고.”

“…….”

“다른 놈한테 좋아한다는 말 하는 것도 싫고.”

“…….”

원이 중얼거리듯 말하며 시선을 내리깔았다. 그의 긴 속눈썹이 보기 좋게 뻗었다.

록이 사라진 날, 원은 처음으로 충동적인 살인이라는 걸 할 뻔했다. 상대가 랑이가 아니고, 주변에서 만류하지 않았더라면 저지를 뻔했다. 록이 살아 있는 것 같다는 크리스의 말에 꾸역꾸역 참았다.

그러다 욕실에 나체로 있는 록을 본 순간 다시 한 번 이성을 잃었다. 이카루가 더러운 손으로 록의 몸을 만졌을지도 모른다고 생각하자 미칠 거 같았다. 그보다 더 미칠 것 같은 건, 록의 입에서 나오는 히카의 이름이었다.

'히카.'

록의 상냥하고 친근감 있게 부르는 목소리가 그토록 듣기 싫은 건 처음이었다. 이성회로가 끊겼다.

'진짜 나한테 왜 이래요? 내가 뭘 그렇게 잘못했는데요? 방금 전까지 변태처럼 달려드는 히카 때문에 죽으려고 샴푸까지 먹으려고 했다고요. 죽을 방법이 없어서!'

그러다 록이 엉엉 울면서 던진 말에 제대로 의문이 들었다.

이 여자의 말대로 자신은 왜 이 여자에게 화를 내고 있는 걸까. 왜 죽으려고 했다는 말에 눈앞이 캄캄해졌을까.

'좋아해요.'

……왜 그 순간, 그 말을 하고 싶었던 걸까.

목 끝까지 그 말이 차올랐으나 뱉지 않았다. 대신 외투를 입혀주고서 그 자리를 벗어나는 걸 택했다.

원이 생각에 잠긴 얼굴로 록을 바라보다 입을 열었다.

"집으로 돌아와서 한참 고민했거든. 네 말대로 내가 왜 이럴까. 왜 목표가 이카루 제거가 아니라, 록을 찾는 게 되었던 걸까, 왜 네가 해 주는 좋아한다는 말을 듣고 싶을까, 그런 것들."

원의 시선이 느릿하게 머리카락을 타고 올라왔다. 그의 검은 눈동자가 마침내 록의 눈에 닿았다.

"모든 질문의 답이 같아."

"……."

"내가 널 좋아해."

“……:”

“처음으로 인지하지 못했는데, 아무리 생각해도 좋아하는 게 맞아. 이러지 않고서야 멀쩡하던 내가 한순간에 미칠 리 없잖아. 안 그래?”

원의 말에 록의 얼굴이 굳었다.

아니야. 뭔가 착각하나 본데, 넌 원래부터 멀쩡하지 않아.

그러나 그 말을 뱉을 만큼 정신이 혼미한 건 아니었다. 록이 초조한 눈으로 주변을 살폈다. 그럴수록 그의 시선이 집요하게 따라붙었다. 그는 뭔가를 기다리고 있었다. 그게 자신이 대답이라는 걸 모를 만큼 록은 어리석지 않았다.

“저기…… 만약에. 정말 만약을 가정하고 물어보는 건데요. 제가 거절하면 어떻게 되는 거예요?”

“거절한다고 해서 네 의사를 무시하고 강제적으로 날 받아들이라고 하진 않겠지. 다만, 너에게 책임을 묻겠지.”

“책임이요?”

“랑이와 무단 외출한 데다, 널 찾기 위해 재산적 정신적 피해가 막심했거든. 거기다가 며칠간 고백해야 할 타임이 여러 번 밀렸어. 이 모든 걸 너한테 정산 받겠다고 하겠지.”

“……”

그냥 강제적으로 받아들이라고 하지 그러니.

록이 암담한 눈으로 바라보았다.

“내가 이런 상황이라는 걸 이 정도 말했으면, 이제 네 생각도 좀 들어봤으면 하는데. 어때?”

원이 록의 머리카락에서 손을 떼어 낸 후 등받이에 등을 기댔다. 그가 고개를 살짝 들어 내려다보듯이 록을 쳐다보았다. 마치 당연히 통과될 사업승인을 기다리는 사업가의 자세 같았다. 당당하고, 거침없고, 우아하기까지 했다.

저게 어떻게 고백한 사람의 모습이야?

록은 억울한 마음이 들었다. 고백 받은 건 자신인데, 어쩔 줄 몰라 하는 것 또한 자신이다. 이런 불공평한 관계가 있다니.

"저는……."

마음이 소란스러운 가운데 록이 힘겹게 말문을 열었다. 이후 한참을 머뭇거렸다. 원이 록의 머뭇거림을 기다려 주었다.

"……생각할 시간을 주세요."

"얼마나? 3분이면 되겠어?"

원이 시계를 들여다보며 말했다.

고백이 인스턴트니? 뭐가 그렇게 급하니?

"아뇨. 며칠만 주세요."

원이 고개를 삐딱하게 기울였다. 그렇게 많은 시간이 소요될 필요가 있냐는 얼굴이었다. 이 남자는 자신이 거절당할 거라고는 추호도 생각지 못하는 듯했다. 원이 침묵으로 일관하자, 록이 숨을 깊게 들이마신 후 눈을 질근 감았다.

"너무 갑작스러운 상황인 데다, 원과 제가 사귀는 게 도무지 상상이 되지 않아서 그래요. 그러니까 저한테 얼마간의 시간을 주세요."

록이 하고 싶은 말을 다다다 뱉었다. 주변이 소름 끼치도록 고요해졌다. 원의 눈썹이 삐딱하게 휘었다.

“한순간도 상상한 적 없다?”

“네.”

록이 단호하게 대답했다. 이 순간만큼은 단호할 필요가 있었다.

“나랑 키스를 몇 번을 했는데도?”

“…….”

“매일 좋아한다고 말한 건 그냥 한말인가 보지?”

“……죄송합니다.”

그가 충분히 자존심 상할 만한 상황이었기에, 록이 사과했다. 원이 낮게 숨을 내쉬었다.

“그래. 좋아. 평소 네가 좋아하던 스타일이 아닐 테니까. 네 취향이 올드하다는 건 이전부터 알고 있었어. 대신.”

좋다는 말에 안심하던 록이 대신이라는 조건에 움찔했다.

“앞으로 나는 네 결정에 도움이 될 만한 일들을 할 거야.”

“이를테면 어떤 걸 말하는 거예요?”

“앞으로 두고 보면 알겠지. 방으로 돌아가.”

록의 얼굴이 보기 애처로울 만큼 희게 질려 있었다. 더 잡아 뒀다간 호흡곤란으로 쓰러질 것 같았다. 원이 자리에서 일어났다.

“고맙습니다.”

록의 뜬금없는 인사에 원이 고개를 돌렸다. 록이 말간 눈으로 올려다보았다.

“억지로 강요하지 않아서 감사해요.”

사귀지 않으면 죽이겠다, 라고 한다면 어쩔 수 없이 사귀어야 할 상황이었다. 히카처럼 미쳐서 자신을 박제하겠다는 사람이 아니니

참고 사귈 만했다. 사실 히카만큼 거부감이 드는 것도 아니었기에 그럭저럭 괜찮았다. 그럼에도 원은 순순히 자신의 제안을 받아들여 주었다. 그것만으로도 록은 고마웠다.

원은 바지 주머니에 손을 밀어 넣은 채 록을 물끄러미 바라보았다.

"이카루, 그 새끼랑 같은 짓을 하면 안 되잖아."

원이 덤덤하게 대답했다.

이제 와 기억을 되살려 보면, 록은 욕조에 걸터앉아 세상을 잃은 얼굴을 하고 있었다. 록을 그렇게 만든 건 히카의 강압적인 태도였다. 대답을 기다려야 한다는 게 싫지만, 자신 때문에 록이 그런 표정을 짓는 건 더 싫었다.

"가서 쉬어."

원이 조용한 발걸음으로 식당을 벗어났다. 홀로 남은 록이 느릿하게 고개를 돌렸다. 굳게 닫힌 식당문을 바라보았다.

왠지 마음이 시큰거려서 록은 제 가슴을 한참이나 문질러야 했다.

*　　*　　*

굳게 닫혀 있던 지하실의 문이 열렸다. 탁 소리와 함께 조명이 켜지자, 랑이가 눈을 질근 감았다. 며칠 만에 보는 빛이었다. 랑이는 두 손을 결박당한 채 지하실의 구석에 박혀 있었다.

그는 천이가 마련해 준 간이 화장실 사용 빼곤 할 수 있는 게 없었다. 음식도 며칠간 들어오지 않았다. 눈을 뜬 랑이는 제 앞에 우뚝 서 있는 남자를 보았다.

"록이 돌아왔나 보지?"

랑이가 잠긴 목소리로 물었다. 원은 대답 대신 랑이를 내려다보았다.

"록은 어때? 멀쩡해?"

랑이가 다시 한 번 물었다.

"멀쩡하니까 네가 아직 살아 있겠지?"

"어, 그러네."

랑이가 깨달은 듯 고개를 주억거렸다. 랑이는 이 상황을 당연한 듯 받아들였다.

록이 이 집에 편하게 머물긴 했지만, 엄연히 인질이었다. 그것도 원이 벼루고 있던 히카를 잡기 위한 인질이었다. 원에게 소속되어 있는 인질을 허락 없이 집 밖으로 데리고 나가는 건 불가한 일이며, 설령 그런 일이 생겨도 목숨을 다해 지켜야 하는 게 이 바닥의 룰이었다. 그걸 가뿐히 무시한 랑이가 지금껏 살아 있는 것만으로도 원은 큰 아량을 베푸는 중이었다.

"자격정지 5년이다."

내려진 처분에 랑이가 고개를 들어 원을 보았다.

"생각보다 관용을 베푸는데? 왜? 원래 너라면 자격정지가 아니라 내 자격을 당장 박탈하고 기억을 지워 버려야 하는 거 아닌가?"

"지금이라도 원하면 그렇게 해 주고."

"하. 그래?"

랑이가 피식 웃었다. 그것도 잠시 얼굴에서 웃음이 증발했다. 깡마른 얼굴은 금세 텅 비었다. 그는 소름 끼치도록 무심한 얼굴로 원을 바라보았다.

"이렇게 관용을 베풀 줄 알면서 그 여자는 왜 버렸어?"

랑이의 목소리가 음산하게 가라앉았다.

"귀찮았으니까."

원이 덤덤하게 대답했다.

"지금 그걸 말이라고 해!"

랑이가 무섭게 이를 까드득 깨물었다. 며칠간 먹지 못해 몸은 휘청거렸지만, 눈빛은 무서우리만큼 냉랭했다.

"그럼? 내가 어떻게 했어야 하지? 날 사랑한다니까 받아주고 결혼이라도 했어야 했어? 널 봐서라도 그렇게 했어야 했어?"

"……."

"사적인 감정 때문에 번번이 공적인 일을 엉망진창으로 만드는 여자였어. 죽여 마땅하지만, 기억을 지우고 새 삶을 살아 보라고 한 건 내가 해 주는 마지막 관용이었어. 못 견뎌서 자살한 건 그 여자의 선택이야."

원이 차갑게 말하며 랑이의 앞에 무릎을 굽히고 앉았다. 그러고는 랑이의 턱을 힘주어 잡았다. 랑이의 턱이 조금씩 벌어지며 고통으로 얼굴을 구겼다.

"그래도 내가 널 이만큼 봐주는 건, 이젠 네 기분을 조금은 이해할 것 같아서다."

"참 빠른 이해네."

듣고 있던 랑이가 차갑게 대꾸했다.

"한 시간 후에 풀어 줄 거야. 그때 되면 알렝과 크리스가 네가 짐

싸는 걸 도울 거고. 5년 뒤에 보자.”

무표정한 얼굴로 내려다보던 원이 돌아섰다.

“잠시만. 가기 전에 만나고 싶은 사람이 있어.”

“천이는 외근 중이야. 널 만날 생각이 조금도 없다더군.”

“아니. 나도 걔 볼 생각 없어.”

랑이가 입술을 늘여 웃었다. 자신의 쌍둥이는 ‘그 여자’ 사건 이후로, 자신을 그다지 달갑게 보지 않았다. 자신 또한 설득시킬 생각 없었기에 그들은 평행선처럼 마주 볼 뿐, 다가가지 않았다.

“그럼?”

“가기 전에 록을 만나고 싶어.”

“안 돼.”

“왜? 내가 록을 데리고 도망칠까 봐? 아니면 내가 록에게 해코지라도 할까 봐? 내 마음을 이해한다는 소리를 지껄이더니, 본인 마음을 확실히 자각했나 봐?”

랑이의 입술이 삐딱하게 늘어났다.

원은 누가 봐도 록을 특별하게 대했다. 크리스와 천이는 그 상황을 보며 ‘특별한 관심이긴 하지만, 곧 저러다 말 감정’ 정도로 치부했다.

그러나 누군가를 뼈저리게 사랑해 본 랑이의 눈에는 원의 마음이 읽혔다. 무디고 삐뚤어진 감정 체계 때문에 본인이 인식하지 못할 뿐, 그는 사랑에 빠지고 있었다. 증거로 그는 조금씩 감정적으로 변화하고 있었다. 록에 관해선 본인의 감정을 넘실대며 드러냈고, 시선은 늘 록에게 꽂혀 있었다.

“내 상태를 진즉부터 알고 있었나보군.”

원이 덤덤히 대꾸했다.

“응. 그렇게 티를 내는데 모를 리가.”

“그래서 록한테 접근한 건가?”

“처음부터 그렇진 않았어. 집에 못 보던 예쁘장한 여자애가 있어서 관심이 갔을 뿐이지. 그러다가 네가 꽤 끼고 도는 거 같아서 더 관심이 갔지. 굳이 퍼센트로 나누자면 널 괴롭히려는 목적 50, 순수하게 록을 좋아하는 감정 50이야.”

“그런 마음이면 더더욱 만나게 못 하지.”

원이 들어줄 거라고 생각하냐는 듯 픽 웃었다. 그러자 랑이가 지친 얼굴을 들어 원을 보았다. 핼쑥해진 얼굴이지만, 눈빛만큼은 이전과 다름없었다.

“아직도 록의 성격을 몰라? 이대로 내가 사라지면 록이 어떨까? 아마 자기 탓이라고 생각하면서 죄책감을 가질 거야. 내가 다시 돌아올 때까지 록은 5년 내내 힘들 거라고.”

“네가 그만큼 가치 있는 사람이라고 생각하나 봐?”

“록은 제 주변의 모든 사람을 가치 있게 생각해.”

“……”

“너와 몹시 다르게 말이야.”

랑이가 씹어 뱉듯이 던진 말에 원은 입을 꽉 다물었다. 랑이의 말에 반박할 말이 없었다. 잠시 침묵을 지키던 원이 대답하지 않고 돌아섰다.

                        *   *   *

아침 7시, 커다란 식탁에 천이와 록이 단둘이 마주 앉았다. 10분이 흘러도 크리스와 원은 모습을 보이지 않았다. 목을 쭉 빼고서 문을 보던 록이 천이에게 물었다.

"다른 사람들은 아침식사 안 해요?"

"크리스는 잠시 외출. 정부 관계자가 만나자고 요청이 왔거든. 급한 일이 있나 보더라고. 아마도 국경 근처에 테러범 때문에 그러나 봐. 걔네는 왜 테러범을 번번이 우리한테 잡아 달라고 하는지 몰라. 아, 록은 모르겠구나. 우리는 테러범 진압 요구가 들어오면 다 들어주진 않아. 왜냐면 테러범이 모두 다 사라지면 우리가 무기를 못 팔잖아? 또 전쟁이 있어야 정보가 값지게 팔리거든."

"그런 중요한 것까지 이야기 안 해 줘도 돼요."

록은 원치 않게 이 조직에 대해 점점 많이 알게 되는 것 같아 불편했다. 그런 록의 마음을 이해한 듯 천이가 그녀를 보며 픽 웃었다.

"왜? 나중에 정보 유출을 막기 위해 널 죽이겠다, 이럴까 봐?"

천이가 암울한 말과 달리 천진난만하게 웃으며 물었다. 록은 '에이, 농담도.'라고 능글맞게 받아치고 싶었으나 마음과 달리 한마디도 하지 못했다. 왠지 저 말대로 될 것 같았다.

"걱정하지 마. 이미 네가 알고 있는 정보만으로도 죽을 자격은 충분하니까. 더 알아봤자 마찬가지지."

그가 여전히 해맑은 얼굴로 말했다. 아침 식사를 하기도 전에 식욕이 가시는 기분이 들어 록의 표정이 어둡게 변했다.

얼마 지나지 않아 식탁 위로 음식이 놓였다. 간단히 먹기 좋은 빵, 치즈, 잼, 샐러드였다. 샌드위치를 해먹을 수 있게 계란프라이와 베이컨도 놓여 있었다. 제대로 된 식사는 오랜만이었기에, 록은 순간 눈물을 흘릴 뻔했다.

록이 빵을 펼쳐 샌드위치를 만들어 먹기 시작했다.

"그런데 랑이는 아직 안 풀려났어요?"

"몰라. 관심 없어서."

천이가 전과 달리 불퉁하게 대답했다. 록은 사람들과 유난히 겉도는 랑이의 모습을 떠올렸다.

"원과 랑이는 왜 사이가 안 좋은 건지 물어봐도 돼요? 혹시 이것도 위험한 정보라면 말 안 해 주시면 감사하겠습니다."

"우리 두 사람의 사이가 안 좋은 건 어떻게 알았어? 그다지 티 안 났을 텐데?"

"많이 났어요. 실제로 랑이가 불편한 기색을 보이기도 했고요. 천이도 유난히 랑이한테 퉁명스럽고요."

"쳇."

천이가 마음에 안 든다는 소리를 내곤 샌드위치를 크게 한입 베어 물었다. 눈 깜짝할 새에 샌드위치 하나를 먹어치운 천이가 록의 손을 보았다. 그녀가 샌드위치를 가만히 들고 있었다.

"그거 안 먹을 거야? 그럼 나 줘."

어차피 다시 만들면 되기에 록은 순순히 샌드위치를 천이에게 건네주었다. 록이 다시 샌드위치를 만들 때, 천이가 말했다.

"진짜 이해가 안 돼서 물어보는 건데, 너라면 어떻게 하겠어?"

뜬금없는 말에 록이 '네?'하고 반문했다. 그러자 입 안에 있는 샌드위치를 대충 씹어 삼킨 천이가 분통터진다는 얼굴로 말을 시작했다.

"자, 봐. 네가 엄청 좋아하는 남자가 있어. 그런데 그 남자가 다른 여자를 좋아해. 다른 여자가 마음을 받아주지 않자 남자가 자살해 버렸어. 너라면 어떤 놈이 제일 미울 거 같아?"

"음."

록이 큰 눈을 데굴데굴 굴리며 고민에 빠졌다. 천이가 그런 록의 얼굴을 뚫을 것처럼 바라보았다.

"저라면 다 미울 거 같은데요. 다른 여자를 좋아하는 그 남자도 야속하고, 그 남자가 죽게끔 매력적인 그 여자도 밉고. 그래도 원망하진 않겠죠. 결국 그건 그 사람들의 선택이니까. 힘들더라도 털어내려고 애쓰겠죠."

"그렇지? 너라도 잊으려고 하겠지? 몇 년씩 부둥켜안고서 질질 끌지 않겠지?"

"네. 그게 랑이와 원의 이야기인가 보죠?"

록의 덤덤한 물음에 천이가 흠칫하며 쳐다보았다.

"어떻게 알았어?"

천이가 놀라자, 뒤늦게 록도 함께 놀랐다.

"저한테 알려 주려고 일부러 물어본 거 아니에요?"

"아닌데. 난 진짜 궁금해서 물어본 건데."

"……."

아, 괜히 아는 척했다.

록이 실수했다는 표정으로 혀끝을 깨물었다. 천이는 일에 관해선 철두철미하지만 이런 사적인 비밀을 관리하는 데엔 허술했다.

"다른 사람들한테는 아는 티 내지 마."

천이가 경고했다.

"네. 기억에서 지워 버릴게요."

록이 얼른 대답하며 고개를 끄덕였다. 그러나 말과 달리 록의 머리가 바쁘게 돌아가기 시작했다. 랑이에겐 좋아하는 여자가 있다고 했다. 그 여자가 원을 좋아했으나, 그가 마음을 받아주지 않자 자살한 모양이었다.

그런 이야기가 있었구나.

생각지 못한 사연에 기분이 묘했다.

"그런데 잊기 전에 하나만 물을게요. 그 여자는 정말 원이 마음을 안 받아줘서 자살한 거예요?"

"간단히 말하면 그런데, 복잡한 사연이 있었어. 그러니까…… 아, 근데 너 정말 비밀 지킬 거지? 어디 가서 말하면 나도 죽고 너도 죽는 거야."

"비밀 지킬게요."

록이 다부지게 약속하자, 천이가 술술 말을 하기 시작했다.

"그 여자가 능력은 있지만 사소한 실수를 많이 했어. 그것도 원이 답지 않게 많이 봐줬어. 랑이가 좋아하는 게 눈에 훤히 보였거든. 문제는 그 여자였어. 그 여자가 욕심을 주체 못 하고 원이 잠든 침실에 나체로 뛰어든 거야. 몇 년째 짝사랑하다가 지쳐서 무리수를 둔 모양인데, 원에겐 어림도 없지. 원이 어떻게 했겠어?"

“설마…… 패진 않았죠?”

“아니. 딱 한 마디 했어. ‘나가.’라고. 그 말은 침실에서도, 조직에서도 다 나가라는 말이지. 본래는 죽여야 하는데 초기멤버라 공을 인정해서 이례적으로 기억을 지우고 방출하려고 했어. 문제는 그 여자가 원을 기억에서 지우느니 자살하는 쪽을 택한 거지. 그게 랑이, 그 녀석한테는 미치도록 충격적이었던 거고.”

“혹시 그 여자랑 저랑 닮았어요?”

랑이가 언뜻 했던 말을 떠올렸다. 만약 그 여자와 자신이 닮은 거라면, 원이 자신에게 관심을 가지는 이유도 납득이 되었다. 조직원이 자신의 말 한마디 때문에 자살했다. 아무리 원이라지만 그에게도 나름 충격이었을 거라는 생각이 들었다. 그 여자에 대한 죄책감 때문에 자신에게 호감이 생길 수 있는 일이었다.

“아니.”

그러나 천이는 정색을 하고서 몹시 단호하게 말했다.

“그 여자랑 너랑? 절대로 아닌데. 걔는 미인이었어. 걔 사진 있는데 볼래?”

천이가 기가 막히다는 듯 주머니에서 휴대폰을 꺼냈다. 그러더니 사진을 찾아 록에게 내밀었다.

“와.”

사진을 보자마자 록은 순수하게 감탄했다. 짧은 단발머리에 고양이처럼 도도하게 생긴 여자는 몹시 미인이었다. 사진 속의 여자는 자신과 조금도 닮지 않았다. 군이 비교하자면 단발머리 하나 닮았다.

"안 닮았지? 너도 귀염상이고 충분히 예쁜데, 얘랑은 비교할 바가 못 되지. 얘는 애초부터 사람을 홀리는 능력을 타고 났어. 물론 우리 능력이 더 상급이라 통하진 않았지만, 엄청 피곤할 땐 나도 모르게 홀릴 뻔한 적 있었어."

"아, 그렇군요."

록이 그렇냐는 듯 고개를 주억거렸다. 사람을 꾀어내는 여자의 능력과, 선머슴 같은 자신의 행동은 완벽하게 정반대였다.

록이 고개를 끄덕거리며 생각에 잠긴 얼굴로 샌드위치를 베어 물었다. 습관적으로 식사를 하고 있는 록을 천이가 흘깃 쳐다보았다.

"그렇지만 나도 애보다는 네가 낫다."

천이가 흘리듯 말했다. 록에게는 말로 설명 못 할 묘한 매력이 있었다. 한 번 만나면 다음에 또 만나고 싶은 매력. 그것 때문에 록이 지금껏 이례적으로 살아 있는 건지도 모른다.

"네?"

뜬금없는 소리에 록이 반문했다.

"그냥, 그렇다고."

천이가 우물쭈물 거리며 샌드위치를 순식간에 먹어치웠다. 록은 자신이 잘못 들었겠거니 생각하며 조용히 식사에 임했다.

*　　*　　*

아침 식사를 마치고 방으로 돌아온 록은, 문 앞에 우뚝 서 있는 둘을 발견했다. 알렝과 랑이였다. 며칠 만에 핼쑥해져 나타난 탓에 록은 랑을 한 번에 알아보지 못했다.

"랑이?"

뒤늦게 록이 알아보자, 그가 웃었다. 바짝 메마른 웃음이었다.

"가기 전에 인사해야 할 거 같아서."

"어디 가요?"

"응. 조금 멀리 여행 가려고. 오랫동안 가 있을 예정이야."

"아, 그렇구나. 그럼 언제 다시 볼지 모르겠네요."

록이 말끝을 흐렸다. 랑이가 입술을 늘이며 웃었다.

"왜? 아쉬워?"

"조금요. 그래도 필요하니까 가는 거겠죠. 좋은 여행이 되길 바랄
게요. 아! 잠시만요!"

록은 무언가 기억난 듯 방으로 들어갔다. 얼마 후 록은 팔찌를 가
지고 나왔다.

"별로 줄 건 없고, 이거라도 가져가세요. 제가 만든 팔찌인데 행
운을 불러줄 거예요. 이 팔찌 끼고 연인이 생겼다는 사람들 많아요.
그래서 불티나게 팔린 거 누구보다 랑이가 더 잘 알죠?"

매진판매의 기록을 세운 팔찌라는 말에 랑이가 픽 웃었다. 록이
준 팔찌는 천으로 얼기설기 엮여 있었는데, 그 가운데 구슬이 자리
하고 있었다. 랑이가 팔에 팔찌를 끼고는 이리저리 손목을 살폈다.

"생각보다 더 잘 어울리네요."

록이 흡족하다는 얼굴로 웃었다. 랑이가 팔찌와 록의 얼굴을 번
갈아 보다 미소 지었다.

"이걸 끼면 연인이 생긴다고 했지? 만약 안 생기면 어떻게 할 거

야? 록이 대신 해 줄래?”

“별 농담을 다 듣네요.”

“진심인데. 말했잖아. 나, 록 좋아한다니까? 아니면 나랑 도망쳐도 돼. 내가 죽을힘을 다해 도망치면 원 하나 못 따돌리겠어?”

“전엔 원을 피해 도망치는 거 못 한다면서요.”

“다시 생각해 보니 할 수 있을 것 같아. 그러니까 나랑 도망치자. 내가 잘해 줄게. 응?”

록은 랑이가 농담처럼 진심을 말하고 있다는 걸 알아챘다. 여기서 자신이 그래요, 라고 하면 랑이는 정말 자신을 데리고 도망칠지도 모른다. 원보다 랑이가 훨씬 대하기 편했고, 대화도 잘 통했다.

록의 입술이 느슨하게 늘어났다.

“그러면 저도 참 좋겠는데요. 무리일 거 같아요.”

“왜? 원이 무서워?”

랑이가 실망한 표정으로 물었다.

“그런 것도 있지만, 더 큰 이유는 다른 거예요.”

록이 대답이 의외라는 듯, 랑이가 그녀를 빤히 쳐다보았다. 그러자 록이 작게 웃으며 말했다.

“랑이는 저를 좋아하는 게 아니거든요.”

록의 말에 랑이의 얼굴이 잠시 굳었다가 풀어졌다.

“섭섭한데? 왜 그렇게 생각해?”

“흠, 흠.”

곁에 서 있던 알렝이 대화를 끝내라는 듯 헛기침을 뱉었다. 그러나 랑이는 들은 척도 하지 않고 록을 빤히 바라보았다. 록이 평온한 표정으로 입을 열었다.

"처음엔 랑이가 절 좋아하는 줄 알았어요. 그런데 조금만 있어도 알겠더라고요. 좋아한다는 건 내 감정만큼이나 상대방 감정이 중요해져요. 내 행동 때문에 저 사람이 기분 나쁘지 않을까, 힘들지 않을까, 그래서 나를 싫어하진 않을까 등. 그런데 랑이에겐 그런 게 없어요. 일방적이에요. 내가 널 좋아하니까 이렇게 해 달라, 라고 요구할 뿐이에요."

"……."

"그건 좋아하는 게 아니에요. 갖고 싶은 것뿐이지."

록의 명쾌한 대답에 랑이의 입술이 자그맣게 벌어졌다. 반박할 수 없었다. 잠시 멍하게 있던 랑이가 힘이 빠진 웃음을 흘렸다.

"정말 할 말 없게 만드네."

랑이가 눈을 내리깔았다.

사랑에 빠지자 자신의 세상은 그 여자를 중심으로 돌아갔다. 그에 비해 록과 있을 땐 편하고 즐거웠다. 자신은 록과 있을 때 그 평온함을 갖고 싶었을 뿐이다. 록은 처음부터 그걸 꿰뚫어 본 듯했다.

"그리고 이런 말 어떨지 모르겠지만…… 자책하지 말고요."

뜬금없는 말에 랑이가 무슨 소리냐는 듯 록을 바라보았다.

"그냥 생각난 말이에요. 랑이가 자책하는 것처럼 보여서요. 어떤 일이 벌어졌을 때 전적으로 내 책임인 일도, 전적으로 상대의 책임인 것도 없어요. 그냥 이 말을 해 주고 싶네요."

"……."

록의 말에 랑이가 입술을 깨물었다. 록의 말에 울컥 화가 치밀어

올랐다가 순식간에 가라앉았다. 피하고 싶은 진실을 마주할 때 일어나는 현상이었다.

그녀의 말이 맞았다. 그 여자가 자살한 데에는 말리지 못한 자신의 책임도, 방치한 원의 책임도 아니었다.

다만 자신은 화풀이할 곳을 찾아 헤매고 있었을 뿐이었다.

"하."

랑이의 눈에 눈물이 고였다. 며칠간 먹지도, 자지도 못한 터라 마음이 한없이 약해진 모양이었다. 이런 말에 눈물이 다 나다니.

"다음에 볼 땐 웃는 얼굴로 만나요."

랑이가 록을 물끄러미 바라보았다.

"그래도 너에게 호감이 있었던 건 진심이야."

"알아요. 아니까 헷갈리지 말라고 말한 거예요."

"만약에……."

몇 년 전에 너를 만났더라면, 너를 진심으로 좋아하게 됐을지도 몰라. 그만큼 충분히 매력적이니까.

랑이는 그 말을 하려다가 관두었다. 일어나지 않을 일을 소리 내어 말하는 건 무의미하다. 대신 환하게 웃으며 록의 머리를 쓰다듬어 주었다. 그의 눈빛이 이전보다 한결 평온해졌다.

"원이 왜 너를 좋아하는지 알겠어."

"알겠어요? 정말요? 그럼 그 이유 좀 알려 줄래요?"

록이 두 눈을 반짝였다.

"왜? 그 이유를 없애버리게? 다시 태어나기 전엔 힘들걸?"

랑이가 픽 웃으며 답했다. 록의 매력은 그 자체였다. 사람을 대할

때 눈빛, 자세, 행동 그 모든 게 매력적이라 기억을 잃지 않는 이상
불가능해 보였다.

"하, 그래요?"

록이 눈을 내리깐 채 깊은 한숨을 내쉬었다.

"정말로 원이 싫어?"

"그건……."

랑이의 물음에 록이 반사적으로 대답하려다가 멈칫했다. 원이 싫
다는 말이 입 밖으로 나오지 않았다.

"싫은 건 아니에요. 그냥…… 좀 무서울 뿐이지."

생각을 마친 록이 중얼거리듯 대답했다. 그에게 좋아한다고 말하
는 순간, 영원히 이 집을 벗어날 수 없을 것 같았다.

"조금 더 들여다봐."

"뭘요?"

"네 안을. 넌 다른 사람 속은 잘 알아보는데, 정작 네 속은 모르는
거 같네."

"무슨 말이에요?"

"다음에 만나면 해 줄게. 이제 그만 가 봐야겠다. 알렝이 눈으로
나를 찢어 죽이려고 하네."

랑이가 손을 흔들며 뒷걸음질 쳤다. 그가 멀어지자 그의 옷차림
이 보였다. 평소의 깔끔한 옷스타일과 달리 허름한 스타일이었다.
아주 먼 곳으로 가려고 작정한 사람 같았다. 그의 표정이 후련해 보
였다.

록이 손을 흔들었다. 그가 복도를 돌아 완전히 사라졌다. 홀로 길

에 남은 록은 참았던 한숨을 몰아쉬었다. 함께 지낸 시간이 얼마 되지 않아 정이 안 들었을 줄 알았는데, 의외로 가슴이 시큰거렸다.

이별은 늘 이렇게 힘들다.

록은 제 가슴을 다독거리며 방으로 들어갔다.

"아."

방에 들어선 록이 문을 닫자마자 짧은 소리를 냈다. 불현듯 생각 하나가 머리를 관통해 지나갔다.

'이카루, 그 새끼랑 같은 짓을 하면 안 되잖아.'

고백하던 날, 원이 한 말이었다. 그답지 않게 자신의 대답을 기다려 주겠다고 했다. 그러고 보니 그도 자신의 감정을 신경 쓰고 있었다.

"정말 진심인가."

록이 침대에 걸터앉으며 중얼거렸다. 진심이어도 문제고, 진심이 아니어도 문제인 상황이었다. 진심이라면 그의 마음이 언제까지 지속될지가 문제였다. 진심이 아니라 장난이라도 지속성이 문제였다.

록이 초조한 얼굴로 침대 끄트머리를 툭툭 찼다.

만약 그와 교제를 하게 된다면…….

데이트 장소는 전쟁통이요, 게임은 살아남기고, 서로에게 줄 선물은 무기요, 이별하게 되면 생사가 오가게 되는 건가.

"하아, 이럴 때 쓰라고 만들어진 게 욕인가."

록은 깊은 한숨을 내쉬며 침대 위로 쓰러졌다.

*　　*　　*

"4초. 5초."

문 앞에 선 록이 방에서 가져온 시계를 들여다보며 중얼거렸다. 3
시 59분 5초를 지나는 중이었다. 정확히 30초 후에 서재 문을 열고
들어가 생각해 둔 고백만 하고 도망쳐 나올 계획이었다.

"9초."

벌컥—

갑작스레 문이 열렸다.

"흡."

깜짝 놀란 록이 숨을 들이마셨다. 원이 문에 기대서서 록을 내려
다보았다. 처음부터 그녀가 있다는 걸 알고 나온 듯 무표정했다.

"아까 전부터 문 앞에서 뭐하는 거야?"

"어떻게 알았어요?"

"들으라고 계속 떠드는 거 아니었어?"

그럴 리가.

록은 목소리를 낮추어 소곤거렸다. 이 소리를 들었을 거라곤 추
호도 생각지 못했다. 록이 놀란 눈으로 그를 바라보았다. 그러다 4
시가 되는 걸 확인하곤, 원에게 소리쳤다.

"원, 좋아해요. 왜냐하면 원은 인내심이 많으니까요!"

"나도 좋아해."

그가 담백하게 대답했다. 말끝에 미묘한 웃음기가 맺혀 있어서,
야릇하게 들렸다. 그 말을 듣는 순간 록이 숨을 멈췄다. 묘한 기분
이 들었다. 썩 나쁘지 않아서 기분이 더욱 이상했다.

"그런데 인내심이 많다는 건 이유가 아니라 희망사항 같은데. 인

내심 있게 기다려 달라는 거잖아.”

원이 정확하게 이유를 꿰뚫어 보았다.

“겸사겸사죠. 그럼 저는 이만…….”

퍼뜩 정신을 차린 록이 도망가려 할 때였다.

“온 김에 들어와.”

“밀린 일이 많아서요.”

“그래? 도와줄게.”

원이 따라나설 기세를 보이자, 록이 다급히 그의 팔을 붙잡았다.

“아니요! 생각해 보니 천천히 해도 될 거 같아요!”

소리친 록이 숨을 흡 들이마셨다. 어쩌다 보니 얼굴이 맞닿을 만큼 가까운 거리에 섰다. 원의 입술이 느슨하게 늘어났다. 이 상황이 흡족하다는 걸 온 얼굴로 드러내고 있었다. 그가 고개를 숙였다. 순간 코끝이 닿을 만큼 가까워졌다. 흠칫한 록이 성큼 물러서자, 원이 따라 다가왔다.

“왜, 왜 따라와요?”

“안 그러면 옷이 늘어나거든.”

원이 록이 잡고 있는 소매를 가리키며 말했다.

“아.”

록이 얼른 손을 풀었다. 그러고는 어색한 손을 쥐었다 펴길 반복했다. 원과 있으면 늘 불편했다. 그런데 오늘은 이전과 비교할 수 없을 만큼 몹시 불편했다.

“들어와.”

원이 도망치지 못하도록 록의 팔을 잡고서 서재로 들어섰다. 록을 서재 한가운데 세워 둔 그가 서랍에서 작은 상자를 꺼내 내밀었다.

"가져가."

"뭐예요? 이게?"

"열어 보면 알거야."

록이 원을 쳐다보다가 상자의 뚜껑을 열었다. 그 안에 네모난 기계가 들어 있었다.

"어? 이거 휴대폰이잖아요."

록이 웬 거냐는 눈으로 원을 쳐다보았다. 그러자 그가 책상을 짚고 서서 말했다.

"그런 취향이라며. 이런 옷차림에, 휴대폰을 만들어 주는 남자."

록은 그제야 원의 옷차림이 눈에 들어왔다. 검은 목폴라에 청바지 차림. 자신이 알던 스티븐과 전혀 다른 느낌이라, 여태껏 알아채지 못했다. 그는 잡지에서 빠져나온 것처럼 근사했다.

"혹시 휴대폰을 만들고 이 차림으로 프레젠테이션이라는 것도 해야 해?"

원이 얼굴을 찌푸리며 물었다. 스티븐 잣스에 대해 알아본 결과, 그는 휴대폰을 만든 후 수많은 사람들 앞에서 프레젠테이션을 하곤 했다는 정보를 들었다.

"아뇨. 그럴 필요 없어요."

코스프레의 정점을 찍으려는 원을, 록이 다급하게 말렸다.

"어? 그런데 휴대폰을 만들었다고요?"

"어. 우리가 쓰는 휴대폰을 별도로 만들었어. 우리만의 통신선을 갖고 있긴 하지만, 해킹당할 수도 있잖아. 그걸 막기 위해 휴대폰도 별도로 제작했어. 그중에 하나야. 구경해 봐."

록이 멍한 눈으로 휴대폰과 원을 번갈아 보았다.

저 남자는 정말 이 세계의 스티븐 잣스인가.

그나저나 상황이 이렇게 되고나니 '스티븐 잣스'에게 이성적 호감을 느끼는 게 아니라는 말을 할 수가 없었다. 저렇게 열심히 코스프레 중인데, 실망하게 하고 싶지 않았다. 그는 본인의 실망감을 어떻게 해소할지 모르기 때문에 조심할 필요가 있었다.

"고맙습니다."

록이 일단 감사의 인사를 전했다. 이곳에 와서 처음으로 갖게 된 휴대폰이라 설레는 마음을 숨길 수 없었다. 인간계와 다른 소프트웨어를 사용해서 알아보기 힘들었지만, 감으로 대충 알아챘다. 록이 이것저것 누르다 주소록에 들어갔다. 저장된 전화번호 목록이 떴다. 록의 표정이 밝아졌다.

"와! 번호가 세 개 저장되어 있네요? 근데 이름이 없어요. 원, 크리스, 천이인가요?"

"아니. 하나는 내 휴대폰, 하나는 내 방, 하나는 내 서재. 다른 놈들이랑 굳이 연락할 필요 없잖아. 안 그래?"

"아니, 저기. 알렝이라도……."

"확실히 나이 든 쪽이 취향인가 봐?"

원이 고개를 삐딱하게 기울이며 물었다. 장난으로라도 그렇다고 대답했다간 왠지 알렝이 직업을 잃을 것 같은 분위기였다.

"아뇨. 절대로 아닙니다."

록이 단호하게 대답했다.

“그럼 내 번호만 갖고 있어.”

“다른 번호 추가도 안 되네요.”

록이 이것저것 눌러보다 우울한 표정으로 중얼거리듯 물었다.

“어.”

“…….”

이게 휴대폰인가, 폭탄인가.

록이 암담한 얼굴로 휴대폰을 쳐다보았다.

“아.”

원이 무언가 기억났다는 듯 성큼성큼 다가왔다. 그러고는 휴대폰 뒷부분의 떼어 낸 붉은 점을 가리켰다.

“그럴 일 없겠지만, 혹시 일이 생기면 여길 눌러서 던져. 3초 후에 폭발할 거야.”

진짜 폭탄이었네.

록은 이제 황당하기까지 했다. 그러다 무언가 생각난 듯 록의 표정이 조금 밝아졌다. 원이 휴대폰을 빌미로 자신을 귀찮게 굴면 실수로 눌렀다고 하면 될 일이었다.

“한 가지 이야기하자면 힘껏 던져야 해. 그 휴대폰이 있는 4m 근방으로는 전부 다 박살 나니까. 그러니까 정말 긴급한 순간에만 써야겠지?”

“…….”

록의 손이 가늘게 떨렸다.

무슨 수로 내가 4m를 던지니. 투포환 선수도 아니고.

이쯤 되면 휴대폰이 무섭기 시작한다.

"실수로 터질 일은 없나요?"

록이 창백한 얼굴로 물었다.

"전혀. 그 기능은 13년 전부터 있었지만, 오류를 일으킨 적 없어. 혹시 몰라 수만 번 테스트 해 봤어. 그러니까 안심해."

"네, 네."

록이 마지못해 고개를 주억거렸다.

"그리고 오늘 밤에 외출 준비해. 시장에 갈 거니까."

"외출이요?"

록이 눈을 동그랗게 뜨고서 물었다.

"팔찌 제작할 것도 사고, 다른 필요한 것들도 사야지. 답답할 테니 구경도 하고."

원의 말에 록의 입술이 자그맣게 벌어졌다.

"왜 그렇게 놀라?"

"다른 사람 같아서요."

그가 이런 배려를 할 줄 몰랐기에, 놀라웠다.

"네가 결정을 내릴 때까지 나도 할 만큼 해 보겠다고 했잖아."

원의 말에 록은 한쪽 가슴이 찡해지는 걸 느꼈다.

이 남자도 은근히 정상이구나.

"그래서 말인데, 외출할 때 내가 입을 옷 좀 골라 줘."

원이 말을 하면서 거대한 옷장 문을 열었다. 순간 록은 장롱 안에 밤바다가 있는 줄 알았다. 그러다 시커먼 하늘처럼 보인 건 검은색 목폴라 수십 장이고, 바다처럼 보인 건 곱게 개켜진 수십 개의 청바지라는 걸 알아챘다.

코스프레를 위해 같은 옷을 대량구매하다니.

록은 그 장롱을 아득한 눈으로 바라보며 생각했다.

은근히 정상은 무슨.

록은 마지못해 옷장 속의 옷들을 확인했다. 믿기 힘들게도 옷들은 몹시 미미한 차이를 갖고 있었다. 소재, 함유량, 두께, 색깔의 차이였다. 대체 왜 이렇게까지 하는 거냐, 라고 묻고 싶지만 이미 이유를 안다. 자신에게 잘 보이고 싶어 한다는 걸.

록은 고민하는 척하며 손에 잡히는 목폴라 티를 골랐다.

"이것만 갈아입으면 될 거 같아요. 바지는 괜찮아요."

"그래?"

원이 웃옷을 훌렁 벗었다. 그러자 그의 탄탄한 몸매가 드러났다.

"아니, 지금 여기서 갈아입게요?"

깜짝 놀라 눈을 가리려던 록이 말을 멈췄다. 원의 등을 가로지르는 상처가 있었다. 몸의 앞은 봤어도, 등을 보는 건 처음이었다. 험하게 살아온 만큼 그의 몸이 상처투성이일 거라는 건 예상했지만, 저만한 크기의 상처는 예상치 못했다.

"당황하는 척하면서 열심히 보네?"

"아, 아니에요."

록이 다급하게 돌아섰다. 원이 픽 웃으며 옷을 갈아입었다.

"거기 등에 상처는 왜 그래요?"

록이 창밖을 바라보며 넌지시 물었다.

"신경 쓰여?"

"그런 상처는 흔한 게 아니니까요."

"날 죽이려는 사람이 한둘이어야지."

그러니까 인생을 왜 그렇게 사냐, 라고 록은 묻고 싶었으나 참았다. 누군가가 자신에게 '넌 왜 그렇게 사니'라고 묻는다면 '열심히 살았는데 이 꼴이다.'라고밖에 답할 수 없을 테니.

인생은 그런 거다. 아무리 발악해도 정해진 수순대로 흘러가게 되는 것.

록의 오른쪽 어깨가 묵직했다. 고개를 돌려보니 원의 긴 팔에 얹혀 있었다. 록이 반대편으로 고개를 돌려 원의 옆얼굴을 보았다. 록이 바라보고 있는 곳을 흘깃 확인하던 원이 시선을 내리깔았다. 눈이 마주치자, 가슴이 철렁하고 내려앉았다.

이 남자랑 연애라…….

아득한 표정으로 생각할 무렵, 원이 근사한 미소를 지으며 말했다.

"가자, 데이트."

*   *   *

가는 날이 장날이었다. 시장엔 발 디딜 틈 없이 사람들이 바글바글 들끓었다.

축제날인지 시장 구석구석은 화려한 조명으로 반짝였다. 몇몇 사람들의 손엔 불꽃이 들려 있었다. 그들은 손을 움직여 각종 모양을 만들어 냈다.

저 멀리에선 코스프레 복장을 한 사람들이 뛰어다녔다. 모처럼 보는 활기찬 모습에 록은 금세 들떴다.

그러나 그것도 잠시. 록은 저도 모르게 원의 눈치를 살폈다. 사람이 많은 걸 질색하는 그였다. 역시나 그의 표정이 좋지 않았다. 실수로 부딪치면 팔 하나를 가뿐하게 뽑아버릴 얼굴이었다.

"집으로 돌아가요."

"왜? 바람 쐬고 싶다며."

바람 쐬려다가 사람 죽일 순 없잖아요.

록은 차마 못 할 말을 삼키며 고개를 가로저었다.

"복잡해서요. 이렇게 사람 많으면 잃어버릴 수도 있잖아요."

록의 말에 원이 손끝으로 어딘가를 가리켰다.

"저러고 다니면 되잖아."

그들의 앞으로 팔짱 낀 커플이 지나갔다.

"아니면 저래도 되고."

또 다른 커플이 손을 꼭 잡고 걸었다.

"개인적인 취향은 저거야."

원이 또 한 커플을 가리켰다. 그들은 백허그를 하고서 엉금엉금 걸어가고 있었다. 그러다 발이 꼬여 이마부터 바닥에 들이박았다. 원은 '우린 저런 일 없을 거야.'라며 확언했다.

아, 내가 왜 시장에 오자고 했을까.

록이 고민하다 말고 흠칫했다. 자신의 손을 커다란 손이 움켜쥐고 있었다.

"구경하자."

그가 록을 끌어당겼다. 그녀는 고민하다 그의 뒤를 따랐다. 모처럼 놀러 온 거고, 그가 적극적으로 나선 이상 별일은 없겠지 싶었다.

별일이 일어난다 싶으면 어떻게든 말리면 되겠지.

애써 좋게 생각하며 걷던 록은 자신이 도망칠 생각을 조금도 하지 않는다는 걸 알아채지 못했다.

시장 거리는 화려하고 활기찼다. 모처럼 대목을 맞이한 상인들은 신난 얼굴로 고객들과 흥정했다. 의외로 원은 싫은 내색 없이 순순히 길을 따라 걸었다. 자신이 구경하면 멈춰 서서 바라보기도 했다. 목이 마를 땐 열대 과일즙을 마셨다.

"필요한 건?"

원이 장식품으로 가득 찬 곳을 가리키며 물었다.

"필요한 게 있는데 그건 아니에요."

원이 무슨 말이냐는 듯 쳐다보자, 록이 머뭇거리다 한곳을 가리켰다.

"저기 좀 잠시 다녀올게요."

"혼자?"

원이 그걸 허락할 리 있겠냐는 듯한 표정으로 물었다.

"그럼 속옷을 같이 사러 가요?"

"못 할 건 뭐지?"

"……."

"어차피 알몸도 다 봤는데?"

"그건 사고였잖아요!"

록이 다급하게 주변을 살피며 소리쳤다.

"사고면 본 게 못 본 걸로 되는 건가?"

원이 재미있다는 듯 피식 웃으며 물었다.

“……안 사도 되겠어요. 그냥 알렝한테 부탁할게요.”

“들어가. 봐 줄 테니까.”

“아뇨. 안 살래요. 절대로 안 사렵니다.”

록은 고개를 크게 가로저으며, 원을 끌어당겼다. 귀까지 새빨개져서 부랴부랴 걸음을 옮기는 록을 보며 원이 픽 웃었다. 어쩔 줄 몰라 하는 모습이 귀여웠다.

길을 따라 천천히 걷던 록이 느껴지는 시선에 고개를 돌렸다. 추레한 차림의 노인이 귀퉁이에 앉아 그들을 빤히 바라보고 있었다. 그 앞에는 [도와주세요]라는 푯말이 걸려 있었다. 노인은 며칠째 먹지 못한 듯 깡말라 있었다.

록이 주머니를 뒤적거렸다. 혹시나 하는 마음에 챙겨온 비상금이 봉투째 있었다. 록이 갈등했다.

도망치려고 모은 돈인데…….

그러다 록은 결심한 듯 노인에게 다가갔다.

“어디가?”

원이 물었다.

“잠시만요.”

록은 원을 끌고서 노인의 앞으로 다가갔다. 주머니에 들어 있는 돈 봉투를 노인의 손에 쥐어 주었다.

“이걸로 따뜻한 국밥 같은 거 사 드시고, 두꺼운 옷 사 입으세요.”

노인이 봉투를 열어보더니 두 눈이 휘둥그레졌다.

“나쁜 돈 아니고, 성실히 일해서 번 돈이니까 안심하세요. 저는 더 필요 없을 것 같아서 드려요. 저보다는 어르신한테 더 필요해 보여서요. 이걸로 술 사 드시지 마시고 꼭 따뜻한 국밥 사 드세요. 아셨죠?"

록의 말에 노인이 돈 봉투와 록을 번갈아 보았다. 록은 안쓰러운 표정으로 노인을 바라보다, 눈이 마주치자 환하게 웃었다. 자신이 동정한다는 걸 알면 노인이 자존심 상할까 염려되었다. 록이 볼일이 끝났다는 듯 몸을 일으켰다.

"아가씨."

"네?"

록이 도로 돌아서서 노인을 보았다. 방금 전까지 검던 노인의 눈동자가 희뿌연 녹색으로 변했다. 록이 움찔하며 한 걸음 물러섰다.

원이 록의 어깨를 감싸 안았다. 문제가 발생하면 즉각적으로 움직일 태도를 취하는 게 느껴졌다. 록은 등에 닿은 원의 온기에 안심이 되었다.

"제대로 찾아온 거야."

노인의 목소리가 이전보다 더욱 음침하게 낮아졌다.

"네?"

"여기에 제대로 찾아왔어. 그렇지만 잘못 선택했어. 그건 줍지 말았어야지. 하나를 가지려다 모든 걸 잃을 수도 있지. 얼마 남지 않았어."

"……."

"곧이야, 곧."

노인의 눈에 핏발이 섰다. 다른 사람처럼 보이는 모습에 록의 몸이 잔뜩 굳었다. 노인은 그 말을 끝으로 눈을 스르륵 감았다. 이후 눈을 다시 떴을 때 그의 눈은 본래의 색으로 돌아와 있었다.

"그, 그게 무슨 소리예요?"

"응?"

록이 다시 물었으나, 노인은 무슨 소리를 하느냐는 얼굴로 록을 바라보았다. 그는 자신이 한 말을 기억하지 못했다.

등줄기로 자잘한 소름이 돋아 올랐다.

*   *   *

사람들로 왁자지껄한 술집 귀퉁이에 록과 원이 자리를 잡고 앉았다. 시장골목에서 꽤 멀리 떨어진 외곽임에도 사람들로 가득 차 있었다.

메뉴판을 들여다보던 록이 얼굴을 찌푸렸다. 목이 마른데 파는 건 죄다 술이었다. 주스도 없었다. 다시는 술을 마시지 않겠노라 다짐했던 터라 록은 물을 주문할 생각이었다.

"오늘은 1+1입니다. 주문하신 술로 드리겠습니다!"

원이 주문한 술로 똑같은 한 잔이 나왔다. 노인의 말 때문에 심란하기도 했던 터라 록은 결국 시원한 맥주에 입을 댔다.

시원한 맥주가 꿀떡꿀떡 넘어갔다. 한입만 하던 게 순식간에 한 잔이 되었다. 술이 들어가자 거짓말처럼 몸이 느슨해지며 편안해졌다.

이상한 일이었다. 랑이와 왔을 때보다 원과 함께 나오니 더 안심

되었다. 강한 능력 때문인지, 어떻게든 자신을 찾아낼 원의 집착 때문인지 알 수 없었다. 록이 맥주 한 컵을 거뜬히 비우고, 또 한 잔을 주문했다.

"그 할아버지는 무슨 말을 한 걸까요? 정신이 이상한 노인이었을까요?"

록이 마른안주를 집어 먹으며 걱정스러운 얼굴로 물었다.

"미래를 읽는 능력이겠지."

"그런 능력도 있어요?"

록이 깜짝 놀란 얼굴로 물었다. 원이 긴 다리를 뻗고 앉아 맥주잔을 들었다. 그가 여유롭게 맥주를 마시며 대꾸했다.

"인간계에도 과거를 보거나 미래를 보는 점쟁이가 있다고 아는데?"

"있긴 한데 확실하진 않아요. 사실 저는 그런 거 믿지도 않고요."

"이쪽엔 드물지만 있어. 대부분 말로가 좋지 못하지. 본인이 한 말을 기억 못 할 때가 많고, 안 맞을 때도 있어서 사람들이 싫어해. 저런 능력은 뜬금없이 발휘되는데다가 몇 시간씩 지속되는 경우도 있어서 멀쩡한 생활은 힘들어."

"아, 힘들겠네요."

"힘들겠지. 감당할 수 없는 능력이라는 건 그런 거니까."

원의 대답에 뼈가 있었다.

"원도…… 그랬어요? 본인 능력을 감당할 수 없었어요?"

록이 조심스럽게 물으며 그의 옷을 바라보았다. 정확히는 그 옷 안에 있을 상처를 떠올렸다. 그 정도 상처면 생사를 오갔을 거다.

흉터가 된 지 오래된 듯한 색을 띠었다.

"감당했으니 이렇게 있겠지."

"아아. 하긴."

"감당하지 않았으면 죽었을 테니까."

"……."

원이 남의 이야기를 하듯 덤덤하게 대꾸했다. 록은 어쩌면 이런 능력이 축복이 아닐지도 모른다는 생각이 들었다. 자신의 의도와 상관없이 갖게 된 능력은 인생의 판도를 바꾼다.

"히카는 내일 처리될 거야."

"그렇군요."

록이 깊게 묻지 않고 수긍했다.

"마지막으로 전하고 싶은 말은?"

"앞으로 착하게 살라고 전해 주세요. 그리고 행복했으면 좋겠다는 말도 함께요. 그런데 전해 줄 거예요?"

"아니."

"그럼 왜 물어요?"

록이 평소와 다르게 얼굴을 찌푸리며 제 의사를 드러냈다. 그가 자신을 좋아하니 죽이지 못할 거라는 생각이 들어서인지 부쩍 용감해졌다.

"네가 조금이라도 애틋한 마음을 갖고 있으면 죽여 버리려고 했지. 그런데 그런 건 없어 보이네."

"……."

원이 우아한 웃음을 지으며 말했다.

이런 남자가 자신을 좋아하는 게 다행인걸까.

록은 다시 한 번 본질적인 의문에 부딪쳤다. 그러나 티내지 않고 마른안주를 집어먹었다. 시원한 맥주 한 잔이 더 당기는 날이지만, 원에게 실수할까 봐 참고 있었다. 그런 마음을 읽기라도 한 듯, 원이 술을 두 잔 주문해 한 잔을 록에게 내밀었다.

"마셔."

"괜찮아요. 안 마시고 싶어요."

"아까 전부터 빈 술잔만 만지작대고 있던데."

"그건 손이 심심해서……."

"옆 테이블 그만 흘깃대고 마셔."

더는 변명할 말이 없어 록은 원이 권유한 술잔을 들었다. 몸은 마음을 쉽게 배신했다. 술을 한 모금 마시자 속이 시원하게 뻥 뚫렸다.

"이제 이유 좀 물어볼까? 나를 거절하는 이유가 뭐야?"

"쿨럭."

록이 고개를 들었다. 원이 좁은 의자가 불편한 듯 긴 다리를 뻗고 앉아 물었다. 목폴라 티에 턱을 살짝 파묻고서 눈만 치켜뜬 자세가 화보 같았다.

저 얼굴을 사진으로 보고만 있을 수 있으면 얼마나 좋을까.

대화주제를 바꾸고 싶었으나, 원은 그럴 생각도 조금도 없어 보였다. 결국 록은 맥주를 홀짝거리다 우물쭈물 대답했다.

"제…… 이상형이 아니라서요."

"눈이 낮은 거야, 아니면 쓸데없이 높은 거야?"

"다정한 사람이 좋아요."

"여기서 더 다정할 수가 있을까?"

원의 진심 어린 말에 록이 당황했다.

이 남자, 스스로를 다정하다고 생각하고 있는 건가.

"한시적으로 다정한 거 말고요. 평범하게 연애하고 싶단 말이에요. 실수했다간 죽을 것 같기도 하고…… 폭력적인 남자는…… 조금 그래요. 그렇지만 거절한 건 아니에요. 그냥 조금 더 생각할 시간이 필요해요."

원은 대답 대신 눈썹을 삐딱하게 올린 채, 손끝으로 테이블을 두드렸다. 이 상황이 마음에 안 드는데 참겠다는 기색이 역력했다.

술집 안은 시끌벅적한데, 마주 앉은 록과 원의 테이블은 다른 세상에 갇힌 것처럼 조용했다. 록은 자신이 괜한 말을 한 게 아닐까 걱정됐다. 그러나 지금 말하지 않았으면 더한 오해를 샀을 거라는 생각이 들었다.

애꿎은 술만 홀짝이던 록이 자리에서 일어났다.

"잠시만요."

"어디가?"

원이 순식간에 록의 손목을 거머쥐었다.

"화장실요."

록이 이런 것까지 말해야 하냐는 표정으로 바라보자, 그가 주머니에서 무언가를 내밀었다.

"가져가."

"이게 뭔데요?"

"정밀 위치 추적기."

너무 대놓고 아니니?

록은 그 말이 목구멍까지 치밀어 올랐으나, 군말하지 않고 위치 추적기를 받아 들었다. 어차피 도망갈 생각 없었다. 도망갔다가 잡히면 좋은 꼴 못 본다는 걸 알고 있었다. 그렇다고 영영 이렇게 살 수도 없는 노릇이고.

록의 머리가 복잡해졌다.

화장실에 들렀다가 나오자, 원이 웬 여자와 마주 서 있었다. 긴 생머리에 뒤태가 여자인 자신이 봐도 감탄할 정도로 아름다웠다.

"여기 처음 와요? 자주 오는데 처음 보는 얼굴이네요."

여자가 말을 하며 눈웃음을 쳤다. 여자가 원의 얼굴만 보고 마음에 든 모양이었다. 저 여자가 목숨 건 유혹을 하는구나, 생각하는 찰나 원이 싱긋 웃었다. 예상치 못한 원의 웃음에 록의 눈이 커졌다.

어? 여자의 유혹에 웃을 줄도 아는구나.

순간 록의 마음이 싱숭생숭해졌다. 역시 남자는 예쁜 여자가 이상형인 건가.

"예쁜 얼굴이네."

원의 말에 여자의 뺨이 붉어졌다. 남자의 목소리는 예상보다 더 근사했다. 여자가 더욱 대담하게 몸을 앞으로 기울여 원에게 다가갔다.

"그렇지만 내 스타일이 아냐. 돌아가."

속삭이듯 건넨 목소리에 실린 차가운 말이 믿기지 않는 듯 여자의 표정이 미묘해졌다.

"뭐라고요?"

"시야 막지 말고 꺼지라고."

"하."

여자가 기가 막히다는 듯 코웃음을 쳤다.

역시나.

록은 자신이 예상한대로 일이 진행된 대에 안도를 함과 동시에 난처해졌다.

왜 그는 돌려 거절하는 법을 모를까. 아니, 그의 성격상 안 엎은 게 다행이었다.

록이 여자를 어르고 달래 돌려보내려고 한발 내디딜 때였다.

"야! 이년아! 넌 또 여기서 뭐해!"

덩치 커다란 남자 하나가 록과 동시에 테이블에 도착했다. 얼결에 록이 한 걸음 물러섰다. 그의 기세가 워낙에 흉흉한 탓이었다.

"오, 오빠."

여자가 당황해 남자의 팔뚝을 잡았다. 그러자 남자가 여자의 머리채를 확 거머쥐었다. 여자가 악 하고 비명을 질렀다. 남자가 우락부락한 팔로 여자의 머리를 잡아 이리저리 흔들었다.

술집에 있던 사람들의 이목이 단박에 집중됐다. 몇몇은 이런 일이 흔하다는 듯 고개를 절레절레 흔들며 외면했다.

원은 그런 두 사람을 TV속 인물을 바라보듯 무감하게 바라보았다. 느긋하게 맥주까지 마시면서.

"와, 이년, 이거 또 내 뒤에서 이러네."

"뭐! 내가 일을 해야 먹고살 거 아냐!"

"내가 그 일 접으라고 했지? 돈 몇 푼 벌지도 못하면서, 돈 버는 척 몸 팔고 다닐래! 네가 좋아서 팔고 다니는 거잖아! 아오, 이년, 이거 진짜. 이번엔 어떤 새끼야? 이 새끼야?"

남자가 부리부리한 눈으로 테이블에 앉아 있는 원을 노려보고 있었다. 그 상황을 지켜보고 있던 록의 눈이 다급하게 흔들렸다.

어디서 굴러 온 돌이 죽으려고 작정하는 건가.

록이 말릴 새 없이 남자가 성큼성큼 다가가 원의 테이블을 탕 소리 나게 내리쳤다. 원목 테이블이 쩍 소리와 함께 갈라졌다. 남자의 손등에선 묘한 무늬가 반짝였다. 록은 저게 무엇을 의미하는지 자세히 알지 못했으나, 힘을 상징하는 거라는 걸 어렴풋이 알 수 있었다.

"난 그 여자랑 초면이야."

원이 덤덤한 눈으로 갈라진 테이블에서 남자로 시선을 옮기며 대꾸했다.

"초면인지, 구면인지 알 길 없고 왜 남의 여자한테 집적대냔 말이야!"

"그런 여자를? 내가? 신선한 농담이네. 그런 건 너나 좋아하겠지."

원이 혐오스럽다는 눈으로 여자를 바라보았다. 코앞에 무시당한 여자의 얼굴이 확 붉어지더니 입술을 앙 깨물었다.

"뭐?"

남자의 험악한 얼굴이 붉으락푸르락해졌다. 자신의 여자가 욕보이는 건 싫은 모양이었다.

"원!"

더는 두고 볼 수 없었던 록이 원에게 다가갔다.

"죄송합니다. 제 일행인데 뭔가 오해가 있었나 봐요."

록이 나서서 사과했다. 그러자 원이 그녀를 확 잡아당겼다. 순식간에 록이 주저앉았다. 록은 자신이 깔고 앉은 게 원의 다리라는 걸 알고 얼음처럼 굳었다.

"왜 네가 사과하지? 잘못한 건 하나도 없는데."

원이 말을 하자, 숨결이 목덜미에 닿았다.

"하, 이게 네 애인이냐?"

남자가 록의 아래 위를 살폈다. 커다란 눈에 귀염상인걸 제외하곤 특별할 게 없는 여자였다. 옷차림도 수수했다.

"별 볼 것도 없는 년이네."

남자의 말에 록은 울컥했지만, 내색하지 않았다. 지금은 이 상황을 종결짓는 게 급선무였다. 록이 자리에서 벌떡 일어나 원의 손을 덥석 잡았다.

"나가요. 어서요."

원이 묘한 눈으로 맞잡은 손을 바라보았다. 자그마한 손이 먼저 움직여 제 손을 잡은 건 처음이었다. 작은 손이 다급하게 꼼지락거리는 게 귀여웠다. 원의 입술이 느슨하게 늘어났다.

"웃어? 이 새끼가 미쳐 돌았나?"

원이 상황에 맞지 않은 웃음을 흘리자, 그걸 비웃음으로 착각한 남자가 기어코 손을 치켜들었다.

"오빠!"

"거, 그만하세요!"

여자와 손님 중 남자 한 사람이 동시에 소리쳤다. 남자가 휙 돌아섰다가, 남자를 알아보곤 멈칫했다. 이 근방을 관리하는 경찰이었다.

"한번만 더 소란피우면 내가 직접 나설 겁니다."

경찰의 제재에 그제야 남자의 기세가 수그러들었다. 그래도 화가 가라앉지 않는지 욕지거리를 궁싯거리며 뱉었다.

"원, 어서 가요."

록이 이때를 놓칠 수 없다 싶어 원을 잡아당겼다. 그가 순순히 몸을 일으켜 따라나섰다. 두 사람이 술집 문을 열고 나가려는 찰나, 분에 못이긴 남자가 컵을 집어 던졌다.

쨍그랑.

컵이 문에 맞고 깨졌다. 원이 록을 당긴 탓에 맞지 않을 수 있었다. 원이 무표정한 얼굴로 고개를 돌렸다.

"너, 이 새끼. 한 번만 더 눈에 띄면 눈알을 파버릴 테니까 그렇게 알아!"

남자가 여전히 여자의 머리채를 잡은 채 소리 질렀다. 머리채 잡힌 여자는 고통스러웠는지 울 것 같은 얼굴을 하고 있었다.

순간 원이 움찔하는 게 느껴졌다. 자신들에게 컵을 집어 던진 것에 화가 난 듯했다. 록이 원의 손을 꽉 움켜쥐었다. 자신의 힘으로 원의 움직임을 제한할 수 없겠지만, 조용히 나가고 싶다는 뜻은 전달할 수 있으리라 생각했다.

원이 록의 얼굴을 빤히 바라보았다. 그녀가 고개를 가로저었다. 아무것도 하지 말라는 록의 메시지에 원을 몸을 돌려세웠다.

문을 열고 나오자 차가운 바람이 훅 불어왔다.

“참아 줘서 고마워요.”

“참은 거 아니야. 나는 원래 무차별적인 폭력을 행사하지 않아.”

원이 근사한 웃음을 지으며 말했다.

그럴 리가.

록은 그의 말을 조금도 믿지 않았다. 다만, 자신의 말을 듣고 참아 준 그가 고맙고, 기특했다.

“아.”

거리를 걷다 말고 록이 움찔했다. 손을 들어 얼굴을 훑자 붉은 피가 묻어났다. 컵의 파편이 록의 왼쪽 뺨이 길게 그였다. 록이 가리기도 전에, 원이 그녀의 손목을 거머쥐었다. 피를 확인한 후, 몸을 핑글 돌려세웠다. 붉은 피가 송골송골 고여 있는 록의 뺨을 보며 원의 턱이 실룩거렸다.

“괜찮아요.”

록이 달래듯 말했다. 그러자 원의 표정이 금세 차분해졌다.

“근처 약국 가야겠네. 캡슐 하나 먹으면 나을 거야.”

원이 록의 얼굴을 들여다보며 말했다.

“그렇겠죠? 아, 저기 있네요. 그냥 소독하고 약만 바르면 될 거 같아요.”

원은 알겠다는 듯 고개를 끄덕이곤 록을 데리고 약국으로 향했다.

“상처가 나서요. 소독약과 바르는 연고 주세요.”

“캡슐 한 알이면 될 텐데요.”

약사가 말했다.

"먹는 건 아직까지 꺼려져서요."

"이미 안정성은 확보된 건데…… 하여튼 알겠습니다."

약사는 의아하다는 표정을 지었지만 소리 내어 말하지 않았다. 그사이 원이 약값을 계산했다.

"여기서 연고 바르고 있어. 난 잠시 다녀올게."

"어딜요?"

"전화할 곳도 있어서. 5분만 기다려."

원이 부드럽게 웃으며 울리는 휴대폰을 챙겨 나갔다. 그의 전화는 비밀스럽다. 록은 알겠다는 듯 고개를 끄덕이며 얌전히 의자에 앉아 기다렸다.

＊　　＊　　＊

빛이 들어오지 않는 좁은 골목, 쓰레기가 나뒹구는 바닥에 커다란 남자가 쿨럭하고 피를 토했다. 입술에서 타액과 섞인 피가 길게 늘어졌다.

원이 다가가자 남자가 흠칫하더니 물러섰다. 그러다 쓰레기를 잘못 밟아 볼썽사납게 넘어졌다. 남자가 일어나려 하자, 원이 남자의 다리를 걸어찼다.

"악!"

볼썽사납게 벌러덩 드러누운 남자의 머리를 원이 지그시 밟았다.

"눈치가 없으면 본능이라고 있어야지. 그게 아니면 운이라도 있던가.”

“쿨럭. 죄, 죄송……으악!”

남자가 덩치에 맞지 않게 온몸을 부르르 떨었다. 이 남자는 사람이 아니었다.

5분 전, 술집으로 돌아온 남자가 ‘사과를 하고 싶은데.’라며 말을 건넸다. 경찰의 눈치를 보느라 손을 보지 못한 게 아쉬웠던 터였는데 멍청한 놈이 다시 돌아왔다고 생각했다. 그래서 ‘기꺼이’라며 기분 좋게 따라나섰다.

여자처럼 곱상하게 생긴 외모에, 능력을 드러내는 표식조차 없었기에 만만하게 봤다. 그게 실수였다.

곱상하게 생긴 놈이 굳이 자신에게 사과하겠다고 찾아올 리가 없는데.

눈 깜짝할 새에 복부와 목이 박살 났다. 어디가 잘못된 건지 아까 전부터 입에서 피가 쏟아져 나왔다. 동시에 팔다리가 부들부들 떨렸다. 자신은 남자의 코트자락 한 번 잡아보지 못했다는 게 믿기지가 않았다.

힘하면 어디서 빠지지 않는 자신이었는데.

“죄송합니다.”

남자가 부들부들 떨며 다시 한 번 사과했다. 체면이고 뭐고 자칫하다간 여기서 죽을 판이었다.

“뭐가.”

남자가 상황에 맞지 않게 차분한 목소리로 말했다.

“자, 잔을 던지지 않았어야 했는데. 그래도 그쪽한테 던지려던 건 아니었습니다. 그 여자한테 던진 건데…….”

“내가 아까도 말했지? 눈치가 없으면 운이라도 있으라고.”

원이 조용히 말한 후, 발로 남자의 입을 걷어찼다. 순식간에 날아
간 남자가 벽에 쿵하고 부딪쳤다. 그의 입에서 피가 새어 나왔다. 원
은 의식을 잃은 남자를 보며 말했다.

“그 여자한테 던진 게, 네 실수라고.”

원의 눈이 흉흉하게 빛났다. 그는 피 묻은 신발을 바닥에 슥슥 닦
았다. 그걸로 지워지지 않자 쓰러진 남자의 옷자락에 닦았다.

옷을 탁 소리 나게 턴 그가 유유히 골목을 벗어났다.

*   *   *

“제가 할게요.”

“가만히 있어.”

록의 눈이 민망한 듯 이리저리 움직였다.

전화를 마치고 돌아온 원이 직접 약을 발라 주겠다며 나섰다. 록
이 괜찮다고 수없이 만류했으나 그는 말을 듣지 않았다. 결국 약국
에 앉아 원에게 얼굴을 맡기게 되었다.

원이 어떤 놈인지 일절 알 길 없는 약사는 ‘아름다운 커플이네요.
저도 십 년 전엔 그렇게 다정할 때가 있었는데…….’라며 아련한 표
정을 지었다. 록은 그저 영혼 없이 웃었다.

원이 약봉지에서 약을 꺼냈다.

“저…… 약은 발라 본 적 있으시죠?”

록이 조심스럽게 물었다.

"왜? 못 미더워?"

"하……하."

록이 대답을 피하려는 듯 어색하게 웃었다. 원이 소독약을 꺼내 록의 얼굴에 조심스럽게 발랐다. 자주 해 본 듯 행동이 자연스러웠다. 록이 놀란 표정으로 바라보자, 원이 눈을 접으며 웃었다.

"형이 자주 다쳤어. 형 연고 발라 주는 건 내 몫이었고."

"아……."

록은 원에게 형이 있었다는 걸 떠올렸다. 히카 때문에 능력을 잃고 유유히 사라졌다는 사실도.

원의 상처를 치료하는 기술은 으뜸이었다. 소독약이 흘러내리지 않을 양만큼 조절해서 사용했고, 연고 또한 답답하지 않을 만큼 얇게 발랐다.

"감사합니다."

약국에서 나오며 록이 방긋 웃었다. 그러자 원이 록에게 팔을 내밀었다. 팔짱 끼라는 듯 자세였다. 왠지 거절하면 백허그를 하자고 덤빌 것 같아, 록은 순순히 그의 팔을 잡았다.

코트 너머로 단단한 그의 팔이 느껴졌다. 동시에 희미한 온기가 느껴졌다. 추운 겨울이라 그런지 그의 온기에 기분 좋아졌다.

이 남자도 사람이구나. 그런데 왜 이런 성격이 된 걸까. 아주 가끔 정상적인 모습을 보여 주는 걸 보면, 멀쩡해 보이는데. 과거에 힘든 일이라도 있었던 걸까.

록은 처음으로 그의 과거에 대해 궁금해졌다.

"히카한테 초능력을 빼앗겼다는 형은 어떻게 됐어요?"

록이 나란히 걸으며 조심스럽게 물었다.

원이 그건 왜 묻냐는 듯한 얼굴로 바라보았다.

"그냥 궁금해서요. 갑자기 생각나기도 하고."

록의 말에 원이 입을 열었다.

"죽었어. 4년 전쯤에 산에서 토막 난 채 발견됐어. 이유는 도박 빚을 갚으려고 조직에 몸담은 녀석의 개인 자금을 들고 도망쳤다더군. 멍청하게."

고요한 골목으로 원의 덤덤한 목소리가 들렸다. 록이 한 박자 늦게 고개를 돌렸다. 무심한 표정이었는데 인적 드문 골목의 분위기 때문인지 쓸쓸해 보였다.

"아……."

록이 당황해 아무 말도 하지 못했다.

"다행히 고산지대라 시체가 얼어있더라고. 얼굴은 대충 알아볼 수 있었어."

원이 남의 이야기를 전하듯 말했다.

"음, 어떻게 그런 일이…… 범인은 잡았어요?"

"일주일 후에 바로. 뻔하게도 그 조직 간부였어."

무능력 상태로 행방이 묘연해진 그가 할 수 있는 일은 범죄뿐이었다. 각종 범죄를 하다, 도박에 손을 대게 되었다. 이후 일을 돕는 조폭 간부에게 처참한 꼴을 당했다. 뻔하디뻔한 이야기였다.

"……그랬군요."

록은 범죄자의 생존 여부를 묻지 않았다. 어떻게 됐을지 짐작이

갔다. 천이에게 언뜻 들었던 적이 있었다. 몇 해 전 원이 이성을 잃어서 사람 하나를 무참히 박살 낸 적 있었다고. 그 이후로도 원의 분노가 가시지 않아 주변의 모두가 한동안 힘들었다고 했다. 그때 그 일이 이 일인 모양이었다.

"괜한 걸 물어서 미안해요."

록이 민망함에 뺨을 긁적거리며 사과했다.

"반응이 그게 다야? 그러라고 한 말이 아닌데?"

"제가 뭘 해야 하죠?"

록이 고민에 잠긴 듯 눈을 데굴데굴 굴렸다.

"이럴 땐 위로를 해야 하는 거 아닌가? 보통은 그렇잖아."

"때때론 원치 않는 위로가 되레 상처를 만드는 법이니까요. 그래서 아무 말 못 했어요."

"해 봐. 위로라는 거 좀 받아 보게."

원이 눈을 내리깔며 말했다. 습관처럼 미소를 짓고 있긴 하나, 왜인지 가슴이 아릿해지는 웃음이었다. 록이 손을 들어 원의 등에 가져다 댔다. 그러곤 어린아이를 달래듯 그의 등을 토닥토닥 두들겼다.

"뭐라고 위로를 해야 할지 모르겠네요. 저도 가족을 잃어 봐서, 물론 가족이라고 하기엔 애매한 사람이긴 했지만. 하여튼 잃어 봐서 그 느낌 말로 안 해도 잘 알아요."

록이 한층 낮아진 목소리로 말문을 열었다. 자신을 줄기차게 패던 아버지가 어느 날 목을 매고 죽었다. 처음엔 후련했다. 이 사람에게서 벗어나 자유를 얻었다는 사실에 안도한 것도 잠시였다. 옷

을 아무리 껴입어도 추웠다. 아버지가 다시 살아 돌아오길 바라거
나, 그 사람에 대한 그리움이 아니었다. 그것과 별개의 근원적인 외
로움이었다.

"이런 위로 말고."

"네?"

록이 무슨 소리냐는 듯 바라보았다. 원이 걸음을 멈춰 세웠다. 한
박자 늦게 록이 멈춰 서자 마주 보게 되었다.

"위로의 기본은 몸으로 해 주는 거라던데."

"모, 몸요?"

몸의 대화? 위로 한 번 하자고 그런 짓을 한단 말이야? 이 세계는
위로방법이 그래?

록이 깜짝 놀라 쳐다보자, 원이 픽 웃었다.

"포옹 말이야."

"아! 하아, 누가 그래요?"

록이 가슴을 쓸어내리며 물었다.

"어디선가 본 거 같은데."

원이 그림처럼 부드럽게 웃으며 말했다.

사리사욕을 채우는 것처럼 보이는 건 기분 탓일까.

"각종 매체에선 위로를 포옹으로 하던데. 가슴과 가슴이 맞닿아
야 진실한 위로가 전해진다며?"

위로를 매체로 배운 남자 같으니.

"뭐해?"

원이 두 팔을 벌렸다. 록이 눈썹을 찌푸리며 어쩔 줄 몰라 했다.

그런 록을 보며 원이 픽 웃었다. 록이 저절로 자신에게 안길 리가 없다. 호랑이 굴에 스스로 발을 디딜 만큼, 그녀는 어리석지 않다.

알면서도 쓸쓸해져 원이 눈을 내리깔았다. 벌려진 코트 자락으로 겨울의 찬바람이 몰려들었다.

쓸모없는 짓을 했네.

그 생각을 하며 팔을 내리려 할 때였다. 록이 달려와 있는 힘을 다해 안겼다. 혹시나 하는 마음에 온 힘을 풀고 있던 원의 몸이 휘청하며 벽에 부딪쳤다. 등이 아릿할 만하건만, 원은 아무것도 느끼지 못했다.

원의 시선이 자신의 가슴에 얼굴을 파묻고 있는 자그마한 머리에 닿았다.

믿기지 않았다. 록이 스스로 자신에게 안겼다는 게.

"괜찮아요."

"……."

"앞으로도 다 괜찮을 거예요."

흔하디흔한, 별것 아닌 위로였다. 고작 그 위로에 원의 입술이 저도 모르게 늘어났다. 동시에 눈초리가 아래로 내려갔다.

록이 자신에게 안기기 직전, 그는 록이 자신을 받아들일 때까지 기다리겠다고 한 말을 후회했다. 자신답지 않은 결정이라 생각했다.

사람의 마음이란, 보이지 않는 것. 그걸 가져 보려는 것 자체가 어불성설이라 여겼다.

그래서 집으로 돌아가면 록의 마음을 포기하려 했다. 자신이 처음으로 욕심낸 사람이지만, 죽을 때까지 자신의 곁에 있게 될 테니 그만큼만 해도 괜찮은 거라고, 여기려고 했다.

본래 자신이 그러하듯 못되고 잔인하게 다루더라도, 그건 록이 감당할 문제라 선 그으려 했다.

그런데 이래버리면……

보이지 않는 마음이 또 욕심난다.

원의 눈빛이 흐릿해졌다. 그는 몸에 힘을 푼 채 벽에 기대섰다. 록의 몸이 딸려 왔다. 작은 몸이 숨을 내쉴 때마다 미미하게 움직였다. 그때마다 잔잔한 열기가 옷 너머로 흘러 들어왔다.

얼마 만인지 모르겠다. 사람의 온기를 제대로 느껴 본 것이.

원이 손을 들었다. 거짓말처럼 손끝이 미미하게 떨리고 있었다. 이 작은 여자 때문에 자신이 떨고 있다니.

"하아."

한숨을 쉬듯 뱉는 원의 웃는 목소리에, 록의 몸이 흠칫했다.

록은 자신이 원을 껴안고도 잘한 짓인지 상황파악이 되질 않았다.

단지 그 순간 그냥 내버려 둘 수가 없었다. 두 팔을 벌린 채 처연하게 눈을 내리깐 모습이 손끝 시리게 외로워 보였다. 그래서 저절로 발이 움직였고, 팔이 그를 껴안았다. 공허함 외로움에서 벗어나길 바랐다.

그런데 어떻게 벗어나지?

얼결에 박치기하듯 원을 끌어안았는데, 어떻게 빠져나와야 할지 모르겠다. 록이 조심스럽게 팔에 힘을 풀었다.

툭.

그 순간, 어깨에 닿는 원의 이마에 록의 움직임이 멈췄다. 몸에 힘을 푼 그가 완전히 록에게 기댔다. 그의 머리카락에서 흘러나오는 부드러운 향기가 코끝을 스치고 지나갔다.

몹시 강하게 내리친 겨울바람도 느끼지 못할 만큼, 아득한 기분이 들었다. 시간, 바람, 심장이 모두 멈춘 것 같은 순간이었다. 머릿속마저 안개가 찬 듯 멍해졌다.

"네가 있으면 그럴 거 같다."

정지된 모든 순간을 뚫고, 그의 목소리가 전해졌다.

"네가 있으면…… 괜찮을 거 같아."

속삭이듯 흘린 목소리가, 귀를 타고 흘러내려 와 가슴에 맺혔다.

쿵—

순간 록의 심장이 깊은 곳으로 떨어져 내렸다.

*　　*　　*

원이 책상에 걸터앉아 팔짱을 꼈다. 그는 느긋한 얼굴로 벽에 걸린 남자를 쳐다보았다. 피투성이의 몰골을 한 남자는 입에 자살방지용 재갈을 물고 있었다. 새하얀 벽에 피범벅이 된 남자는 눈살을 찌푸릴 만큼 처참했다.

"안녕."

원이 히카를 향해 인사를 건넸다. 며칠 만에 쬔 빛에 흠칫하고 놀란 히카가 힘겹게 눈을 떴다. 퉁퉁 부운 눈에 금세 핏발이 섰다. 그가 짐승 울부짖는 소리를 내며 온몸을 비틀었다.

"아직까지 그럴 힘이 있나 봐."

원이 설핏 웃으며 히카에게 다가갔다. 그의 입에 물려진 재갈을 벗기자 그가 쉰 소리를 냈다.

"록! 록은! 록, 어쨌어!"

히카가 악을 쓰며 물었다. 몸에서 피어오르는 살기가 상당했다.

"어쨌을 거 같아?"

원이 비죽이 웃었다.

"죽였어? 설마?"

"그럴 리가. 어제 데이트도 다녀왔는데."

데이트, 라는 말에 히카의 눈에 핏발이 섰다. 자신에게 록은 하나밖에 없는 사업동료이자, 자신이 유일하게 편히 만질 수 있는 사람이었다. 거기다 인간계에서 온 신비로운 생명체이기까지 했다. 그런 여자를 빼앗겼다는 게 믿기지 않는다는 듯 히카가 온몸으로 발악했다.

"이익! 록! 어디 있어? 이 개새끼야! 록을 내놔! 록은 처음부터 내 거였어. 인간계에서 내려왔을 때부터 내가 키우고 돌봐 줬어."

그가 발악할 때마다 그의 손목을 억압해 놓은 가죽 끈이 정신없이 흔들렸다. 그런 히카를 원이 무심한 눈으로 바라보았다.

"나한테 대체 왜 이래! 내가 뭘 어쨌다고 이래! 혹시 너도 나한테 능력을 사간 놈이야? 더 많은 능력캡슐을 가지려고 그래? 그럼 날 이렇게 대하면 안 되지. 내가 죽으면 곤란한 건 네 쪽 아닌가?"

"고작 3류 능력 따위를 사려고 내가 그 인력과 시간을 투자했을 거 같아?”

“그럼 록이 목적이야?”

그의 눈이 날카롭게 빛났다.

“록 이야기는 차차 하고, 심이현이라고 기억해? 아, 이름은 모르겠구나. 이름 보고 도적질하는 건 아닐 테니. 신로 64번이라고 하면 기억나?”

원의 물음에 히카가 무슨 소리냐고 말을 하려다 멈칫했다. 아주 오래 전, 우연히 들린 마을에서 한 아이의 능력을 훔친 적 있었다. 이후 그곳을 떠나 한참 후에야 소식을 듣게 되었다. 괴물 같은 능력을 지닌 남자애가 나타났다고. 그 능력을 찾아 다시 돌아갔을 때, 그 남자애는 없었다. 이후 온데간데없이 사라져 죽었을 거라 생각했다.

“설마……."

히카가 말끝을 흐리며 원을 훑었다.

“그때 넌 무능력자였는데?”

히카의 눈이 가늘게 흔들렸다.

“그랬었지. 덕분에 각성했고.”

원이 낮은 목소리로 말을 꺼냈다. 각성 후, 자신의 삶이 얼마나 피폐했는지에 대한 입에 담지 않았다. 그런 이야기까지 들려줄 생각 없었다.

“마지막엔 네가 왜 이 꼴을 당했는지에 대해선 제대로 알아야 할 것 같아서 시간을 내준 거야. 덕분에 록을 만나게 됐으니 감사인사도 할 겸.”

“이익!”

히카는 원의 이야기에 거칠게 저항했다. 그러나 그는 개의치 않고 주머니에서 캡슐과 장갑을 꺼냈다. 장갑을 낀 그가 히카의 턱을 잡아끌어 내렸다.

“으, 으윽!”

있는 힘을 다했으나, 히카의 속수무책으로 벌려졌다. 사람의 힘이 맞는지 의심스러울 만큼 강한 힘이었다. 히카의 입이 쩍 벌어지면서 볼썽사납게 침이 주르륵 흘러내렸다. 원이 얼굴을 찌푸리며 목구멍 깊은 곳에 알약을 집어 던졌다.

“이걸 먹으면 폭발해. 장기가 조금씩 찢어져서 차라리 죽었으면 싶을 만큼 아플 거야.”

원의 덤덤한 말에 히카의 몸이 부르르 떨렸다. 공포에 젖은 그의 눈을 보며 원이 픽 웃었다.

“장난이야. 그렇게 쉽게 죽이진 않지.”

원이 또 한 알을 히카의 목구멍에 던졌다. 뱉고 싶었으나 반사적으로 숨을 쉬다 알약을 삼켰다. 원은 이후 알약을 다섯 알쯤 넣은 후, 히카의 눈을 쳐다보았다.

“록이 누군지, 네가 누군지, 네가 어떻게 살아왔는지 모두 다 잊게 될 거야. 그리고 네 머리엔 앞으로 아무것도 남길 수가 없어. 누가 시키는 대로는 움직여도, 스스로 상황 판단을 해서 움직일 순 없단 말이야. 즉, 남은 여생을 인형처럼 사는 거지.”

원의 말에 히카의 눈이 부릅떠졌다. 원이 그의 입을 닫았다. 아무리 턱을 버리려고 해도 꼼짝도 할 수 없었다. 히카의 몸이 바들바들 떨리더니 이윽고 눈에 눈물이 고였다.

"츠르리 주거."

차라리 죽여.

꽉 눌려진 입술 새로 죽여 달라는 말이 새어 나왔다. 원이 웃었다.

"죽는 건 너무 쉽잖아."

원의 말에 히카의 핏발 선 눈에서 눈물이 주르륵 흘러내렸다. 그는 자신의 기억이 지워지는 데 공포를 느끼고 있었다.

얼마 지나지 않아 벽이 울릴 정도로 히카의 몸이 진동하기 시작했다. 그가 비명을 내지르며 몸을 비틀었다. 삼킨 약이 나오지 않는다는 걸 알면서도 그는 울며불며 사라질 자신의 기억에 매달리고 있었다.

한참 만에 히카의 몸이 축 늘어졌다. 다시 눈을 뜨면 히카의 기억은 완전히 지워져 있을 것이다. 자신이 왜 사는지도 모른 채 살게 될 거다.

복수는 이토록 허무하다.

원은 책상에 걸터앉아 늘어진 히카의 모습을 바라보았다. 원은 히카의 모습 위로 한 여자를 겹쳐 보았다.

'널 잊으라고? 다른 사람도 아니고 너를? 내가 왜? 아니. 난 그렇게 못 해. 죽어도 그렇게는 안 해! 하아, 제발. 제발…… 원, 네 말 잘 들을게. 다시는 안 그럴게. 한 번만 용서해 줘. 응?'

여자는 울고, 빌고, 마지막엔 악을 쓰듯 소리치고 자리를 박차고 나갔다. 그리고 그날 밤, 여자는 자살을 택했다. 자신의 관용을 자살로 답하는 여자를 이해할 수 없었다. 자신은 차라리 누군가가 죽여 주었으면 하는 삶을 살았다. 자신의 머릿속에 담긴 무의미한 기억들과 정보를 지울 수만 있다면 그러고 싶었다.

그러나 기억상실 약은 인간의 능력에서 추출된 만큼, 그의 기억을 지울 만큼 강하지 않았다. 결국 기억을 잊기 위해선 죽는 수밖에 없었다.

"이제 조금은 알겠어. 얼마나 무서운 건지."

원이 나지막한 목소리로 중얼거렸다.

눈을 감았다 다시 눈을 떴을 때, 자신을 바라보던 록의 눈동자를, 자신을 안아 주던 품을, 자신에게 말하던 목소리를 잊어야 한다면……

그건 자신에게 죽음보다 더한 지옥이었다.

4장

잠에 든 록이 얼굴을 찌푸렸다. 머리를 바늘로 찌르는 듯한 통증이 일었다. 날카로운 무언가가 잠겨 있는 구석을 콕콕 찌르는 느낌. 그 지독한 통증을 견디지 못한 록이 눈을 번쩍 떴다.

"하아."

저절로 한숨이 새어 나올 만큼 통증이 상당했다.

"으…….'

몸을 억지로 일으킨 록이 관자놀이를 꾹 눌렀다. 이틀 전부터 부쩍 두통이 심해졌다. 간간이 두통이 있긴 했지만, 몇 분 지나지 않아 사라지는 정도였는데 이번엔 아니었다. 록이 머리를 쥐어 잡은 채 고개를 절레절레 흔들다가 뚝 멈췄다.

머리가 아파서 환각을 보는 걸까.

자신의 방에 없던 티테이블이 생겼다. 그 티테이블에 검은색 목폴라 티를 입은 남자가 긴 다리를 뻗은 채 태블릿 PC 같은 걸 들여다보고 있었다.

"일어났어?"

록의 움직임을 알고 있었다는 듯, 원이 고개를 돌리며 물었다.

환각에 이어 환청인가.

"머리 아파?"

원이 한 번 더 묻고 나서야 록은 이것이 현실임을 알았다. 이른 아침부터 그는 조금의 흐트러짐 없이 완벽한 자세를 고수하고 있었다. 록이 다급하게 머리를 쓸어 넘겼다. 자다가 뒤척였는지 머리카락이 이리저리 뻗쳐 있었다.

"그 테이블은 뭐고, 여긴 왜 있어요?"

록이 퉁퉁 부운 눈으로 물었다. 그에겐 한눈에 담기에도 벅찰 만큼 어마어마한 규모의 서재가 있었다. 침실 또한 언제든 일을 할 수 있게끔 구성되어 있었다. 그런 그가 굳이 비좁은 티테이블에 앉아 일을 하고 있다는 게 이해가 안 됐다. 더군다나 얼마 전 티테이블의 다리가 부서져 버렸었다.

"잠이 안 와서."

"그래서 남의 방에 티테이블 가져다놓고 일하고 있다고요?"

"어."

"좁지 않아요?"

"그래서 오늘 오후엔 책상을 들여놓을까해. 이쯤이 좋겠지?"

"……."

상대방이 지나치게 뻔뻔하니, 화를 낼 힘조차 나지 않았다. 사실 화를 낼 수 있는 입장도 아니었다. 이 집의 소유주는 엄연히 원이었으므로, 그가 이 집에 무슨 짓을 하든 자신은 할 말이 없었다.

"잠이 안 오면 간단히 산책을 하거나 따뜻하게 데운 우유를 먹으면 잠이 온대요. 그게 아니면 운동을 하셔도 좋고요."

"정말 잠이 안 와서 여길 온 거 같아?"

방금 네 입으로 그랬잖아요.

록은 순간 울컥했다. 그러나 의자에 삐딱하게 기대앉아 자신을 빤히 쳐다보는 원의 눈빛이 진지해서 아무 말 하지 못했다.

"그럼요?"

"자다가 생각나서."

"……."

"그리고 자주 봐야 정이 들 거 아냐."

원의 말에 록이 마른침을 꼴깍 삼켰다. 그가 한 박자 늦게 입술의 호를 그리며 웃었다. 장난처럼 웃었지만, 방금 건넨 말이 진심이라는 것이 느껴졌다.

숨만 쉬고 있었는데, 가슴이 돌이 걸린 것처럼 빽빽했다. 진심의 무게란 생각보다 무겁다.

자리에서 일어난 원이 낮은 발소리를 내며 다가왔다. 원이 침대에 걸터앉았다. 세수도 못 한 몰골이 부끄러워 록이 손으로 얼굴을 가렸다.

"아, 잠시만요."

"왜?"

"전 씻지도 못했는데 이건 불공평하잖아요."

록이 투덜거리자, 원이 손을 뻗어 그녀의 이마를 짚었다.

"열은 없는데, 단순 두통이야? 약은?"

머리를 쥐어짜는 모습을 본 모양이었다.

"조금 있으면 괜찮아져요. 얼마 전부터 미미하게 아픈 건데 신경성인가 봐요."

"약 챙겨 먹어."

"네. 이제 괜찮으니까 손 좀……."

록이 고개를 뒤로 젖혔으나, 이마에 붙은 원의 손은 떨어질 줄 몰랐다. 록이 침대에서 나갈까를 고민할 때였다.

"아, 눕히고 싶다."

"……."

원의 뜬금없는 말에 록의 어깨가 뻣뻣하게 굳었다. 록이 얼굴을 가린 손가락을 슬쩍 벌려 원을 쳐다보았다. 그가 자신을 빤히 쳐다보고 있었다.

어떻게 아침부터 맨 정신에 저런 말을 막 할 수가 있지?

"이제 대답 슬슬 할 때 됐잖아. 언제까지 기다리게 할 거야?"

원이 미소를 그리며 물었지만, 목소리엔 날이 서 있었다. 그도 슬슬 인내심이 바닥나는 모양이었다.

"그건……."

록이 말끝을 흐렸다.

자신도 그를 꽤 기다리게 했다는 걸 인지하고 있었다. 알면서도 대답할 수 없었다. 그를 거절하면 죽을 것 같고, 그렇다고 덜컥 사귀자니 무서워서 죽을 것 같았다.

지금은 원이 다정한 가면을 쓰고 있지만, 기본적인 성향은 폭력적이고 무심한 사람이었다. 제 뜻대로 되지 않으면 해결보단 제거하는 쪽을 택하는 사람이었다.

이런 사람과 교제하다가, 그의 마음이 다하면 어떻게 될지 뻔했다. 자신은 기억이 지워진 채 부랑자로 버려지거나, 혹은 죽게 될 게 뻔했다. 그래서 어느 쪽도 대답할 수가 없었다. 그저 하루를 연명하며 살아갈 뿐.

"이틀 줄게."

원의 말에 록의 손끝이 뻣뻣해졌다.

"이제 더는 못 기다리니까 결정해."

원의 마지막 통보가 떨어졌다. 록은 그의 결정을 원망할 수 없었다. 그는 최선을 다했다. 자신을 위해 스타일도 바꾸고, 외출도 곧잘 시켜주는 그였다. 저 성격에 이만큼 배려하고, 인내했다는 것만으로도 대단했다.

다만.

알면서도 쉽사리 아무 말을 할 수 없었다. 원이 록의 손을 끌어내렸다. 얼굴을 마주 보았다.

"8시다."

원이 언제 진지했냐는 듯 입꼬리를 늘이며 웃었다. 록이 머뭇거렸다. 이젠 인사처럼 흔한 고백인데, 마음처럼 쉽게 나오질 않는다. 한참 만에 록이 입술을 열었다.

"좋아해요."

이 말이 이젠 참 어렵다.

"나도."

이런 대답을 자연스럽게 하며 웃는 이 남자 때문에.

＊　　＊　　＊

록이 무릎을 굽히고 앉아 땅에 떨어진 가지를 들었다. 바짝 마른 나뭇가지에 잎사귀 몇 개가 달려 있었다.

"사귄다, 안 사귄다, 사귄다, 안 사귄다. 사귄……다. 아악!"

록이 마지막 잎사귀를 잡고서 우울한 표정을 지었다.

정말 사귀는 것만이 답일까.

그녀는 바짝 메마른 잎사귀가 자신이라도 되는 양 처연한 표정을 지었다.

"뭘 그렇게 고민 중이신가요?"

"아, 깜짝이야."

갑작스레 나무 사이에서 쑥 튀어나온 알렝 때문에 록이 그 자리에 주저앉았다. 엉덩이가 얼얼했다. 성큼 다가온 알렝이 그녀에게 손을 내밀었다.

"많이 놀라셨나 봅니다. 잡초를 뽑던 중이었거든요. 일부러 인기척을 냈는데도 모르셨나 봅니다."

"아무 소리도 안 났어요."

"앞으로 록에게 갈 땐 조금 더 큰 소리를 내도록 하겠습니다. 죄송합니다."

“네. 부탁드릴게요. 그리고 저도 죄송합니다.”

알렝의 손을 잡고 일어난 록이 그에게 굽실 인사를 했다. 자신 때문에 알렝도 놀랐을 거라는 판단에서였다. 록이 옷에 묻은 흙을 툭툭 털었다.

“그래서 사귀실 건가요?”

알렝의 갑작스러운 질문에 록이 고개를 번쩍 들었다.

“네?”

“사귄다, 로 결정 나신 것 같아서요. 순수한 영혼의 결합이라니. 정말 축하드립니다. 좋은 결정하신 겁니다.”

알렝이 우아하게 박수를 치며 축하해 주었다. 순수한 영혼의 결합, 이라는 부분에서 기분이 미묘해졌다.

“아뇨. 아직 결정한 건 아니에요.”

“그래요? 이미 사귄다로 마음이 기울어진 것 같던데. 제 착각이었나요?”

“사귀겠죠. 결국은 그렇게 되겠죠. 그런데…… 하아, 조금 복잡하네요.”

“록도 착한 사람이고, 원도 좋은 사람이니 잘 만날 겁니다. 보기에도 잘 어울리고요.”

“알렝. 이전부터 궁금한 게 있었는데 진심으로 원이 좋은 사람이라고 생각해요? 아까 순수한 영혼이라는 것도 그렇고요.”

알렝은 언제나 원을 성자처럼 묘사했다. 처음엔 고용된 자의 립서비스인 줄 알았다. 그러나 그러기엔 알렝의 표정은 언제나 진지하고, 더없이 순결했다.

“네. 원은 제가 알고 있는 사람 중 가장 순수한 영혼이죠.”

“저…… 혹시, 원을 자선사업가로 알고 계신가요?”

“아뇨. 무슨 일을 하는지는 저도 잘 알고 있습니다. 제가 모를 리가 없죠.”

알렝이 느긋하게 웃으며 대답했다. 록이 미묘한 표정으로 알렝을 바라보았다.

이분도 머리를 크게 다치신 건가, 하는 의심이 들기 시작했다. 그러기엔 그는 완벽한 업무능력을 자랑했다. 거기다가 원이 성격상 머리 다친 사람을 계속 고용할 리 없었다.

“제가 이상해 보이나요?”

알렝이 웃으며 물었다.

“아뇨. 그런 건 아닌데…… 사실 조금 그래요.”

록이 순순히 실토했다. 그러자 알렝이 빙긋 웃었다. 그는 우아한 몸놀림으로 흰 장갑을 벗으며 말했다.

“그렇게 생각하실 수도 있겠군요. 그런데 사람마다 ‘좋다, 혹은 괜찮다’의 기준이 각기 다르잖아요. 제 기준에서 원은 좋은 사람입니다.”

“왜요?”

록이 도무지 이해할 수 없다는 표정으로 되물었다.

“제게 좋은 사람은, 앞뒤 다르지 않고 솔직하게 드러내는 사람입니다. 앞에서 다정해도 뒤에서 험담한다면 그 사람은 최악이죠. 원이 무기 관련 사업을 하지만, 단 한 번도 계약을 위반하거나 일방적인 통보를 한 적 없습니다. 사람을 다치게는 해도 쉽게 살생하진 않죠. 그리고 살생의 값이 얼마나 큰지 본인도 스스로 자각하고 있습니다."

"……."

"자신에게 덤비는 사람은 가만두지 않아도, 쓸데없이 본인의 힘을 과시하러 다니지도 않죠. 물론 화풀이 삼아 테러집단을 진압하러 갈 땐 있지만, 민간인은 절대 다치지 않도록 조심하고요. 그는 본인이 가진 힘의 위험성을 누구보다 잘 알고 있거든요. 또, 조직이 철저한 계약에 의해 굴러간다는 걸 알지만, 한 번씩 배려를 보일 때도 있죠. 그래서 저는 원이 좋은 사람이라고 생각합니다."

"……그렇게 말씀하시니까, 또 그런 거 같기도 하네요."

록이 작은 목소리로 중얼거리듯 말했다. 알렝의 눈에 비춰 보인 원의 모습은 중도를 지킬 줄 아는 멋있는 사람이었다. 록을 보며 알렝이 빙긋 웃었다.

"혼란스러운가요?"

"네. 그러네요. 같은 사람을 겪은 건데 전혀 다른 사람에 대해 설명하는 것 같아요."

"사람은 자기가 보고 싶은 면으로 보죠. 특히 강하게 인식된 이미지대로 볼 확률이 높습니다. 그 때문에 다른 면을 보지 못하는 거죠. 마치 이 집처럼요. 이 집은 앞에서 보면 황량하고 거대하기만 합니다만, 조금만 각도를 틀어서 보면 숲길이 보이고, 뒷산이 보이죠. 그제야 자연 속에 파묻힌 이 집의 가치가 보이는 법입니다. 사람도 마찬가지입니다. 그 사람에 대해 알고 싶으면 둘러보고, 다시 보고, 한 번 더 봐야 알 수 있죠."

“…….”

“그래야, 좋은 사람을 놓치지 않으니까요.”

알렝의 말에 록이 입술을 꽉 다물었다. 그가 하고자 하는 말을 록은 한 번에 알아들었다.

“잘 알아들었어요. 알렝. 조언 감사합니다.”

“제 별 볼 일 없는 이야기를 들어줘서 고맙습니다. 잔소리처럼 들리지 않았을까 내심 걱정했거든요.”

“절대 아니에요. 걱정하지 마세요.”

알렝은 다행이라며 빙긋 웃었다. 알렝이 숲길을 떠난 후, 록은 그곳에 홀로 남았다. 느릿하게 숲길을 걷던 록이 자그마한 꽃 앞에 섰다. 겨울에 피는 꽃으로, 이제 막 꽃망울이 맺혀 있었다. 피어나려면 며칠 기다려야 할 것 같았다.

록은 그 꽃을 바라보다 눈을 감았다. 겨울의 찬바람이 얼굴을 스쳐 지나갔다.

“하아.”

찬바람을 깊게 들이마신 후, 길게 내뱉었다.

처음부터 답은 정해져 있었다. 원은 자신이 말해 주길 기다리고 있는 거다. 답지 않은 인내심까지 발휘해 가면서.

“말해야겠지? 그래. 그래야…… 웃.”

이런저런 생각을 하던 록이 얼굴을 찌푸리며 머리를 거머쥐었다. 수십 개의 바늘이 머릿속을 헤집고 다니듯 통증이 이어졌다. 갑자기 바닥이 울렁거리며 속이 메슥거렸다.

“으으.”

그 자리에 털썩 주저앉은 록이 머리를 거머쥐었다. 눈을 뜨자 세상이 뱅글뱅글 도는 것 같아 눈을 질끈 감았다. 숨을 못 쉬도록 아프니, 비명도 지를 수가 없었다. 머리가 터질 것처럼 아팠다. 아침의 두통과는 비교도 할 수 없을 만큼 거센 세기였다. 찬바람을 맞는 록의 얼굴엔 땀이 송골송골 맺혔다.

"으읏―"

얼마간 파르르 떨던 록이 지친 얼굴로 눈을 떴다.

"하아…….."

덜덜 떨며 숨을 뱉던 록이 지친 눈을 감았다가 떴다. 통증은 사라졌지만, 두려움이 몰려들었다. 자신의 몸에 무슨 일이 일어나고 있는 건지 덜컥 겁이 났다. 자리에서 비틀거리며 일어나던 록은 무언가를 보고 눈을 가늘게 떴다.

방금 전까지 꽃망울이었던 꽃이 활짝 피어 있었다. 느릿하게 걸어간 록이 꽃을 들여다보았다. 확실히 방금 전까지 자신이 들여다보던 붉은 꽃망울이었다. 꽃을 바라보던 록의 눈동자가 흔들렸다.

"……뭐야? 이게 왜 갑자기 피어?"

록이 믿을 수 없다는 표정으로 중얼거렸다.

"뭐야."

갑작스레 들리는 목소리에 록이 고개를 들었다. 그곳에 원, 크리스, 천이가 서 있었다. 그들의 얼굴이 역광 때문에 제대로 보이지 않았다. 록은 손끝으로 꽃을 가리켰다.

"내가 부르르 떠니까, 꽃이 피었어요. 누가 보면 나한테 꽃피우는 초능력 생긴 줄 알겠어요. 그죠?"

록이 어딘가 지쳐 보이는 얼굴로 웃었다. 그러나 그 누구도 따라 웃지 않았다. 심각한 분위기를 감지한 록의 얼굴이 차츰차츰 굳었다.

"……방금 그거 너야?"

무섭게 가라앉은 목소리가 찬바람을 타고 퍼졌다.

＊　　＊　　＊

쿵—

공기의 진동이 집을 울렸다. 한 박자 늦게 창문이 잘게 떨렸다. 백지에 목표물 지정 미사일 설계를 그림 그리듯 그려 넣던 원이 펜을 떨어뜨렸다.

이 집에서 처음 느낀 강력한 기운이었다. 이런 기운을 갑작스레 터져 나왔다는 건 대체로 기운 마찰이 일어났을 때였다.

서쪽 숲길에서 터져나온 기운이라는 걸 안 원이 몸을 일으켰다. 빠르게 계단을 내려가던 그는, 때마침 나오던 크리스와 천이를 마주했다. 천이는 뒤늦은 식사를 하고 있었는지 입 안에 음식물이 가득했다.

"뭔데? 네가 그런 거 아니었어? 나는 네가 뭔가 개발하다가 터트린 줄 알았는데? 아니야?"

천이가 2층에서 내려온 크리스를 보고 깜짝 놀란 표정을 지었다.

"나 아냐. 방금 그거 뭐야?"

크리스가 심각한 얼굴로 원에게 물었다.

“가 봐야지.”

원이 걸음을 재촉했다. 한 박자 늦게 알렝이 로비로 걸어 나왔다. 그도 심상찮은 기운을 느꼈는지 표정이 복잡해 보였다.

“지하실에서 도망친 새끼 없는지 확인 부탁해요.”

“네. 알겠습니다. 그런데 방금 서쪽 숲길에서 일어난 게 맞습니까?”

“그런데요?”

“방금 전까지 그곳에 저와 록이 있었습니다. 저는 들어왔는데, 록은 조금 더 산책하고 싶다고 해서 아직까지 그곳에…….”

알렝의 말이 끝나기도 전에, 원이 얼굴을 굳히며 돌아섰다.

“원!”

순식간에 문을 박차고 나간 원의 뒤를 보며 크리스와 천이가 뒤따랐다. 원의 뒤를 따라가며 크리스는 머리를 굴렸다.

록이 히카에게 납치당한 이후 이 집엔 촘촘한 트랩이 설치되었다. 특히 사람들이 넘어오기 쉬운 서쪽 숲길에는 미세하게 보이지 않는 트랩이 설치되어 있다.

담장을 넘거나 나무의 줄기 하중이 갑작스럽게 40kg 이상 넘어갈 경우엔 시설물이 폭발하게 되어 있다. 그러나 어떤 것도 공기를 강하게 응축시켰다가 폭발시키는 트랩은 없었다.

대체 누가?

크리스가 얼굴을 굳히며 달려갔다. 서쪽 숲길에 들어서자마자 원이 걸음을 멈추었다. 그 뒤를 바짝 쫓아가던 두 사람이 아슬아슬하게 멈춰 섰다.

"록?"

천이가 중얼거리듯 그녀의 이름을 불렀다. 아수라장이 되어 있을 거라는 예상과 달리 서쪽 숲길은 평화로웠다.

길 중간에 선 록이 꽃을 들여다보고 있었다. 셋의 시선이 뒤따라 꽃을 향했다. 시기상 몹시 이르게 피어난 꽃이었다. 그것뿐, 다른 어떤 기운도 느껴지지 않았다.

몹시 기이한 상황에 셋은 아무 말도 하지 못했다. 조금 늦게 셋을 발견한 록이 지친 얼굴로 웃었다.

"내가 부르르 떠니까 꽃이 피었어요. 누가 보면 나한테 꽃피우는 초능력 생긴 줄 알겠어요. 그죠?"

록의 말에 세 사람이 호흡을 멈췄다. 천이의 입이 작게 벌어졌다. 좀처럼 표정 변화가 없는 크리스마저도 심각한 표정이 되었다.

"……방금 그거 너야?"

원이 믿을 수 없다는 듯 물었다. 겨울 칼바람보다 더 냉랭해진 분위기 속에, 록이 고개를 갸웃거렸다.

"뭘 말하는 거예요?"

"방금 공기, 그거 네가 한 짓이냐고."

"아뇨. 전 아무것도 안 했어요. 그냥 머리가 아파서 잠시 쉬었어요."

"혼자 있었어? 다른 사람들은?"

"알렝이 있었어요. 그 외에는 모르겠어요. 무슨 일 있어요?"

록이 말간 얼굴로 눈을 크게 떴다. 원이 성큼성큼 다가와 록의 손목을 거머쥐었다.

“아…….”

록이 통증에 비명을 질렀으나, 원은 손에 힘을 풀지 않았다. 손바닥을 타고 흐르는 미세한 전류에 원이 느릿하게 시선을 들어 록을 바라보았다.

그의 눈이 한껏 구겨졌다. 원이 다급하게 록의 어깨를 거머쥐었다.

“가, 갑자기 왜, 왜 이래요?”

록이 겁을 먹은 얼굴로 물었다.

“아침까지 멀쩡했잖아.”

“네, 네?”

뜬금없는 원의 말에 록이 무슨 소리냐는 듯 되물었다.

“그런데 왜 갑자기……!”

원이 무언가 소리를 치려다 입을 꽉 다물었다. 원의 급박한 표정에 어안이 벙벙해진 록이 그를 멍하게 쳐다보았다.

“무슨 일이에요?”

“요즘 이상한 증상 없었어?”

“이상한 증상…… 같은 건 없었어요. 요즘 부쩍 두통이 심해진 거 빼고는요.”

두통이라는 말에 원의 얼굴이 탁 풀렸다.

“두통, 언제부터야?”

“며칠 전부터요.”

“지금은?”

“괜찮아요.”

원의 험악한 기세에 밀린 록이 꼬박꼬박 대답했다. 그는 아랫입술을 힘주어 깨물었다. 어쩔 줄 몰라 하는 원을 보다 못한 크리스가 다가왔다.

"원. 일단 진단부터 하자. 일시적인 걸 수도 있어. 이례적인 상황이긴 하지만, 별일 아닐 거다."

달래듯 꺼낸 크리스의 말에 원이 록의 어깨를 풀었다. 그는 자신이 느낀 게 믿기지 않는다는 듯 손바닥을 꽉 움켜쥐었다. 깊게 호흡한 원이 마음을 정했다는 듯 록을 보았다.

"크리스를 따라가. 시키는 대로 검사받아."

"무슨 일인데요? 두통 때문에 그래요? 이건 약 먹으면 괜찮을 거예요."

"약 먹어서 괜찮을 두통인지 아닌지 확인해 봐야지."

상황 파악이 덜되어 손을 내젓는 록을 보며 원이 미간을 좁혔다. 록은 이 상황을 조금도 유추하지 못하는 듯했다.

그럴 수밖에. 직접 손으로 확인한 자신도 믿을 수가 없는데.

"시키는 대로 하면 한결 편할 거야. 크리스, 데려가."

크리스가 알겠다는 듯 고개를 끄덕였다.

"가자, 록."

원을 보며 머뭇거리던 록이 걸음을 옮겼다. 두 사람이 완전히 멀어진 것을 확인한 원이 천이를 보았다.

"능력 차단 프로그램 가동시켜. 아무도 눈치 못 채게."

"응."

천이가 알겠다는 듯 고개를 끄덕였다.

　　　　＊　　　＊　　　＊

　크리스의 침실과 연결되어 있는 또 다른 방에는 낯선 기계들이 한가득 놓여 있었다. 몇몇은 사용하지 않는지 꺼놓았다. 크리스가 가장 규모가 큰 기계 앞에 서서 버튼을 누르자 웅— 하는 소리와 함께 가동됐다.

　"이런 게 왜 집에 있는 거예요?"

　록이 거대한 규모의 기계를 보며 의아한 듯 물었다.

　"우리처럼 부상 많이 당하는 사람들은 집에 간단한 검사 기계 정도는 보유하고 있어. 물론 이건 우리 건 아니고, 이 나라에서 무상대여해 준 거지."

　"간단한 검사 기계가 아닌 거 같은데요."

　록이 벽면 한가득 붙어 있는 버튼을 보며 중얼거리듯 물었다.

　"간단한 편이야. 이 정도는. 간단히 뇌 스캔 해 볼 테니까 누워."

　크리스는 웃으며 침대를 가리켰다. 록이 눕자, 침대가 기계 안으로 빨려 들어갔다.

　삑. 삑. 삑.

　커다란 화면에 록의 몸이 스캔되었다.

　달칵.

　원이 문을 열고 들어와 크리스의 곁에 섰다.

　"어때?"

　"보다시피."

크리스가 화면을 툭 쳤다. 원이 화면을 바라보았다. 록의 몸 안에 검은색, 붉은색, 손바닥만 한 크기의 흰색이 무늬를 이루며 자리하고 있었다. 그걸 보며 원은 심란한 표정으로 눈을 가늘게 떴다.

*　　*　　*

"저한테 무슨 일이 있어요? 두통이 일어나는 이유가 있나요? 혹시 제 뇌에 문제라도 있나요?"

록이 의자에 앉아 초조한 표정을 지었다. 심각한 일인지 원까지 테이블에 앉아 있었다. 크리스가 서류를 넘기며 덤덤하게 대꾸했다.

"걱정하지 마. 뇌는 멀쩡하니까."

"그럼 어디가 문제라는 거예요? 심각한 표정으로 데려온 이유가 있을 거 아니에요."

"심각한 건 아니고, 피곤한 일이 생겼어."

"뭔데요?"

"너한테 초능력이 발현됐어."

"……네?"

록이 한 박자 늦게 되물었다. 순간 팔에 힘이 풀려 상체가 휘청했다.

"지금 뭐라고 했어요?"

자신과 제일 상관없는 단어가 '초능력'이라고 생각했다. 그런데 이게 무슨 소리야? 록이 멍한 얼굴로 쳐다보았다.

"초능력이 생겼다고. 이걸 봐."

크리스가 화면을 끌어당겨 록에게 보여 주었다. 붉은색, 검은색, 흰색이 뒤엉켜 있었다.

"검은색은 몸, 붉은색은 장기, 그리고 여기 보이는 이 흰색이 초능력."

크리스가 가리킨 곳에 흰색 무늬가 보였다.

"하…… 말도 안 돼. 저한테 초능력은 없다고 그랬어요. 그래서 히카가 저한테 초능력 배달을 시키려고 했던 거고요. 초능력이 갑자기 생길 리 없잖아요. 안 그래요?"

"갑자기 생기기도 해. 하루 만에 초능력이 생기는 경우도 있어. 죽기 전에 갑자기 생기는 사람들도 있고. 물론 그 전에 조짐을 보이는 경우가 많아. 대체로 꿈을 통해 알려 주기도 하고, 엄청난 발열에 시달리기도 하지. 그런데 두통은 나도 처음 들어."

"하……."

록이 허탈한 웃음을 흘렸다. 꿈이라는 말에 록은 몇 달 전 꾸었던 꿈을 떠올렸다.

설마 그게 이 상황을 암시하는 거였나.

문득 시장에서 보았던 할아버지가 떠올랐다. 그가 주우면 안 될 걸 주웠다는 말을 했었다. 그땐 한쪽 귀로 흘려들었는데, 진짜일 줄이야.

"그럼 저한테 무슨 능력이 생긴 건데요?"

"그건 네가 알지."

크리스가 덤덤하게 대꾸했다.

"전 저한테 초능력이 있다는 것도 크리스가 말해서 겨우 알았어요. 그런데 제가 제 능력을 어떻게 알아요?"

"그건 본인만 알아. 각성 방식도 제멋대로고, 활용도 제멋대로라 알 수 없어. 물론 시간이 지나고 나면 우리도 알 수 있겠지. 지금 상태로 우리가 예상할 수 있는 건, 네가 가진 능력이 상당히 특이하다는 것 정도야."

크리스가 흥미롭다는 표정으로 중얼거리며 말했다. 서쪽 숲길을 쿵하고 울리던 파동을 생각해 보면 심상찮은 능력일 확률이 컸다.

"뭔지 알 거 같아요. 한 번 확인해 봐야겠어요."

잠시 고민하던 록이 웅얼거리듯 말했다. 크리스와 원이 그녀를 빤히 쳐다보았다.

"여기 덜 핀 꽃 있어요?"

"없는데."

"그럼 가지고 올게요."

"여기 있어."

크리스가 나가려는 록을 멈춰 세운 후, 휴대폰으로 전화를 걸었다.

"꽃망울로 되어 있는 꽃 두어 송이 가져와."

—아, 내가 왜!

천이가 버럭 소리를 질렀다. 그런 반응을 예상했다는 듯 크리스가 덤덤하게 말했다.

"원이 가져오래."

—아씨! 무슨 색!

“아무 색이나. 내 작업실로 가져와.”

―알았어!

통화를 마친 지 오 분도 되지 않아 천이가 꽃망울로 되어 있는 꽃을 들고 왔다. 록은 꽃송이를 들고서 눈에 힘을 부릅떴다. 그러나 꽃송이에선 아무 일도 일어나지 않았다. 손으로 바람을 주어도 마찬가지였다.

“뭐해?”

보다 못한 천이가 록에게 물었다.

“어? 이상하네요. 저한테 꽃을 피우는 능력이 생긴 줄 알았거든요. 서쪽 숲길에서 두통 때문에 주저앉았다가 일어나 보니, 꽃이 피었더라고요.”

록이 의아하다는 듯 고개를 갸웃거리자, 크리스가 고개를 가로저었다.

“절대로 아닐 거야. 꽃 피우는 능력이라면 초기 반응이 그럴 리 없거든. 조금 더 고민해 봐.”

“네.”

록이 마지못해 고개를 끄덕였다.

*　　　*　　　*

점심 식사를 마친 후, 록은 곧장 서재로 향했다. 능력에 관한 책들을 모조리 뽑아 옆에 잔뜩 쌓아두고서 읽기 시작했다. 10권 정도를 뒤적거렸지만, 자신과 같은 사례는 없었다.

다만 세계가 질서를 바로잡기 위해 인간계에서 태어난 초능력자들을, 능력자의 세계로 돌리는 걸로 추정된다는 글귀만 확인할 수 있었다.

"하아, 역시 없나."

록이 다 읽은 책을 내려놓으며 한숨을 내쉬었다.

"꽃 피우는 능력, 맞는 것 같은데."

록이 읽은 책을 본래 자리에 정리하며 중얼거렸다. 분명 자신이 극심한 두통에 시달린 후 꽃이 피었다. 고로, 자신의 능력은 꽃을 피우는 게 분명했다.

"근데 꽃을 피우는 능력이면 뭐해 먹고 살지? 식물원을 운영해야 하나? 아니면 플로어리스트를 해야 하나. 하아. 생겨도 왜 이런 게 생겨서는."

록이 생각만으로 갑갑하다는 듯 긴 한숨을 내쉬었다. 서재를 벗어난 록이 생각에 잠긴 채 계단을 내려갔다.

"록."

"네?"

록이 소리가 난 쪽으로 고개를 돌렸다. 3층 난간에 원이 기대서 있었다.

"어디 가는 거야?"

"서쪽 숲길예요. 가서 확인해 볼 게 있어서요. 어, 어?"

원을 바라보며 걷던 록이 발을 헛디뎠다. 순간 몸이 허공에 붕 떴다. 순식간에 록이 비명을 지르며 미끄러졌다. 엉덩이를 바닥에 찍었다.

“으.”

부끄러움과 통증에 눈물이 찔끔 났다. 평소 하지 않는 실수였다. 록이 민망한 얼굴로 고개를 들었다. 그의 얼굴이 굳어 있었다. 평소처럼 괜찮아, 라는 물음도 없었다. 쭈뼛거리며 일어난 록이 원을 쳐다보았다.

설마 볼썽사납게 넘어지는 거 보고 정떨어진 건가?

록은 불편한 표정으로 원을 바라보았다.

“더 할 말 있어요?”

“없어. 가 봐.”

원이 언제 그랬냐는 듯 미소를 짓고 있었다. 록이 문을 열고 나갔다. 그러자 원의 표정에 웃음이 사라졌다. 그가 1층으로 내려가 록의 근처에 있던 창문을 손가락으로 톡 밀었다.

와장창창.

미세한 균열이 나 있던 창문이 순식간에 무너져 내렸다. 불안한 예감에 원의 눈빛이 날카로워졌다.

*　　　*　　　*

곧장 서쪽 숲길로 달려간 록은 꽃망울이 달린 꽃을 한아름 꺾어 왔다. 붉은 꽃망울이 올망졸망 모여 있는 곳에 얼굴을 폭 파묻고 서 있는 록의 모습이 몹시 사랑스러워 지나가는 직원들이 멍하니 바라보았다.

정작 록은 시야가 꽃망울에 차단당해 그 상황을 알아채지 못했지만.

록은 꽃망울을 꽃병에 넣어 두고 이틀간 꽃에만 집중했다. 두통이 올 때면 꽃병 앞을 떠나지 않았다. 그런데 왜인지 피어날 것 같던 꽃망울은 처참한 모습으로 뭉개졌다.

"정말로 아니었구나."

록은 시들어 버린 꽃송이를 물끄러미 바라보며 중얼거렸다. 록이 손을 들어 시든 꽃망울을 만졌다. 환하게 만개할 수 있었는데, 제 욕심에 죽어 버린 것 같아 미안했다. 록은 시든 꽃을 거꾸로 달아 벽에 걸어 두었다. 바짝 말려 버릴 생각이었다.

"으……."

벽에서 돌아서던 록이 머리를 거머쥐었다. 머리가 깨질 듯한 두통이 이어졌다. 요즘 들어 부쩍 두통이 더 자주, 고통스럽게 찾아왔다.

록이 기다시피 걸어가 서랍에서 약통을 꺼냈다. 알렝이 두통이 올 때 먹으라고 준 약이었다. 별 효과는 없는 것 같았지만, 안 먹는 것보단 나았다.

힘겹게 물과 함께 알약을 삼킨 록이 침대에 누웠다.

"으으."

어째서인지 약을 삼켰음에도 통증이 거세졌다. 차라리 머리가 부서졌으면 좋겠다 싶을 정도의 통증이었다. 분명 다른 사람들은 능력이 발현될 때 이런 통증이 없다고 했었는데. 어째서 자신만 이런 통증이 있는지 화가 났다. 통증을 삼키며 록이 이부자락을 움켜쥐었다.

똑똑—

문을 두드리는 소리에 록이 힘겹게 눈을 떴다.

"잠시 실례하겠습니다."

알렝의 목소리가 들렸다.

"네."

록이 쥐어짜내듯 대답하며 몸을 일으켰다. 문을 열고 알렝이 들어왔다. 그와 함께 여직원이 한 사람 따라 들어왔다.

"드실 물과 새 잔을 챙겨왔습니다. 말씀하신 음료수도 함께요."

땀을 많이 흘려 탈수증상이 있는 탓에 록은 이온음료를 부탁했었다.

"거기 놔두세요. 감사합니다."

"불편해 보이는데 괜찮으신가요?"

알렝이 이마에 땀을 뚝뚝 흘리는 록을 보며 걱정스러운 표정을 지었다.

"네. 괜찮아요."

록이 어설프게 웃으며 대답했다. 여직원이 록의 협탁 위에 새 쟁반을 가져다놓고, 빈 물통을 챙겼다. 알렝이 여직원을 록에게 소개시켰다.

"이틀간 제가 출장을 가서 자리를 비울 것 같습니다. 본가에 일이 생겨서 다녀와야 할 것 같더군요. 그래서 말인데, 이틀간은 이 직원이 도와줄 겁니다. 일 잘하고, 입 무거운 사람이니 걱정하지 않으셔도 될 겁니다."

"네. 감사합니다. 웃……."

록이 대답을 하다 말고 머리를 거머쥐었다.

"정말 괜찮으십니까?"

알렝이 걱정스런 얼굴로 바라보았다.

"네. 죄송한데, 저기 있는 약 좀 주시겠어요?"

록이 약통을 가리키자, 근처에 있던 여직원이 그녀에게 약을 건네주었다.

"감사합…… 으윽!"

록이 약통에 닿기 전 삐끗했다. 그러고는 록의 몸이 침대로 풀썩 쓰러졌다.

"괜찮으십…… 악!"

록의 몸에 손을 댄 여직원이 비명을 내지르며 물러섰다. 그녀는 제 손을 움켜쥐고서 록을 쳐다보았다.

"무슨 일입니까?"

알렝이 여직원에게 다가갔다. 눈에 눈물이 그렁그렁한 여직원이 겁에 질린 얼굴로 말했다.

"이상해요. 저분한테 손이 닿자마자 갑자기 찢어질 듯이 아프면서…… 으윽."

여직원이 귀를 틀어막았다. 뒤이어 몰려드는 압박감에 알렝이 귀를 막았다. 귀가 아프고 온몸이 터질 것 같았다.

"여길 나가요! 얼른!"

알렝이 여직원에게 소리 질렀다. 겁을 먹은 여직원이 우물쭈물하자 알렝이 그녀를 문밖으로 밀어냈다. 뒤이어 알렝이 도망치듯 빠져나와 문을 쾅 소리 나게 닫았다.

와장창창―

얼마 지나지 않아 문 너머에서 창문이 깨어지는 소리가 났다.

"아, 알렝?"

여직원이 벌벌 떨며 알렝의 귀를 가리켰다. 그가 손을 들어 제 귀를 닦아 냈다. 축축한 액체가 손끝에 닿았다. 귀에서 피가 흘러나오고 있었다.

이게 대체 무슨……?

알렝은 심각한 표정으로 닫힌 문을 바라보았다.

*   *   *

"정부가 해명을 요구하고 있어."

크리스가 원의 책상에 항의서를 집어 던졌다. 그는 덤덤한 눈으로 항의서를 대각선으로 스윽 훑었다. 얼마 전 집에서 발생한 이상 징후에 대한 자세한 설명을 요구한다는 것이 한 장 내용의 전부였다.

정부가 집을 주시하고 있다는 걸 알기에 여러 가지 장치를 해 두었다. 전파차단, 위성차단, 각종 접속차단 프로그램까지 완벽하게 구비했다.

단 한 가지, 능력 제어 프로그램만 빼고.

원을 포함해 셋은 능력이 외부로 강하게 발현되는 스타일이 아닌데다, 능력 제어 프로그램은 관리가 까다로웠다. 그래서 사용하지 않았는데, 그 때문에 록의 강한 기운 발현이 고스란히 정부군에게 읽혔다.

"내버려 둬."

원이 화가 난 얼굴로 대답했다.

"내버려 두면 사람을 파견할 거야."

"그때는 철수하면 돼."

"아직 계약기간 남았어. 원. 다른 건 몰라도 계약을 깨트리는 건 위험해."

각종 연합국에서 원의 위험성을 알면서도 묵과하는 건, 그가 두려운 탓도 있지만 뱉은 말을 지키는 신의 때문이기도 했다.

원이 고개를 들어 크리스를 날카롭게 쳐다보았다.

"그래서 인간계에서 온 인간이 느닷없이 이름 모를 초능력을 발현했다고 해? 이 정도 규모의 힘을 발휘했다면, 정부군이 어떻게 나올까? 본인 국가에 소속된 국민이니 데려가겠다고 나서겠지. 끌려간 록이 어떻게 되는지 몰라서 그래?"

자국민도 아니고, 인간계에서 날아와 이름 모를 강력한 초능력을 발현하는 여자다. 하나쯤 없어져도 누구도 눈치 못 챌 최고의 실험체인 셈이었다.

실험에 목이 마른 국가는, 비밀스러운 국가 기관에 록을 가둬 놓고 실험할 확률이 높았다. 필요 없다면 버리고, 필요 있다면 기억을 지워 전쟁터의 용병으로 사용할 거다. 운이 없다면 그보다 더 험한 꼴을 살다가 목숨을 잃을 수도 있다.

"그래도 크게 보면……."

원이 손끝으로 항의서의 중간을 쿵 소리 나게 찍었다. 그가 험악한 표정으로 말을 꺼냈다.

"이왕 크게 볼 거면 더 크게 봐야지. 판 한번 크게 벌려? 입 다물고 사니까 이제 별의별 해명을 다 요구하는군. 안 그래? 이럴 때마다 꾹꾹 눌러 밟아 놔야 한동안 조용하지. 다 심심하다고 난리인데 몸 한번 풀어?"

정부군을 상대로 싸워 볼까, 라는 물음에 크리스가 한숨을 삭이며 입을 다물었다.

원에게서 록을 빼내는 건 불가능한 일이다. 히카가 록을 납치했을 때 그가 어떻게 변했는지를 떠올리면 아직도 치가 떨렸다. 크리스가 제 머리를 헝클어뜨렸다.

"후우, 진정해. 무기 사용 중에 벌어진 해프닝이라고 둘러대긴 했지만, 이미 정부 쪽에서 냄새를 맡은 이상 어떻게 접근할지 몰라. 우리가 철저히 막고 있다지만, 임시 거주지에서 정보를 백프로 차단하긴 힘든 일이야. 이런 상황이라면 다른 나라에 소문이 퍼지는 건 일도 아니야. 그럼 곤란해지겠지. 그 전에 우리도 대책을 세워야 해."

크리스가 한숨을 삼키며 말했다. 원이 무언가 말을 하려다 입을 다물었다. 3층의 복도가 시끄러웠다.

원과 크리스의 시선이 맞부딪쳤다. 둘은 짠 듯이 록의 방으로 달려갔다.

＊　　＊　　＊

록의 방은 처참했다. 실제로는 방으로 이어지는 복도부터 처참했다. 여직원과 알렝의 귀에서 흘러나온 피가 복도의 카펫을 붉게 적셨다. 문을 열고 들어가자 유리로 된 것은 모조리 다 깨어져 있었다. 커다란 창문이 깨지면서 록의 몸을 고스란히 덮었는지 그녀의 몸 위로 유리조각이 가득했다.

크리스가 방 안을 살피다가 심각한 표정으로 말했다.

"역시…… 기압 변화야."

순식간에 벌어진 기압차를 견디지 못하고 내구성이 약한 유리제품이 모조리 다 깨어졌다. 목재를 비롯해 튼튼한 자질들도 미묘하게 비틀려 있었다. 짧은 시간 발현한 것치곤 몹시 타격이 컸다. 크리스는 절망에 빠진 얼굴로 원을 바라보았다.

하필이면 공격력이 가장 강한 축에 속하는 기압 변화라니. 거기다 이전보다 훨씬 힘이 강력해졌다. 이런 상태라면 더욱더 상황이 악화될지도 모른다.

"알아."

원도 방을 둘러보고 알아챘다는 듯 대답했다. 그는 어지러운 방을 가로질러 록에게 다가갔다.

"원."

크리스가 심각한 얼굴로 그를 불렀다. 그러나 원은 개의치 않고 그녀의 몸을 덮은 유리조각을 털어 냈다. 다행히 록이 크게 다치지 않았다.

"별채를 비워 놔. 록을 그쪽으로 옮길 테니까. 내 물건도 그쪽으로 옮겨."

"원, 이성적으로 생각해. 지금 이렇게 감정적으로 대처할 때가 아니야.”

“옮기라고.”

“제발. 원. 넌 나보다 더 이성적이었어. 대책은 없었지만 상황 판단력만큼은 네가 제일 확실했다고. 그런데 지금 너, 이성이라곤 조금도 없어 보여.”

크리스가 원을 붙잡았다. 숨 막히도록 덤덤한 그의 모습이 이성을 잃은 것처럼 보여 크리스는 겁이 났다.

“놔.”

“기압변화가 위험하다는 걸 네가 제일 잘 알잖아!”

크리스가 원의 앞을 가로막고서 소리쳤다. 원이 차갑게 쳐다보자, 크리스가 심각한 표정으로 말을 이었다.

“특히 자각력이 없는 상태에서 자신의 주변 기압을 제멋대로 조정하면 주변 사람들은 죽어. 오늘도 록의 몸을 스캔해 보니 무늬가 더 늘어났어. 초능력의 힘이 더 커졌다는 말이야. 록이 작정하고 힘을 쓰면 여기 있는 직원들 다 죽을지도 몰라. 앞으로 점점 더 어떻게 될지 모른다고.”

“비키라고.”

“록이 별채에 가면 안전할 거 같아? 초능력이 제멋대로 날뛰기 시작한 사람들의 말로는 네가 제일 잘 알 텐데? 그 사람들 모두 다 미쳐서 살인귀가 되거나, 아니면 스스로 그 능력을 감당 못 해서……크읍!”

순식간에 원이 크리스의 목을 거머쥐었다. 찰나에 벌어진 일이라 피할 수도 없었다. 크리스가 숨을 쉬지 못해 얼굴을 찌푸렸다.

“알아.”

크리스의 목을 거머쥔 원의 눈동자에 핏발이 섰다. 록이 죽을 수 있다는 건 누구보다 잘 안다. 자신도 후천적인 능력의 발현이었기에, 그 삶이 얼마나 고달픈지 또한 잘 알고 있었다. 그래서 지금 미칠 것 같은 기분이었다.

그는 화를 억누르는 얼굴로 씹어뱉듯 말했다.

“잘 아니까, 제발 좀 입 다물어.”

“크흡.”

원이 크리스의 숨이 넘어가기 직전, 그를 풀어 주었다. 벽에 부딪친 크리스가 가까스로 버티고 섰다.

*　　　*　　　*

희뿌연 안개에 갇혀 있는 기분이었다. 동시에 어디론가 깊게 빨려 들어가는 느낌이 들었다. 록이 두려운 마음에 손을 뻗었다.

누구라도 제발 잡아 줬으면.

이 지독한 공간에서 벗어나게만 해 준다면 뭐든 해 줄 수 있을 것 같았다. 록이 버둥거릴수록 의식은 더 깊은 곳으로 가라앉았다. 바닥에 닿으면 자신은 죽게 될 것 같았다.

제발.

록이 간절히 바라며 누군가를 떠올릴 때였다. 손바닥에서 강한 힘과 함께 온기가 느껴졌다. 마지막 동아줄이라도 되는 양 록은 그 손을 꽉 움켜쥐었다.

“록.”

저를 부르는 소리에 록이 눈을 번쩍 떴다.

“하아, 하아.”

자다 깼을 뿐인데 숨이 찼다. 록이 씩씩거리며 고개를 돌렸다. 원이 침대에 걸터앉아 그녀를 쳐다보고 있었다. 그녀는 자신이 원의 손을 꽉 움켜쥐고 있음을 알았다.

록이 몸을 일으켜 침대 헤드에 몸을 기댔다. 알렝과 여직원을 본 걸 마지막으로 의식을 잃었던 게 떠올랐다.

“원? 알렝은요? 여긴 어디예요?”

록이 주변을 둘러보았다. 벽지가 짙은 갈색으로 되어 있었다. 창문이 없었지만, 크고 넓어서 답답한 느낌은 들지 않았다. 이런 방이 집에 있었던가. 록이 기억을 더듬어 봤지만, 떠오르지 않았다.

“유람선이야.”

“네?”

록이 뜬금없는 소리에 놀라 물었다.

“여행 왔어. 답답해서.”

“……..”

답답하다고 기절한 사람을 데리고 여행을 온 이 사람이 문제일까, 이런 사람을 두고 기절한 자신이 잘못일까.

록은 깊은 고민에 빠졌다. 그러다 무언가 떠오른 듯, 록이 불안한 얼굴로 원을 쳐다보았다.

“저…… 혹시, ……여행은 아니죠?”

“뭐?”

　원이 우물거리는 록의 말을 알아듣지 못하고 상체를 기울였다. 두 사람 사이가 바짝 가까워졌다. 록이 눈을 굴리며 몹시 불안한 얼굴로 말했다.

　"신혼여행은 아니죠? 혹시 제가 잠든 틈에 서류가 조작되었다거나, 혹은 잠결에 잘못된 대답을 했다거나 그런 건 아니죠?"

　"하……."

　원이 기가 막히다는 웃음을 지었다. 가끔 튀어나오는 이 엉뚱함이 사람을 웃게 만들었다.

　원은 몹시 심각한 록의 얼굴을 보며 빙긋 웃었다.

　"그러길 바라나 봐?"

　"아뇨! 절대로요!"

　"그 정도로 싫다?"

　원의 태도가 금세 삐딱해졌다.

　"아뇨. 제 말은 무의식중에 그런 일이 벌어지면 곤란하다는 말이었죠. 하하."

　"그런 일 없었어."

　"하아, 그렇군요."

　록이 가슴을 쓸어내렸다. 그러다 이어진 원의 말에 록의 행동이 일시정지 되었다.

　"곧 그렇게 되겠지만. 안 그래?"

5장

고요하던 저택이 낯선 사람들의 방문으로 술렁거렸다.

"오랜만입니다."

외교관이 반지르르한 웃음을 지었다. 이 집에서 발생한 강하고 낯선 초능력의 기운을 감지한 정부측이 원하는 만큼의 해명을 듣지 못하자 직접 방문한 것이었다.

"오랜만에 뵙는군요."

크리스가 정중하게 웃으며 몸을 틀었다.

"일단 들어오시죠."

"급한 방문이었는데 허락해 줘서 감사합니다."

외교관의 말에 크리스가 예의상 미소를 그렸다. 외교관의 등 뒤에 줄지어 서 있는 다섯이 심상찮았다. 정장을 입혀도 피 냄새는 숨길 수 없는 법이었다. 우연히 들린 그들의 속내야 뻔한 거라, 크리스는 그들을 응접실로 데려갔다. 외교관은 크리스가 내민 잔을 들고서 느슨하게 웃었다.

"대표님은 어디 가셨나 봅니다."

"현재 해상에서 반납 받은 무기를 확인 중이십니다."

"아, 그래요? 제가 날짜를 잘못 맞춰 왔나 봅니다."

"지나치다가 들리셨는데, 어떻게 아셨겠습니까?"

크리스의 뼈 있는 물음에 당황할 만도 하건만 외교관은 빙긋 웃었다. 능구렁이 수십 마리를 삼킨 웃음이었다.

"온 김에 말씀드리겠습니다. 얼마 전에 있던 파동은 무엇이었는지요? 저희 협약엔 이 저택에서 임의로 무기 개발 및 2급 이상의 무기는 사용 금지 되어 있습니다만."

"2급 이상의 무기는 사용한 적 없습니다. 그 일에 관해서라면 일전에 해명한 그대로입니다."

"그걸 우리더러 믿으라는 말입니까? 저희를 무르게 보시나 봅니다."

정부에선 원과 협약을 한 후, 이 저택을 주시했다. 무기상 중에서도 신의가 가장 높은 곳이지만, 절대적인 관계는 없었다. 언제든 서로의 이익관계에 따라 틀어질 수 있는 사이였다. 그래서 그들은 주시했고, 몇 해 만에 심상찮은 일이 벌어졌다. 이 정보는 순식간에 퍼졌다.

당연히 정부를 비롯해 군부에선 지나치게 원을 의존하고 있었다며 반 무기상 세력이 들고 일어났다. 해명을 들어 보자는 친 무기상 세력도, 그들의 해명이 탐탁지 않아 난감해하는 중이었다. 이런 복잡한 상황인데, 크리스는 모르쇠로 일관하고 있었다.

"무기가 아니니 아니라고 말씀드리죠."

"그럼 그 파동은 뭐란 말입니까?"

"이미 개발된 무기에서 오작동이 일어났습니다. 2급 무기는 아니었는데 여러 대가 한꺼번에 오작동을 일으켜 일어난 해프닝이었습니다."

"무기가 확실합니까? 이를테면 초능력이 발현된 사람이라거나…… 그런 사람들은 몇 해 전부터 정부 측에 신고를 하고, 안전성 검사를 받아야 한다는 법이 제정되었습니다."

외교관이 느긋하게 웃으며 말했다. 그러나 눈빛은 속을 꿰뚫어 볼 듯 날카로웠다. 한마디, 한마디가 바둑알을 두는 듯 신중한 분위기가 이어졌다. 크리스가 입꼬리를 늘이며 웃었다.

"그 점에 대해선 충분히 인지하고 있습니다. 그나저나 이 집 근처에 많은 눈을 심어 두셨나 봅니다."

"우연히 알게 된 사실입니다."

"우연이 자주 반복되는군요."

"오해하지 않으셨으면 좋겠습니다."

"오해하지 않습니다. 아, 오신 김에 말씀드릴 게 있군요."

크리스가 쥐고 있던 잔을 내려놓았다. 달그락, 하는 소리가 고요한 공기의 흐름을 날카롭게 바꿔놓았다. 크리스는 외교관의 눈을 똑바로 쳐다보며 '알렝'의 이름을 불렀다.

얼마 후, 문을 열고 들어온 알렝이 커다란 박스를 들고 왔다. 테이블을 가득 채운 박스를, 외교관이 흘깃 쳐다보았다.

"열어보시죠."

크리스의 말에 외교관은 머뭇거리며 박스를 열었다.

"읏."

박스에서 넘어오는 역한 냄새에 외교관의 얼굴이 구겨졌다. 박스 안엔 장갑 여덟 개와 피 묻은 무기가 한가득 담겨 있었다.

"대체 이게 뭡니까? 우리한테 이걸 보여 주는 의도가 뭡니까? 지금 협박하는 겁니까?"

외교관이 심각한 표정으로 소리쳤다.

"그럴 리가요. 얼마 전부터 담을 넘으려는 불순한 세력이 있었습니다. 다행히 이곳저곳에 설치해 놓은 트랩에 걸렸더군요. 그들이 자살을 해 버려 알 수 있는 건 없었습니다만, 그들의 가진 무기에서 정보를 읽어내는 건 가능했습니다."

크리스가 박스 안에 담긴 새끼손가락만 한 칩을 꺼냈다.

"무기의 출처가 대부분 불분명한데, 딱 하나. 이게 정부 쪽에서 사용된 기록이 있던 칩이더군요. 무기의 몇 개 부품에서도 정부에서 곧잘 사용하는 신형 부품이 들어 있었고요."

"설마 우리를 의심하는 겁니까?"

평정심을 잃은 외교관의 눈 끝이 파들파들 떨렸다. 크리스가 냉랭한 미소를 지었다. 그러자 분위기가 서늘하게 식었다.

"아니요. 엄연히 계약으로 묶여 있는 관계인 데다, 허튼짓했다가 서로의 목줄 날아가는 건 일도 아니라는 걸 아는데 그럴 리가 있겠습니까. 다만, 오해가 생기지 않도록 무기 관리에 한층 더 힘을 쓰시라는 말씀을 드리고 싶어서 보여드린 겁니다. 그래야 허튼 오해를 사지 않으실 거 아닙니까?”

“…….”

“그리고 요즘 들어 부쩍 잔챙이들이 월담을 시도하는데 더 이상 살생하고 싶지 않습니다. 그러니 우리의 안위에 대해 걱정 많은 정부가 나서서 걸러 주시길 바랍니다. 이 같은 상황이 반복되면 우리도 더 이상 이곳에 머무를 수 없습니다.”

“무슨 말씀이신지 알아들었습니다.”

“저는 이만 바빠서 일어나겠습니다. 필요한 게 있으면 알렝에게 부탁하시죠. 불편함 없이 모시도록 할 겁니다.”

“벌써 일어나시는 겁니까? 아직 대화가 끝나지 않았습니다만.”

“우연히 오신 분치곤 논의 주제를 꼼꼼하게 챙겨 오셨나 봅니다. 죄송하게도 뒤에 중요한 약속이 있어서요. 다음에 연락 주시면 하루를 넉넉하게 비워 놓도록 하겠습니다. 조심히 가시죠.”

크리스가 깍듯하게 인사한 후, 응접실을 빠져나갔다.

“이익!”

홀로 남은 외교관이 주먹을 불끈 쥐고서 이를 깨물었다. 얼마 전 있었던 기압 파동 사건을 미끼로 압박하려다 되레 당했다. 무기들을 분해해서 부품까지 찾아냈을 거라곤 생각지 못했다. 외교관이 얼굴을 찌푸리며 옷을 챙겨들었다.

“가자.”

그의 명령에 뒤에 줄지어 서 있던 군인에게 명령하며 발을 옮겼다.

                         *　　　*　　　*

“어떻게 할 거야?”

천이가 창가에 서서 외교관이 나가는 것을 확인하는 크리스를 보며 물었다. 한 번은 이렇게 돌려보냈다지만, 두 번은 불가능한 일이다.

“시간을 끄는 수밖에. 응접실을 비롯해 외교관 소속 사람들의 발이 닿은 곳 모두 조사해. 도청장치를 설치해 뒀을 수도 있으니까.”

“그거야 미리 해 놨지.”

천이가 한두 번이냐는 듯 덤덤하게 대꾸했다. 그는 벽에 삐딱하게 기대서서 크리스를 흘깃 쳐다보았다.

“원은? 아직 무사해?”

원과 록이 떠난 지 벌써 이틀이 흘렀다.

“다행히 지금까지는.”

“록은?”

“록도 무사해.”

크리스가 미미하게 고개를 끄덕이며 대답했다.

“대체 둘을 왜 배에 태워? 그러다가 그 배가 터지면 어쩌려고? 원이야 지금 눈에 뵈는 게 없어서 그렇다지만, 크리스 네가 허락하면 어떻게 해? 난 정말 이해가 안 된다.”

천이가 납득할 수 없다는 듯 혀를 끌끌 찼다. 크리스는 대답 대신 이틀 전의 상황을 떠올렸다.

록의 능력 발현 속도는 걷잡을 수 없이 빨랐다. 별채로 옮긴 후에도 록은 수면 중에 끝없이 기압을 변화시켰다. 유리는 모두 깨어지고, 목재와 바닥마저도 비틀렸다.

알렝을 포함해 모든 직원을 물리고, 원이 그 곁을 지켰다. 원이 그녀의 몸에 손을 대어 능력을 잠잠하게 만들었으나, 얼마 지나지 않아 록의 입술 사이로 피가 새어 나왔다.

원의 능력은 상대방의 능력을 미미하게 반사시키는 걸로 무효화시켰기에, 그 반사치가 록의 몸에 타격을 입힌 것이었다. 누구도 능력을 멋대로 방출하는 록을 말릴 수 없었다. 설상가상으로 능력 차단 프로그램마저 불안정하게 요동쳤다.

더 이상은 록을 감출 수 없다는 예감이 들 무렵, 원이 크리스에게 명령했다.

'배 띄워. 무인 시스템으로 돌려놔. 다른 쪽에서 눈치 못 채도록 정찰병 세워. 무인기든 뭐든 뜨면 격파시키고.'

'배? 미쳤어? 기압을 변화시키는 애를 배에 태워서 어쩌자고? 자칫하다간 가라앉아.'

'무인도로 갈 거야. 안정되는 데까지 한 달만 버티면 돼.'

'원. 정신 차려.'

크리스가 단호한 목소리로 원을 불렀다. 그러자 잠든 록을 바라보고 있던 원이 눈만 움직여 그를 바라보았다. 크리스가 다급하게 소리쳤다.

'네가 록을 마음에 들어 하는 건 알지만, 일보다 사람이 먼저일 순 없어. 나도 록이 마음에 들지만 네가 지금 이 상황에서 움직이는 건

위험해. 잘못하다간 너도 죽어. 지금 정부 쪽에서 우릴 주목하고 있
어. 시비 걸 만한 걸 찾고 있는 중이라는 걸 알잖아.'

'아, 그러니까 정부 쪽이 신경 쓰이니 꼼짝도 말라?'

원의 목소리가 섬뜩하게 낮아졌다.

'원.'

'정부가 문제구나. 그럼 정부가 없어지면 되겠네.'

원이 평연한 목소리로 중얼거리듯 말했다. 침착한 표정이 여느
때와 다름없었으나, 그의 기세가 점점 더 흉흉해지는 것이 느껴졌
다. 원을 오래 봐 온 크리스마저도 바짝 긴장했다. 그가 미치기 직
전의 눈을 하고 있었다.

'그럼 정부 비밀문서 폭로하고, 기관 해킹해. 폭동이 될 만한 미끼
를 풀고, 테러범들이 유입될 수 있게끔 외곽 지역의 모든 출입구를
열어.'

'원!'

끔찍한 명령에 크리스가 소리쳤다.

'이걸 못 할 거 같으면, 날 한 달 간은 내버려 둬.'

'하아.'

'록이 죽을 수도 있어.'

원의 말에 크리스가 흠칫했다. 말하지 않았지만 크리스도 인지하
고 있던 상황이었다. 록은 하루가 다르게 변하기 시작했다. 자칫 잘
못하면 자신의 능력이 독이 되어 내장기관을 터질 수도 있었다.

원이 검게 물든 눈으로 록을 주시했다. 잠을 자면서도 록의 몸 주
변 기압이 기이하게 변화하고 있었다. 버티기 힘든지 록의 얼굴엔

땀이 흥건했다.

원이 손등으로 록의 이마를 훔쳤다. 달라진 기압으로 그의 손이 금세 파랗게 질렸다. 그러나 전혀 개의치 않는다는 듯, 원의 손이 그녀의 머리카락을 귀 뒤로 넘겨주었다.

'이 상태로 가다간, 틀림없이 죽겠지. 본인의 능력이 전혀 컨트롤되지 않으니까.'

'……'

'한 달쯤은, 원이 아니라 심우원으로 살게 놔둬.'

'……'

'안 그러면 나도 나를 통제 못 할 것 같으니까.'

시들어 가는 그의 목소리에 크리스는 이를 악다물었다. 이곳에 일하는 사람들은 한 번씩 개인적인 사정과 기분으로 인해 일을 그르칠 때 있었다. 그때마다 원이 중심을 잡아 여기까지 올 수 있었다. 그랬던 그가 감정적으로 동요하고 있었다. 이럴 때 그를 괴롭히면, 그는 폭주해 버릴지도 모른다. 그땐 어떻게 될지 자신도 장담할 수 없었다.

'하아.'

결국, 크리스는 원과 록을 보낼 수밖에 없었다.

*　　*　　*

"와아."

처음으로 선상에 나온 록은 끝없이 이어진 수평선을 보고 입을 자그맣게 벌렸다. 얼마 만에 보는 바다인지 모르겠다.

자신이 살던 인간계 바다와 흡사해서 고향으로 돌아온 느낌이었다. 고개를 숙이자 투명한 바닷물이 보였다. 그 안으로 헤엄치는 배를 따라 빠르게 헤엄치는 고래 떼가 보였다.

"와, 귀엽다. 얘들아. 여기서 놀면 안 돼. 위험해. 여긴 몹시 무서운 사람이 살고 있어. 도망가."

"누구?"

장난삼아 고래 떼에게 속닥거리던 록이 흠칫하며 돌아섰다. 순간 난간에서 휘청할 뻔한 록을 원이 끌어안았다. 순식간에 얼굴이 가까워졌다. 아주 오랜만에 제대로 본 그의 얼굴은 굉장히 피곤해 보였다.

"괜찮아요?"

"어. 괜찮아."

그가 신경 쓸 것 없다는 듯 대답했다. 록이 그 틈을 타 조심스럽게 한발 물러섰다.

"우리 어디로 가는 거예요?"

"섬으로 갈 거야. 가서 당분간 쉬다가 돌아올 거야. 바람이 찬데, 옷 갈아입지 그래?"

원의 권유에 록이 제 옷을 바라보았다. 그의 말을 듣자 옷이 얇게 느껴졌다. 선상에서 시간을 보내려면 그편이 나을 듯했다.

"제 옷은 어디 있죠?"

"네가 있던 방에 있어."

록은 방 안에 있던 옷장을 떠올렸다. 곧장 계단을 내려가 복도를 가로질러 가던 록은 주변을 살펴보았다. 그러고 보니 이곳에 원 말고 다른 사람을 본 적 없었다. 고개를 갸웃거리며 방으로 돌아간 록이 장롱을 열었다. 두툼해 보이는 옷을 꺼내 든 록이 고개를 기울였다. 자신의 옷 치곤 사이즈가 몹시 컸다. 이건 원이나 되어야 맞을 법했다.

"왜 원 옷이 여기에……?"

록이 고개를 들어 옷장을 확인했다. 정확히 절반이 원의 옷이었다. 그냥 걸어뒀다고 하기엔 꽤 많은 양이었다.

무언가 생각해낸 록이 느릿하게 고개를 돌렸다. 트윈 침대에 베개가 두 개였다. 슬리퍼도 두 개였다. 마치 두 사람이 생활하게끔 되어 있었다.

"설마……."

록이 다시 한 번 중얼거리며 원의 옷과 자신의 옷을 번갈아 볼 때였다.

"설마, 뭐?"

록이 흠칫하며 돌아섰다. 원이 문가에 서서 그녀를 응시하고 있었다.

"아무것도 아니에요. 옷이 섞여 있어서 나누려고요. 아직 짐정리가 덜 끝났나 봐요. 제 짐 챙겨서 옆방으로 갈게요."

록이 기민하게 자신의 짐을 챙기기 시작했다. 원에게 '같은 방에서 지낼 거냐'라고 노골적으로 묻지 못했다. 만에 하나 아무 생각 없던 원이 '좋은 생각이네'라고 달려들면 곤란했다.

록이 짐을 주섬주섬 챙기는 걸 바라보던 원이 말했다.

"이 방에서 같이 지낼 건데."

록의 행동이 뚝 멎었다. 거짓말. 록의 눈동자가 가늘게 흔들렸다. 호랑이 아가리에 머리를 들이민 심정이 이런 걸까.

록의 가슴이 방망이질을 했다. 그에 반해 원의 표정은 한없이 온화했다.

"급하게 나오느라 다른 룸은 청소가 안 되어 있어. 어차피 이틀밖에 안 갈 건데, 굳이 다른 방 쓸 필요 뭐 있어. 같은 방 쓰면 되지."

"아…… 음, 그것도 좋은 생각인데요. 제가 잠버릇이 심해서요. 아마 원이 편하게 잠들지 못할 거예요."

록의 눈이 다급하게 흔들렸다. 그러자 원의 입술이 느슨하게 늘어났다. 록이 무슨 생각을 하고 있는지 훤히 보였다. 록은 무슨 수를 써서라도 이 방에서 도망치려 하고 있었다. 그럴 거라 예상했지만, 실제로 보니 기분이 썩 좋지 않았다.

"실망시켜서 미안한데, 당분간 나한테 너는 그림의 떡이야."

"무슨 소리예요?"

"초능력이 발현된 지 얼마 안 됐을 땐 신체적으로 불안해서 못 건드려. 특히 공격력이 강한 초능력이 후천적으로 발현되었을 땐 더더욱. 굳이 널 건드려서 바다에 수장되고 싶진 않거든."

"어? 제 초능력이 뭔지 알아냈어요?"

"100% 확실한 건 아니지만, 기압에 관한 거야."

"그럼 저는 어떻게 해야 하는데요?"

"안정화시켜야겠지."

"자꾸 두통이 오는 것도 그 이유예요?"

“어.”

“그럼 언제쯤 괜찮아지는데요?”

“각종 신체증상이 사라진 상태가 일주일 정도 지속되면 돼. 대부분 한 달쯤 걸려. 짧으면 이 주 정도 걸리고.”

원의 말에 록이 멍한 표정을 지었다. 아직도 자신에게 초능력이 발현되었다는 게 믿기지 않았다. 어쨌든 초능력으로 인해 안전성을 확보했다. 록의 어깨가 눈에 띄게 늘어졌다.

“다행이네요.”

“불행 중 다행이지. 어쨌든 초능력이 안정화되면 된다는 거니까.”

“아, 네.”

한시적인 안전을 확보했다는 말이었다.

그럼 그렇지.

록은 한숨을 내쉬며 원을 흘깃 보았다. 그는 나갈 생각이 추호도 없어 보였다.

“이제 옷 갈아입으려고요.”

“그림의 떡이라 먹지 않을 뿐, 보지 않겠다는 말은 하지 않은 거 같은데.”

“……”

이럴 때 초능력이 발현되어 손바닥에서 장풍이 나가면 얼마나 좋을까.

원을 내쫓고 문을 닫아 버리고 싶었다. 원이 피식 웃었다. 그 순간 록은 제 생각을 들킨 것 같아 흠칫했다.

“갈아입고 나와. 이 층 끝에 있는 부엌으로 오면 돼.”

원이 느슨하게 웃으며 먼저 돌아섰다. 방에 홀로 남은 록은 닫힌 문을 한 번 더 확인했다. 편안한 옷으로 갈아입은 록은 장롱의 문을 바라보았다.

"장풍!"

그러고는 손을 쭉 뻗어 외쳤다. 장롱문은 닫히지 않았다.

아직 원하는 대로 쓸 수 없나 보네.

록은 아쉬운 표정으로 방을 벗어났다.

쩌억.

방문이 닫히자마자 장롱 옆에 달려 있던 액자의 유리에 금이 갔다.

*　　*　　*

방에서 나온 록은 원과 함께 부엌으로 향했다. 유람선 내부의 부엌은 그의 저택과 매우 비슷했다. 큰 규모에 깔끔하고 심플한 인테리어가 가장 먼저 눈에 들어왔다. 그러나 밋밋하지 않게끔 각종 포인트 장식이 되어 있었다.

부엌을 둘러보던 록이 싱크대 쪽을 보다가 뚝 멈춰 섰다. 보고도 믿을 수가 없는 광경이었다.

원이 소매를 걷어붙이고서 프라이팬에 야채를 볶고 있었다. 그 모습이 몹시 자연스러워 보였다. 더군다나 자그마한 창문에서 스며들어 오는 햇살이 그의 까만 머리카락이 부드럽게 비추었다. 잡지 속의 화보 같았다.

“식탁에 앉아.”

그가 이쪽을 보지 않고 말했다.

“원이 직접 요리해요?”

처음 보는 광경에 록이 놀란 얼굴로 물었다.

“어.”

“할 줄 알아요?”

“이렇게 바쁘기 전엔 혼자 종종 해 먹었어.”

“우와.”

록이 작게 감탄했다. 그가 아주 오랜만에 멀쩡한 사람으로 보였다. 요리는커녕 배고픔도 못 느끼는 사람일 줄 알았다.

“앉아 있어.”

원이 식탁을 턱으로 가리켰다. 이미 식탁에는 하얀 식탁보와 간식으로 먹을 빵, 각종 잼과, 종류별로 골라 마실 수 있는 음료가 놓여 있었다. 깔끔한 정리정돈이었다.

얼마 후, 원이 가져온 것은 색색깔의 야채와 베이컨을 볶은 요리였다. 계란프라이도 있어서 샌드위치 해 먹기에 좋았다.

“우와. 맛있겠어요. 유람선에서 요리도 가능한지 몰랐어요.”

“가능해.”

원이 록을 귀엽다는 눈으로 바라보며 대답했다.

“이 유람선은 어디서 빌린 거예요? 여행용으로 이렇게 빌릴 수 있어요?”

태어나 처음 타는 유람선이 신기한지 록이 평소보다 더 재잘재잘 떠들어 댔다.

“이거 개인소유물이야. 대여용엔 불필요한 것들이 너무 많거든. 대여용으로 여행하는 걸 좋아하면 다음엔 그렇게 해 보자.”

“아……”

록은 잠시 그의 재산과 능력을 잊고 있었다. 이런 유람선을 개인 소유로 갖고 있다니. 새삼 그와 자신의 차이가 느껴졌다. 록은 애써 차오르는 상념을 툭툭 털어 냈다. 음식 앞에 놓고 쓸모없는 상상을 하는 건 좋지 않은 짓이다.

“맛있게 잘 먹겠습니다.”

록이 신난 얼굴로 빵을 집어 들었다.

“맛있게 먹으면서 들어.”

“네.”

록이 씩씩하게 대답했다.

“대답 주기로 한 이틀이 지난 거 같은데. 잊었어?”

록의 행동이 뚝 멈췄다.

방금 맛있게 먹으라며. 그래 놓고 이렇게 건드리기 있니.

록은 순간 울컥했다. 동시에 입 안이 바짝 말랐다. 그녀가 어정쩡하게 빵을 든 채 원을 보았다.

“어…… 음. 요즘 두통이 심해서 아무 생각도 못 했어요. 죄송해요. 많이 기다리셨을 텐데.”

“고민하는 이유가 뭐야?”

원이 우아한 자세로 빵에 잼을 바르며 물었다. 반쯤 열린 문에서 시원한 바닷바람이 불어들어 왔다. 두 사람의 옷자락과 식탁보가 휘날렸다. 이런 바람에도 불구하고 록의 가슴은 답답해졌다.

"첫 연애다 보니 신중해져요. 걱정되는 것도 많고요. 빨리 고민한 후에, 곧바로 대답 드릴게요."

마치 벌을 받는 학생처럼 록은 어쩔 줄 몰라 했다. 원은 그런 록을 말없이 바라보다가 시선을 내리깔았다. 이후 어떤 대화도 오가지 않는 식사 시간이 이어졌다. 목이 막힌 록은 샌드위치 대신 주스로 배를 채워야 했다.

＊　　＊　　＊

선상으로 나온 원이 휴대폰을 귀에 가져다 댔다.

―어때?

크리스의 걱정스러운 목소리가 휴대폰을 넘어왔다. 원이 난간에 팔꿈치를 대고 기대섰다.

"다 보고 있잖아. 뭘 물어?"

록이 지내는 방과 화장실을 제외한 나머지 공간에 기억 저장 프로그램이 가동 중이었다. 실시간으로 모든 영상이 전송되었다. 그럴 리 없겠지만, 만에 하나 두 사람의 신변에 문제가 생길 때를 위해 남기는 기록이었다.

―보는 것과 실제로 겪는 건 다르니까. 생생한 경험담을 전해 듣고 싶어서 그러지. 록은 어때? 다행히 오늘은 크게 발현되는 게 없어 보이던데.

"어. 무사해."

록은 유람선에 옮겨진 이후 두통을 호소한 적 없었다. 이전과 다름없는 모습이었기에 원은 이대로 일주일이 흘렀으면 하고 바랐다.

—그래도 조심해. 괜찮은 것 같다가도 언제 발현될지 모르니까.

크리스가 걱정스러운 목소리로 말했다. 원이 명령을 내려 마지못해 유람선을 준비하긴 했지만 크리스는 여전히 이 상황이 못마땅했다.

그는 정부에 알리지 않고 인근에 있는 그들의 소유 섬으로 향할 생각이었다. 그곳은 록의 에너지가 폭발해도 감출 만한 장비가 마련되어 있었다.

문제는 그 섬으로 가는 과정이 녹록치 않았다. 각종 프로그램 덕에 무사히 경계선을 넘을 수 있을지 미지수였다.

크리스는 지금이라도 원이 그녀를 포기하길 바랐다. 좋은 여자이지만, 그 여자 하나 살리기 위해 희생해야 할 부분이 지나치게 많았다.

그럴 리 없겠지만 만에 하나 원이 사고에 휩쓸려 죽는다면 중심을 잃은 이 조직은 순식간에 와해될 게 분명했다.

—하아.

생각만 해도 머리가 아프다는 듯 크리스가 머리를 거머쥐었다.

"더 보고할 사항은?"

—정부에서 다녀갔어. 일단 둘러댔으니 당분간 괜찮을 거야. 그리고 만에 하나…… 원. 록이 두통을 호소하는데?

크리스가 화면을 보더니 딱딱한 얼굴로 말했다. 원이 뒤돌아섰다. 문 쪽에서 미미한 파동이 느껴졌다. 얼굴을 찌푸린 원이 휴대폰을 주머니에 아무렇게나 쑤셔 넣었다.

문을 벌컥 열고 들어가자 기압이 달라진 게 느껴졌다. 아직 미미한 상태인지 크게 발현되진 않은 게 불행 중 다행이었다. 다급하게 복도를 뛰어간 원은, 방문 고리를 잡고 서 있는 록을 발견했다. 다리에 힘이 들어가지 않는 듯, 그녀는 힘겹게 서 있었다.

"록."

"아, 원."

록이 그를 부르기가 무섭게 휘청하며 무릎을 꿇었다. 순식간에 달려간 원이 록의 허리를 끌어안았다. 록의 이마에 땀이 송골송골 맺혀 있었다.

"잡아 줘서 고마워요. 갑자기 어지러워서요."

록이 미안하다는 표정으로 말했다. 원은 대답 대신 록을 끌어안았다. 자그마한 몸이 쉽게 들렸다.

웅, 웅.

록의 몸에서 흘러나오는 변형된 기압이 원의 몸을 자극했다. 원은 어금니를 깨물고서 방으로 들어섰다.

록을 침대에 내려놓은 원이 그 곁에 걸터앉았다. 록은 이부자락을 목 끝까지 끌어올린 후, 천장을 바라보았다. 기분 탓인지 원에게 잠시 안겼더니 두통이 가신 느낌이었다. 다만 머리가 상쾌해지니 이 상황이 여실히 느껴졌다.

침대에 누워 있는 자신과, 쳐다보고 있는 원.

"이렇게까지 데려다주지 않아도 되는데. 저는 이만 잘게요."

"나도 잘 거야."

원이 침대에 나란히 누웠다. 두 사람이 누워 자기에 꽤 넉넉한 사이즈였는데, 왜 팔이 닿는지 모를 일이었다. 움직일 때마다 맞닿은 팔에서 마찰이 일어났다. 록은 마른침을 삼키며 천장을 바라보았다.

자신이 그림의 떡인 게 확실할까.

그 순간, 원의 손이 록의 손을 거머쥐었다. 그의 손가락이 부드럽게 록의 손등을 쓸어내렸다. 별것 아닌 움직임이 한없이 야릇하게 느껴졌다.

부스럭. 원이 록의 쪽으로 몸을 돌려 누웠다. 그의 검은 눈동자가 빛났다. 아주 가끔씩 희미한 열망이 솟구쳤다가 사라지는 게 보였다.

록의 어깨가 딱딱하게 굳었다.

"그림의 떡이라면서요."

록이 조심스럽게 물었다.

"떡이라도 보고, 만질 순 있잖아."

"……."

"더 이상 건드는 일은 없을 거야. 그래도 어서 자는 게 나을 거야. 인내심이 별로 없는 편이라서."

원의 경고에 록이 얼른 눈을 감았다. 눈을 감아도 뺨에 그의 시선이 와 닿는 게 느껴졌다.

그는 무슨 생각을 하고 있을까.

록은 처음으로 원의 마음이 몹시 궁금해졌다. 대체 어떻게 생긴 마음이기에 자신을 담은 걸까. 아무리 고민해도 답이 나오지 않았다.

시간이 흐르자 맞닿은 손바닥에 신경이 쏠렸다. 원의 손은 크고, 뜨거웠다. 그의 손이 이따금씩 록의 손등을 어루만졌다. 손등이 간지러웠다. 동시에 마음이 들썩거렸다.

그냥 이 손에 자신의 인생을 맡겨도 괜찮지 않을까. 어차피 히카의 동료로 소문나 버린 이상, 원이 없으면 안전을 확보 받지 못한다. 더군다나 그는 자신을 아껴 주고 있는 상황이었다. 그러니까 좋다고 대답할까.

록이 빈 입술을 달싹거리다가 입을 다물었다. 말할 수 없었다. 마음속 깊은 곳에서 원을 거부하고 있었다. 이유는 알 수 없었다. 생각이 길어지자 의식이 점차 아득해졌다.

록의 숨소리가 점차 길어졌다. 원은 잠든 록을 가만히 바라보다가 침대에서 일어났다. 휴지를 뽑아 입가를 막았다. 얼마 못 가 원의 입가를 가린 휴지가 금세 붉은 피로 축축해졌다.

"후우."

한숨을 내쉰 원은 휴지를 흘깃 확인했다. 자신의 예상보다 꽤 많은 피를 흘렸다. 원은 록이 볼 수 없게끔 흰 휴지로 돌돌 말아 쓰레기통으로 던졌다.

*　　　*　　　*

'여행이야.'

그의 말을 철석같이 믿은 자신이 잘못이다, 라고 생각하며 록이 입술을 씹었다. 배가 좌측으로 기울었다. 식탁 위에 있던 음식들이 우르르 쏟아졌다.

"윽."

록이 팔로 얼굴을 가렸다. 유리접시가 아슬아슬하게 록의 얼굴을 스쳐 지나갔다. 벽을 들이박은 접시는 다행히 깨지지 않았다. 록은 벽에 툭 튀어나와 있는 손잡이를 꽉 움켜쥐었다. 정말 울고 싶어졌다.

20분 전까지만 해도 평범한 아침이었다. 원이 만든 볶음밥을 나눠 먹으며, 무인도에서 어떻게 생활할지에 대해 듣던 중이었다. 그때 갑자기 얼굴을 굳힌 원이 갑판으로 나갔다. 얼마 후 돌아온 원은, 식사 중인 록에게 '여기서 꼼짝하지 말고 기다려.'라는 말을 남긴 후 사라졌다.

그때부터 배가 요람처럼 정신없이 흔들리기 시작했다. 어디서 포탄이라도 날아오는지 양쪽 바다에서 물보라가 일었다.

"윽."

힘겹게 몸을 일으킨 록이 동그란 창문 밖을 바라보았다. 자신의 배를 따라오는 작은 배가 보였다. 그 배가 조금씩 멀어지는 게 보였다. 유람선이라곤 믿을 수 없을 만큼 빠른 속도로 벗어나기 시작했다. 얼마 후, 배를 흔들던 물보라도 잠잠해졌다. 더는 따라오는 배가 없다는 것을 확인한 록이 그 자리에 털썩 주저앉았다.

여행이라더니 저승길 여행이었구나.

별의별 꼴을 다 겪었지만, 침수만큼은 피하고 싶었다.

끼익.

문을 열고 원이 돌아왔다.

“거기서 뭐해?”

원이 주저앉은 록을 보며 물었다. 그녀의 얼굴은 보기 안타까울 만큼 하얗게 질려 있었다.

“대체 무슨 일이에요?”

“아. 국경선을 무단으로 넘어왔다고 따라온 것들.”

록은 제 귀를 의심했다.

신고 없이 국경선을 무단으로 넘었다는 말인가.

그녀는 기가 막혀 할 말을 잃었다. 무단으로 국경선 넘어 놓은 주제에 원은 몹시 귀찮다는 표정을 하고 있었다.

그사이 배 안이 지하실처럼 어두컴컴해졌다.

“어?”

깜짝 놀란 록이 어두컴컴한 주변을 살폈다.

“섬으로 들어가는 중이야. 동굴이 입구라 어두울 거야.”

갑작스레 가까이 들리는 목소리에 록이 흠칫했다. 팔을 잡는 느낌이 들었다. 자리에서 일어난 록은 원에게서 은은하게 흘러나오는 향을 맡았다. 자신과 같은 바디 샴푸를 썼는지 같은 향이었다. 향기가 같다고 생각하자 괜히 귀 끝이 화끈거렸다.

눈이 어둠에 익숙해지자, 차츰 마주 선 원의 모습이 보였다. 생각보다 꽤 가까운 거리에 있었다. 그가 자신을 눈에 무언가를 새기듯이 바라보고 있었다.

그는 가끔 이런 표정, 이런 눈빛으로 자신을 보곤 했다. 그때마다 원이 들끓는 감정을 힘겹게 자제하고 있다는 게 느껴졌다.

위험을 감지한 록이 슬그머니 그에게서 물러나려 할 때였다. 커다란 손이 목 뒤를 거머쥐었다. 순식간에 시야에 더 깊은 어둠이 내리는가 싶더니, 입술 끝이 화끈해졌다.

아…….

록은 뱉지 못할 탄성을 속으로 흘렸다.

춥―

입술끼리 마주했다가 떨어지는 소리가 노골적으로 들렸다. 록이 움찔거리며 한 걸음 물러섰다. 원이 록의 허리를 끌어안아 바짝 당겼다. 온몸이 틈 없이 맞부딪쳤다.

원이 록의 입술을 가르고 안으로 파고들었다. 마치 기다렸던 무언가를 찾으려는 사람처럼, 그가 록의 입 안을 샅샅이 훑었다. 원의 혀가 스치는 자리마다 야릇한 열기가 퍼졌다. 록이 움찔거리며 원의 옷자락을 움켜쥐었다. 다리에 힘이 풀릴 것 같았다.

순간 환한 빛이 쏟아져 내렸다. 그 빛에 정신이 돌아온 듯, 록이 흠칫하며 고개를 뒤로 젖혔다. 그제야 원이 록을 풀어 주었다.

록이 입술을 가린 채 원을 바라보았다. 그의 눈빛에 아쉬움이 가득했다. 그가 손으로 록의 머리카락을 귀 뒤로 넘겨주었다. 손끝이 다정했다.

"바, 방에 좀 다녀올게요."

록이 얼굴을 가린 채 휙 돌아섰다. 부엌에서 벗어나 방으로 가던 중, 록이 그 자리에 우뚝 멈춰 섰다.

피하지 못했다. 아니, 피하지 않았다. 원의 손길이 목 뒤에 닿는 순간 그가 무엇을 할 줄 알면서도.

얼굴이 터질 것처럼 붉어진 록이 손부채질을 하며 부랴부랴 방으로 향했다.

＊　＊　＊

거대한 동굴로 둘러싸인 무인도는 몹시 작은 규모를 자랑했다. 빠른 걸음으로 걸으면 15분 내에 섬의 한 바퀴를 돌 수 있을 정도였다.

실제로 록은 섬의 구석구석을 살펴보는데 30분도 채 걸리지 않았다. 평범하다 못해 방치되어 있는 것처럼 보이는 섬엔 조금 특별한 곳이 있었다.

거대한 수풀로 엉켜 있는 곳을 뒤적거리자 버튼이 나왔다. 원이 손바닥을 가져다 대자, 벽처럼 보이던 곳이 먼지를 일으키며 반으로 갈라졌다. 영화 속의 한 장면 같은 모습에 록은 할 말을 잃었다.

"대체 이런 곳은 왜 만드는 거죠?"

"만든 게 아니라 물려받은 거야."

"이런 곳을요?"

"실험실 같은 개념이야. 휴식 공간이기도 하고."

원이 대답하며 벽 안으로 걸어 들어갔다. 록이 그 뒤를 따랐다.

어두컴컴할 거라는 예상과 달리 채광이 잘되었다. 돔 형식으로 되어 있는 천장엔 창문이 세 개 있었다. 바닥은 신발을 신고 다녀야 하는 것을 제외하곤 일반 집과 다를 바 없었다. 수도시설과 전기시설이 되어 있다는 사실에 록이 혀를 내둘렀다.

집을 빙 둘러보던 록은 침대가 하나밖에 없다는 걸 확인했다. 유람선보다 훨씬 작은 사이즈의 침대였다.

"여기도 침대가 하나네요. 제가 바닥에서 잘게요."

"새삼스럽게 왜 그래? 이틀이나 같이 자 놓고."

"이틀이나 그랬으니 이제라도 제대로 자야죠."

원이 꼬박꼬박 대답하는 록을 물끄러미 바라보았다.

"왜? 아까 키스 때문에 신경 쓰여?"

"……."

이 남자는 왜 돌려 묻는 법이 없을까.

"아뇨. 그럴 리가요."

록이 우물쭈물하자, 원이 픽 웃었다. 그의 입술이 이전보다 더 유혹적으로 벌어졌다.

"왜? 걱정돼? 해선 안 될 몸인데, 같이 있다고 하고 싶어질까 봐?"

"대체 뭘 말하는지 모르겠네요. 하하."

록이 어색하게 웃었다.

"섹스."

"……."

또 거침없이 직접적이다.

록은 산뜻한 원의 대답에 터져 나오려는 한숨을 꾹 참았다.

"그런 일은 절대로 없을 거예요. 제가 몸 달아서 덤빌 일은 없을 테니 안심하세요."

"그래? 그럼 같이 자도 되겠네."

그가 산뜻한 목소리로 대답한 후 돌아섰다. 어쩐지 당한 기분이었다.

록은 멀어지는 원의 뒷모습을 보다가 가방이나 챙기기로 했다. 그게 차라리 속편한 기분이었다.

＊　　　＊　　　＊

"으…….."

짐을 다 챙겨 갈 무렵, 록이 짧은 비명과 함께 머리를 거머쥐었다. 이전과 비교할 수 없을 만큼 강한 두통이었다.

순간 눈앞이 핑글 돌자 록이 균형을 잃고 바닥으로 쓰러졌다. 록이 애벌레처럼 몸을 둥글게 말았다. 발작이라도 온 것처럼 온몸이 부들부들 떨렸다. 록의 얼굴이 금세 땀으로 흠뻑 젖었다.

"록."

뒤늦게 록을 발견한 원이 그녀에게 성큼 다가갔다. 록의 어깨를 거머쥔 원이 숨을 흡, 하고 집어삼켰다. 그의 손이 순식간에 새파랗게 물들었다.

"으읏."

록이 고통 속에 몸부림쳤다. 원이 바들바들 떠는 록을 안아 들었다. 침대로 이동하는 동안 그의 목에 핏줄이 불거져 나왔다. 록을 침대에 눕힌 원은 그 앞에 무릎을 꿇고 앉았다. 록이 고통 속에 몸부림치고 있었다.

이제 제대로 된 시작이었다. 끝없는 통증이 이어질 거다. 록이 통증을 극복한다면 살아남을 것이고, 만에 하나 포기한다면 재기 불능 상태가 된다.

원은 록의 손을 거머쥐었다. 그의 손이 새파랗다 못해 보라색으로 물들어 갔다. 원의 목에 핏대가 서면서, 호흡이 가빠졌다. 눈에 핏줄이 서고 온몸이 거칠게 요동쳤다. 원은 솟구쳐 나오는 피를 목 안으로 욱여넣다시피 삼켰다.

원이 고통스러워질수록, 록의 표정이 평온해졌다. 록의 손을 거머쥐고 있던 원의 눈빛에 아주 잠시 평온이 찾아왔다.

네가 아프지 않아 다행이다.

원은 머릿속에 차오르는 그 생각에 픽 하고 웃었다. 우선순위가 '나'가 아닌 '타인'이 되는 사람을 우습게 여겼다. 동시에 그들의 약함을 경멸했다. 그 행동을 자신이 하고 있었다. 한심하다는 걸 알면서도 멈출 수가 없었다.

모든 시스템이 바이러스라도 먹은 것처럼, 우선순위가 '록'이 되어 버렸다.

'힘들겠어요. 그렇게 지내려면요.'

어쩌면 자신을 무능력자로 오해하고 건넨 위로에서부터 시작했을지도 모른다. 록은 순진한 눈망울로 자신을 그윽하게 바라보았다. 그 순간 자신은 이 여자에게 자신이 그토록 갈망하던 평범한 사람이 되어 있었다.

'좋은 사람 같아요.'

한 번도 들어 본 적 없는 말투와 표정으로 대했다.

'고맙습니다.'

계산되지 않는 순수한 감사의 뜻을 전했다.

'괜찮아요?'

록은 누구도 걱정하지 않는 자신을 걱정했다.

'힘들었겠어요.'

평범하지만 단 한 번도 들어 본 적 없는 말로, 그렇게 자신을 미치게 만들었다.

목이 마를 땐 목이 마른지 몰랐다. 모든 고통은 한 모금을 마신 순간, 갈증을 느끼면서 일어났다. 그러니 물을 줘서 자신을 살린 이 여자의 잘못이었다.

"넌 못 죽어."

원의 새파란 손가락이 록의 하얀 손등을 쓸어내렸다. 이후 밀려드는 고통을 삭이면서도, 원은 평온한 록의 표정을 하염없이 바라보았다.

*　　*　　*

록이 느릿하게 눈을 떴다. 실내가 검게 물들어 있었다. 밤이 찾아온 모양이었다. 록이 손끝을 까딱였다. 남의 살이 덕지덕지 붙은 것처럼 불편했다. 온몸이 퉁퉁 부은 느낌이었다. 눈을 깜빡거리던 록은 자신이 엎드려 누워 있음을 알았다.

록은 멍한 머릿속으로 쓰러지기 전의 상황을 더듬었다. 두통이 심각해서 쓰러진 것까진 기억난다. 이후 원이 달려왔다는 것도. 그 후엔 어떻게 되었는지 기억이 나지 않았다. 그냥 이대로 다시 자야겠다 생각하며 눈을 감으려 할 때였다.

쿵. 쿵. 쿵.

　어두컴컴한 실내를 멍하게 바라보던 록은 심장박동소리를 들었다. 마치 귀 바로 옆에 심장이 있는 느낌이었다. 순간 록이 눈을 번쩍 떴다. 엎드려 있는 자세가 평소보다 더 불편한 이유를 알아챘다. 자신이 원의 위에 엎드려 누워 있었다. 거기다가 무슨 이유에서인지, 원의 상의가 탈의되어 있어 맨살이었다.

　록의 눈동자가 정신없이 흔들렸다.

　무의식의 자신이 원을 덮친 걸까.

　원이 섹시하고 멋있는 사람이라는 건 알고 있었다. 멀쩡한 정신만 박혀 있다면 사귀고 싶다고 생각도 한 번씩 했었다. 그렇지만 원을 덮치는 건 자살행위였다.

　어쩌지. 일어나야 하나, 아니면 잠든 척 스르륵 미끄러져 내려가야 하나 이래저래 생각할 때였다. 원의 팔이 록의 몸을 감싸 안았다. 순간 록의 몸이 잔뜩 굳었다. 그는 잠에 들지 않은 듯했다. 그의 손바닥이 록의 살결을 훑어 내렸다. 록은 그제야 자신 또한 상의를 입고 있지 않음을 알았다. 기억에도 없는 첫날밤을 보낸 건가. 그럴 수 없다고 들은 거 같은데. 갑작스레 벌어진 상황에 심란해졌다.

　원의 손이 록의 등을 어루만졌다. 브래지어 끈을 지나쳐 아래로 훑어 내렸다. 록의 몸이 바짝 긴장했다. 그가 조금이라도 이상한 조짐을 보이면 밀쳐 낼 생각이었다.

　"곧 끝날 거야."

　어둠 속에 덤덤한 그의 목소리가 녹아내렸다. 원은 록이 깨어난 걸 아는 듯이 말했다. 그녀가 흠칫했다. 그는 모르는 척 그녀의 등을 쓸어내리며 말을 이었다.

“죽을 때까지 지속되는 통증은 없어.”

“…….”

“그러니까 걱정하지 마.”

밑도 끝도 없는 말이었다. 그러나 록은 그가 무슨 말을 하는지 단번에 알아챘다. 두통을 호소하고 쓰러질 때마다 ‘당연한 현상’이라고 생각하면서도 두려웠다. 영원이 이 증세가 지속되는 건 아닐까 두려웠다. 다만 애써 그 감정들을 모른 척 외면했다.

아픔을 소리 내어도 들어 주는 사람이 없는 삶을 살았다. 아프다고 말할수록 스스로가 초라하게 느껴져 삭이는데 익숙해졌다.

누군가의 위로도 바랄 수 없는 상황이라 욱여넣어 놨는데……

록이 빠르게 눈을 깜빡거렸다. 거짓말처럼 록의 눈동자에 조금씩 눈물이 차올랐다. 말릴 틈 없이 눈물이 후두둑 떨어져 내렸다. 록의 눈물이 원의 가슴을 타고 흘러내렸다.

울고 싶지 않았는데, 참을 수가 없었다. 실은 무서워서 참을 수가 없었다. 의식을 잃고 깨어날 때마다 가슴이 텅 비는 느낌이었다.

부들부들 떨며 록이 온몸으로 울었다.

“괜찮아.”

원이 덤덤하게 대답했다. 자신 또한 그 길을 걸어왔노라, 말하고 있었다. 자신에게 건네는 담담한 위로, 등을 훑어 내리는 손길, 위로하듯 울리는 심장소리가 자신을 울렸다.

“흐흡.”

록의 입술 새로 울음이 새어 나갔다. 말아 쥔 록의 자그마한 주먹이 부들부들 떨렸다.

태어나 내 몸처럼 익숙했던 외로움이 처음으로 가시는 느낌이었
다. 록은 저도 모르게 원을 끌어안고서 오래도록 오열했다.

＊　　＊　　＊

록은 하염없이 울다가 지쳐 잠들었다. 다시 깨어났을 때도 록은
원의 위에서 잠들어 있었다. 미안한 마음에 비적거리며 내려온 그녀
는 이불로 가슴께를 가렸다. 작은 부스럭거림에 원이 깨어난 듯 눈
을 떴다. 마치 다른 극의 자석끼리 만나는 것처럼 그의 시선이 자연
스럽게 록으로 향했다.

"어제 물어봤어야 하는데, 이제 물어보네요. 어제 어떻게 된 거예
요? 제가 왜 옷을 벗고 있어요?"

록이 조심스럽게 물었다.

"답답해하는 거 같아서 벗겼어."

"버, 벗겨요?"

"벗은 건 너고, 난 소매만 빼줬어."

"그럼 원은요?"

"더워서 벗었고. 어차피 그림의 떡이라고 했잖아. 걱정할 필요 없
어."

원이 무의미한 걱정이라는 듯 답하고 일어났다. 그가 지나치게
덤덤하니, 요란을 피울 수가 없었다. 대신 록은 부엌으로 걸어가는
원의 뒷모습을 물끄러미 바라보았다. 그의 피부가 오늘따라 창백해
보였다. 문득 새벽이 떠올랐다.

‘괜찮아.’

‘곧 끝날 테니까.’

새벽녘 간헐적으로 울음을 터트릴 때마다 원은 그녀의 귓가에 속삭여 주었다. 낮은 목소리가 들끓는 가슴을 잠시나마 달래 주었다. 울음이 그치지 않아 끅끅대면, 원은 록의 머리에 입을 맞춰 주었다. 갖은 진상을 다 부렸는데도 원은 군말 없이 묵묵히 받아주었다.

몇 시간 동안 힘들었을 텐데…….

고맙기도 하고, 미안하기도 해서 마음이 먹먹해졌다. 그 순간 원이 돌아섰다. 눈이 마주치자마자 록은 민망함에 시선을 내리깔았다. 침대에서 내려온 록이 옷을 찾아 두리번거렸다.

“옷, 어디 갔어요?”

“다른 옷 입어. 그 옷 더러워졌으니까.”

“네.”

록은 순순히 가방에서 옷을 꺼내 챙겨 입었다. 원에게 보이지 않기 위해 이불을 머리끝까지 덮어쓴 채 낑낑대며 갈아입어야 했다.

꾸물거리는 이불을 보면서 원이 픽 웃었다. 그러다 손끝으로 입술을 문질렀다. 손가락에 피가 묻어 나왔다. 원은 컵에 물을 받아 입 안을 헹궈냈다. 핏기가 보이지 않게끔 물로 씻어 냈다.

“아침은 제가 차릴게요.”

옷을 다 갈아입은 록이 이불 속에서 튀어나와 소리쳤다.

“그렇게 해.”

원이 순순히 고개를 끄덕였다. 부엌에 서서 이리저리 뒤지던 록이 하던 행동을 멈추었다. 록의 시선이 싱크대에 닿았다. 싱크대 귀퉁이에 핏자국이 묻어 있었다. 묻은 지 얼마 되지 않은 핏자국이었다. 록은 자신의 머리부터 발끝까지를 손바닥으로 훑어 내렸다.

자신이 다치지 않았다면, 원이 다쳤다는 소린데.

록이 고개를 돌려 원을 바라보았다. 그는 아무렇지 않게 티셔츠를 챙겨 입고 있었다.

"왜? 할 말 있어?"

원이 평소보다 조금 피곤해 보이는 얼굴로 물었다.

"어디 아파요?"

"아니. 괜찮은데?"

"……다친 곳은요?"

"없어. 그건 왜?"

"싱크대에 피가 묻어 있어서요."

저벅저벅 걸어온 원이 싱크대 끄트머리에 묻어 있는 피를 손으로 문질렀다.

"피 아니고, 다른 거야."

피 맞는 것 같은데.

그러나 이미 원이 손으로 닦아 버려 피인지 확인할 길이 없어졌다. 원이 신경 쓰지 말라는 듯 침대로 걸어가 누웠다. 록은 자신이 잘못 본 거겠거니 생각하며 배에서 챙겨온 재료를 꺼냈다.

＊　　＊　　＊

아침 식사를 마친 후, 록은 산책 삼아 집 밖으로 나섰다. 집 주변을 높은 야자수 나무들이 에워싸고 있었다. 그 주변으로 넝쿨 식물과 이름 모를 꽃들이 소담하게 피어 있었다. 언뜻 보기엔 정신없었지만, 자세히 보면 나름의 규칙대로 정렬되어 있었다.

록이 좁은 길을 따라 빠져나와 모래사장에 섰다. 흰 빛깔의 모래 알갱이들이 파도에 이리저리 쓸리고 있었다. 무릎을 굽히고 앉은 록은 모래사장에 이름을 썼다.

원.

이름을 쓴 록이 움찔했다. 무심결에 아무 이름이나 썼는데, 저도 모르게 그의 이름을 썼다. 록이 손끝으로 그 이름을 슥슥 문질러 지웠다. 금세 파도가 밀려들어 흔적마저 말끔히 지웠다. 록이 다시 평평해진 모래사장을 바라보다 결심한 듯 손으로 글을 썼다.

원.

그 이름을 물끄러미 바라보는데, 순간 가슴이 울렁거렸다.

왜 이러지.

록은 제 가슴에 손을 가져다 댔다.

쿵, 쿵.

이전보다 훨씬 강하게 심장이 뛰고 있었다. 아무래도 어젯밤의 영향이 큰 모양이었다. 머리 위로 그림자가 졌다. 고개를 들어 보니 어느새 원이 서 있었다. 바지 주머니에 손을 찔러 넣은 채 그는 제 이름을 보고 있었다.

"보고 싶으면 불러야지. 쓰긴 왜 써?"

"그냥 무심결에 나온 거예요."

"무심결에 보고 싶었던 거겠지."

록의 곁에 무릎을 굽히고 앉은 원이 모래사장에 이름을 써 넣었
다.

록.

정갈한 글씨체였다. 그러고 보니 그의 글씨체를 보는 건 처음이
었다.

"원. 혹시 있잖아요. 내가 죽으면…… 날 언제까지 기억할 거 같
아요?"

록의 의미심장한 물음에 원이 고개를 들었다. 그가 못마땅한 듯
눈썹을 구기고 있었다.

"질문의 의도가 뭐야?"

"그냥 궁금해서요. 내가 사라져도 나를 기억해 줄 사람이 있을까,
하고요."

어젯밤 극도의 공포와 서러움을 경험하면서 의문이 들었다. 자신
이 이대로 사라진다면 누가 자신을 기억해 줄까. 아니, 기억한다고
해도 얼마나 기억해 줄까.

록의 눈빛이 암담하게 바뀌었다. 잦은 두통과 실신으로 인해 심
신이 약해진 록은 평소보다 더 우울해했다.

"미안해요. 쓸데없는 소리를 해서. 못 들은 걸로 해 줘요."

록이 무릎에 턱을 대고서 중얼거리듯 말했다. 손끝으로 축축한
모래사장 위에 그림을 그려 넣었다.

먹구름과 빗줄기다. 그 아래에 한 아이가 서 있었다. 기억에 근거
한 그림처럼 보였다.

록의 그림이 완성되기 직전, 파도가 밀려와 싹 쓸어 갔다. 어느새

모래사장엔 어떤 그림도 남겨지지 않았다.

이렇게 될 거 같아.

록은 우울한 얼굴로 텅 빈 모래사장을 바라보았다.

"기억 안 해."

그 순간 원의 목소리가 들렸다. 록이 고개를 들었다. 그럴 줄 알았다. 그의 성격상 떠난 사람을 기억할 리 없다. 록이 서글프게 웃었다.

"어디도 안 보내. 만약 네가 도망치면 잡으러 갈 거야."

"……."

"네가 어디에 있든지."

원이 덤덤한 목소리가 바람이 실려 날아왔다. 가볍게 날아온 말이 록의 마음에 내려앉았다.

후, 하고 다시 불어 보지만 왜인지 그 말은 가슴에서 날아가지 않았다. 심장이 이전보다 더 거세게 뛰었다.

*　　　*　　　*

지루하게 느껴질 만큼 평화로운 시간들이 흘렀다. 원은 록에게 무언가를 하라고 강압적으로 요구하지 않았다. 덕분에 휴가를 온 것처럼 평온했다.

배가 고프면 함께 식사를 만들어 먹었고, 심심하면 의자를 들고 나가 바다를 보면서 책을 읽었다. 늦은 밤에 잠이 오지 않으면 원과 함께 지붕 위로 올라가 별을 보았다.

그러다 지겨우면 커다란 비닐을 가져다가 바닥에 깔아 놓고 나란히 누웠다. 별들이 금방이라도 쏟아질 것처럼 빛났다. 이따금씩 별똥별이 직선을 그리며 떨어졌다.

그때마다 록은 두 손을 세게 움켜쥐고서 소원을 빌었다. 소원을 다 빌고 나면, 늘 원이 신기한 눈으로 그녀를 바라보고 있었다.

'뭐하는 거야?'

'소원 비는 거예요. 별똥별에게 소원을 빌면 들어준대요.'

'그래서 뭘 빌었는데?'

'말하면 이루어지지 않는대요. 원도 소원을 빌어 봐요.'

'인간계는 천문학이 없어?'

그의 낭만 없는 발언에, 록은 가끔 침울해졌다. 그러면 원은 픽 웃다가 두 손을 마주잡고서 소원을 빌었다.

'그림의 떡이 먹을 수 있는 떡으로 바뀌게 해 주십시오.'

원은 대놓고 소리 내어 또박또박 소원을 빌었다. 그때마다 록은 곤혹스러워했다. 고백에 대한 답변 기한인 이틀이 훌쩍 지나 몇 주가 흘러갔다. 재촉할 거라는 예상과 달리 원은 록에게 아무 말 하지 않았다.

다만, 가만히 있던 원은 심술이 난 것처럼 록에게 달려들어 키스를 퍼붓곤 했다. 처음엔 그가 이성을 잃어 도를 넘으면 어떻게 하나 걱정이 되었다.

그러나 그것도 세 번이 넘어가자, 슬슬 적응이 되기 시작했다. 오히려 적응을 넘어서서 야릇한 기분에 휩싸이곤 했다. 그럼 원은 붉어진 록의 얼굴을 스윽 쓸어내리곤 제자리로 돌아가 책을 읽었다.

별것 아닌 시간들이었다. 그러나 록은 무인도에 뚝 떨어져 있는 이 시간이, 거짓말처럼 좋았다. 원이 누군가를 해치지 않고, 다른 누군가가 자신을 해칠까 봐 걱정하지 않아도 되었다. 이대로 오래도록 푹 쉬면 좋겠다는 생각이 들었다.

다만 멀쩡하게 있다가 두통을 느끼며 쓰러지는 일은 아직도 적응되지 않았다. 이를 갈 만큼 아프다가 의식을 잃었다. 그럴 때면 그녀는 늘 어린 시절의 꿈을 꾸었다.

자신을 학대하던 아버지, 이내 자신을 버리고 목을 맨 아버지. 그녀는 늘 어두컴컴한 골목에 버려진 쓰레기처럼 홀로 서 있었다. 바람이 가슴을 관통해 지나치는 것 같았다.

한발도 뗄 수 없었다. 움직이면 자신을 지탱하던 중력이 사라지고, 자신은 허공에 날아다니다 펑 터져 버릴 것 같았다. 그래서 그녀는 신고를 받은 경찰이 올 때까지 전봇대 옆에 서 있어야했다.

보육원에 가서도 마찬가지였다. 그녀는 아버지가 떠난 여름날만 되면 손이 시렸다. 열대야라는 맹더위 앞에서도 마찬가지였다. 그건 가슴 깊은 냉골에서 흘러나오는 한기였다.

아버지가 자살했다는 소식을 접했던 그 해의 여름은, 지독하게 추웠다. 눈 속에 갇힌 것처럼.

눈물조차 메말라 버릴 만큼 암담했던 시절. 그때를 꿈꾸고 나면 아득한 어둠이 찾아왔다. 그러다 잠에서 깨어났다.

지겹고, 무서운 패턴이었다. 이런 패턴을 그나마 버틸 수 있는 건 눈을 떴을 때 느끼는 평온함 때문이었다.

마치 지금처럼.

록은 자신을 끌어안고 있는 원을 보았다. 긴 고통을 끝내고 눈을 뜨면 곁에서 온기가 느껴졌다.

혼자가 아니야.

따스한 온기는 그렇게 속삭였고, 이럴 때면 록은 눈가에 눈물이 핑 돌았다. 원은 꽤 오랜 시간을 군말 없이 제 곁을 지켜 주었다. 식사를 하다 말고 쓰러져도 그는 한 번도 질책한 적 없었다. 록의 마음엔 미안함과 고마움이 차곡차곡 쌓여 갔다.

록은 눈을 감고 있는 원을 물끄러미 바라보았다. 자신이 깨어나면 얼마 못 가 눈을 뜨는 그였는데, 오늘은 깊게 잠들어 있었다. 몹시 지쳐 보였다.

조금 더 자게 할까 하다가 좋은 소식을 전해야 할 것 같았다. 지금 시기를 놓치면 영영 말을 하지 않을 것 같았다.

록이 그의 얼굴을 한 손으로 감쌌다. 그러자 원이 눈을 떠 그녀를 바라보았다.

"원."

록이 그를 조용히 불렀다.

"응. 말해."

그는 잠에서 덜 깬 듯 멍한 눈으로 대답했다.

"이제 괜찮을 거 같아요."

원이 무슨 말이냐는 듯 눈을 연신 깜빡였다. 록은 그런 원을 보며 느슨하게 입술을 늘여 웃었다.

"본인이 안다면서요. 초능력이 안정화될 때를요."

눈을 뜨자마자 록은 몸 주변을 에워싸고 있던 자신의 에너지가 차분하게 가라앉았음을 느꼈다. 손바닥에서 은은하게 느껴지던 기운도 싹 사라졌다.

원이 손을 뻗어 록의 팔을 거머쥐었다. 그녀의 몸 주변으로 맥박처럼 일정한 에너지 파동이 느껴졌다. 드디어 안정화가 되었다.

"집으로 가요."

록이 배시시 웃으며 말했다. 원은 고개를 끄덕였다. 그러더니 손으로 그녀의 목 뒤를 감싸 끌어당겼다.

춥―

입술이 닿았다 떨어졌다. 눈을 동그랗게 뜨고서 바라보자, 원이 느슨하게 웃으며 말했다.

"그림의 떡이, 먹을 수 있는 떡이 된 기념이야."

＊　　＊　　＊

"이게 얼마 만이야. 나는 영영 못 보는 줄 알았어."

배에서 내린 천이가 나란히 서 있는 원과 록을 보며 씩 웃었다.

"여긴 어쩜 변함이 없어? 하긴, 사람이 안 오는데 변할 게 뭐 있겠어."

천이가 동굴 속 선착장을 보며 말했다. 자연적으로 만들어진 동굴처럼 보이지만, 실은 그렇게 보이게끔 만들어진 곳이었다. 동굴 안의 길은 여러 갈래로 갈려져 있었다. 길을 모르는 채 들어서면 급류에 휩쓸리는 걸 시작으로 갖은 트랩에 의해 배가 박살 나게 되어 있었다.

"가자."

천이가 기분 좋은 표정으로 배를 가리켰다. 원과 록이 타고 온 배가 정부 쪽으로 신고가 들어가는 바람에 천이가 데리러 오게 되었다.

록이 간이 계단을 밟아 승선했다. 그녀가 짐을 막 내려놓을 때였다.

쿵!

"원!"

거대한 소리와 함께 천이의 비명이 겹쳤다. 순식간에 온몸에 소름이 돋아 올랐다. 록이 제 팔을 움켜쥐고서 돌아섰다. 록의 눈이 크게 벌어졌다.

검은 바닥에 검붉은 핏덩이가 흘러내리고 있었다. 그 곁에 원이 바닥에 쓰러져 있었다.

록은 순간 눈앞이 아득해짐을 느꼈다. 이후 영화 속 장면처럼 비현실적으로 여겨지기까지 했다.

"원!"

천이가 쓰러진 원의 곁으로 달려갔다. 방금 전까지 멀쩡하게 서 있던 원이 쓰러진 게 믿기지 않았다. 천이가 원의 어깨를 잡아 흔들었다. 원은 혼절한 상태였다. 처음 있는 일이라 천이는 적잖게 당황했다.

"천이! 원, 괜찮아요?"

록이 다급하게 물었다. 록이 지켜보다 못해 계단으로 다시 내려오려 하자, 천이가 저지했다.

“거기 있어. 내가 데리고 갈 테니까. 지금은 한시라도 빨리 움직이는 게 나아.”

무인도엔 기본 살림살이만 있을 뿐, 응급처치를 할 만한 상황이 아니었다. 더군다나 감기 한 번 앓은 적 없는 원이 각혈을 하고 의식을 잃었다.

천이가 원을 잡아당겨 등에 업었다. 걸을 때마다 원의 입에서 새어 나온 피가 바닥에 뚝뚝 떨어졌다.

승선한 천이가 원을 가장 푹신한 침대에 눕혔다.

“원의 몸 상태 안 좋았어?”

천이가 심각한 얼굴로 록에게 물었다.

“아뇨. 저랑 있을 땐 괜찮았어요.”

“넌? 넌 어때?”

“저는 보다시피 괜찮아요.”

록의 대답에 천이가 상황을 감지한 듯 얼굴을 구겼다. 입술 새로 자그맣게 욕지꺼리를 뱉은 천이는 록에게 소리쳤다.

“원한테 딱 붙어 있어. 문제가 생기면 곧바로 말하고. 지금부터 빨리 갈 거야. 배가 흔들릴 수도 있으니까 잘 잡고 있어.”

“네.”

록은 걱정하지 말라는 듯, 침대에 걸터앉았다. 천이가 방문을 닫고 나섰다. 사위가 고요해지자, 두려움이 왈칵 밀려들었다. 록은 창백한 얼굴로 누워 있는 원을 바라보았다.

그의 이마에 손을 가져다 댔다. 이마가 얼음장처럼 차가웠다. 다른 피부도 마찬가지였다. 원이 아프거나, 사라진다는 건 한 번도 생각해 본 적 없었다. 그래서인지 쓰러진 원의 모습이 이질적으로 느껴졌다.

록이 바짝 마른 입 안을 혀로 훑었다. 그럴수록 입 안이 점점 말라 갔다. 불안해서 심장이 터질 것 같았다.

록은 조마조마한 얼굴로 원을 바라보다 그의 손을 거머쥐었다.

신을 믿어 본 적 없다. 신이 있다면 자신의 삶이 그토록 고통스럽지 않았을 테니. 그러나 록은 처음으로 신이 있기를 빌었다. 그 신이 자신의 이야기를 들어주기를.

"원을…… 살려 주세요. 제발."

록은 맞잡은 손을 이마에 가져다 대고서 간절히 빌었다.

*   *   *

천이가 항해한 배는 반나절 만에 그의 저택에 도착할 수 있었다. 원이 몰고 나간 배가 무인 항해 시스템에 꼬리를 밟히지 않기 위해 빙빙 둘러 이틀이 걸렸지만, 천이는 그럴 필요 없었다.

배가 항구에 들어가자마자, 크리스와 알렝이 심각한 표정으로 그들을 맞이했다. 두 사람은 신속하게 원을 저택으로 옮기면서 록에게 상황을 물었다.

"오는 동안 원에게 이상증세는 없었어?"

"네. 계속 잠만 잤어요."

"특별히 먹인 캡슐이 있다거나, 치료한 건?"

"없어요."

록의 대답에 크리스는 알겠다는 듯 고개를 끄덕였다. 미리 준비해 둔 차에 원을 옮겨 실은 후, 저택으로 향했다. 원이 쓰러진 전무후무한 비상사태에 저택은 발칵 뒤집혔다.

2층과 3층이 모두 봉쇄되었다. 원은 침대로 옮겨진 채 이동했다. 그의 방으로 들어가기 전, 록은 크리스에게 저지당했다.

"록, 넌 여기 있는 게 좋겠어."

"왜요?"

록이 놀란 눈으로 물었다.

"그러는 게 좋을 테니까."

"……."

록이 받아들일 수 없다는 듯 고집스럽게 그를 바라보았다. 그러자 크리스가 냉정한 표정을 하고서 그녀를 쳐다보았다. 원의 고집 때문에 참아왔던 분노가 순간 폭발했다.

"네 표정이 어떤지 알아? 그런 상태로 원의 곁에 있으면, 도움이 될 거 같아? 그리고 엄연히 말해 너는 원 때문에 여기 머무는 거지. 우리 멤버가 아니야. 우리 정보를 공유할 자격이 없단 말이야. 원이 잘못되면 가장 먼저 네가 책임을 물게 될 거야."

크리스가 독한 말을 퍼부었다. 그는 록을 홀로 남겨 둔 채 방문을 쾅 닫고 들어갔다. 홀로 거대한 방문 앞에 남은 록은 고개를 푹 숙였다.

아프긴 하지만, 크리스의 말이 틀리지 않았다. 자신은 원의 배려로 머물었을 뿐, 그들의 가족이 아니었다. 그러니 이런 비상사태에 그들과 함께 있는 건 말이 안 된다.

그렇지만…… 원을 걱정할 자격 정도는 되잖아.

울컥하고 억울함이 샘솟아 올랐다. 핑 도는 눈물을 손등으로 닦아 낸 록이 문 옆에 쭈그려 앉았다.

* * *

크리스가 문을 열고 나온 건 몇 시간이 흐른 뒤였다. 그는 장시간 수술을 집도한 사람처럼 초췌한 얼굴을 하고 있었다.

그가 손으로 젖은 머리카락을 쓸어 넘겼다. 그제야 크리스는 제 이마에 땀이 송골송골 맺힌 걸 알아챘다. 복도로 걸어가던 그의 걸음이 뚝 멈추었다.

록이 자그마한 몸을 말고서 기대어 앉아 있었다. 인기척을 느꼈는지 록이 느릿하게 고개를 들었다. 크리스는 그제야 그녀의 얼굴을 제대로 보았다.

한 달 전보다 그녀의 얼굴은 몹시 수척해 있었다. 그녀에게도 만만찮은 시간이었을 거라는 생각이 이제야 들었다. 크리스가 한결 누그러진 얼굴로 록을 바라보았다.

“몸은 괜찮은 거야?”

“네. 원은 어때요?”

“아직까지 확신할 수 없어.”

크리스가 피곤한 얼굴로 눈을 감았다. 원의 몸은 현재 치료를 거부하는 중이었다. 본능적으로 초능력을 발현시켜 타인의 접촉을 막고 있었다. 몇 번이나 능력의 벽을 허물어 보려고 노력했지만 번번이 실패했다. 그럴수록 원의 차단벽은 더욱더 공고해졌다. 원의 운명은 스스로만 알고 있었다.

예상과 다른 암담한 답변에 록이 마른침을 삼켰다.

"왜? 겁나?"

크리스가 록을 보며 덤덤하게 물었다.

"네."

"걱정하지 마. 너도 원에게 끌려온 피해자라는 건 인지하고 있어. 원이 범죄자를 다루는 것처럼 잔인하게 대하진 않을 거야."

"제가 책임을 질까 봐 두려운 게 아니라, 원이 다시 눈을 못 뜰까 봐 무서운 거예요."

"왜? 원이 죽으면 넌 차라리 편한 거 아닌가?"

크리스가 이해 못 하겠다는 듯 되물었다.

"제가 편하자고 원이 죽길 바란 거 아니에요. 그리고 지금은 원이 죽지 않았으면 좋겠어요. 그러니까 제 말은…… 그냥 걱정된다고요."

록의 커다란 눈에 금세 눈물이 고였다. 크리스가 의외의 상황을 본 듯 눈썹을 치켜올렸다.

록은 언제나 원을 경계했다. 기회가 된다면 록은 원을 내팽개치고 전력을 다해 도망칠 것 같았다. 그런 록이 순수하게 원을 걱정하고 있었다.

순수한 걱정이라.

낯설고도 어색한 말이었다. 그들의 관계는 이익으로 점철되어 있기에 원의 죽음을 순수하게 안타까워할 수 없는 사람들이었다. 그들은 원이 죽으면 차후에 벌어질 사업적인 일에 몰입해야 한다. 그들은 그런 관계였다. 그런데, 록이 순수하게 원을 걱정하고 있었다.

"그새 정이라도 들었어?"

크리스가 덤덤하게 물었다.

"네."

록이 머뭇거림 없이 곧장 대답했다. 정보다 더한 것이 든 것 같다. 원이 죽을 수도 있다는 생각에 가슴이 미어지는 걸 생각하면.

"그래?"

크리스가 이해 못 하겠다는 듯 록을 물끄러미 바라보았다. 록이 몸을 일으켰다. 다리에 힘이 풀렸는지 벽에 기대선 채 크리스를 보았다.

"크리스. 많은 걸 묻진 않을게요. 원이 저렇게 된 거…… 혹시 저 때문이에요?"

"……."

"맞죠? 저 때문인 거?"

자신의 초능력이 발현된 후, 원은 갑작스레 무인도로 여행을 떠났다. 여행이 완전히 끝나기 전, 원은 몹시 피곤해했다. 그러다 배에 타기 전에 쓰러졌다. 이 모든 상황이 자신 때문에 벌어진 일 같았다.

"궁금해?"

"네."

록이 빠르게 고개를 끄덕였다.

"이유를 알면 감당할 순 있겠어? 꽤 고통스러울 거야. 너희 인간계에 그런 속담이 있다며. 모르는 게 약이다. 굳이 알아서 아플 필요 없잖아?"

"제가 아파야 할 몫이라면 아파야죠."

록이 결연한 표정으로 말했다. 크리스는 숨을 깊게 들이마셨다.

또 나왔다. 강단 있는 모습. 평소의 여린 모습은 찾아볼 수 없었다.

"좋아. 따라와."

크리스가 앞장섰다. 록은 그의 뒤를 따르며 원의 방문을 흘깃 바라보았다.

*   *   *

자신의 서재로 들어온 크리스는 록에게 빈 의자를 가리켰다.

"앉아."

드넓고 고풍스러운 서재는 올 때마다 위압감을 느끼게 했다. 평소라면 조심스러웠을 록이지만, 그녀는 그럴 정신이 없었다. 자신의 눈앞에서 원이 쓰러진 후 모든 것에 무감각해졌다.

록이 의자에 앉자, 크리스가 그녀의 앞에 모니터를 가져다 놓았다.

"원과 협의하에 두 사람의 상황을 찍어 놨어. 문제가 생겼을 때 바로 가기 위해서니까 크게 신경 쓸 거 없어. 물론 옷을 갈아입는 곳이라든가, 화장실은 제외했어. 오해하지 말라는 뜻에서 하는 말이야. 지금부터 영상 시작할 거야. 잘 봐."

크리스가 버튼을 누른 후, 한 걸음 물러섰다. 모니터에 화면이 떴다. 무인도에서 머물렀던 집이었다. 화면 속에서 록은 요리를 하고 있었고, 원은 독서를 하고 있었다. 몹시 평범한 상황이었다.

그 순간 록이 비명을 지르며 바닥에 쓰러졌다. 머리를 부여 쥐고서 끙끙 앓자 원이 빠르게 다가와 그녀를 끌어안았다. 원은 록을 안은 채 침대로 걸어갔다. 자연스럽게 두 사람이 침대에 누웠다. 이후 시간이 멈춘 것처럼 화면은 고요했다. 고통스럽게 몸을 비틀던 록의 몸이 금세 차분하게 늘어졌다. 기절하듯 잠에 들었다.

"이게 뭘 어쨌다는 거예요?"

자신이 다 아는 상황이었다. 하루에 적게는 한 번, 많게는 다섯 번도 넘게 겪은 일이었다.

"잘 봐."

크리스가 덤덤하게 말했다. 그 순간, 원이 침대에서 몸을 일으켰다. 싱크대로 걸어간 그가 울컥하고 솟구친 무언가를 뱉어 냈다. 순식간에 싱크대가 시뻘건 피로 물들었다.

록의 눈이 크게 벌어졌다. 그는 이 상황을 예상한 듯, 태연하게 싱크대를 씻어 내린 후 입가를 닦아 냈다. 그는 싱크대를 거머쥐고서 호흡을 골랐다. 한눈에 보기에도 몹시 버거워 보였다. 그렇게 한참이나 서 있던 원이 돌아섰다.

'으으.'

화면속의 록이 머리를 거머쥐기 시작하자, 원이 그녀의 옆자리에 누워 끌어안았다. 고통스러운 듯 몸을 비틀던 록이 얼마 못 가 잠잠해졌다. 밤새 이 상황이 지속되었다.

영상이 끝났음에도 록은 모니터에서 눈을 떼지 못했다. 자신이 잠든 사이에 이런 일이 벌어지는지 몰랐다.

"나도 오늘 천이 연락받고 화면 확인하다가 알았어. 너희 두 사람 무인도 들어간 후엔, 영상 확인하지 말라는 원의 말이 있어서 참고 있었거든. 매일 원이 무사하다는 신호를 주기도 했었고. 만약 내가 이걸 조금이라도 일찍 봤더라면, 데리러 갔을 거야. 이건 원의 수명을 당기는 짓이니까."

"이게…… 무슨 상황이에요? 왜…… 왜 원이 피를 토해요?"

넋이 나간 듯 록이 중얼거리며 물었다. 그녀의 눈동자가 정신없이 흔들렸다.

"아직도 모르겠어?"

"……."

록이 빈 입술을 달싹거렸다. 무엇을 모르는 건지, 자신이 무엇을 알아야하는 건지, 그 말들이 입 안에서 뒤엉켜 나오지 않았다. 그저 가슴이 바짝 졸아들었다.

"네 기압에 영향을 받은 거잖아."

크리스가 차분하게 대답했다.

"원의 능력은 다른 사람의 초능력을 무효화시키는 능력이라면서요. 몸에 막 같은 게 있어서 원하면 칼에도 찔리지 않는다면서요. 그런데 왜 제가 저도 모르게 흘리는 기압에 고스란히 영향을 받는 거냐고요. 기압에는 능력이 안 통해요? 그러면 저랑 같이 있지를 말았어야죠!"

록이 소리치듯 물었다. 속이 터질 것처럼 답답했다. 손이 부들부들 떨리고 눈앞이 아득해졌다.

자신의 우려대로 원을 저렇게 만든 게 자신이었다. 그걸 확인하자 미칠 것 같았다.

새빨갛게 물든 록의 눈을 바라보며 크리스가 덤덤하게 대답했다.

"네가 원보다 강하지 않는 이상에야 기압 같은 거 안 통해. 그런데 왜 원이 저러냐고?"

"……."

"그야 원이 일부러 받아 낸 거니까. 그래야 네가 죽지 않거든."

록은 할 말을 잃은 얼굴로 크리스를 바라보았다. 크리스가 덤덤하게 말을 이었다.

"능력에 무지한 네가 강한 능력을 타고 났어. 과연 몸이 버틸까? 아니. 얼마 못 가 넌 죽었을 거야. 버텨냈다고 하더라도 미쳤을 확률이 높아. 그래서 원이 네 능력이 발현될 때마다 널 끌어안은 거야. 그래야 네 안에 있던 압력이 상대를 인식하고 공격적으로 흘러나가니까. 그럼 넌 고여 있던 에너지를 쓰게 되니까 아프지 않을 거고."

"그게…… 말이 돼요?"

"사람은 어쩔 수 없이 스스로를 방어하게 되어 있어. 그 무의식적인 작용을 원이 이용한 거야."

"……무효화시킬 수 있었잖아요. 원의 능력이 그런 거잖아요."

울컥한 록이 힘겹게 감정을 가라앉히며 물었다.

"원의 능력은 엄연히 말해 무효화가 아니라 반사시키는 거야. 네 기압을 원이 반사시키면 넌 두 배의 타격을 입어. 그럼 일주일은커녕 사흘도 못 가서 죽었을 거야."

"정말…… 저 때문인 거군요."

“너 때문이지. 원이 스스로 그러길 선택한 거고.”

록의 빈 입술이 벙긋거렸다. 무슨 말을 할 것처럼 움직이던 입술이 꽉 다물렸다. 얼마 못 가 록의 새빨개진 눈에서 눈물이 고였다. 눈을 깜빡이자 고여 있던 눈물이 카펫 위로 떨어졌다. 한 번 솟구친 눈물은 멈추지 않고 끊임없이 흘렀다.

“그 눈물의 의미가 뭔지 물어도 될까?”

크리스가 티슈를 뽑아 록에게 내밀며 물었다.

“모르겠어요.”

록이 티슈로 눈물을 닦으며 중얼거렸다.

“그럼 알 때까지 울어. 그러다 보면 알겠지.”

“그래야겠어요. 그런데 정말 크리스도 몰랐어요? 원이 이런 선택을 했다는 걸요.”

“널 데려갈 때까지만 해도 열심히 노력은 하겠지 라고 생각은 했지, 이렇게 멍청하게 몸으로 받아 낼 거라고는 생각 못 했어. 내가 아는 원은 이런 어리석은 결정을 하는 사람이 아니니까.”

최악의 상황에서도 이기적인 선택을 하는 사람이었다. 그 결정 덕에 이 조직이 여태껏 유지되어 왔고, 스스로의 안전도 확보할 수 있었다. 그랬던 원이 여자 하나 때문에 제 몸을 다 내어놓는 희생을 할 거라곤 생각지 못했다.

“내가 한마디 더 해도 될까?”

크리스가 눈물을 닦는 록을 보며 말했다. 록이 고개를 들어 쳐다보았다. 그러자 크리스가 몸을 앞으로 기울였다.

“록. 이 집을 떠나고 싶지?”

"네?"

무슨 소리냐는 듯 록이 반문했다. 록은 저도 모르게 그가 이런 질문을 한 의도에 대해 머리를 굴리기 시작했다.

"원이 깨어나기 전에 이곳을 떠나는 건 어때?"

그의 말에 록이 하던 행동을 뚝 멈추었다. 낯선 제안이었다.

"다른 사람으로 살게 해 줄게. 이름, 나이, 국적까지 모조리 만들어 줄 거야. 새로운 신분으로 사는 거지. 적당한 집을 구해서 살만한 금액도 지원해 줄게. 원이 따라가지 못하도록 네가 죽었다고 전할게. 너와 유사한 시체 하나쯤 구하는 건 일도 아니니까. 힘들긴 하겠지만, 나와 천이, 알렝이 머리를 모으면 못 할 일도 아닐 테니까. 넌 자유를 얻는 거야. 어때?"

"이런 제안을 하는 이유가 뭐예요?"

"네가 위험하게 느껴져서."

"……."

"너 때문에 원이 원답지 못해. 한번쯤이야 눈감아 줄 수 있지. 그런데 문제는 이런 상황이 지금 한 번으로 끝날 것 같진 않거든. 미안하지만 나는 원의 개인적인 행복보다 이곳의 안전을 더 우선시할 수밖에 없어."

처음엔 록에게 초능력 조짐이 보인다 했을 때 내심 긍정적으로 바라보았다. 이 구간을 잘 버티고 나면 기압조절이라는 특수 능력자가 생기는 것이므로.

그러나 록을 향한 원의 절대적인 집착을 보았을 때, 마냥 반길 일이 아니라는 쪽으로 생각이 변했다.

“제안인가요, 명령인가요?”

록이 덤덤하게 물었다.

“둘 다야.”

“만약 제가 안 떠나면, 그러면 살해당하는 건가요?”

“글쎄.”

록의 직설적인 물음에 크리스는 긍정도 부정도 아닌 애매한 미소를 지었다.

록은 고민했다. 생각할 시간을 달라는 말로 시간을 끌어 볼까. 아니면 그렇게 하겠다고 대답한 후 떠나 버릴까.

그러나 진실로 원하는 쪽은 따로 있었다. 그녀는 지금 당장 이곳을 떠날 생각이 없었다. 적어도 원이 눈을 떠서 ‘네가 사라졌으면 좋겠다.’라고 말하지 않는 이상, 머물고 싶었다.

“크리스.”

“편하게 말해.”

“크리스는 누군가를 절절하게 좋아해 본 적 있어요?”

“난 충분히 이 조직을 내 몸처럼 사랑하고 있어. 내가 하는 일을 아주 열렬히 사랑하고 있고.”

“그럼 크리스가 잠시 의식을 잃어 쓰러진 틈에 이 조직이 와해되어서 사라졌다고 생각해 보세요. 처음엔 믿기지 않을 거고, 그 이후에는 이 조직을 지키지 못한 다른 멤버들을 죽이고 싶을 거고, 마지막엔 스스로가 미워서 죽고 싶을 거예요. 그 순간 자신이 의식을 잃지 않았다면 조직은 멀쩡했을 텐데, 라며 스스로를 탓하겠죠. 그렇게 미운데 일이 제대로 손에 잡힐까요? 살고 싶을까요?”

"……."

"좋아한다라는 마음이 그래요. 좋아해야 할 대상이 사라져도, 그 사람을 좋아하기 이전으로 돌아가지 못해요. 사람 마음이라는 게 덧셈, 뺄셈처럼 그렇게 쉬운 게 아니거든요."

단맛을 알아 버린 후, 온몸이 단맛을 찾게 되는 것처럼 사람 마음도 그러했다. 이미 새빨간 색으로 물들어 버린 마음인데, 염색약이 사라졌다고 다시 흰색으로 돌아갈 리 없었다.

록의 말에 크리스는 한 대 얻어맞은 표정을 지었다. 록이 사라진 후, 원은 잠시 미쳐 날뛰겠지만, 어느 정도 시간이 흐른 뒤엔 본래의 모습으로 돌아올 거라 생각했다. 그러나 록은 절대로 그렇게 되지 않을 거라 단언하고 있었다.

"원이 너를 좋아한다고 생각해?"

크리스가 얼마간의 텀을 두고 물었다.

"네."

록이 확신한다는 듯 고개를 끄덕였다.

"무인도에서 지내는 동안 원을 있는 그대로 바라봤어요. 그러니까 알겠더라고요."

'좋아해요'라고 던진 제 고백에 '나도'라고 말하며 원이 웃었다. 올라가던 입꼬리와, 부드럽게 휘어지던 눈가, 하얗게 빛나던 얼굴. 이따금씩 퍼붓던 키스 끝에 다정하게 입술을 닦아 주던 손길, 책을 읽다 돌아보면 턱을 괴고서 자신을 빤히 쳐다보고 있던 얼굴.

그건 단순한 집착이 아니었다. 온 마음이 물들었을 때만 나올 수 있는 행동이었다.

"그리고 원이 무인도에서 그런 말을 했어요. 여기서 영원히 살아도 괜찮겠다고."

마지막 쐐기를 박는 록의 말에 크리스는 더 이상 아무 말도 하지 못했다.

원은 삶에 미련이 없는 사람이었다. 죽고 싶어 하는 건 아니었지만, 죽어야 한다면 미련 없이 떠날 사람이었다. 그런 사람이기에 사지도 맨몸으로 뛰어들 수 있었다.

그랬던 그가, '영원한 삶'을 이야기했다는 부분에서 아무 말도 할 수 없었다.

"이래도 제가 떠나는 게 원을 위한 거고, 이 조직을 위한 건가요?"

록이 언제 울었냐는 듯 또렷한 눈동자를 하고서 물었다. 그 눈동자는 확신의 빛을 띠고 있었다. 크리스는 깊은 한숨을 내쉬었다.

"……아니. 못 들은 걸로 해."

크리스는 결국 자신이 제안을 거두어들여야 했다.

*　　*　　*

크리스의 허락을 받아 록은 원의 방으로 들어갔다. 천장이 높고 공간이 넓어 홀처럼 느껴지는 방의 중심에 하얀 침대가 놓여 있었다. 그곳에 원이 누워 있다.

록은 침대 근처에 서서 원을 바라보았다. 그의 얼굴이 희게 질려 있었다. 자신의 생각보다 훨씬 더 처참한 모습을 하고 있었다.

록의 입술이 가늘게 떨렸다. 저렇게 될 때까지 알아보지 못했다.

아니, 알아보기 싫었는지도 모른다.

‘피곤해서 그래.’

그 말을 덜컥 믿어 버린 건 자신의 이기심 때문이었다. 자신이 아프기 때문에 원의 아픔을 보려 하지 않았다.

순간 시야에 안개라도 찬 듯 희뿌옇게 변해 갔다. 입술이 가늘게 떨렸다.

‘괜찮아.’

그의 목소리가 머리에서 웅 하고 울렸다.

‘곧 끝날 테니까.’

그 말을 하며 이마에 입술이 닿았었다. 자신을 아이처럼 가슴 위에 올려놓고 온기를 나눠 주었다.

그랬던 사람에게 내가 무슨 짓을……!

“흑…….”

참지 못하고 울음을 터트렸다. 얼굴을 가린 손바닥 위로 묵직한 눈물이 쏟아져 내렸다. 자신이 아플 동안, 그는 자신이 보지 않는 곳에서 피를 토하며 버텼다. 태어나 처음으로 받은 절대적 희생이었다.

부모조차도 버리고 싶어 했던 자신이었는데……

속에서 끓어오르는 울음을 뱉어 내며, 다시 한 번 신에게 빌었다.

꼭 해야 할 말이 있으니 깨어나게 해 달라고.

*　　*　　*

벌써 원은 일주일째 의식을 잃고 쓰러져 있었다. 공격적인 치료에 들어가면 깨어날 확률이 높은데, 캡슐은커녕 주삿바늘조차 꽂기가 힘들 만큼 그의 방어기제가 강력하게 작용하고 있다고 했다.

"원. 저 왔어요."

록은 평소처럼 서쪽 숲길에서 꺾어온 꽃다발을 꽃병에 담으며 말을 걸었다. 그러고는 침대에 걸터앉아 원을 바라보았다. 아무것도 먹지 않고 지낸 지 오래되어 그가 말라 있었다. 록은 그런 그를 물끄러미 바라보았다.

록의 능력은 안정화되었다. 아주 가끔 전기가 통하듯 찌릿할 때가 있었지만, 그 정도 통증은 버틸만 했다. 피를 토하는 고통을 버텨낸 사람도 있었으니까.

시간이 조용히 흘러갔다. 어느새 4시가 되기 5분 전이었다. 록이 그의 손을 거머쥐었다. 방어기제가 얼마나 강한지 손끝에서 전류가 느껴졌다. 록은 움찔하면서도 손을 놓지 않았다.

"원, 4시예요. 좋아해요. 왜냐하면……."

말을 하다 말고 록이 입을 다물었다. 목이 메었다. 좋아할 만한 이유가 너무 많아서, 어느 것부터 이야기해야 할지 모르겠다. 록이 숨을 홉하고 들이마신 후, 다시 말을 이으려 할 때였다.

움찔―

미동 없던 원의 고개가 미세하게나마 옆으로 돌아가는 것을 보았다.

"원."

록이 원의 의식을 놓칠세라 다급하게 그를 불렀다.

"원. 눈 떠봐요. 지금 일어나야 해요. 너무 오래 잤어요. 원."

록이 쉴 틈 없이 말을 쏟아 냈다. 그러나 원은 더 이상 움직이지 않았다. 아주 잠깐 신체의 반응이었던 모양이었다.

쓰게 웃으며 록이 자리에서 일어났다. 크리스는 섣부른 기대를 품지 말라고 충고했다. 기대가 큰 만큼, 빨리 지칠 수 있다고.

록은 그 말을 다시 한 번 가슴에 새기며 몸을 일으켰다. 원의 손을 이부자락 안에 밀어 넣었다. 손을 빼려는 찰나, 원의 손에 힘이 바짝 들어갔다.

"……원?"

섣불리 기대하지 않으려고 했으나, 가슴이 두방망이질 쳤다. 록이 천천히 고개를 돌렸다. 원이 반쯤 눈을 뜬 상태로 처다보고 있었다.

"여기 어디야?"

원이 잔뜩 잠긴 목소리로 물었다. 록의 눈이 크게 벌어졌다. 숨을 내쉴 수가 없었다. 이 순간 숨을 내쉬면 깨져 버릴 것 같았다.

"어디냐고."

원이 록을 똑바로 처다보며 물었다.

"원의 방이에요. 쓰러졌었어요. 기억나요?"

록의 말에 원이 눈을 감은 상태에서 눈을 굴렸다. 쓰러지기 직전의 상황을 떠올린 듯, 그가 고개를 끄덕였다.

"어. 기억나. 지금 며칠이나 지난거야?"

"일주일이요."

"21번이네."

“네?”

“밀린 고백.”

“……..”

“뭐해? 안 해?”

원이 힘이 빠진 눈으로 록을 물끄러미 쳐다보았다.

깨어나자마자 이런 말을 할 줄이야.

록은 황당하면서도 눈가에 눈물이 핑 돌았다. 그의 의식이 제대로 돌아온 것 같아 가슴이 뭉클했다.

“밀린 고백은 나중에 일시불로 해결할 테니까, 몸부터 확인해요. 일주일간 누워 있어서 몸이 여간 망가진 게 아닐 거예요. 손도 쥐었다 폈다 해 보고, 다리도 굽혔다 펴 보고요. 지금 당장 크리스랑 알렝 불러올게요.”

록이 돌아서서 나가려 했다. 그러다 맞잡고 있던 손에 의해 제자리로 돌아와야 했다. 록이 원과 맞잡은 손을 번갈아 보았다.

“고백부터 해.”

“……..”

“듣고 싶어. 이유까진 말 안 해도 되니까, 좋아한다고만 해.”

힘이 빠져 늘어진 채 원이 중얼거렸다. 그 목소리에 목이 메었다. 록이 원을 물끄러미 바라보다가 입술을 달싹거렸다.

“좋아해요.”

인사보다 더 자주 했던 고백이었다. 그런데 마치 처음 하는 고백처럼 떨렸다. 록의 얼굴이 붉게 상기되었다.

“좋아해요.”

록이 한 번 더 고백하자, 원이 느슨하게 미소를 지었다. 21번의 고백이 이어질 동안, 원은 록에게서 눈을 한 번도 떼지 않았다.

"좋아해요."

마침내 스물한 번째의 고백이 끝났다.

"이제야 좀 살겠네."

원이 조금 더 환하게 웃었다. 무인도에서 별들이 쏟아질 듯한 밤하늘을 등진 채 웃던 그 미소였다. 목이 메었다.

록은 울컥하고 솟구친 감정을 삼키며, 다시 한 번 입을 열었다.

"원. 좋아해요. 왜냐하면 정말로 좋아하게 되었거든요."

"……."

"정말, 진심으로…… 좋아해요. 원."

다시 한 번 말하자, 가슴이 벅차올랐다.

어느 순간, 습자지에 물이 스미듯 그렇게 되어 버렸다.

이전부터 아주 가끔 원 때문에 심장이 뛰었다. 그가 슬쩍 저를 바라보며 웃을 때 온몸이 간지러웠다. 무심코 시선이 마주칠 땐 숨이 멎었다.

이 모든 증상이 공포에서 기인한 것인 줄 알았다. 그러나 더는 스스로를 속일 수 없었다.

자신이 살 길 간절히 바라는 사람, 설령 자신이 죽게 되면 지옥에 가서라도 건져 오겠다고 말하는 사람. 전부 말뿐인 줄 알았는데, 그는 그걸 온몸으로 증명해 보였다. 제 몸을 망가뜨려서라도.

원이 호흡을 멈춘 채 느릿하게 록을 바라보았다. 분명 귀로 들었음에도 믿기지 않았다. 록이 진심으로 자신에게 좋아한다고 말하고 있었다.

자그마한 여자가 제 눈가를 가린 채 울고 있었다. 벅차오른 감정을 주체할 수 없는 것처럼 보였다. 새빨간 귀 끝과, 앙다문 입술에 원의 시선이 머물렀다.

"다시 한 번 말해 봐."

원이 갈라진 목소리로 말했다. 눈물을 훔친 록이 훌쩍거리며 원을 보았다.

"좋아한다고요. 진짜로, 좋아해요."

"……."

"죽는 줄 알고 얼마나 조마조마했는데요."

록의 눈이 새빨갛게 물들어 있었다. 그간 마음고생이 심했는지 얼굴에 서러움이 가득했다. 그 표정과 손짓이 귀여워서 미칠 것 같았다. 원의 입술이 저절로 늘어났다.

"이리와."

원이 손을 내밀었다. 록이 주춤거리며 한발 내디뎠다. 그러자 못 기다리겠다는 듯 원이 록의 손목을 거머쥐어 끌어당겼다.

"윽!"

록의 몸이 원의 몸 위로 풀썩 쓰러졌다. 일주일간 의식을 잃은 사람이 맞는지 의심스러울 만큼 강한 힘이었다.

록이 고개를 들자, 원의 깨끗한 얼굴이 바로 보였다. 자신의 일주일간 하루도 빠짐없이 닦아 준 그 얼굴이었다. 고백한 직후라 그런지, 얼굴이 터질 것처럼 화끈거렸다.

"이제……크리스 데려와야죠. 다들 걱정하고 있어요."

록이 눈을 데굴데굴 굴렸다.

"이렇게 해 놓고 떠나겠다?"

"제가 뭘 어떻게 했는데요?"

"정신이 확 돌아오게 만들었잖아."

원의 입술이 느슨하게 늘어났다.

"그럼 좋은 거잖아요. 아니에요?"

"그래. 좋으니까 이렇게 더 있자고."

"그래도 다들 걱정할 텐데⋯⋯."

"내가 안 죽을 거라는 건 다들 알고 있어. 그러니까 편하게 이야기해도 돼."

"무슨 이야기를 할 건데요?"

대체 이 자세로 나눌 이야기가 뭔데?

록이 난감한 표정을 지었다.

"죽어도 도망칠 것처럼 굴더니, 좋아하게 된 이유가 뭐야?"

원이 눈을 내리깐 채 물었다. 그 눈매가 가로로 야릇하게 늘어져 마주 보는 사람을 잔뜩 긴장하게 만들었다. 더군다나 목소리엔 평소보다 웃음기가 더 섞여 있었다.

"그야⋯⋯ 오랜 시간 함께 있다 보니 정도 들고, 같이 지내도 좋을 것 같고, 뭐 그러니까요."

"그게 끝?"

"뭐가 더 있어야 하나요."

록은 곤란한 표정으로 대답했다. 원을 향한 마음이 굴뚝같이 치솟아 올랐지만, 이걸 말로 표현할 방법이 없었다. 그저, 그의 식대로 건네는 애정에 길들여져 버렸다는 생각뿐이었다. 그러다 보니 어느 새 그의 말투, 행동, 표정이 다 좋아져 버렸다. 그러나 이 느낌을 말로 모두 다 담을 수 없어서 꾹 참을 수밖에 없었다.

“아아. 정말로 그게 끝?”

원이 말끝을 길게 늘이며 중얼거렸다. 뭔가 못마땅한 표정이었다.

“이젠 놔줄래요?”

록이 원의 손에서 벗어나기 위해 버둥거렸다.

“조금 더 생각해 보고.”

원은 깔끔하게 록의 제안을 무시했다. 늪에 빠진 것처럼 록의 몸이 원의 이불 속으로 슬슬 말려들어 갔다. 그제야 록은 번쩍 정신이 들었다.

이 남자, 원래 이런 사람이었지.

미친개 목줄을 풀어 준 거나 다름없는 상황이었다.

“아니, 저기, 원!”

록이 다급하게 소리쳤다. 어느새 이불 속에 자신이 쏙 들어와 있었다. 이불 안으로 원의 몸이 넝쿨처럼 칭칭 감겨 오기 시작했다.

“워, 원!”

“왜.”

돌아오는 목소리가 지독하게 담백했다. 미묘한 분위기를 타기 시작한 이 상황을 종결지어야 했다.

“그러는 원은 저를 왜 좋아하게 된 건데요!”

분위기를 반전시키고자 록이 소리쳐 물었다. 그러자 원의 행동이 뚝 멈췄다.

"내가 말 안 했던가?"

"안 했어요. 맨날 살려 줘서 좋다고 했을 뿐이지."

강압적으로 고백하라고 종용했을 뿐, 왜 좋아하는지에 대해선 제대로 설명하지 않았다.

록 또한 원에게 직접적인 이유를 묻지 않았다. 대답을 듣기 두려웠다. 그의 마음을 직면하면 도망칠 수 없을 것 같았다. 어쨌든, 도망치지 못한 건 마찬가지지만.

원이 모로 누운 채, 머리를 괴었다. 그러고는 록을 빤히 쳐다보았다.

불그스름한 록의 뺨과, 촉촉하게 젖은 눈동자가 자극적이게 느껴졌다. 원이 록의 머리카락을 부드럽게 쓸어 넘겼다.

"네가 나를 사람으로 만들었어."

"……."

"사람을 살리고 싶고, 만지고 싶고, 안고 싶고, 대화를 나누고 싶게끔 그렇게 만들어 놨다고."

록은 자신에게 오랜 시간 누려 보지 못한 평범한 것들을 하고 싶게끔 만들어 주었다.

투명한 햇살 아래 한가롭게 차를 마시는 것, 결과와 목적 위주의 대화가 아니라, 안부처럼 가벼운 대화를 나누는 것.

록 없이 홀로 있으면 어렴풋한 통증과 함께 보고 싶다는 생각이 들었다. 아주 오랜만에 느끼는 별것 아닌, 평범한 감정들. 소소하지만 매일 누리고 싶은 소중한 감정이었다.

“그래서 너랑 있으면 살고 싶어져.”

“…….”

“매일매일 함께.”

미래가 욕심나기 시작했다. 록과 함께한다면 꽤 재미있겠다, 라는 생각도 들었다.

생각에 반쯤 잠긴 원의 눈빛이 부드러운 빛을 띠었다. 그는 연기가 아니라, 진심으로 평온함을 느끼고 있었다. 그 얼굴을 보고 있던 록은, 가슴 깊은 곳에서 뜨거운 감정이 울컥 솟구쳐 오르는 걸 느꼈다.

이 남자도 자신과 같았다. 멀쩡한 척 살아도 멀쩡하지 않았다. 마치 중력이 없는 지구 위를 걷는 사람처럼 부유하며 살았다. 그랬기에 지금 서로에게 느껴지는 무게가 손 떨리도록 소중하게 느껴졌다.

록은 제 머리카락을 쓸어 넘기는 원의 손을 거머쥐었다. 손이 커서 두 손으로 잡아야 했다. 말로 표현하지 못하지만, 어떤 방식으로든 전하고 싶었다.

록은 떨리는 마음으로 목을 쭉 뺐다.

쪽.

가벼운 입맞춤이었다. 원의 행동이 멈췄다. 숨죽인 그의 얼굴을 보며 록은 한 번 더 용기 냈다. 그의 얼굴을 감싼 채 입을 맞추었다. 원이 무언가 말을 하려다 입을 다물었다. 자연스럽게 록의 뺨을 감싼 채 입술을 벌렸다. 가벼운 키스가 점차 깊어졌다. 부드럽던 공기가 순식간에 야릇하게 달아오르기 시작했다.

벌컥—!

"원은 좀 괜찮아? 록!"

천이가 문을 열고 들어왔다. 지금쯤 록이 원의 얼굴을 닦고 있을 거라 예상했다.

그런데 입술로 입술을 닦아 주고 있을 줄이야.

문을 열고 들어온 천이는 보이는 광경에 입을 쩍 벌렸다.

"야, 니들 뭐하냐?"

록이 침대에 누워 있고, 원의 몸이 그 위에 올라타 있었다. 원이 삐딱하게 고개를 돌린 채 천이를 무섭게 노려보았다. 방해를 받은 듯, 몹시 날카로운 표정을 짓고 있었다.

평소라면 눈치껏 물러났을 천이지만, 이 상황은 기가 막혀 발이 떨어지지 않았다. 천이의 뒤를 따라 들어오던 크리스가 상황을 파악하곤 고개를 기울였다.

"다 나았나 보네."

크리스가 덤덤하게 말했다.

"야, 다 나은 수준이 아닌 거 같은데? 와, 저 괴물 같은 새끼. 죽다 살아나도 발정을 하는구나."

천이가 순수하게 감탄했다. 그사이 돌처럼 굳어 있던 록이 슬그머니 원의 침대에서 빠져나왔다. 원은 온몸이 새빨개진 록을 잡았다가 펑 하고 터져 버릴까 봐 보내 주었다.

"수고하세요!"

록이 두 사람에게 인사를 한 후, 후다닥 사라졌다.

"수고는 내가 아니라 네가 한 거 같은데!"

천이가 멀어지는 록의 뒤통수에 대고 소리쳤다. 록은 아무것도 못 들었다는 듯 후다닥 사라졌다.

"몸은 어때?"

크리스가 원의 곁에 다가와 물었다. 원은 대답 대신 몸을 일으켰다. 일주일 만에 쓰는 몸이라 뻐근하긴 했지만, 근력과 균형감각엔 이상이 없는 듯했다.

이리저리 방 안을 걸어 다니던 원은 괜찮다는 듯 고개를 끄덕였다.

"그래도 정밀검사는 한번 받아 봐야 할 거야."

"안 받아도 돼."

원이 가볍게 웃으며 대답했다.

"기분이 좋아 보이네."

크리스가 원에게 말했다.

"어. 죽다 살아난 보람이 있네."

죽지 않을 걸 알긴 했지만, 이번엔 후유증이 우려될 만큼 위험한 상황이었다. 원이 이리저리 몸을 풀더니 가뿐한 듯 제자리에서 뛰었다.

"확실히 멀쩡해."

몸을 에워싼 에너지에도 변함이 없었다.

"저게 사람이야? 일주일간 누워 있었는데 근손실이 없었다고? 아무리 체력적으로 타고났다지만 저건 너무 심하지 않냐? 육체강화 능력자도 아니면서?"

천이는 질린다는 얼굴로 혀를 내둘렀다.

"다음엔 이런 위험한 짓 하지 마. 너 때문에 조직 자체가 휘청거릴 뻔했어. 네가 조금만 더 늦게 일어났다면 조직을 세분화시켜 나눌 뻔했어."

크리스가 엄한 표정으로 충고했다.

"그러지 그랬어. 이왕 그렇게 됐다면, 무인도 가서 좀 더 쉬다 왔을 텐데."

"원."

크리스가 진지한 얼굴로 원의 이름을 불렀다. 원은 대답 대신 픽 웃을 뿐이었다. 지금 자신이 무슨 소리를 하든 원은 듣지 않을 것 같았다.

"후우, 말을 말자. 필요한 건 없어?"

원에게 충고하는 걸 포기한 크리스가 물었다.

"없어. 아니, 하나 있어. 정확히 네가 아니라 알렝에게 전해 줘,"

이어지는 원의 말에 크리스와 천이의 표정이 미묘하게 변했다.

*　　*　　*

록이 저녁 식사를 하기 위해 식당으로 향했다. 한 달 하고도 일주일간 자리를 비운 덕분에, 원은 깨어난 지 30분 만에 서재로 향해야 했다. 이후 저녁 시간이 훌쩍 넘는 이 시간까지 코빼기도 비추지 않았다.

록은 부끄러운 상태니 차라리 잘됐다고 생각하면서도 기분이 미묘했다. 아주 조금 그의 얼굴이 눈앞에서 아른거렸다. 보고 싶기도 하고…….

“에이, 미쳤지. 미쳤어.”

록이 붉어진 제 뺨을 두 손으로 가리며 식당으로 들어갔다.

예상대로 식당엔 자신뿐이었다. 원이 깨어난 후 크리스와 천이도 덩달아 바빠진 탓이었다. 록이 들어서자 직원이 그녀의 곁으로 다가왔다.

“어느 식단으로 드시겠습니까?”

“저는 간단하게 빵이랑 우유 주세요.”

“네. 알겠습니다.”

여직원이 다소곳하게 인사하며 멀어졌다. 이전 직원들에 비해 새로 뽑힌 직원들은 조심성이 많고 신중했다. 그 점이 만족스럽긴 했지만, 한편으론 정이 느껴지지 않아 섭섭하기도 했다.

록은 한숨을 내쉬며 커다란 식탁에 앉았다. 이곳은 앉을 때마다 적응이 되지 않았다.

얼마 지나지 않아 록의 앞에 따끈따끈한 빵, 잼, 샐러드, 우유가 놓였다. 록이 홀로 식사를 하던 중, 들어오던 알렝과 마주쳤다.

“안녕하세요.”

그를 먼저 알아본 록이 평소처럼 알렝에게 친근하게 인사를 건넸다.

“여기 계셨군요. 오늘 못 뵙는 줄 알고 걱정했었는데 말이죠. 식사 중이셨나 봅니다.”

“네. 알렝은 식사하셨어요?”

“저는 점심을 늦게 먹었더니 아직도 배가 부르군요. 천천히 먹을 예정입니다. 그나저나 드디어 제대로 마음을 먹었나 보더군요. 록. 전 그렇게 될 줄 알았습니다.”

“무슨 말씀이세요?”

록이 눈을 동그랗게 떴다.

“저택에 록의 소식으로 소문이 자자합니다. 좋은 소식 잘 전해 들었습니다. 덕분에 오늘 하루 종일 기쁜 마음으로 일할 수 있었습니다.”

“네?”

알렝의 말에 록이 고개를 갸웃거렸다. 그가 하는 말을 조금도 이해할 수 없었다. 그러자 알렝이 부끄러워할 필요 없다는 듯 인자하게 웃으며 말했다.

“원을 입맞춤으로 깨웠다면서요? 역시 사랑의 힘은 엄청난 겁니다. 괜히 구전동화에서 입맞춤으로 왕자와 공주들이 깨우는 게 아닌가 봅니다.”

“쿨럭!”

우유를 마시던 록이 사레에 들려 쿨럭대기 시작했다.

“이런. 부끄러워할 필요 없습니다. 남녀 간의 사랑이란 무릇 그런 거지요.”

“아뇨. 알렝. 잠시만요. 제가 뭐로 원을 깨워요?”

“입맞춤이요.”

“아니에요! 절대로 아니에요!”

록이 깜짝 놀라 손을 가로저었다.

“이미 소문이 자자하던걸요. 목격자도 있다고 들었습니다.”

“천이가…… 그래요?”

알렝은 다 알면서 뭘 묻느냐는 듯 의미심장하게 웃었다.

아, 나. 진짜.

록이 기가 막혀 이마를 짚었다. 알렝에게 사실이 아니라고 부인하려다가 관두었다. 어차피 그가 자신의 말을 믿어 주지도 않을 것 같았다.

“저는 원과 록이 함께 들어오는 순간 감지했습니다. 두 사람이 천생연분이라는 것을요.”

“……덕담 맞으시죠?”

“그럼요. 아, 그리고 록의 짐은 원의 방으로 옮겨 놨습니다.”

“네? 제 짐을 왜요? 그게 무슨 소리예요?”

록이 깜짝 놀란 얼굴로 알렝을 쳐다보았다. 그러자 그가 흐뭇하게 웃으며 말했다.

“원이 록과 한방을 쓸 테니 짐을 다 옮기라고 명령하셨습니다.”

　원의 책상 위로 태블릿 PC, 모니터, 우편물, 서류가 어지럽게 널려 있었다. 원은 다양한 루트로 정보를 제공 받았다. 한 가지 방식은 해킹당하거나, 빼앗기기 쉬웠기에 대안을 찾은 것이었다.

　1구역에 일주일간 암호로 메일을 작성해 전송했다면, 그다음 주엔 우편으로 전송시켰다. 단순한 안부 편지처럼 보이지만 그 안엔 디테일한 규칙으로 암호가 나열되어 있었다.

　그렇게 총 32구역에서 자료를 각기 다른 방식으로 보내왔다. 암호의 규칙도 32구역 모두 달랐기에 한 구역에서 다른 구역의 자료를 해독할 수 없었다.

　"재미있네."

　원이 밀린 자료의 검토를 마친 후 짤막하게 답했다.

"이게 재미있다고 할 일이야? 정부가 우리 뒤통수를 치려고 으르
렁대고 있는 게?"

천이가 자신의 구역 정보가 담긴 종이를 흔들며 투덜댔다. 그러
자 크리스가 냉정한 얼굴로 말했다.

"우리가 그럴 만한 계기를 만들긴 했어. 갑작스레 능력 폭발이 일
어났는데, 우린 거기에 관해서 숨기기만 하니 그들 눈에는 불안했겠
지."

"충분히 해명했잖아."

천이가 불퉁하게 튀어나온 입술로 투덜댔다.

"그들한텐 부족하게 느껴졌을 거야. 불안한 상황이다 보니 우리
말도 제대로 들리지 않았을 거고."

그들이 몸담고 있는 나라는 후진국이었다. 빈부격차가 크고 테러
가 종종 일어날 정도로 치국이 불안했다. 그런 나라들은 으레 그렇
듯, 신의가 바닥났고 정부는 고압적으로 국민을 대했다.

강한 억압은 더욱 강한 반발심을 일으켰고, 현재 나라는 갈등의
최정점을 향해 빠르게 달리는 중이었다.

그들의 불안함은 애꿎은 원을 향했다. 그들은 원이 배신할 거라
예상하고 있었다. 한발 빠르게 대응하기 위해 촉을 곤두세우고 있었
다. 이미 그들의 모든 수가 원에게 입수되고 있다는 사실도 모른 채.

"정부 측에선 어떻게 대처할 거래?"

천이가 갑갑하다는 표정으로 원에게 물었다.

"글쎄. 아직 미정이라네."

그가 담백하게 대답했다.

"그렇겠지. 지금 당장 자기네들 전력으로 우리한테 덤비긴 힘들 테니까. 엄연히 말해 우리를 치면 당장 자기네들도 위험한 거 아냐? 우리가 알게 모르게 진압해 준 테러집단이 몇 갠데. 배은망덕한 것들."

천이가 못마땅하다는 듯 눈썹을 추켜올렸다. 그러나 그는 크게 마음 상하지 않았다. 사업적인 관계는 신뢰를 바탕으로 하지만, 언제든 깨어질 수 있다는 걸 알고 있었다.

"곧 정부 쪽에서 사람을 파견할 거라니까, 미리 알고 있어."

원이 다 읽은 서류를 태우며 말했다.

"알았어."

크리스가 가볍게 고개를 끄덕였다.

"그리고 조만간 다른 나라에서 우리 쪽으로 접근할 수도 있어. 조용히 접촉해 봐."

"지금 이 정부한테 들키면 골치 아플 텐데."

천이가 얼굴을 찌푸리며 말했다.

"한쪽만 지나치게 의지하면, 다쳐."

"알았어. 혹시나 힘든 일이 생기면 네가 다 처리해 주겠지."

천이가 믿는다는 듯 원을 손가락으로 장난스럽게 가리켰다. 원은 그런 천이를 깔끔하게 무시한 채 크리스를 보았다.

"이제 중요사안은 다 끝난 거 같은데, 나가 보지 그래?"

"하나 더 남았어. 록을 어떻게 할 거야?"

"데리고 살 거야. 죽을 때까지."

원이 이미 결심한 듯 덤덤하게 말했다. 그 말에 천이의 얼굴이 한

껏 구겨졌다. 언뜻 들으면 프로포즈인데, 곱씹을수록 납치의 느낌
이 났다. 천이는 속으로 록에게 애도를 표했다.

걸려도 뭐 저런 놈한테 걸려 가지고는.

크리스의 표정도 미묘하게 구겨졌다.

"그렇게 쉽게 결정할 일 아니야. 자칫하다간 록이 너의 유일한 약
점이 될 수도 있어. 이전처럼 록이 잡혀가게 되면 곤란해져."

크리스가 진지하게 경고했다. 록이 히카에게 납치당했을 당시,
원은 몹시 불안정한 상태였다. 그 당시 몇 개의 테러집단이 이유 없
이 사라질 만큼 그는 포악해졌다. 동시에 일의 우선순위를 결정하
지 못하고, 오로지 록 찾기에만 집중했다. 이런 일이 계속해서 발생
하지 않으리라는 법 없었다.

"잡혀가는 일 없도록 교육시켜야지. 이틀 후부터 록을 교육시켜.
현재 스스로 기압을 관리할 수 있는 상태긴 하지만, 마음대로 발현
시키진 못해. 납치하려는 새끼 머리통 깰 수 있을 정도의 기압정도
만 가르쳐놔."

"……후우."

예상대로 록을 향한 원의 고집이 상당했다.

"알았어."

크리스는 마지못해 수긍했다.

"이제 그만 나가 보는 게 어때? 손님이 찾아올 거 같은데."

원의 말이 마치기가 무섭게, 누군가가 문을 두드렸다. 찾아올 손
님이 누군지 안다는 듯 원이 픽 웃었다.

"쉬어야 하니까 나가 봐."

원의 말에 천이의 얼굴이 팍 구겨졌다.

“록이구나.”

“알면 나가.”

다시 한 번 축객령이 떨어졌다. 천이는 얼굴을 구긴 채 크리스를 잡아당겼다.

“더러운 꼴 보기 전에 나가자.”

천이가 크리스를 데리고 문을 벌컥 열었다. 문을 다시 한 번 두드리려고 손을 치켜들던 록이 멈칫했다. 천이가 얼굴을 찌푸렸다.

“때리게? 우와, 이제 원 믿고 나도 막 때리려는 거야?”

“그럴 리가요. 제가 천이를 왜 때려요. 절대 아니에요. 타이밍이 안 좋았을 뿐이에요.”

“들어가 봐. 너랑 데이트할 거라고 잔뜩 벼르고 있더라. 아! 그리고 록아.”

“네?”

천이의 부름에 록이 서재에 들어가다 말고 멈춰 섰다. 천이는 몹시 심각한 표정을 지었다.

“벌써부터 이런 말 조금 그렇지만, 쟤랑 똑같은 아이는 안 된다. 저런 놈은 세상에 하나면 족해. 둘은…… 알지? 세계대전이 인간계에서만 벌어지라는 법 없다?”

천이의 말에 록의 귀 끝이 화끈하게 달아올랐다. 록이 쭈뼛거리며 대답 대신 인사를 하곤 안으로 들어섰다.

“어서 와.”

원이 턱을 괴고서 록을 바라보았다. 원에게 성큼성큼 다가온 록이 그의 앞에 섰다.

"제 짐, 원의 방으로 다 옮겼다면서요?"

"어."

"왜요?"

"정식으로 연애라는 걸 하기 시작했으니, 같은 방 써야지. 새삼스러울 거 없잖아. 어차피 무인도에서 늘 한방을 같이 썼는데."

"……."

당연한 거 아니냐는 듯 묻는 원의 말에 록은 할 말을 잃었다. 이 남자에게 중간과정은 없나보다. 마음이 통했으니, 방도 하나를 써야 한다고 말하고 있었다. 록이 마른침을 삼키며 당황한 마음을 다스렸다.

"원. 저는 아직 그럴 준비가 되지 않았어요."

"준비는 행동하면서 같이 하는 거야. 대화가 길어질 거 같은데 술 한잔할까?"

원이 자리에서 일어나며 티테이블을 가리켰다.

"깨어난 지 반나절도 안 지났어요. 술은 아직 위험해요."

록이 심각한 얼굴로 말했다. 원이 씩 웃었다. 록이 걱정하는 걸 보고 있자니 즐거웠다. 그는 평소보다 가벼운 걸음걸이로 책상을 돌아 나와 록의 앞에 섰다.

"얼마 안 마실 거야. 어쨌든 깨어난 기념으로 축배는 들어야지. 이왕 이렇게 된 거 술 마시면서 허심탄회하게 이야기하고. 나한테 할 말 많을 텐데, 어디 한번 다 해봐."

원의 제안에 록은 잠시 고민했다. 술을 마시면서 할 말을 다 하라는 부분에서 흑했다. 고민 끝에 마음을 굳힌 듯, 말했다.

"네. 그럼 이왕이면 맛있는 술로 많이 주세요!"

＊　　＊　　＊

원이 주문한 지 얼마 되지 않아 알렝이 서재 문을 두드렸다. 들어오라는 원의 말에 알렝이 서재 문을 열고 들어왔다. 그의 어깨엔 박스가 얹혀 있었다.

"설마, 그게 다 술이에요?"

록이 놀란 얼굴로 박스를 가리켰다.

"네. 오붓한 시간 보내시라고 맛있는 술을 종류별로 챙겨 왔습니다."

"……."

다 마시고 저승에서 오붓한 시간을 보내라는 건가.

록이 어마어마한 양의 술을 보고 한 번, 이 무게를 가뿐하게 들고 온 알렝의 힘에 또 한 번 놀랐다. 괜히 이 집의 집사가 아니었다.

"그럼 좋은 시간 보내시길 바랍니다."

알렝이 즐거운 미소를 지으며 서재를 나갔다.

박스를 열어 보니 술병들 사이로 간단하게 챙겨 먹을 마른안주들이 끼어 있었다.

록이 안주를 챙기는 동안, 원이 자연스럽게 술병을 티테이블에 정렬했다. 작은 티테이블이 금세 술병으로 꽉 찼다.

록은 다부지게 가장 큰 술병을 거머쥐었다.

“그거 마시게?”

원이 가볍게 웃으며 물었다.

“네. 축배를 들려면 제대로 들어야죠.”

록은 마음을 단단히 먹은 듯 대답했다. 술을 제대로 마셔 볼 생각이었다. 마시고 취한 후, 용기 내어 그에게 못 다 한 말을 할 생각이었다.

설마 죽어도 지옥에서 건져 온다고 하는데, 자신이 취기에 행패 좀 부린다고 죽이진 않을 것 같았다.

“천천히 마셔.”

“목이 말라서요.”

록은 취하고 싶은 사람처럼 입에 술을 들이부었다. 원은 그런 록을 보며 픽 웃었다. 록의 앞에 놓인 페트병이 절반쯤 비었다. 록의 몸이 옆으로 살짝 휘청거렸다.

“취기가 슬슬 올라오지?”

“네.”

“그렇게 취해서 하고 싶은 말이 뭐야? 한번 해 봐. 그 말 하려고 마신 거잖아.”

원의 빠른 눈치에 록은 숨을 흡 하고 들이마셨다.

“다 알고 있었어요?”

“사람이 대체로 술을 과하게 마시는 경우는, 죽고 싶거나, 용기가 필요할 때라고 책에서 그러던데.”

“방금 그 말 때문에 술 깼어요. 잠시만요. 다시 취해야겠어요.”

록은 손을 들어 보이곤, 술을 다시금 벌컥벌컥 마시기 시작했다.

남아 있던 술의 양이 절반으로 줄었다. 원은 그 모습을 귀엽다는 듯 쳐다보았다.

순식간에 오른 취기에 록의 몸이 정신없이 흔들리기 시작했다. 원이 잡으려 하자, 록이 그의 손을 탁 쳐냈다. 순식간에 원의 손이 허공에 떴다. 여자한테 맞아 본 게 처음이라, 그는 기가 막힌 표정을 지었다.

"잡아서 어딜 데려가려고요? 또 침대로 질질 끌고 가려고 그러죠? 이제 먹는 떡 됐다고 막 뜯어먹으려고……."

록의 눈동자가 촉촉하게 젖어 들어갔다. 원이 할 말을 잃은 얼굴로 록을 쳐다보았다.

"어떻게 그래요? 어떻게 내 기분은 하나도 고려를 안 해요? 연애하자고 말한 지 하루 만에 같은 방을 쓰자고 하면 어떻게 해요? 난 아직 마음의 준비도 안 됐는데. 어떻게 매번 내 생각은 들어 보지도 않고 강압적으로 밀어붙여요? 전생에 불도저였어요? 아니면 나만 보면 막 밀어재끼고 싶어요? 내가 진짜 떡같이 생겼어요? 왜 못 먹어치워서 안달이에요?"

중구난방으로 떠들던 록이 마지막엔 억울한 표정으로 웅얼거리기 시작했다. 생각보다 쌓인 한이 많은지 록의 분노는 꽤 오랜 시간 이어졌다.

원은 무표정한 얼굴로 록을 쳐다보았다.

"그러니까 앞으로 뭔가를 결정할 땐 제 의견도 좀 물어봐 달라고요! 알았어요?"

한창 말을 쏟아 내던 록은, 원이 이상하리만치 잠잠하다는 걸 알아챘다. 취한 와중에도 록은 자신이 목숨을 걸고 행패를 부렸다는 사실을 깨달았다. 순간 술이 번쩍 깨는 기분이었다.

내가 무슨 짓을 한 거지?

원의 표정이 심상찮았다. 록의 표정이 점차 굳어 갔다.

"……그러니까, 제가 원한테 명령을 하는 건 아니고 앞으로는 감안해 주십사…… 후우, 그만 노려보면 안 돼요?"

"노려본 거 아니야."

"그럼 그 표정은 뭔데요?"

"귀여워서."

"……"

원의 담백한 대답에 록은 얼이 빠졌다. 그러거나 말거나 원은 몹시 진지하게 록이 귀여웠다. 다른 사람이 이런 행패를 부리면 진즉에 창문 밖으로 집어 던졌을 거다. 그런데 눈물을 그렁그렁 달고서 억울하다고 하소연하는 록이 여간 귀여운 게 아니었다.

말하는 내내 작은 손이 허공을 휘저었다. 귀 끝은 불그스름했고, 볼은 말할 때마다 오르내렸다. 매번 자신의 눈치를 살피던 록이 되바라지게 나오니 그 나름의 매력이 보이기도 했다.

이 생각을 알면 천이가 거품을 물며 욕하겠지만, 그는 개의치 않았다.

"이게…… 귀엽다고요?"

행패 부리려고 작정하고 술 마신 후, 진상 짓을 하는데도?

"어."

"……"

전투력이 급감했다. 왠지 이길 수 없는 적을 만난 기분이었다.

"네 말이 끝났으니, 이제 내가 말해도 되겠지?"

원이 상체를 앞으로 기울이며 물었다.

"네. 되긴 하는데, 폭력으로 답하는 건 아니죠?"

"이만큼 겪었으면 내가 널 안 때린다는 것쯤은 알 텐데?"

그 질문은 기분 나쁜 듯, 원의 미간이 좁아졌다.

"네. 잘 알죠."

"나랑 같은 방 쓰기 싫은 이유가 뭐야? 이미 한 달 넘게 한집에서 거주했는데, 새삼스럽게 왜 이래?"

"그야!"

록이 호기롭게 소리치다 말고 입을 꾹 다물었다.

"왜 말을 하다 말아? 사람 궁금하게."

"그게…… 그런 게 있어요."

록이 우물쭈물 거렸다. 록답지 않은 행동에 원의 미간이 좁아졌다. 별 이유도 없이 자신과의 합방을 거부하는 거면 화가 날 것 같았다. 록이 마음을 열기까지 오랜 시간 기다렸다. 여기서 더 기다려 줄 여유가 없었다.

록이 민망한 듯 시선을 돌리자, 원이 그녀의 머리를 감싸 자신 쪽으로 돌렸다. 그러고는 강제로 시선을 맞췄다.

"이유가 뭔지 알아야 개선을 할 거 아냐."

원의 재촉에 록의 입술이 달싹거렸다. 눈이 마주치자 록의 얼굴이 더 벌겋게 달아올랐다. 그러더니 터질 것 같은 얼굴로 소리치듯 말했다.

“……그야 떨리니까요!”

“…….”

잠시 침묵이 흘렀다.

“왜?”

원이 한참 만에 담백한 표정으로 물어 왔다.

“왜냐니요. 떨리니까 떨린다고 그러죠.”

“난 널 때리지 않겠다고 자주 선언한 거 같은데. 내가 그렇게 못 미더워?”

원이 삐딱하게 앉은 자세로 물었다. 슬쩍 구겨진 미간과 가늘어진 눈초리가 기분이 상했다는 걸 말해 주고 있었다.

아, 이 남자는 맞을 때만 떨리나 보구나. 아니, 맞아 본 적도 없을 것 같다. 때려 보니 남들이 부들부들 떠는 걸 보고 하는 말일게 분명했다.

왠지 죽을 때까지 이 남자의 사고체계를 이해할 수 없을 것 같은 암담한 마음이 들었다. 갑자기 목이 탔다. 록이 앞에 놓인 술병을 들어 시원하게 몇 모금 들이켰다.

“아뇨. 그게 아니라, 이걸 뭐라고 설명해야 하지?”

록이 우울한 얼굴로 중얼거렸다. 자신이 생각하는 연애란 이런 것이 아니었다. ‘떨린다’의 개념을 설명해 줘야 하다니. 동시에 은근히 자존심이 상했다. 이 남자는 자신을 보면서 한 번도 떨린 적이 없다는 말이었다.

“원은 절 보면 어떤 느낌이 들어요?”

“좋아.”

원이 순순히 대답했다. 거칠 것 없는 대답에 록의 가슴이 화끈 달아올랐다. 그러나 내색하지 않고 취조하듯 물었다.

"그리고요?"

"뭐가 더 필요하지?"

"보고 싶고, 애틋하고, 보기 전에 심장이 막 빨리 뛰고 땀이 흐르고 하지 않아요?"

"보고 싶어. 애틋한거 같기도 해. 그런데 땀이 날만큼 심장이 빨리 뛰는 건 모르겠어."

웃음이 나오고, 걸음이 빨라진 적은 있어도 심장박동이 빨라진 적 없었다. 원의 덤덤한 표정에 록은 대답 대신 애꿎은 술만 들이켰다. 없다는 말이 충격적이었다.

굉장히 수심이 깊은 바다인 줄 알고 뛰어들었다가 모래사장에 머리가 박히는 기분이었다. 얼마 못 가 록의 손에 쥐어진 술병이 바닥을 드러냈다.

"떨린다는 건요. 그러니까…… 하아."

록은 무언가 설명하려다 말고 답답한 듯 술을 들이켰다. 설명할 수가 없었다. 그렇게 록이 비운 술병이 옆에 가득 쌓여 갔다. 원은 그런 록을 바라보기만 했다. 오늘 술을 먹이려고 했는데, 알아서 마시니 손쓸 일이 없었다. 술을 두 병쯤 더 비운 록이 결심했다는 듯 원을 쳐다보았다.

"떨린다는 건요. 보면 막 심장이 뛰거든요? 안 보면 머릿속에서 빙글빙글 돌고 그래요. 그러니까 나도 모르게 정신이 없고…… 후우, 아니에요. 됐어요. 이해 못 할 거 같으니까, 술이나 마셔요. 어쨌든 아직까지 한 침대를 쓰고 싶지 않아요. 조금 더 천천히 가고 싶어요.”

“이미 충분히 저속이었어.”

“그래도요. 아직은…… 좀 그래요.”

록이 우물거리듯 대답했다.

“한 침대는 곤란하다?”

“네이. 네이.”

어느새 만취한 듯 록이 목이 빠져라 고개를 끄덕였다. 이윽고 록이 고개를 번쩍 들었다. 눈이 다 풀어져 있었다.

“취했나 봐요. 저는 이만 일어나 볼게요.”

자리에서 벌떡 일어나던 록이 휘청거렸다. 원이 반사적으로 록의 손목을 잡아챘다. 그 반동에 록이 원에게 폭 안겼다. 록의 얼굴이 원의 스웨터에 박힌 채 꼼짝하지 않았다.

“자?”

설마.

원은 자신에게 안긴 채 쌔근쌔근 숨소리를 내는 록을 바라보았다. 원이 록을 안아 들었다. 그의 침대로 데려가려는데, 불쑥 록이 고개를 들었다.

“짠. 속았지.”

술에 취한 록이 눈을 반쯤 감고서 헤실헤실 웃었다. 손가락으로 브이를 그리며 씩 웃는 록의 얼굴이 불그스름하게 달아올라 있었다. 원은 그녀가 완전히 취했다는 걸 알아챘다. 아마 곧 술주정을 하리라.

록이 자그마한 손가락으로 꼬물거리며 장난치기 시작했다. 손끝으로 그의 뺨을 쿡, 코끝을 쿡, 쇄골뼈를 쿡 한 번씩 누르더니 재미있다는 듯 소리 내어 웃었다. 자그마한 웃음소리가 바람처럼 가슴에 스며들었다. 간지러웠다. 원은 자신이 멈춰 선지도 모른 채 우뚝 서서 록을 바라보았다.

"헤헤."

록이 아이처럼 환하게 웃었다. 술에 취한 록은 종잡을 수 없었다. 어느 날은 겁먹은 소녀가 되었고, 또 어떤 날은 장사꾼이 되었다.

"왜 웃어?"

"좋아서요."

록의 눈이 보기 좋게 휘어졌다. 동시에 원의 입꼬리가 미미하게 굳었다. 방금, 아주 잠깐 자신의 심장이 격하게 뛰는 듯했다.

이런 건가. 떨린다는 게.

의도하지 않았는데 손끝에 힘이 바짝 실렸다. 그러자 록이 환하게 웃으며 팔을 휘저었다.

"사장님이 월급 보너스 많이 줘서 너무 좋아요. 엄청 행복해요. 이걸로 집에 가는 길에 호떡 사 먹을 거예요. 오늘은 특별히 두 개 사 먹어야지. 사치했다. 헤헤."

록이 팔을 이리저리 휘저으며 신난 얼굴로 말했다. 동시에 원의 얼굴이 구겨졌다. 오늘 취기 오른 록의 테마는 월급 받은 아르바이트생인 모양이었다.

원이 눈을 지그시 감았다가 떴다. 잡았다 싶으면 빠져나가는 게 이 여자의 주특기인 모양이었다.

"내가 누구야?"

원이 록을 침대에 앉혀 놓은 후, 두 팔 사이에 록을 가두고서 물었다. 평소라면 도망갈 구석부터 찾았을 록이지만, 지금의 록은 경계심을 상실한 상태였다. 오히려 두 손으로 꽃받침까지 해가며 웃고 있었다.

"사장님요."

"무슨 사장님?"

"사장님이 하는 가게도 몰라요? 속옷가게 사장님이잖아요."

록이 헤실헤실 웃었다.

"속옷가게라……."

원이 말끝을 늘이며 무서운 얼굴로 록을 쳐다보았다. 아르바이트 경험이 많다는 건 이전에 언뜻 전해 들었다. 그런데 속옷가게에서 일한 줄은 몰랐다. 거기다가 그 사장님에게 이렇게 방긋방긋 웃어 줄 정도로 친한 줄은 더더욱 몰랐다.

원은 자신을 귀찮게 굴지 않는다면, 타인의 과거나 경험에 대해 전혀 신경 쓰지 않았다. 그런데 록이라면 말이 달랐다.

"그 사장이 남자야, 여자야?"

"사장님 성별도 몰라요? 남자잖아요. 이상형이 콜라병 몸매를 가진 여자라면서요. 아, 그런데 사장님 왜 저한테 어젯밤에 문자했어요? 왜 영화 보러 가자고 한 거예요?"

원이 냉랭한 표정으로 록을 물끄러미 바라보았다. 찌르지 않았는데 록이 알아서 술술 자신의 과거를 불기 시작했다.

"앞으로는 그런 문자 보내지 마세요. 저는 사장님을 사장님으로만 대하고 싶습니다."

록이 제법 단호한 표정으로 말했다. 그 말투에 원의 표정이 한결 누그러졌다. 그러나 이어진 록의 말에 원의 얼굴에서 표정이 싹 사라졌다.

"저는 좋아하는 사람이 있단 말이에요."

록이 입술을 삐쭉거리며 말했다.

"그 당시에 좋아하는 사람이 있었다?"

원의 목소리가 미묘하게 비틀렸다. 록은 현재 과거의 상태로 돌아가 있었다. 그 당시에 좋아하는 사람이 있었다는 사실에 원의 기분이 확 상했다.

자신은 죽을 뻔해 가면서 얻은 마음이었다. 다른 놈이 손쉽게 가졌다고 생각하니 눈에 보이는 것이 없었다. 어떤 새끼인지 모르겠지만, 죽여 버리고 싶다는 생각밖에 들지 않았다.

"네. 그럼요. 그 사람은……."

"거기까지."

그가 손을 들어 록의 턱을 거머쥐었다. 당기자 록의 입술이 벌어졌다. 순식간에 원의 입술이 록의 입술을 삼켰다. 힘에 밀려 록이 침대로 풀썩 쓰러졌다.

"으음!"

록이 격렬하게 거부하며 몸을 틀었다. 있는 힘을 다해 빠져나온 록이 비명을 질렀다.

"사중님! 좀!"

원은 집요하게 록의 입술을 따라갔다. 록의 비명이 맞댄 입술 사이에서 처참하게 뭉개졌다. 원은 록의 턱을 거머쥐고서 한 손으로 가뿐하게 그녀의 두 팔을 감싸 쥐었다. 그녀의 얼굴이 구겨졌다. 순간 멈칫한 원이 록에게서 멀어졌다.

원이 손등으로 제 입술을 훑었다. 붉은 피가 새어 나왔다. 록이 저도 모르게 변형된 기압을 원의 몸에 밀어 넣었다. 원이 조금만 늦게 알아챘다면 내장이 파열될 뻔했다. 록과 키스 중이라, 능력을 풀고 있던 게 화근이었다. 그가 한 걸음 물러서서 냉담한 눈으로 록을 보았다.

"저, 좋아하는 사람 있다니까요!"

눈물이 그렁그렁 차오른 록이 원을 노려보았다.

"입 다물어."

누군지 알게 되면 인간계를 뒤져 찾아낼 것 같았다. 그 사람이 무사하지 못하는 건 당연지사였다. 원의 흉흉한 기세를 알아챈 건지 록이 움찔하더니 입을 다물었다. 그러나 얼마 못 가 중얼거리듯 말을 꺼내기 시작했다.

"그, 그래도 안 되는 건 안 되는 거예요. 사장님은 그 사람 상대 못 해요. 그 남자가 얼마나 무서운 사람인데요. 사람 하나 없애는 건 일도 아닌 사람인데…… 엄청 잘생기고, 엄청 성질 더러운 남자라고요. 이런 짓 한 거 그 사람한테 걸리면 사장님 죽어요. 그 전에 나도 죽겠지만요."

록이 더러운 일을 당했다는 듯 소매로 입술을 박박 닦아댔다. 금세 입술이 벌겋게 달아오르기 시작했다. 보다 못한 원이 록의 손을 잡아챘다.

"입술 까져. 피나."

"나든 말든요! 씨이. 사장님 때문에 저도 죽게 생겼는데요. 씨, 아직 사귀고 나서 키스도 제대로 안 해 봤는데……."

"그 남자가 누군데?"

"어차피 사장님은 몰라요."

"아는지 모르는지 들어보면 알거 아냐."

"원이라고 있어요. 혹시 엄청 잘생긴 흑발의 남자가 여기 찾아오면 도망가세요. 저승사자가 더 젠틀하게 느껴질 정도로 포악한 남자니까요."

웅얼거리던 록이 금세 눈물을 뚝뚝 떨어뜨리기 시작했다. 원은 기가 막힌 얼굴로 록을 쳐다보았다.

록이 말한 '좋아하는 사람'이란 게 자신이었다. 잠시 이성을 잃어, 스스로를 질투했다는 사실에 원은 할 말을 잃었다. 그러다 픽, 하고 웃었다. 웃음이 새어 나갔다.

"그렇게 포악한데 왜 만나?"

원이 웃는 얼굴로 삐딱하게 물었다.

"그야 좋으니까요. 그리고 같이 있으면 행복하니까요."

"……."

생각지 못한 답변에 원의 표정이 서서히 사라졌다. 행복, 이라는 단어가 굉장히 낯설게 들렸다. 더군다나 자신으로 인해 누군가가 행복해진다는 건 생각해 보지도 않았다. 록은 원의 표정을 보지 못한 채 말을 줄줄 이어 갔다.

"보고 싶고, 기다려지고, 만나면 좋고, 헤어지면 아쉽고, 그래서 죽기 싫고…… 이래서 다들 웃으면서 사는가 보다 싶다고요."

처음 듣는 록의 마음에 원이 무릎을 굽히고 앉아 록을 바라보았다.

"그 남자가 좋아?"

원이 누그러진 목소리로 물었다. 이전과 확연히 달라진 부드러운 표정으로 물었다. 그러자 록이 원을 힘껏 노려보았다.

"지금 그걸 말이라고…… 그런데 이런 일을 당했으니. 오늘 부로 아르바이트 관둡니다. 그리고 경찰에 성추행 신고할 겁니다. 또, 노동부에 악덕업주로도 신고할 거예요."

록이 끅끅거리며 숨을 들이마셨다. 원의 입술이 저도 모르게 느슨하게 늘어났다. 술에 취한 와중에도 록은 똑 부러지게 대응할 생각을 하고 있었다.

"가만히 두지 않을 거예요. 정의의 이름으로 용서하지 않을 겁니다."

"큭."

눈물을 뚝뚝 흘리면서 정의를 논하는 록이 귀여워서 원은 웃음을 참지 못했다.

"웃지 마세요. 심각한 상황이니까요. 근데…… 사장님."

원이 대답 대신 입술을 사려 물었다. 웃음이 자꾸 새어 나왔다. 말하라는 듯 쳐다보자, 록이 눈을 똘망똘망하게 뜨고서 말했다.

"왜 이렇게 제 남자친구 닮으셨어요?"

"큭."

"아, 갑자기 용서하고 싶어지네. 안 돼. 그건 안 될 말이야. 일단 지금은 잠이 오니까 천천히 생각해 볼게요. 저는 이만 퇴근하겠습니다. 붙잡지 마세요."

록이 침대에서 벌떡 일어나더니 원에게 꾸벅 인사했다. 원은 록을 잡지 않고 보내주었다.

록은 방문을 열고 나가더니, 3초도 되지 않아 도로 열고 들어왔다. 그러곤 침대 한 바퀴를 뱅 돌더니 털썩하고 침대에 쓰러져 누웠다. 그녀는 이내 번데기처럼 이불을 몸에 둘둘 말고선 베개에 얼굴을 콕 박고서 잠에 들었다.

순식간에 침대를 강탈당한 원은 잠든 록을 바라보다 손으로 얼굴을 덮었다. 그러고는 큭큭거리며 웃기 시작했다. 웃음을 참을 수가 없었다.

그가 태어나서 가장 많이 웃은 날이었다.

*　　*　　*

"으……."

록이 힘겹게 고개를 들었다. 머리가 깨질 것 같았다. 양손으로 머리를 부여잡았다. 그녀는 자신이 술을 마시고 곧장 잠들었음을 기억해 냈다. 두통의 이유는 술보다도 개꿈 때문인 것 같았다.

대학 입학하자마자 속옷가게에서 아르바이트를 한 적 있었다. 30대의 남자 사장은 밤낮 가리지 않고 자신에게 보고 싶다는 둥, 술을 마시자는 둥의 문자를 보냈다. 그 남자가 꿈에 나왔다. 얼굴만 봐도 싫은데, 그 남자와 키스를 했다. 힘들게 떨쳐 내고 나니 그 사장의 얼굴이 원과 똑같이 생긴 걸 발견했다.

"개꿈. 진짜 개꿈이야."

록이 베개에 얼굴을 파묻고서 고개를 가로저었다. 그러다 불현듯 무언가를 느낀 듯 고개를 들었다. 주변을 살핀 록의 얼굴이 흙빛이 되었다.

높은 천장, 고급스럽고 깔끔한 가구, 심플한 인테리어.

익숙한 듯 낯선 이 분위기는 원의 방이었다. 자신의 방은 옆방이었다.

대체 왜 자신이 여기서 잠든 걸까.

원을 찾아 주변을 둘러보던 록이 무언가를 발견하곤 그 자리에 털썩 주저앉았다.

"이게 뭐야?"

록이 멍하게 중얼거렸다. 눈으로 보고도 믿을 수가 없었다. 분명 원의 방에 있는데도 불구하고 자신의 방이 보였다.

밤사이, 자신의 방과 원의 방 사이에 있던 벽이 사라져 있었다.

제 눈으로 보고도 믿을 수가 없었다. 멍하게 앉아 있던 록은, 때마침 문을 열고 들어오는 원을 발견했다. 그는 오늘도 검은색 목폴라에 청바지를 입고 있었다.

평소라면 그 모습을 보고 '어떻게 해야 저 옷을 그만 입힐 수 있을까'를 고민하겠지만, 지금은 그럴 정신이 없었다.

"초능력 발현 후, 시각에 이상증세가 생길 수가 있나요?"

록이 심각한 얼굴로 물었다.

"더러 있긴 해. 왜? 눈이 이상해?"

원이 록을 흘깃 쳐다보며 물었다. 그녀는 넋이 나간 얼굴로 뚫린 벽을 바라보고 있었다.

"제가 투시를 할 수 있게 됐나 봐요. 벽 너머가 보이네요."

차라리 투시능력이 생긴 것이 훨씬 더 현실적으로 느껴졌다.

"아아. 벽 말하는 거야?"

원이 성큼성큼 다가가더니 뚫린 벽을 지나쳐 록의 방으로 들어갔다. 록의 눈이 크게 벌어졌다.

"서…… 설마, 정말로 벽을 없앤 거예요?"

"어."

"그, 그게 가능해요? 몇 시간 사이에? 그것도 내가 자는 사이에 소음 한 번 없이 제거했다고요?"

"이 방과 네 방은 원래 하나였어. 지나치게 커서 간이 벽을 세워 둔 거였어. 그것만 제거하면 되는 거니 한 시간이면 되던걸. 공사는 조용히 진행되어서 그런지 넌 푹 자더라."

원이 기분 좋은 듯 싱긋 웃어 보였다.

"대체 왜요?"

록이 이해할 수 없다는 듯 얼빠진 얼굴로 물었다.

아무리 그래도 그렇지, 벽을 제거하는 게 말이야?

"같은 방은 못 쓰겠다며. 그래서 벽을 빼 버렸지. 각자 방에서 지내되 원활한 교류가 가능하니 이 정도면 서로가 원하는 바가 절충된 거 아닌가?"

"……."

이 남자는 절충의 뜻을 모르는 게 틀림없었다.

"하아."

록은 뒤늦은 한숨을 내쉬며 괴로운 듯 이불 시트에 얼굴을 파묻었다. 말이 각자 방이지, 영락없이 한방을 쓰게 되었다. 어쩐지 어젯밤, 원이 순순히 넘어가 준다 싶었다.

이리저리 비틀대던 록은 이 침대가 원의 침대라는 것을 알고 고개를 번쩍 들었다.

"아."

록이 짧게 탄성을 흘렸다. 어느새 원이 자신의 바로 코앞에 자리하고 있었다. 그는 침대에 걸터앉아 록을 물끄러미 바라보고 있었다. 그녀는 이불을 끌어당겨 눈 아래까지 가렸다. 막 자고 일어나 퉁퉁 부운 얼굴을 보여주려니 부끄러웠다.

"어제 일은 기억나?"

원이 손가락으로 시트를 퉁퉁 튕기며 물었다.

"어제요?"

록의 눈동자가 데굴데굴 굴러갔다.

어제 무슨 일이 있었더라. 술을 함께 마시고…….

생각을 이어 가던 록의 얼굴이 뻣뻣하게 굳었다. 술을 진탕 마신 후의 기억이 사라졌다.

아주 미약하게 기억이 나는 것은, 원에게 '사장님'이라 불렀던 사실 하나였다.

그 상태로 무슨 말을 주절거렸는지까지는 기억나지 않았다. 록이 슬쩍 원의 눈치를 살폈다. 그녀의 머리가 바쁘게 돌아가기 시작했다. 어떤 패를 제시하는 것이 자신에게 이득인가를 계산했다.

"기억이 안 납니다."

결국 록은 오리발 패를 내밀기로 했다. 실제로 기억이 나지 않는 것도 있고, 자신이 실수를 했다고 해도 기억이 나지 않는다 발뺌하면 될 일이었다.

"그래?"

원이 느긋하게 웃으며 되물었다. 순간, 록의 가슴이 철렁 내려앉았다. 어쩐지 그가 이 대답을 기다리고 있었던 것 같은 기분이 들었다.

"자, 잠시만요! 아주 조금 기억나요! 제가 원을, 사장님이라고 부르면서 진상을 부렸네요. 미안해요. 술에 취하면 제어를 할 수가 없어서요. 앞으로는 술을 자중해서 마시도록 할게요."

"기억이 난다?"

"네. 확실히, 아주 또렷하게 납니다."

록이 눈에 힘을 바짝 주고서 말했다.

"그럼 그것도 기억나겠네? 오늘밤, 같이 자자고 했던 거."

"아니요. 그건 거짓말 같은데요."

록이 단호한 표정으로 고개를 가로저었다. 아무리 만취상태였다고 하나, 자신이 원에게 그런 말을 했을 리 없다. 벽이 사라진 것만으로도 가슴이 철렁 내려앉은 자신이, 동침을 제안하다니.

원이 픽 웃더니 주머니에서 손가락만한 녹음기를 꺼냈다. 그가 재생버튼을 누르자, 아주 익숙한 목소리가 흘러나왔다.

[원, 내일 같이 자요. 꼭 같이 자요. 약속.]

록의 얼굴이 희게 질렸다.

"믿기지 않아?"

원이 여유롭게 웃으며 한 번 더 버튼을 눌렀다.

[원, 내일 같이 자요. 꼭 같이 자요. 약속.]

술에 취해 발음이 뭉개지긴 했지만, 확실히 자신의 목소리였다. 록이 눈을 커다랗게 뜬 채 원을 바라보았다.

"혹시 자는데 협박했어요?"

"기억 다 난다며."

"그건……!"

당했다!

록은 자신이 원의 패에 휘말렸음을 알았다. 이제 와서 기억 안 난다고 발뺌할 수도 없는 터라 록은 최대한 침착함을 유지했다.

"제 기억이 정확하지 않을 수도 있으니까요. 어떻게 된 상황인지 들을 수 있을까요?"

"말 그대로야. 네가 갑자기 헤실헤실 웃으면서 내 손을 꼭 붙잡고 거듭 약속을 하더라. 때마침 내 방에 녹음기가 있어서 녹음을 해 뒀고."

원의 부드럽게 웃으며 대답했다. 록이 녹음기를 물끄러미 바라보았다.

저걸 낚아채서 창문 밖으로 집어 던지면 어떻게 될까?

"혹시나 해서 복사본 여럿 만들어뒀으니까 쓸데없는 생각은 접어."

원의 충고에 록의 얼굴이 금세 시무룩해졌다. 원이 녹음기를 바지 주머니에 챙겨 넣었다. 록의 시선이 자연스럽게 원의 청바지에 닿았다.

"오늘부터 초능력 개발에 들어갈 거야. 안정기긴 하지만, 초능력을 원활하게 사용하진 못하잖아. 특히 기압 변형 같은 경우는 많은 디테일을 요하기 때문에, 시간이 꽤 걸릴 거야. 너한테 도움 될 만한 사람들을 몇몇 붙여줄 테니 한 번 해 봐. 그런데 말이야. 거기 보고 싶어?”

원의 낮은 웃음소리에 록이 고개를 들었다.

“네?”

“너무 빤히 보잖아.”

그게 무슨 소리냐, 라고 물으려던 록의 얼굴이 금세 붉어졌다. 녹음기에 정신이 팔려 그의 아랫도리를 지나치게 뚫어져라 쳐다보았다.

“밤에 보여 줄게.”

원의 입술이 호를 그리며 야릇하게 길어졌다. 슬쩍 늘어진 눈초리에 심장이 제멋대로 뛰기 시작했다.

“아뇨! 아니요! 왜 밤에 봐요! 제가 그걸 언제 보고 싶다고 말했어요? 저는 그런 야한 여자가 아니라고요!”

록이 억울하다는 듯 소리쳤다. 얼마나 억울한지 주먹에 힘까지 불끈 들어갔다. 그러자 원의 고개가 비스듬히 기울어졌다.

“녹음기 말하는 건데, 야한 여자가 왜 나오지?”

“아?”

록의 얼굴이 일순 멍해졌다. 이윽고 록의 얼굴이 더욱 붉어졌다. 원의 웃음이 이전보다 짙어졌다. 그는 결국 참지 못하고 소리 내어 웃었다. 그제야 록은 자신이 놀림을 당했다는 걸 알았다.

비몽사몽간에 벽이 사라진 충격 때문에 이성적으로 행동하지 못했다. 그러나 뒤늦은 후회는 부질없었다.

록은 충격 받은 듯, 영혼이 빠져나간 텅 빈 얼굴로 원을 바라보았다.

그가 손을 뻗어 록의 턱을 거머쥐었다. 가볍게 힘을 주어 끌어당긴 얼굴을 바라보다, 그 입술에 입을 맞추었다.

쪽.

가벼운 입맞춤에도 록은 별 미동 없었다.

"보여 줄게."

원이 작게 속삭였다. 록은 그를 바라보며 얼굴을 찌푸렸다.

또 장난질이다. 그놈의 녹음기.

"네. 네. 꼭 보여 주세요."

"그래. 기대해."

원이 록의 입술에 가볍게 입을 맞춘 후, 자리에서 일어났다. 성큼성큼 벌어진 그의 뒷모습을 보던 록은 그제야 보여 준다는 것이 녹음기가 아니라는 것을 깨달았다.

*　　*　　*

아침 식사를 마친 후, 록은 크리스의 뒤를 따라 훈련실로 향했다. 따로 훈련실이 만들어진 것은 아니었기에 그녀의 교육은 지하실에서 이루어지게 되었다.

"한창 기분 좋게 웃고 다닐 때 아닌가? 그런데 왜 표정이 그렇지?"

크리스가 자신의 옆에서 죽을상을 하고서 걸어오는 록을 보며 물었다.

“크리스.”

“응. 말해.”

“왜 원은 외교관이 되지 않았을까요?”

“무슨 소리야?”

크리스가 의아한 표정으로 록을 바라보았다.

“수려한 외모에, 사람 혼을 쏙 빼놓는 그 정도의 언변이면 외교관을 하고 남았을 것 같은데, 왜 이런 일을 하고 있을까요?”

“만나고 있으면서 아직도 원에 대해 파악을 못했어? 원의 성격을 보면 알잖아. 상대방이 요점을 빼고 말장난하다시피 말을 뱅뱅 돌리면 원이 어떻게 할 거 같아? 만약 터무니없는 조건을 제시해서 강압적으로 나온다면? 다들 죽고 원만 살아나올걸? 애초부터 원의 성격상 외교가 불가능해.”

“아…….”

잠시 잊었다. 그 포악한 성질머리를.

귀에 착 감기는 목소리와 수려한 외모에 정확히 반비례하는 그의 성격상, 다 때려 엎고 나올 가능성이 농후했다.

록이 이해했다는 듯 고개를 끄덕이자, 크리스의 입술이 늘어났다.

“애인에 대해서 정확히 파악해 두는 게 좋을 거야. 무사히 애정관계를 지속시키고 싶으면.”

크리스의 따스한 충고에, 록은 어쩐지 더 우울한 기분이 들었다.

*　　*　　*

세 명의 남자가 응접실에 앉아 차를 마시며 대기했다. 그들은 각기 다른 나라에서 원의 1급 정보원으로 활동하는 이들로, 공격적인 능력의 소유자였다.

상당히 위험하고도 강한 이들이 원의 정보원으로 존재하는 데는 두 가지 이유가 있다.

한 가지는 원의 조직에 소속되어 있으면 자유로웠다. 고능력일수록 사회적 제재가 많은 사회였다. 원의 조직에 있으면 각종 불법적인 상황을 조사한다는 이유로 자신들의 능력을 가감 없이 발휘할 수 있었다.

또 다른 한 가지는, 자신의 능력을 자유롭게 펼치면서 받는 수당이 단연 최고라는데 있었다. 원은 활동하는 만큼 정확한 금액을 지불했다.

그가 시키는 일을 하거나, 혹은 그가 원하는 정보를 획득하거나, 그에게 필요할 법한 정보를 제시할 경우 1년은 놀고먹어도 될 정도의 금액이 떨어졌다. 그러니 그들은 그에게서 벗어날 필요성을 느끼지 못했다.

아주 드물게 권태로움을 느껴 사건을 일으키거나 도망치려 했던 이들은, 얼마 못 가 소리 소문 없이 사라졌다. 그들은 소리 내어 말하지 않았지만, 원이 제거했다는 사실을 눈치챘다. 그러니 목숨 부지를 위해서라도 원의 조직에 머무는 편이 좋았다.

그런 그들에게 아주 고가의 제안이 내려왔다. 족히 3년은 먹고 놀아도 될 정도의 높은 금액이 걸렸다. 미션은 알려지지 않았다. 수락 후, 알려 준다는 말에 사람들은 고민했다.

이런 일은 원의 조직 결정 이래 처음이었다. 고민 끝에 그들은 재미있는 일일지도 모른다는 흥분에 수락했다. 그리고 지금, 초조함과 설레는 마음으로 크리스를 기다리는 중이었다.

"오랜만입니다."

응접실로 들어온 크리스가 세 남자를 보며 빙긋 웃었다. 그를 알아본 세 남자가 자리에서 일어나 인사를 건넸다.

"늦어서 미안합니다."

"우리 사이에 뻔한 인사는 그만두고, 이번 임무가 뭔지 듣고 싶습니다. 이런 일은 처음이라 우리 꽤 기대하고 있습니다."

"그래요? 재미있는 일이 될 겁니다."

크리스의 말에 세 남자가 잔뜩 기대한 표정을 지었다. 능력이 우월할수록, 그들은 더 강한 임무에 집착하는 경향이 있었다. 크리스는 느긋하게 웃으며 입을 열었다.

"록이라는 여자가 이 집에 거주 중인데, 얼마 전 기압 변형 능력이 발현되었습니다. 그분을 교육시키면 됩니다."

크리스의 말에 세 남자의 표정이 금세 찌푸려졌다.

"지금 고작 여자 하나 가르치자고 이 인력을 부른 거란 말입니까?"

이 멤버라면 웬만한 한 마을 성도는 거뜬히 부수고도 남았다. 어쩌면 그 이상의 일도 해낼 수 있는 핵심멤버로 여자 하나를 교육시키라니. 근육질의 남자가 욱하자, 날렵한 남자가 그를 말리더니 차분하게 말했다.

"미안하지만, 그런 일이라면 우리가 아니더라도 다른 사람으로 충분할 거라고 생각됩니다."

“상대가 상대니만큼 아무에게나 맡길 수가 없어서요.”

“누군데 그럽니까?”

근육질의 남자가 욱해서 소리쳤다. 그러자 크리스가 찻잔을 들며 차분하게 대답했다.

“원의 애인입니다.”

그의 말에 셋은 할 말을 잃은 표정을 지었다.

“애인? 그 미친, 아니 그분한테 애인이요?”

“드디어 미쳤군. 단단히 미쳤어.”

다들 혀를 내둘렀다. 침착함을 유지하던 날렵한 남자조차도 할 말을 잃었다.

그들은 핵심멤버로 원의 얼굴을 알고, 여태껏 그가 한 짓을 보고 들은 사람들이었다. 그는 욕정을 풀지언정 애인을 만들진 않았다. 번잡하고 귀찮다는 게 이유였다.

그런 그가, 공식적으로 애인의 존재가 있음을 드러내기 시작했다. 이런 일은 처음이었다.

이런 혼란을 예상이라도 한 듯, 크리스가 차분하게 말했다.

“할 건지 말 건지 정하시죠. 다만, 미리 말씀드리고 싶은 게 있습니다. 원의 애인을 볼 수 있는 기회는 흔한 일이 아닙니다.”

그의 말에 세 남자의 시선이 빠르게 오고 갔다.

“하겠습니다!”

그들이 입 모아 소리쳤다.

놓칠 수 없었다. 이런 기회를!

7장

새하얀 지하실. 얼마간 사용하지 않아 지하실 바닥은 건조하게 말라 있었다. 록은 자신에게 초능력을 컨트롤 할 수 있는 방법을 알려 줄 사람들이 온다고 해서 기다리는 중이었다.

그런데 왠지 초조해지는 기분이 들었다.

"왜 그렇게 심각해?"

바닥에 쭈그리고 앉아 있던 천이가 물었다. 록이 진지한 얼굴로 천이를 바라보았다.

"초능력 꼭 사용해야 하나요? 그냥 이대로 영영 사용 안 한 채로 봉인시켜두면 안 되나요?"

자신의 능력은 몹시 강인한 축에 속한다고 했다. 방어와 공격이 자유자재로 사용이 가능한데 대체로 공격할 때 더 큰 효과를 본다고 했다.

"이게 말이야, 개소리야? 가지고 있는 능력을 왜 안 써? 옷장에 옷은 있는데, 입지 않겠다는 거랑 같잖아. 뭣하러 그래? 있으면 최대한 활용해야지."

천이가 도통 이해 못 하겠다는 표정으로 말했다.

"공격이라는 건 결국 사람들을 다치게 한다는 거잖아요. 저는 다른 사람들을 다치게 하고 싶은 마음 없어요. 설령 그게 엄청 나쁜 사람들이라고 해도요."

"엄청 나쁜 사람한테 죽기 직전까지 가 봐야 그런 말을 안 하겠지? 왜 공격하냐고? 방어하지 않으면 우리가 다치니까. 그리고 애 봐라? 너 우리를 그렇게 나쁘게 봤냐?"

"착하진 않잖아요."

"와, 요새 말대답 되게 잘한다?"

"말대답 좀 해도 될 만큼 친해졌다고 생각합니다만? 같이 먹고 산 세월이 얼만데요."

록의 말에 천이가 '허'하고 기가 찬 웃음을 흘렸다. 이전의 록이라면 눈치를 살살 보고 입 안의 혀처럼 굴었을 거다.

그랬던 그녀가 초능력을 발현한 후 달라졌다. 본인은 인정하지 않겠지만, 초능력의 기질에 따라 사람의 성격도 미묘하게 달라지곤 했다.

그건 그 힘이 가진 에너지 파동에 몸이 영향을 받는 거라, 몹시 자연스러웠다. 굳이 이유를 하나 더 찾자면, 원 때문이었다. 원과 매일 있으면 착한 놈도 나쁜 놈 되는 건 당연했다.

"그래도 기어오르진 마라?"

천이가 단호하게 말했다.

"그런 건 꿈도 안 꿔요. 친한 거랑 기어오르는 거랑은 다르니까요."

"너, 정말 우리가 친하다고 생각해?"

"네."

록은 조금의 주저함 없이 씩씩하게 대답했다. 되레 놀란 것은 천이었다. 친하다는 말이 몹시 낯설게 들렸다.

그들은 서로에게 '친하다'라는 말을 하지 않았다. 굳이 관계의 정의를 하자면 '필요한 사이' 정도였다.

서로가 죽어서 사라지면 조금 불편하고 우울하겠지만 그것이 끝일 만큼 담백한 사이였다.

"그 기준이 뭔데?"

천이가 턱을 괴고서 록을 바라보았다.

"천이를 위해서 늘 기도해요."

"그게 뭐야?"

천이가 실망한 듯 불퉁한 표정을 지었다.

"그게 얼마나 중요한 건데요."

"친하다며. 그럼 적어도 내가 위기의 상황에 빠졌을 때 구하러 온다거나, 혹은 내가 죽으면 가장 크고 길게 울어 주겠다고 하든가, 그것도 아니면 나를 위해 맛있는 거라도 사 오겠다라고 해야 하는 거 아니냐? 고작 기도?"

천이가 기가 찬 듯 다시 한 번 혀를 내둘렀다. 실망한 티를 팍팍

내는 천이를 록이 물끄러미 바라보았다.

"그러게요. 실망할 수도 있겠네요. 그래도 그건 알아줘요. 매일 아침마다 원, 크리스, 천이, 그리고 랑이까지 늘 건강하고 행복하길 빈다는 거. 기도라는 건 상대방의 등 뒤에서 매일 상대방을 생각하고, 응원하고, 격려해 주는 일이거든요. 그러니 너무 실망하진 말아요. 늘 나를 위해 기도하는 사람이 있다는 거. 그거 의외로 기분 좋은 일이니까요."

록이 싱긋 웃으며 대답했다. 산뜻한 그녀의 대답에 천이의 표정이 한결 누그러졌다. 자신의 등 뒤에서 자신의 행복을 바라는 사람이 있다는 건 처음이었다.

임무를 실패하느냐 성공하느냐의 기준에만 살다가 응원, 격려라는 말을 들으니 어쩐지 가슴 한구석이 찡해지는 기분이었다.

천이가 코를 훌쩍거리더니 손가락을 마구 비비기 시작했다.

"감기 걸렸어요?"

"아니. 안 걸렸어. 록!"

"네?"

"나 곧 출장 가는데 맛있는 거 사 올까? 뭐 좋아해?"

기분이 좋아진 천이가 소리쳤다.

"갑자기 왜 먹는 타령이에요? 딱히 없어요. 매일매일 다른 음식을 먹을 수 있는 것만으로도 행복해요."

록이 기분 좋은 듯 환하게 웃었다. 그 얼굴을 바라보던 천이의 표정이 다시 한 번 미묘해졌다. 사람 웃는 얼굴만으로도 평온한 기분이 드는 건 처음이었다.

“어째서 원에게 너 같은 아이가…….”

“네?”

“원이 운이 좋은 건지, 네가 운이 없는 건지 도통 모르겠다.”

알다가도 모를 소리를 주절주절 뱉으며 천이가 고개를 가로저었다.

삐끄덕―

문이 열리며 네 사람이 들어섰다. 가장 중심부에 크리스가 서 있었고, 남은 세 사람이 그 뒤를 따랐다. 세 사람은 록을 보자마자 미묘하게 얼굴을 찌푸렸다.

돌처럼 무감한 원을 홀렸다고 했기에 세기의 미인인가 했는데, 의외로 평범했다. 적당한 키에, 하얀 피부, 기껏해야 도드라지는 것이 큰 눈이었다. 그러나 저것보다 눈이 큰 여자도 버러지 보듯 보는 게 원이었다.

실망한 표정도 잠시 그들의 얼굴에선 표정이 사라졌다.

“록. 여기는 당분간 너를 맡아 가르칠 사람들이야. 셋 다 공격에 특화되어 있는데 한 사람에게 배우는 것보다 많은 사람에게 두루두루 배우는 게 좋을 거야. 그리고 말했다시피 여기는 원의 애인.”

“쿨럭…….”

노골적인 소개에 록이 짧게 기침을 터트렸다. 남자 셋은 록을 흘깃 바라보더니 고개를 까딱거렸다. 정중하지만 무관심해 보이는 기색이 역력했다.

록은 기분 나쁠 만하건만, 크게 신경 쓰지 않았다. 세 사람에게선 숨길 수 없는 위압감이 느껴졌다. 아마도 원의 측근들일 게 분명했다. 그런 그들이 풋내기를 가르치러 왔으니 기분이 상할 수도 있겠다는 생각을 했다.

"저는 록이라고 합니다. 잘 부탁드립니다."

록이 깍듯하게 인사하자, 세 사람의 표정이 미묘해졌다. 원의 애인이라 기고만장할 줄 알았더니 의외로 얌전했다.

이런 평범한 여자를 원이 좋아한다고?

아무리 생각해도 이상했다.

세 사람은 자신들이 테스트당하고 있는 게 아닌가 의심스러웠다. 그러나 그 말을 입 밖으로 낼 만큼 아둔하지 않았다.

"일단 간단한 테스트부터 해 보도록 하죠. 어느 정도 실력을 갖추고 있는지요."

세 사람 중 가장 연배가 많은 날렵한 남자가 록에게 다가왔다.

"손 좀 주시겠습니까?"

남자의 청에 록이 손을 내밀었다. 날렵한 남자가 그녀의 손을 거머쥐었다. 잠시 미간을 좁히던 남자가 의아한 눈으로 록을 바라보았다.

크리스의 말대로 록은 강한 능력을 타고 났다. 후천적인 능력에서 이 정도를 발현하려면 여러 번 죽을 고비를 넘겼을 게 분명했다. 그 정도 끈기라면 교육하기에 적합했다. 남자는 흡족한 표정으로 말을 했다.

"저기 저 벽 보이죠?"

"네."

록이 지하실 끄트머리의 흰 벽을 보며 고개를 끄덕였다.

"기압을 변형시켜서 저기를 저격해 봐요."

"……네?"

"그럼 바람을 불게 해 봐요."

"네에?"

"어려워요? 그럼 사람을 제외한 나머지 공간에 기압을 변형시켜 봐요."

"……."

이 남자가 뭐라는 걸까.

록이 아무것도 모르겠다는 눈으로 그를 바라보았다. 남자가 얼굴을 찌푸렸다.

"하나도 모릅니까?"

"네. 도대체 뭐라고 하시는 건지 모르겠어요."

남자는 대답 대신 크리스를 쳐다보았다. 그러자 크리스가 웃으며 말했다.

"록은 기압변형에 대해 하나도 몰라. 처음부터 차근차근 가르쳐야 해."

"그걸 왜 이제야 말해요? 이런 초보를 우리한테 맡겨서 어쩌라는 겁니까? 우린 기초적인 건 5살 때 마스터한 사람들이라고요."

"안 물었잖아. 물어봤으면 자세히 설명했을 텐데."

크리스의 말에 남자가 깊은 한숨을 내쉬었다. 남자가 매우 기초적인 설명을 시작했다.

"기압이라는 건 말 그대로 공기의 압력을 변화시키는 겁니다. 기압 능력자들의 대부분이 본인이 원하는 공기의 크기만큼 임의로 기압을 변화시킬 수 있습니다. 능력의 크기에 따라 한 부분의 공기는 기압을 높이고, 다른 한 부분의 기압을 낮춰 사람을 터트려 죽일 수도 있습니다. 그래서 상위 공격기술이라고 하는 겁니다. 물론 본인 능력보다 훨씬 강하거나, 그걸 상쇄하는 능력자를 만나면 사용 불가입니다. 지금 제가 캔을 세워 둘 테니, 그 부분에 강한 압력을 가해 찌그러뜨리거나 혹은 팽창시켜 보도록 하세요."

"그건 어떻게 하는데요?"

"집중하다 보면 어느 순간 감이 열립니다. 집중과 연습만이 살길입니다."

남자는 무뚝뚝하게 말한 후, 책상 위에 놓여 있는 빈 캔을 바닥에 내려놓았다. 상황을 지켜보던 록이 조심스럽게 말문을 열었다.

"저, 그런데요."

"네. 편하게 말씀하시죠."

"저한테 말 놓으세요. 저보다 나이도 많아 보이시는데요. 선생님이시기도 하고요."

"아닙니다. 저를 정말 생각하신다면 1초라도 빨리 기술을 터득하시는 게 좋을 겁니다."

남자의 협박 같은 경고에 록은 입을 꾹 다문 채 고개를 끄덕였다. 얼굴에 큰 상처가 있고, 온몸에 문신이 새겨져 있어서 무섭긴 했지만, 친해져 볼까 했다.

천이에게 슬쩍 들은 바에 의하면 원과 함께 일한 초창기 멤버라고 했다. 그래서 과거의 원에 대해 들어 볼까 했는데 그 마음을 아무래도 접어야 할 것 같았다. 그는 자신에게 원하는 게 한 가지밖에 없었다.

조기퇴근.

그의 소원을 들어주기 위해, 록은 자신에게서 1m가량 떨어진 캔에 집중했다. 록이 캔을 뚫어져라 바라본지 30초가 흘러갔다. 사람들의 시선이 부담스럽게 내리꽂혔다. 록은 더욱더 캔에 집중했다.

"뭐해? 눈 뜨고 자?"

보다 못한 천이가 불쑥 한마디 던졌다.

"집중하고 있는 건데요."

"너, 방금 몸 휘청하는 거 다 봤어."

"……."

아, 들켰네.

록은 민망한 듯 눈을 빠르게 깜빡였다. 움직이지 않는 물체를 멍하게 바라보고 있자니 잠이 몰려왔다. 남자가 록의 앞을 가로막고 섰다. 그러자 록이 미안한 눈으로 그를 바라보았다.

남자는 나오려는 한숨을 꾹 참았다.

대체 이런 여자가 어떻게 원의 애인이라는 거지?

남자는 아무리 생각해도 받아들일 수가 없었다. 능력자들 중에서도 뛰어난 능력을 가진 사람들은 더러 이상 증세를 보일 때가 있었다.

과도하게 많이 먹거나, 혹은 감정이 완전히 결여되어 있거나, 때때로 이성이 결여되어 있거나. 어딘가 한 가지씩 부족했다.

남자는 여태껏 원이 '감정결핍자'인 줄 알았다. 그런데 지금 보니 아니었다. '취향이상자'였다. 그러니 이런 평범하고 모자란 여자를 만나는 거다. 그게 아니면 음모가 있거나.

"저기를 뚫을 것처럼 바라보라는 게 아니라, 온몸으로 저 캔을 느끼라는 겁니다."

"그게 가능한가요?"

"가능하니 제가 하고 있겠죠."

"어떻게 연습한 지 10분 만에 터득할 수 있겠어요? 조금만 더 천천히 기다려 주시면……."

"본래는 연습 없이 타고나야 합니다."

"……."

남자의 딱 부러진 말에 록은 할 말을 잃었다.

"아, 예."

록은 무심히 대답했다. 남자가 한 걸음 물러섰다.

"그런데 이 많은 인원이 꼭 필요한가요?"

록이 불편한 표정으로 주변을 둘러보며 말했다. 스승 셋은 그렇다치고 크리스, 천이, 얼마 전에 들어온 알렝이 왜 있는지 알 수가 없었다.

"우리는 혹시나 만에 하나 일이 터질 때 방어하기 위해서 있는 거다."

크리스가 덤덤한 얼굴로 대답했다.

"저는 향수에 젖어 보려고 왔습니다. 세상에나. 10살 때나 경험할 사춘기 같은 초능력 연습이라니. 이 얼마나 아름답습니까."

알렝이 벅찬 표정으로 중얼거렸다. 그 옆에서 천이는 꾸벅꾸벅 졸고 있었다. 할 말이 없어진 록은 떨떠름한 표정으로 고개를 끄덕인 후, 캔을 쳐다보았다.

록은 남자가 말한 대로 캔에 온 신경을 집중했다. 그러자 순간 몸이 뜨거워졌다. 거짓말처럼 공기의 흐름이 온몸으로 느껴졌다. 저절로 손이 움직였다. 손끝이 부드럽게 원을 그렸다. 그러자 공기의 일부분이 뚝 떨어져 나온 것처럼 흐름이 멎었다. 처음 겪는 일에 록은 얕은 호흡을 쉬며 이 순간에 집중했다.

벌컥.

지하실 문이 열렸다. 록의 고개가 홱 돌아갔다. 록의 시선이 문에 닿은 순간, 쿵 소리와 함께 문의 일부분이 휘어졌다. 휘어진 문이 원의 뺨을 아슬아슬하게 스쳤다.

순식간에 벌어진 일에 공기가 차갑게 식었다.

남자들은 일제히 원과 록을 번갈아 보았다. 그들은 조용히 생각했다.

'아, 이렇게 한 커플이 헤어지는 구나' 하고.

"누가 날 죽이라고 가르치고 있나보지?"

원이 무심한 표정으로 문과 록을 번갈아 보았다. 록이 휘어트린 문은 웬만한 장정이 갖은 힘을 다 써도 휘게 만들기 힘든 두께였다. 그런데 마치 잘 벼린 칼날처럼 날카롭게 꺾어 놓기까지 했다.

록의 힘이 조금만 더 강했더라면 문이 목을 노렸을지도 모를 일이었다.

"아닙니다!"

"아니에요!"

남자와 록이 동시에 대답했다. 특히 록은 다급했다. 자신과 함께

일하는 사람들 앞에서 망신당했을 원을 생각하니 미안했다. 록이
서둘러 변명을 시작했다.

"오해예요. 이 캔을 찌그러뜨리려고 하는데 원이 갑자기 오는 바
람에 주의가 흐트러…… 히익!"

말을 하다 말고 록이 입을 쩍 벌렸다.

"헉!"

"흐읍."

뒤이어 사람들이 경악한 얼굴로 한곳을 바라보았다. 록이 변명하
던 중, 캔에서 원에게로 손가락이 옮아갔는데 능력조절 실패로 캔이
원의 머리로 날아갔다. 문제는 어찌 된 영문인지 원이 충분히 피할
수 있음에도 맞았다는 거였다.

툭.

캔이 바닥으로 떨어진 후, 지하실엔 숨 막힐 듯한 적막이 흘렀다.

"와, 역시. 록. 까도 애인인 내가 깐다 이건가?"

잠에서 깨자마자 상황을 목격한 천이가 놀란 얼굴로 중얼거렸다.
그러거나 말거나 록의 목울대가 오르내렸다.

"원, 그러니까……."

"설마 했는데 이게 정말 나한테 날아올 줄이야. 누가 사주했지?"

원의 목소리가 한층 낮아졌다. 자연스레 남자 셋의 몸이 뻣뻣하
게 굳었다. 원이 웃고 있지만, 불쾌해하고 있다는 게 여실히 느껴졌
다.

"아니에요! 사주 받은 거 아니에요. 정말 실수예요!"

록이 다급하게 소리쳤다.

“실수인데 이렇게 정확히 두 번이나 나를 맞춰?”

원이 저벅저벅 낮은 발소리를 내며 다가왔다. 꽤 멀리 떨어져 있었음에도 순식간에 가까워졌다. 남자 셋이 눈을 내리깔았다.

원이 이런 수치와 수모를 순순히 넘겨줄 리가 없다. 애인이라 때리진 않더라도 그에 합당한 수치와 수모를 줄 거라 생각했다. 그리고 과감하게 헤어질 거라 판단했다.

“읍!”

그 순간, 남자들의 귀에 이상야릇한 소리가 들렸다. 지하실의 분위기가 미묘하게 바뀐 것 같았다. 그들은 호기심을 누리지 못하고 고개를 들었다.

원이 록의 턱을 거머쥐고서 입을 맞추고 있었다. 록이 벗어나려 하자, 남은 한 손으로 뒷목을 감싸 쥐었다. 난생처음 보는 원의 입맞춤에 그들의 눈이 크게 벌어졌다. 입술 사이로 혀가 밀고 들어가는 게 보였다.

얼마 후, 원이 록을 풀어 주었을 때 그녀의 얼굴은 시뻘겋게 달아올라 있었다. 입술 끄트머리가 깨물린 듯 퉁퉁 부어 있었다.

“실수였는데, 너무했어요. 이렇게 사람 많은 데서…….”

록이 손등으로 입술을 가린 채 말했다. 록의 앙탈에 원의 입술이 느슨하게 늘어났다.

“실수라도 난 두 번이나 죽을 뻔했어. 요즘 힘도 없는데 잘못 맞아서 내가 죽었으면 어쩔 뻔했어? 그러니 간단한 벌을 내린 거야. 록, 너니까 이 정도에서 끝난 거야.”

원의 터무니없는 대답에 록은 기가 찼다. 그 정도로 원이 죽을 리가 없다. 그래서 그녀는 '너니까 이 정도에서 끝난 거야'라는 말이 사실일 거라곤 추호도 생각하지 못했다.

원은 고개를 돌려 목석처럼 굳어 있는 남자 셋을 보았다.

"아까 전부터 왜 그렇게 쳐다보지?"

왜인지 몰라서 물어보는 걸까. 그런 짓을 해 놓고도?

그러나 그들은 그걸 직접 물어볼 만큼 눈치 없지 않았다. 남자 셋은 대답 대신 슬그머니 시선을 피했다. 애정행각을 벌인 당사자가 지나치게 뻔뻔하니, 이쪽에선 할 말이 없었다.

"아닙니다."

남자 셋이 못 봤다는 듯 대답했다. 원은 그들의 뒤편에 섰다.

"편하게 해. 난 그냥 지켜보는 거니까."

원의 말에 남자의 머리가 지끈거리기 시작했다. 왠지 편안한 상황이 될 것 같진 않았다.

＊　　＊　　＊

남자들은 록을 교육시킨 지 한 시간도 채 되지 않아, 자신의 수당이 높은 이유를 알았다.

한 시간 전, 록이 능력을 발휘하던 중이었다. 잠시 집중력이 흐트러진 사이, 기압 변형을 일으킨 공기 덩어리가 본인에게 달려들었다. 그걸 무효화 시킬 힘이 없던 록은 그 반동에 저만치 날아갔다. 순식간에 벌어진 일이었다.

다행히 이리저리 흔들리던 공기 덩어리는 원의 손에 닿아 사라졌지만, 분위기는 얼어붙었다.

원이 록을 일으켜 세웠다.

"고맙습니다."

"잠시 여기 기대 서 있어."

원이 록을 세워 둔 후, 남자들에게 다가갔다. 남자 셋이 바짝 긴장했다.

"머리카락 하나도 다치지 않게 해. 내가 몇 번이나 피를 토하면서 힘들게 구한 애거든."

나긋한 명령이었다. 그러나 불이행시 그가 어떻게 돌변할지 그는 잘 알고 있었다. 동시에 그들은 뜨악했다.

대체 저 여자에게 숨겨진 힘이 얼마나 강하기에?

그들 셋이 힘을 다 합쳐도 원을 이길 수 없었다. 그런 그를 몇 번이나 피를 토하게 만들었다고 하니 의아했다.

아니면 알고 보면 원은 마조였던 건가.

그들이 불순한 상상을 할 즈음, 원이 손으로 까닥여 록을 불렀다. 이제 와도 된다는 뜻이었다. 다가오던 록이 무심결에 시간을 확인했다. 어느새 4시를 향해 가고 있었다.

"잠시만요. 원."

록이 원을 끌어당겨 구석으로 향했다. 록이 원을 바라보다 목소리를 한껏 낮춰 조용히 속삭였다.

"좋아해요."

록은 아직도 아침 8시, 오후 4시, 자정이면 그에게 고백해야 했다. 원이 계속 듣길 월해서였다. 그 때문에 록은 그 시각만 되면 원이 어디에 있든 달려가 고백해야 했다. 그가 자신을 죽이지 않을 거라는 걸 알면서도 습관이 되니 멈출 수가 없었다. 이래서 습관이 무서웠다.

"뭐?"

원이 제대로 듣지 못한 듯 얼굴을 찌푸리며 물었다. 무슨 소리인지 입모양만 봐도 알 텐데. 록은 원이 일부러 그런다는 것을 알아챘다.

"좋아한다고요."

록이 다시 한 번 속삭였다.

"안 들리는데."

"좋아한다고요!"

결국 록이 저도 모르게 소리쳐 말했다. 그 순간 지하실 내부에 싸한 바람이 돌았다.

"저것들이 또 단란하게 지랄이군."

보다 못한 천이가 불쾌한 표정으로 중얼거리며 제 머리를 쥐어뜯었다. 그러다 곱슬 머리카락 사이에 손가락이 꼈는지, 크리스를 팔꿈치로 툭툭 치며 SOS 신호를 보냈다. 크리스가 무시하자 천이가 그를 한껏 노려보았다. 그러나 크리스는 개의치 않고 원과 록에게 시선을 두었다.

"나도."

원이 입술에 미소를 그리며 부드럽게 대답했다.

록이 체념 반, 민망함 반이 뒤엉킨 웃음을 지으며 남자에게로 다가왔다. 남자 셋이 몹시 미묘한 표정으로 록을 바라보았다.

"왜 그러세요?"

"아뇨. 아무것도 아닙니다."

남자들이 고개를 가로저으며 록에게 설명하기 시작했다. 그들의
태도가 왜인지 이전보다 깍듯해졌다.

*   *   *

"뭐라고 한 거야? 쟤들 왜 저렇게 긴장했어? 아무리 우리가 뒤에
있다고 하지만, 우리 때문에 저렇게까지 긴장할 녀석들이 아닌데?"

천이가 원의 옆에 쭈그리고 앉아 물었다. 그의 곁엔 손을 꺼내다
뽑힌 머리카락이 수북하게 쌓여 있었다.

"록의 머리카락 한 올도 다치지 않게 하라고 말했거든."

"……차라리 하늘을 새로 만들라고 하지 그러냐?"

천이가 기가 차다는 듯 말했다.

"그래. 그럼, 하늘을 새로 만들고 록을 다치지 않게 하면 되겠네."

"……그럴 거면 네가 가르쳐."

천이가 질린다는 표정으로 말했다.

"안 돼."

"왜? 힘 조절 못할 거 같아?"

"아니. 마음이 약해져."

원의 덤덤한 대꾸에 천이의 표정이 와락 구겨졌다. 그러거나 말
거나 원은 덤덤한 표정으로 말을 이었다.

"저렇게 땀 흘리는 것 좀 봐."

“……왜? 섹시하냐?”

천이가 이젠 질리다 못해 짜증이 난다는 표정으로 빈정댔다.

“아니. 마음이 불편해.”

원의 대답에 천이와 크리스가 록을 보았다. 극한으로 능력을 쓰다 보면 체력 소진이 커서 땀을 줄줄 흘리게 되어 있었다.

아주 당연한 저런 걸 보고 마음이 아프다니.

천이가 울컥했다.

“야! 너 뭐랬어? 마음이 불편해? 너, 내 손에 칼 꽂혔을 때도 아무 말 안 했잖아. 칼만 그랬냐? 전에 실수로 미친놈이 갈긴 총알이 왼쪽 어깨에 박혔을 때 너 나한테 어떻게 했냐? 마취도 안 시키고 장갑 낀 손으로 그냥 뽑았잖아. 아직도 비가 오면 어깨가 쑤셔. 근데 뭐? 마음이 아파? 네가 마음이 어디 있어? 어? 어?”

천이의 발악을 원은 깔끔하게 무시했다.

“와, 무시하냐?”

천이가 바락바락 소리를 지르다 자리에서 벌떡 일어나더니 ‘안 해!’라며 지하실을 박차고 나갔다.

천이의 행동이 유치해 보였으나, 크리스는 이해할 수 있었다. 저런 원의 모습이 자신도 적응이 안 되었다. 크리스는 천이가 문을 닫고 나가는 걸 확인한 후, 록에게로 시선을 돌렸다.

록이 멀리 떨어진 캔을 바라보자, 얼마 못 가 파삭 소리와 함께 찌그러졌다. 록은 이제 제법 원하는 만큼 기압을 운용하기 시작했다.

능력을 운용하는데 있어 상위 0,1%들만 모인 곳이라 이 상황을 당연하게 받아들이고 있었지만, 실은 몹시 대단한 일이었다. 본래 무능력자들이 능력발현 후, 감을 잡는 데만 평균 일주일에서 한 달이 걸리곤 했다.

안정기가 되자마자 하루 만에 운용이라니. 어쩌면 꽤 괜찮은 인재를 구한 건지도 모르겠다는 생각이 들었다.

크리스가 흥미로운 눈으로 록이 하는 모습을 바라보았다.

*　　*　　*

하루 교육을 마친 후, 자신의 방으로 돌아온 록이 침대로 풀썩 쓰러졌다. 4시간 내내 교육만 받았다. 이제 자신이 원하는 위치를 선정해 기압의 변동을 줄 수 있었다.

다만, 잠시라도 집중력이 흐트러지면 기압은 제멋대로 파동을 일으켜 온 방을 엉망진창으로 만들어 놓았다. 한 번씩 기압을 잘못 조절해 반동 때문에 록의 몸이 저만치 나가떨어졌다. 그때마다 왜인지 남자 셋은 안절부절못하며 원이 서 있는 뒤를 쳐다보느라 정신이 없었다.

결국 록의 다리에 힘이 풀려 주저앉고서야 교육이 끝났다.

"으으. 피곤해."

록이 푹신한 침대에 머리를 처박고서 중얼거렸다. 씻으러 가야하는데, 손가락 하나 까딱할 힘이 없었다.

똑똑.

문을 두드리는 소리에 록이 힘들게 고개를 들었다.

“네.”

록이 엉거주춤하게 몸을 일으켰다. 크리스가 문을 열고 들어왔다.

“자고 있었어?”

“아뇨. 피곤해서 잠시 누워 있었어요.”

“내가 방해를 했네.”

“아니에요. 크리스가 안 왔으면 씻지도 않고 잠들 뻔했어요. 와 줘서 고마워요.”

피곤한 얼굴로 록이 싱긋 웃었다. 그 모습이 꾸밈없이 밝았다. 크리스가 주머니에서 무언가를 꺼내 록에게 내밀었다.

“자. 약속한 물건.”

“아.”

크리스가 내민 칩을 보고서야 록이 기억해 냈다. 교육을 마치자마자 크리스는 기특하다며 그녀에게 선물을 주겠다고 했었다. 록은 딱히 원하는 게 없었기에 그의 말을 귓등으로 들었었다.

“이게 뭔데요?”

록이 칩을 의아한 눈으로 바라보았다.

“영상 정리하다가 발견했어. 보면 원이 조금 덜 무서울 거야.”

“지금도 이전처럼 무섭진 않아요.”

“그래도 무섭긴 할 거 아냐.”

아니라고 말할 수가 없었다. 원에게선 사람을 내리누르는 위압감이 있었다. 그가 자신을 아주 많이 좋아한다는 사실을 알면서도 편히 대할 수 없는 이유였다.

록이 칩을 빤히 바라보았다.

"혹시……."

록이 무언가 짚이는 게 있다는 듯 조심스럽게 말을 꺼냈다.

"이게 뭔지 알겠어?"

"네. 원이 실수한 영상들을 편집 아닌가요? 이를테면 가다가 넘어지다거나, 혹은 멀쩡하게 걷다가 기둥에 부딪친다거나. 그것도 아니면 자다가 침대에서 떨어진다거나, 등등. 인간적인 면모를 볼 수 있는 건가요?"

록이 눈을 반짝반짝하게 빛내며 물었다.

"그건 보면 알겠지."

크리스가 알 듯 말 듯 한 미소를 지었다.

"푹 쉬어."

크리스가 록에게 웃어 준 후, 방을 나갔다. 방에 홀로 남은 록은 주변을 살피다가 자신의 책상 위에 있는 태블릿 PC를 발견했다. 얼마 전 원이 선물한 물건이었다. 그러나 딱히 인터넷을 즐기는 성격이 아니라 방치해 두고 있었다.

록이 태블릿 PC에 칩을 연결시켰다. 얼마 후, 영상이 시작되었다. 록은 책상 앞에 앉아 화면을 물끄러미 바라보았다.

화면에 익숙한 공간이 나타났다. 록과 원이 함께 머물던 무인도의 집이었다.

록의 얼굴이 저도 모르게 일그러졌다. 원이 싱크대에 서서 피를 뱉어 내고 있었다. 피를 모두 뱉어 낸 원이 손으로 제 입술을 훔쳐냈다. 그의 뒷모습밖에 보이지 않았다. 그러나 그가 몹시 고단해하고 있다는 게 느껴졌다.

록은 자신의 잠옷차림을 보고서야 그들이 무인도에 간 지 꽤 시간이 흘렀을 때의 영상이란 걸 알아챘다.

그때 록은 제정신이 아니었다. 쉽게 쓰러졌고, 온몸을 옥죄는 고통 때문에 자다 말고 몸부림쳤다. 당연한 수순이라고 생각하면서도 겁이 나서 세수하다가 울고, 샤워하다가 울곤 했다. 그러다가 며칠간 기절해 있던 적도 있었다. 혼자 있었다면 버티지 못했을 만큼 끔찍한 시간이었다. 그때가 생각난 듯 록의 얼굴이 찌푸려졌다.

그사이 침대에 누워 있던 자신이 간헐적으로 몸을 떨었다. 경기를 일으키듯 손발이 이따금씩 떨렸고, 고통에 못 이겨 몸을 뒤척거리길 반복했다. 방금 전까지 비척거리며 걸어가던 원이 순식간에 자신에게 다가갔다.

방금 피를 토한 몸이면서 록의 손을 거머쥐었다. 그러자 흠칫하고 떨리던 록의 몸이 안정을 찾았다. 대신 원의 다리가 꺾였다. 그가 바닥에 주저앉았다. 그의 목울대가 오르내리는 게 보였다. 그가 솟구치는 핏덩이를 삼키고 있었다.

화면을 바라보고 있던 록이 입술을 씹었다. 더 보고 있을 자신이 없었다. 화면 속의 자신이, 그리고 고통을 대신 겪고 있는 원이 불쌍해서 미칠 것 같았다.

이걸 왜 보라고 준 거야?

록이 크리스를 원망하며 화면을 막 끄려고 할 때였다. 원이 록의 손을 거머쥐고서 그 손 위에 제 이마를 가져다 댔다.

더 많은 신체접촉이 더 큰 고통을 가져다준다는 걸 알기에, 록의 어깨가 움찔했다. 그는 자신의 고통을 받아 낼 만큼의 신체 상황이 아니었다.

"떨어져!"

록은 화면이라는 것도 잊은 채, 원에게 소리쳤다. 자리에서 일어난 원은 침대 위로 기다시피 올라가 록을 제 몸 위에 올렸다. 온몸이 닿자마자 록은 금세 안정을 되찾았고, 원은 10초에 한 번씩 핏덩이를 삼켰다.

토닥.

그의 큰 손이 록의 등을 두드렸다. 록이 제 입술에 피가 나는 것도 잊은 채 꽉 깨물었다. 화면이 정지된 것처럼 고요했다.

그 순간, 그의 눈초리에서 달빛을 받은 무언가가 반짝였다. 한 번, 두 번, 세 번. 꽤 여러 번의 반짝임이 지나친 후에야 록은 그것이 그의 눈물이라는 걸 알았다.

원의 입술이 달싹거렸다. 소리가 들리지 않았지만, 록은 그가 하고자 하는 말을 알아들을 수 있었다.

'죽지 마.'

그럴 리 없건만, 애틋한 목소리가 들린 듯했다.

'죽지 마, 제발.'

기도를 하듯 그가 자신에게 빌었다. 죽지 말아 달라고. 그의 눈물이 꽤 긴 시간 이어졌다.

그가 저런 마음일 거라곤 추호도 생각하지 못했다. 애틋하다 못해, 절절하기까지 한 그의 마음이 처음으로 느껴졌다.

그 순간 영상이 끊기며, 화면이 검게 물들었다. 화면에 제 얼굴이 비추었다.

벌어진 입술, 크게 뜬 눈, 그렁그렁하게 매달린 눈물.

툭—

한 박자 늦게 록의 눈에서 눈물이 떨어져 내렸다. 록은 손등으로 눈물을 슥 닦았다. 그러나 닦으면 닦을수록 더 많은 눈물이 쏟아져 내렸다.

“흡…….”

이윽고 울음이 터져 나왔다. 그의 마음을 이젠 다 안다고 생각했다. 그러나 조금도 제대로 알지 못했다.

‘나도.’

자신의 고백에 덧붙이듯 말하는 그의 마음이 어떤 무게였는지, ‘괜찮아’라고 말하면서 그가 어떤 마음으로 자신을 지켰는지…….

이제야 조금 알 것 같았다.

＊　　＊　　＊

원은 록이 초능력을 70% 정도 안정적으로 운용할 수 있다는 보고를 크리스로부터 받았다. 이 나라의 정세가 위급한 상황만 아니었더라면, 원도 끝까지 지켜볼 생각이었다. 록이 다치지 않는지 확인도 할 겸.

그러나 이 나라는 일 분에 한 번씩 정세가 바뀐다고 할 정도로 위험한 상황이었다. 이 나라에 외곽에 세계적인 테러집단이 자리를 잡았다는 정보를 들었다. 테러집단은 이 나라를 본인들의 국가로 만들려고 한다는 점이었다.

그들의 명분은 이 나라가 본래 본인들의 나라였다는 것이었다. 근거는 3000년 전 자신들의 신화 속 나라가 이 나라라는 거였다. 이는 테러집단이 국가로 탈바꿈하기 위한 억지였다.

문제는 정부군이 자신들에게 해결요청을 하지 않는다는 거였다. 이 점을 이상하게 여긴 원이 알아본 결과, 정부에선 자신의 조직을 불신하고 있었다. 테러집단에게 정보를 제공하는 쪽이 자신들이라 여기고 있었다.

날이 갈수록 세력을 부풀리고 있는 테러집단 역시, 그들을 적으로 간주하고 있었다. 어느 쪽 편도 들고 싶지 않지만, 이미 그는 원치 않게 휘말려 들었다. 두 세력 다 자신에게 입장을 표명하라고 나서는 중이었다.

"일개 무기상한테 너무 과한 걸 시킨단 말이지."

원이 낮게 중얼거렸다. 그는 어느 쪽도 편들지 않은 채 침묵을 유지하고 있었다.

피곤한 머리를 꾹 누르며 복도를 걸어가던 원은 자신의 방을 보았다. 그러다 어젯밤 록이 한 말이 떠올라 저도 모르게 미소 지었다.

[원, 내일 같이 자요. 꼭 같이 자요. 약속.]

어젯밤, 록은 술에 취해 자신의 침대에 누웠다가 벌떡 일어났다.

'물, 물.'

물을 찾아 헤매던 록이 침대에 걸터앉은 원의 팔을 잡았다.

'원, 물 있어요?'

원은 다행히 몇 분 만에 사장님에서 벗어나 있었다.

‘있어.’

‘물 좀 주세요.’

록이 불쌍한 표정을 지으며 아랫입술을 쭉 내밀었다. 잠이 오는지 눈을 감았다 뜨길 반복하는 그녀를 보며 원이 픽 웃었다.

‘물을 주면 넌 뭘 줄 건데?’

‘뭘 줘야 하는데요? 나, 개털인데?’

록이 주머니도 없는 바지를 슥슥 문지르며 불쌍한 표정을 지었다. 물을 안 주면 울 것 같은 얼굴이었다.

‘오늘 같이 자.’

‘잠요? 잠? 그래요. 그래. 같이 자면…… 안 돼요! 아직은 준비가 안 됐어요.’

원은 그럴 거라 예상했기에 덤덤하게 넘어가려 했다. 다만 기분이 상하는 건 어쩔 도리가 없었다. 태어나 가장 많이 참은 걸 꼽으라면, 록 때문이었다.

‘싫어?’

원이 이참에 록의 속마음이라도 알아보려고 물었다.

‘아뇨. 싫은 건 아니에요. 아, 물론 좀 무섭긴 해요.’

록이 고개를 절레절레 흔들다 시무룩한 얼굴로 대답했다.

‘안 아프게 할게.’

원은 자신이 이런 말을 하고 있다는 사실을 자각하지 못했다. 원하지 않는 여자는 내보내는 게 그의 성격이었다. 그는 하루라도 빨리 록의 마음을 열고 싶었다.

‘오늘은 안 되고요. 대신…….’

록이 기어가는 목소리로 말끝을 흐렸다. 그러다 무릎으로 엉금엉금 기어오더니 원의 무릎 위에 앉았다. 순간 원의 몸이 뻣뻣하게 굳었다. 록이 원의 목을 감싸 안았다. 부드러운 향기가 몸을 훅 감싸 안았다.

'원, 내일 같이 자요. 꼭 같이 자요. 약속.'

록이 원의 귓가에 속삭였다. 그녀는 술을 마시면 과감해지거나 혹은 이상해지곤 했는데, 오늘은 과감해지는 쪽을 택했다.

'다시 말해 봐.'

'원, 내일 같이 자자고요.'

록의 목소리가 부드럽게 퍼졌다. 록이 숨을 쉬자 가슴이 맞닿았다 떨어지길 반복했다. 얇은 옷자락 너머로 온기가 느껴졌다. 원은 록을 끌어안지 못했다. 지금 안으면 자제할 수 없을 것 같았다.

'진심이야?'

원이 한층 낮은 목소리로 물었다.

'네. 네.'

원이 록을 끌어안은 채 자리에서 일어났다. 록이 으악 하며 비명을 질렀지만, 아랑곳하지 않고 그대로 서재로 향했다. 잠시 당황하던 록은 놀이기구 같다며 좋아했다. 걸을 때마다 살이 스쳤다. 원은 마른침을 수없이 삼켜야 했다.

록을 서재 책상에 내려놓은 후, 녹음기를 록의 입술 앞에 가져다 댔다.

'다시 한 번 말해 봐.'

'원, 내일 같이 자요. 꼭 같이 자요. 약속.'

록이 헤실헤실 웃으며 말했다.

'이제 물 주세요.'

록이 두 손을 쭉 내밀었다. 원은 서재에 있던 물통에서 물 한 잔을 따라 록에게 주었다. 그리고 그는 물통에 남은 물을 모두 다 마셔야 했다.

원이 픽 웃었다. 록이 술김에 한 말이니 지키지 않을 확률이 높았다. 다만, 그 음성을 듣고 조금의 변화라도 있길 바랐다.

원이 자신의 방문을 열고 들어섰다. 뚫린 벽 너머로 침대가 보였다. 그 너머로 욕실에서 물소리가 들렸다. 씻고 있는 모양이었다. 원도 흘깃 바라본 후, 자신의 방에 딸린 욕실로 향했다.

샤워를 마치고 나온 원은, 록의 방을 보았다. 씻고 나왔을 시간이 넘었는데 록의 방은 텅 비어 있었다. 샤워실에서도 더 이상 물소리가 들리지 않았다.

무심코 고개를 돌리던 원은 자신의 침대 쪽에서 느껴지는 기운을 감지했다. 고개를 돌리니 자신의 침대가 불룩했다. 원이 성큼성큼 다가가 이불을 확 젖혔다.

록이 잠옷을 입고서 애벌레처럼 몸을 말고 있었다. 이불이 사라지자 움찔하더니 목을 쭉 빼는 록의 모습에 원은 저도 모르게 픽 웃었다.

"여기서 뭐해? 같이 잔다는 약속 지키려고?"

"……네."

"뭐?"

원이 제 귀를 의심하는 표정으로 바라보았다.

"오늘 같이 자자고 약속했잖아요. 그러니까 같이 자자고요."

록이 벌게진 얼굴로 중얼거리더니 베개에 얼굴을 푹 파묻었다. 원은 록을 물끄러미 바라보다가 옆자리에 누웠다. 록은 바짝 긴장했다. 샤워하면서도 수만 번 더 고민했다.

자신이 이런 결정을 해도 될까. 원과 동침을 결정해도 될까. 그러다 마지막 질문에 잇닿았다.

'난 정말로 원을 원하지 않는 건가?'

그 질문을 하자마자 록은 샤워를 하다 말고 풀썩 주저앉았다. 여태껏 원에게 무섭다고 말하면서 피하긴 했지만, 속 깊은 곳에선 하고 싶었다.

다만, 주저했던 건…….

'했다가 너무 좋으면 어떻게 해? 원이 지금보다 더 좋아져서 내가 원을 귀찮게 굴면 그건 또 어떻게 할 거야?'

원을 좋아하는 마음이 더 커질까 봐 겁이 났다. 태어나 누군가를 이토록 사랑하는 일이 처음이었다. 그래서 그녀는 올바르게 사랑하는 방법을 알지 못했다. 자신의 그릇된 사랑이 상대방을 다치게 할까 봐, 혹은 그 사람이 떠나서 홀로 남게 될까 봐 두려웠다.

그러나 자신이 죽을까 봐 등 뒤에서 피와 눈물을 쏟아 내던 원을 본 순간, 마음을 고쳐먹을 수밖에 없었다. 원이 목숨을 내던질 동안, 자신은 비겁하게 다칠까 봐 숨어 있었다.

그처럼 목숨을 내어놓진 않더라도, 솔직한 마음을 전하고 싶었다. 그래서 샤워를 씻고, 또 씻었는데…….

'왜 안 다가오지?'

록은 의아한 눈으로 옆자리에 누운 원을 바라보았다. 그 순간, 이불이 부스럭거리며 원이 다가왔다.

록이 바짝 긴장하며 눈을 감았다. 원의 입술이 이마에 닿았다. 록의 얼굴이 시뻘겋게 달아올랐다.

원의 입술이 이마에서 코를 타고 스르륵 내려왔다. 그의 숨결이 얼굴 위로 퍼지자, 록의 허리에 힘이 바짝 들어갔다.

쪽.

원의 입술이 록의 입술에 맞닿았다. 순식간에 원의 혀가 록의 입 안으로 가르고 들어왔다. 원의 혀가 록의 점막을 부드럽게 핥았다. 폭죽이라도 터지듯, 온몸이 짜릿해졌다.

이제 시작인가.

록이 단단히 마음먹었다.

"잘 자."

그 순간, 원이 담백하게 말한 후, 옆으로 멀어졌다. 옆이 허전해지자 록이 눈을 떴다. 그가 멀찍이 누워 눈을 감고 있었다.

"뭐라고요?"

"잘 자라고."

"그냥, 자요?"

"무리할 거 없어. 말했잖아. 원하지 않는 여자는 안 가진다고."

원이 록에게 가볍게 웃어 준 후, 눈을 감았다. 록은 허망한 눈으로 원을 바라보았다.

이럴 때 쓰라고 나온 말인가 보다.

왜 줘도 못 먹니.

록은 원이 단단히 착각하고 있다는 걸 알았다. 자신이 바짝 긴장해 얼어붙어 있는 모습을, 마지못해 약속 지키려고 누워 있다고 생각하고 있었다.

록이 마른침을 꼴깍 삼켰다. 록이 침대에서 벌떡 일어났다.

"다시 누워. 같이 자기로 한 약속은 지켜야지."

원이 눈을 감은 채 말했다. 잠은 오지 않지만, 록과 함께 잠자는 것만으로도 만족하기로 했다. 이렇게 함께 자다가 어느 순간 가까워질 거라 생각했다.

"어디 안 가요."

"그럼 어디 가?"

원이 눈을 떴다. 그 순간, 록이 몸을 움직였다.

"여기요."

원이 자신의 몸 위로 올라가 있는 록을 바라보았다. 원이 의외라는 듯 눈을 크게 뜨고서 바라보자, 록이 그의 가슴에 손을 올리며 벌게진 얼굴로 말했다.

"제가, 덮치러 왔습니다."

그녀의 말을 끝으로 싸한 침묵이 흘렀다. 원은 제 귀를 의심하는 듯 기묘한 얼굴로 록을 쳐다보았다.

록은 대담하게 원의 멱살을 쥔 것과 다르게 우왕좌왕거렸다. 욱하는 마음에 원을 깔고 앉았는데 뭘 어떻게 시작해야 할지 알 수 없었다.

연애도 처음이고, 남자를 깔고 앉은 것도 처음이었다. 거침없이 섹시하고 싶은데, 그걸 어떻게 해야 할지 모르겠다.

원이 록을 물끄러미 바라보았다. 파들파들 떨고 있는 록의 모습이 애처로우면서도, 동시에 울리고 싶은 잔인한 욕구가 치솟았다. 그러나 그는 괴롭히는 대신 이 순간을 즐기기로 했다. 맨 정신의 록이 이만큼 대담한 용기를 내는 건 처음이었다.

"어디 한번 해 봐."

원이 느슨하게 웃었다. 그가 즐거운 표정으로 말했다.

"그럼 시작합니다."

록이 큰 수술을 앞둔 의사처럼 비장하게 말한 후, 원을 보았다.

"해 봐."

"거침없을 거예요. 오늘 저는 제정신이 아니니까요."

덮치겠다는 건지 패겠다는 건지 구분 안 갈 만큼 거침없는 멘트였다.

"그, 그럼 실례합니다."

말과 달리 록의 손이 발발 떨렸다. 원은 터져 나오는 웃음을 꽉 참으며 록을 바라보았다. 섹시하기보단, 귀여웠다.

록이 자신의 잠옷 단추를 끌렀다. 하나, 둘, 떨어져 나가자 브래지어 사이로 모여 있는 가슴이 보였다. 한 손에 쥐기에 딱 알맞을 만한 크기였다. 생각지 못한 대담한 진행에 원이 숨죽였다.

잠옷을 벗은 록이 허리를 숙였다. 록의 입술이 조심스럽게 원의 입술 위로 내려앉았다. 조용히 내려앉은 입술은 부드럽게 아랫입술을 빨아들였다.

동시에 록의 손이 원의 잠옷 위를 더듬거렸다. 옷을 다 만지고서야 록은 원이 단추 없는 옷을 입고 있음을 깨달았다. 록의 서투른 행동에 원의 입술이 픽 하고 늘어났다. 엉성하고 서툰 손길이 우스웠다.

"방금 웃었죠?"

록이 촉촉하게 젖은 입술로 물었다. 원은 대답 대신 미소 짓는 얼굴로 록을 바라보았다.

"후회하게 만들 거예요."

"아까 전부터 말만 그렇던데?"

원의 말에 록이 아랫입술을 살짝 씹으며 원의 티셔츠 사이로 손을 쑥 밀어 넣었다. 원이 움찔했다.

록이 원의 탄탄한 가슴을 쓸어내렸다. 동시에 원의 입술에 입을 맞췄다. 입술만 지분거렸던 전과 달리, 록이 대담하게 원의 입술 안으로 혀를 밀어 넣었다.

일단 늘 당하던 대로 넣긴 넣었는데, 어떻게 해야 할지 모르겠다. 록이 잠시 머뭇거렸다. 그렇게 록은 제자리를 걷듯이 한곳에서 빙빙 돌았다.

실패했어. 망했어.

록이 비참함에 어쩔 줄 몰라 하는 동안, 원은 얕게 숨을 쉬며 참았다. 미칠 것 같았다.

자신의 입술을 지분거리는 자그마한 입술, 자신의 살을 부드럽게 쓸어내리는 손, 코끝을 스치는 달달한 향기. 그 모든 게 자극적으로 느껴졌다.

"더는 못 참겠다."

숨을 참으며 견디던 원이 록의 뒷목을 거머쥐었다.

“읍.”

고개를 튼 원이 록의 입 안으로 깊게 파고들었다. 순식간에 록의 등이 침대에 닿았다. 록의 몸 위로 올라탄 원이 록의 브래지어 사이로 손을 밀어 넣었다.

“훗!”

깜짝 놀란 록이 숨을 들이마셨다. 원의 커다란 손이 록의 브래지어를 위로 끌어올렸다. 하얀 가슴이 드러났다. 원이 록의 가슴을 물끄러미 바라보았다. 록이 민망함에 팔로 가리려 했다. 그러자 원이 록의 두 손목을 한 손에 거머쥐었다.

“그, 그만 봐요! 웃!”

원의 입술이 록의 가슴에 닿았다. 가슴에서 짜르르한 감각과 함께 등골이 저릿했다. 열이 오른 것도 아닌데 온몸이 후끈거렸다. 동시에 배의 깊은 곳이 바짝 당겨 왔다.

원은 록의 가슴에서부터 느릿하게 타고 내려갔다. 납작한 배에 툭 불거져 나온 골반뼈를 핥았다. 원의 손끝이 록의 속옷과 바지를 동시에 끌어내렸다.

“으, 으읏!”

비명이 터져 나오려는 걸 록이 꾹 참았다. 자신이 자진해서 시작한 일이지만, 속도가 너무 빨랐다. 민망하고 부끄러워서 저절로 다리가 웅크려졌다. 록은 차마 못 보겠다는 듯 눈을 감고서 고개를 홱 돌렸다.

“하.”

원의 입술에서 깊은 숨이 새어 나왔다. 록이 몸에 걸친 거라곤 벌어진 잠옷 상의뿐이었다. 하얀 나신이 부끄러운 듯 몸을 비틀고 있었다. 오히려 그 때문에 곡선이 더 살아나 야하게 느껴졌다.

원의 손이 록의 다리 사이로 파고들었다.

"으아앗!"

힘으로 막아 보려 했으나 역부족이었다. 원의 손이 정확하게 록의 중심부에 닿았다. 록의 몸이 긴장에 빳빳하게 굳었다. 원은 굳은 록의 몸을 입술과 손으로 나긋하게 풀어 주었다.

록의 몸에 힘이 어느 정도 빠진 걸 확인한 원이 바지를 벗었다. 열뜬 눈으로 아래를 흘깃 바라보던 록이 멈칫했다.

"그, 그걸 지금……?"

록이 더듬거리며 물었다. 저걸 자신의 몸이 받아 낼 수 있을지 의문이었다.

"곧 적응하게 될 거야."

"아, 아니. 그건……! 읏!"

말을 하던 록이 움찔하며 몸을 떨었다. 순간 밀려들어 오는 힘에 록이 숨을 멈췄다.

"숨 쉬어."

원이 빠듯하게 맞물린 아래 때문에 얼굴을 구기며 말했다.

"하아…… 그러고 싶은데요."

록이 울 것 같은 얼굴로 중얼거리듯 말했다. 숨을 쉬고 싶은데, 마음처럼 되질 않았다. 마치 숨 쉬는 법을 까먹은 기분이었다. 록이 우물우물하는 사이 원이 조금 더 밀고 들어왔다.

"으흡!"

록이 몸에 힘을 주며 원의 팔을 꽉 움켜쥐었다. 아파서 눈물이 찔끔 다 났다. 차라리 한 대 맞았으면 맞았지, 이건 두 번은 못할 짓이었다.

다시는 하나 봐라!

록이 이를 아득아득 갈며 힘겹게 원을 받아 냈다. 원의 이마에서 땀이 뚝 떨어졌다. 처음일 테니 쉽지 않을 거라 예상했지만, 상상보다 더 빠듯했다. 마침내 원이 제 몸을 다 밀어 넣었다. 록의 눈에서 눈물이 뚝뚝 떨어졌다.

"많이 아파?"

"흑…… 네…….."

록이 그걸 말이라고 하냐는 듯 냉큼 대답했다.

"그래서 빼?"

"그럴 수 있어요?"

록이 빨간 눈으로 물었다.

"아니. 이렇게 만들고 빼라는 건 가혹하지. 네가 먼저 덤볐잖아."

"그럼 대체 왜 물어요? 빼지도 않을 거면서!"

이런 희망고문이 어디 있어!

록이 울컥한 얼굴로 소리쳤다.

"지금 참는 게 나을 거야. 내일 또 아픈 것보다 낫지 않아?"

"내, 내일 또 한다고요?"

"적응되면 좋을 거야."

처음인 것치고 록은 무난히 잘 받아 내고 있었다. 동시에 좋은 몸을 갖고 있었다. 상대를 기분 좋게 하면서, 본인도 충분히 느낄 수 있는 몸이었다. 이런 몸은 할수록 높은 쾌감을 만들어 냈다. 원은 록이 이런 몸이라 더없이 즐거웠다.

"그런 일 없을 거 같은데요."

록이 단호하게 말했다.

"그럴까?"

원이 픽 웃으며 고개를 숙였다. 록의 눈가에 입을 맞추자, 록이 흠칫했다.

눈물을 흘리는 눈, 눈물이 타고 흘러내리는 눈초리, 뺨, 귓가, 입술이 닿는 곳마다 원이 가볍게 입을 맞추었다.

인정하기 싫지만, 그의 움직임엔 사랑스러움이 듬뿍 담겨 있었다. 그 때문에 록의 기분이 서서히 나아졌다.

원의 허리가 천천히 움직였다. 아래가 반쪽 나는 것처럼 아팠지만, 록은 이를 악물고 참아 냈다. 얼마쯤 지났을까, 아픔이 슬슬 물러나고 묘한 쾌감이 밀려들었다.

"으읏!"

록이 호흡을 골랐다. 조금씩 원의 속도가 빨라졌다. 아래가 부서질 것처럼 아팠지만, 이상하게 이전처럼 멈췄으면 하고 바라지 않았다.

"하아, 하아, 읏!"

원의 록의 허리를 거머쥐고서 세차게 달렸다. 원은 이대로 오래도록 머물고 싶었다. 록의 몸은 감도가 좋았다. 한 번씩 흘리는 신음 소리도 묘하게 사람을 자극했다. 그러나 록은 이 상태가 버거운 듯 고통스러워했다. 처음이니 조심스러울 필요가 있었다. 원은 어쩔 수 없이 몸을 빼냈다. 사정하기엔 한참이 남아 그는 포기했다.

"하아……."

록의 몸이 축 늘어졌다. 아주 잠깐 했을 뿐인데 온몸의 힘이 다 빠진 기분이었다. 록이 힘겹게 침대 아래로 떨어진 이불을 주워 덮었다. 원이 그 곁에 누웠다. 그사이에, 록의 이마가 금세 땀으로 가득해졌다.

원이 록의 이마에 입을 맞추었다. 움찔한 록이 원을 바라보았다. 그윽한 두 눈을 보니 치솟았던 분노가 조용히 가라앉는 기분이었다.

"원."

"응?"

"어땠어요? 오늘?"

록의 질문에 원이 픽 웃었다.

"그 질문은 내가 해야 하는 거 아닌가?"

"어쨌든 덮친 건 저니까요. 그러니까 제가 물어야죠."

록의 당돌한 대답에 원이 웃음을 터트렸다. 원의 기분 좋은 웃음소리에 록도 따라 웃었다. 록은 꾸물꾸물거리며 다가와 원에게 폭 안겼다.

"그냥 자면 감기 걸려요."

자신이 덮고 있던 이불을 나눠 주더니, 그걸로 부족한지 한 팔로 원을 꼭 끌어안았다.

"이제 잘게요. 잘 자요. 원."

록이 이미 잠에 빠진 듯 우물거리며 말했다. 원이 난처한 표정을 지었다. 자신은 아직 사정하지 못해서 아래가 아팠다. 그런 상태에서 록의 맨몸이 착 감겨 오니 전보다 더 고통스러웠다. 배고픈 상태에서 굉장히 맛있는 음식을 딱 한입 먹은 기분이었다.

원은 고민 끝에 록을 끌어안았다. 아랫배를 쿡 찌르는 무언가가 불편할 만도 하건만, 록은 순식간에 잠에 빠졌다. 원은 픽 웃으며 록을 조금 더 세게 끌어안았다.

*   *   *

눈을 뜬 록은 코앞에 자리한 원을 보고 흠칫했다. 그가 낮은 숨소리를 내며 잠에 들어 있었다. 어젯밤 일이 떠오르자, 얼굴이 홧홧하게 달아올랐다.

이대로 씻으러 갈까 하던 록은 금세 마음을 바꿔 원을 바라보았다. 그의 얼굴을 이렇게 가까이서 보는 건 오랜만이었다.

높은 콧대, 가지런한 눈썹, 반듯한 입술.

록은 저도 모르게 빙긋 웃었다. 그러다 록의 시선이 원의 가슴에 닿았다. 가까이서 보니 자잘한 흉터가 꽤 많았다.

아팠겠다.

록이 속으로 중얼거렸다. 록은 그의 삶이 녹록치 않았다는 것을 여러 번 전해 들었다. 젊은 나이에 이 성질머리로 여기까지 올라오려면 힘들었을 거다.

록은 그의 상처를 만지려다가 그가 싫어할까 봐 관두었다. 대신 입술을 내밀어 원의 입술에 쪽 소리 나게 입을 맞추었다.

세상에 하나밖에 없는 사람. 자신을 자신보다 더 사랑해 주는 사람.

그렇게 생각하자 가슴이 찡해지면서 눈물이 나오려 했다. 록이 정성스러운 마음을 담아 원의 입술에 입을 다시 한 번 맞추었다. 인기척에 깼는지 원이 눈을 뜨고 있었다.

"잘 잤어요? 오늘…… 웃!"

원이 록의 뒤통수를 거머쥐고서 입을 맞추었다. 순식간에 입 안에서 말이 뭉개졌다. 그 자리를 원의 혀가 대신 차지했다. 부드럽고, 따스하면서도, 뜨거움이 확 몰려들 만큼 강한 키스였다.

"하아, 하아."

키스가 끝난 후 록이 번지르르한 입술로 헐떡였다. 모닝키스는 원래 이렇게 길게 하는 건가. 연애가 처음이라 모든 것이 다 새로웠다. 동시에 부끄러웠다.

"저는 씻고 올게요."

록이 부끄러운 듯 웃으며 자리에서 일어날 때였다. 원이 록의 손목을 거머쥐었다. 왜 그러냐는 듯 쳐다보자마자 록이 도로 눕혀졌다. 그가 록의 몸 위로 올라탔다.

"응?"

록이 멀뚱멀뚱하게 제 위에 올라탄 원을 바라보다가 두 손으로 훤히 드러난 가슴을 가렸다. 분위기가 미묘하게 돌아가고 있었다. 원이 허리를 숙여 록의 입술에 입을 맞췄다. 몇 번이고 키스가 이어졌다.

"웃……."

원의 손이 록의 가슴을 부드럽게 거머쥐었다. 순간 온몸이 뜨거워지면서 록의 몸에 힘이 들어갔다.

"워, 원! 지금 아침인데요."

"그런데?"

"원래 아침엔 안 하는 거 아니에요?"

록의 순진한 질문에 원이 웃었다. 눈치가 빠르고 현명한 록은, 연애나 섹스에 관해선 전혀 몰랐다. 어쩌면 모르는 척하는 걸 수도 있었다. 어찌 되었든 원에게 록은 늘 신선한 재미를 주었다.

"그런 게 법에 있어?"

"아뇨. 그런 건 아니지만……."

록이 머뭇거리며 대답하자 원이 기분 좋은 얼굴로 말했다.

"원래 낮에도 하고, 밤에도 하고, 안에서도 하고, 밖에서도 하는 거야."

"바, 밖이요?"

록이 깜짝 놀라 소리쳤다.

"그건 천천히 하고 지금은……."

원이 중얼거리듯 대답하며, 록의 귓가에 입술을 가져다 댔다. 그러고는 아주 익숙한 말을, 야한 목소리로 속삭였다.

"제가 덮치러 왔습니다."

그의 말에 록이 움찔했다. 원이 입술을 벌려 록의 입술을 삼켰다. 그의 손이 자연스럽게 록의 가슴을 거머쥐었다. 말캉하고 부드러운 감촉이었다. 그의 손끝이 가슴의 가장 중심부분을 건들자, 록의 어깨가 움찔했다. 예쁘게 솟아오른 가슴의 정점을 손끝으로 꾹 눌러

빙글빙글 돌렸다.

"으훗!"

록의 입술에서 야한 신음이 새어나왔다. 그는 록의 이런 목소리를 듣는 게 좋았다. 그가 조금 더 강하게 가슴을 움켜쥐며 록의 얼굴을 바라보았다.

발그스름하게 물든 뺨, 슬쩍 내리깐 눈, 벌어진 입술에서 새어나오는 신음소리.

원의 눈동자가 욕망으로 새카맣게 물들었다. 그의 입술이 록의 목덜미를 타고 흘러내려와 가슴을 머금었다. 그녀의 몸이 움찔하며 경직되었다.

"워. 원……!"

록이 어느새 자신의 다리 사이에 얼굴을 파묻고 있는 원의 다급하게 이름을 불렀다.

"응."

그가 다정하게 대답하며, 록의 다리 사이를 할짝 핥았다.

"으읏!"

록이 다리를 오므리려하자, 그가 양손으로 허벅지를 내리 눌렀다. 다리가 너무 쉽게 벌어졌다. 록은 자신의 치부를 훤히 다 드러냈다는 생각에 얼굴이 벌겋게 달아올랐다. 엉덩이를 뒤로 빼며 몸을 이리저리 흔들어 보았지만, 그는 요지부동이었다.

"원, 그, 그만해요."

당황한 록이 어쩔 줄 몰라 했다.

"왜? 예쁜데."

그가 더욱 집요하게 안으로 파고들었다. 부드러운 혀가 닿았다. 동시에 뜨거운 입김이 허벅지의 여린 살에 닿아 오자 온몸이 긴장되었다.

할짝.

듣기에 민망한 소리가 들렸다.

"커튼이라도 치면 안돼요?"

록이 거의 울 것 같은 목소리로 물었다.

"네가 못 참을 거 같은데?"

"그게 무슨……."

아래가 축축해진 걸 확인한 원이 몸을 일으켜 록을 바라보았다. 발그스름하게 달아오른 록의 뺨에 입을 맞추었다.

"나만큼이나 너도 급해 보인다고, 록."

말과 동시에 아래로 원의 손가락이 슥 닿았다. 록이 움찔했다. 아래에서 뜨거운 것이 울컥 쏟아지는 느낌이 들었다.

몸을 곧추세운 그가 자신의 중심을 단번에 밀어 넣었다.

"흡."

록이 숨을 삼키며 저도 모르게 이부자락을 꽉 거머쥐었다. 원의 몸이 느릿하게 움직였다. 그는 하는 내내 록에게서 눈을 떼지 못했다.

록을 갖고 있으면서도, 그녀를 갖고 있다는 사실이 믿기지 않았다. 그러면서도 그녀를 더 갖고 싶은 이상한 마음이 들었다.

원의 몸이 강하게 움직였다. 움직이고 싶은 것보다, 몸이 통제력을 잃은 듯 거칠게 흔들렸다.

“으흡, 하아, 하아!”

록이 신음을 뱉으며 몸을 이리저리 틀었다. 점점 몸이 뜨거워지면서 야릇한 쾌감이 등허리를 할퀴고 지나갔다.

원이 허리를 숙여 록의 뺨에 입을 맞추었다. 록이 으응, 하며 가볍게 앙탈을 부렸다. 그마저도 귀여운 듯 원은 그녀에게서 눈을 떼지 못했다.

그것도 잠시, 아래가 뜨거워졌다. 원이 입술을 사려 물다 못 견디겠다는 듯 탁한 숨을 흘렸다. 그의 목이 뒤로 꺾였다.

“으읏!”

록의 자그마한 입술에서 높은 신음이 흘러나왔다.

모든 것을 쏟아내고 난 뒤, 원이 록을 바라보았다. 지친 록 역시 몸을 침대에 파묻고서 원과 시선을 맞췄다.

“어……. 원, 저기…….”

록이 헐떡거리며 조심스럽게 아래를 바라보았다. 그가 물러나지 않았다. 오히려 그는 그 자세 그대로 엎드려 록을 끌어안았다. 땀으로 젖은 몸이 닿았으나 기분 나쁘지 않았다. 다만, 아래에 느껴지는 이물감이 여전한 것이 거슬렸다.

록이 뭐라고 말해야할지 모르겠다는 얼굴로 원의 목덜미를 바라보았다.

“원…….”

“왜?”

“저기……. 음, 그러니까요.”

“왜 안 빼냐고?”

굳이 그렇게 적나라하게 말할 필요야…….

록이 마른침을 꼴딱 삼켰다. 그러다 기어들어가는 목소리로 네, 라고 대답했다.

"또 할 건데, 굳이 그럴 필요 없잖아."

"네?"

록이 되묻다가 멈칫했다. 이상한 기분이 들었다. 점점 아래가 빠 듯해지는 기분. 록이 흠칫했다.

방금 끝났는데, 이게 생물학적으로 가능해?

록이 기함한 얼굴로 쳐다보거나 말거나, 그는 몸을 일으켜 그녀 는 바라보았다. 록의 놀란 얼굴을 바라보며 원이 부드럽게 미소 지 었다.

"적응해 둬, 록."

"……."

"이게 일상이 될 테니까."

원이 고개를 숙여 록의 입술에 가볍게 입을 맞추었다.

*　　*　　*

늦은 아침, 록은 아침 식사를 거른 채 지하실로 향했다. 아침 내 내 시달렸더니 식욕이 싹 사라졌다. 환한 햇살 아래에서 다 드러내 놓고 하다니.

"후우……."

생각만 해도 아찔하다는 듯 록이 몸을 부르르 떨었다. 지하실 문을 열자마자 천이가 손을 번쩍 들며 반갑게 인사했다.

"이야! 이게 누구야? 내 영웅 아니야?"

"영웅이요?"

록이 무슨 소리냐는 듯 물었다. 천이가 눈 깜짝할 새에 록에게 다가왔다.

"어. 내 소원이 원의 머리를 한 대만 후려치는 거였거든. 비록 손은 아니지만, 캔으로 내리쳤잖아. 넌 내 소원을 이루어 줬어. 그러고도 안 맞은 걸 보면 역시 애인은 애인이야?"

천이의 진지한 표정을 지으며 말했다. 록은 어이없다는 표정으로 천이를 바라보았다.

소원이 이상해.

그러나 록은 그 말을 입 밖으로 내지 않았다. 그사이 지하실을 찾은 남자 셋이 록에게 다가왔다.

"연습은 많이 하셨습니까?"

"네. 그럭저럭 하긴 했어요."

"그럼 수업에 들어가겠습니다."

"네."

록이 그어 놓은 선 앞에 섰다. 남자들이 줄지어 캔과 병을 가져다 놓았다. 남자가 시키는 대로 록이 기압의 변화를 주어 물건들을 움직여야 했다.

"1번 캔을 구깁니다."

록이 손끝으로 캔의 모양을 그렸다. 그러고는 주변의 기압을 확올렸다. 순식간에 캔이 찌그러졌다. 이어 남자가 시키는 대로 다른 캔을 찌그러뜨리고, 크기 별로 다른 병들을 깼다.

다음 미션은 기압의 변화를 줘서 바람을 만들고, 그 바람을 이용해 종이를 원하는 숫자만큼 넘기는 일이었다. 까다롭긴 했지만, 록은 한 번의 실수 없이 해냈다.

"후우."

록이 숨을 길게 내쉬었다. 이쯤하면 부족하다는 평을 듣지 않을 것 같았다. 록이 뿌듯한 표정으로 고개를 돌렸다. 천이가 멍하게 록의 뒤통수를 바라보고 있었다. 시킨 남자들마저도 멍한 얼굴이었다.

"왜요?"

록이 의아한 눈으로 물었다.

"아뇨. 아닙니다."

남자가 당황해 손을 가로저었다.

어제까지만 해도 버벅댔기에, 기술을 터득하는데 족히 일주일은 걸릴 거라 예상했다. 그런데 하루 새에 록의 기술은 몹시 정밀하고 완벽해졌다. 그녀는 현재 기압을 읽고 각기 구간을 나눠 기압변화를 줘서 바람을 만들어 냈다.

이건 말보다 훨씬 까다롭고 어려운 일이었다. 자칫 잘못하다간 기압의 충돌로 다른 사람들이 다칠 수 있는 상황이었다. 이런 사실을 록은 전혀 알지 못했다.

"다른 건 뭘 하면 되죠?"

록이 쌩쌩한 얼굴로 물었다.

"어, 그러니까 다음이요."

남자가 당황하더니 다음 미션으로 진행되었다.

*　　*　　*

똑똑.

서재 문을 두드리는 소리에 크리스가 '들어오세요'하고 대답했다.

"안녕하세요."

록이 문을 열고 들어와 인사했다. 크리스는 가볍게 고개를 끄덕이며 응접실의 소파를 가리켰다.

"앉아. 차 마실까?"

"아뇨. 전 괜찮아요."

"그래. 그럼 다행이고. 수업은 잘 받았다는 소식 들었어. 오늘이 마지막이었지?"

크리스가 웃으며 물었다. 록이 빙긋 웃으며 고개를 끄덕였다.

그가 록에 대해 보고를 받은 건 저녁시간 직전이었다. 록에게 모든 걸 다 가르쳐 주었다는 게 남자 셋의 보고였다.

크리스가 믿을 수 없다고 하자, 함께 온 천이가 심드렁한 얼굴로 대답했다.

'진짜야. 난 원이 왜 혹을 달고 다니나 했는데, 혹 아니야. 천재는 아니라도 준재 정도는 돼. 지금 속도대로 발전하면 엄청난 인재가 될 거야. 정 못 믿겠으면 이걸 보든지.'

천이가 녹화해 온 영상을 크리스에게 건네주었다. 영상을 확인한 크리스는 할 말을 잃었다. 록의 기술은 단 하루 만에 정교해지고 완

벽해졌다. 록이 대단한 인재가 될 거라 예상하고 있던 크리스조차
도 놀랄 실력이었다.

“그래. 날 찾아온 이유가 뭐야? 할 이야기가 있어서 온 걸 텐데.”

크리스가 물었다.

“저, 실례가 되는 말인 건 아는데요. 조금 더 상위의 기술들을 가
르쳐 줄 분들이 계신가요? 그게 안 되면 저랑 대련해 주실 분들 없
으신가요? 만약 그것도 곤란하다고 하면 지하실에서 혼자 연습해도
될까요?”

“갑자기 왜? 지금도 충분히 기술은 익혔다고 생각하는데.”

“이걸로 부족해서요. 저는 지금보다 더 강해지고 싶어요.”

록이 잔뜩 기합이 들어간 자세로 단호하게 말했다. 크리스의 눈
이 가늘어졌다.

인간이 힘을 얻고 나면 더 강한 힘을 원하는 건 인지상정이다. 그
런 사람들 눈에는 욕망과 욕심이 가득했다. 그에 비해 록의 눈빛은
한없이 깨끗했다.

“왜 강해지고 싶은데?”

“제가 원에게 약점이 되지 않도록 강해지고 싶어요. 가능하면 아
주 많이 강해져서 원을 보호해 주고 싶어요.”

“…….”

크리스는 제 귀를 의심했다. 전자는 이해가 되지만, 후자는 듣고
도 도통 이해가 안됐다.

“누가, 누굴 보호해?”

“제가 원을요.”

록은 아침에 보았던 원의 상처를 떠올렸다. 자신은 넘어져 무릎만 까져도 아픈데, 그는 가슴에 자잘한 상처를 품고 있었다. 거기다 자신을 돌보느라 얻은 장기의 상처도 100% 다 아물지 않았다.

마음이 아팠다. 앞으로 그가 더 이상 아프지 않길 바랐다. 그러기 위해서 자신이 최선을 다해 도와야겠다고 생각했다.

"록."

크리스가 진지한 얼굴로 록을 불렀다. 록은 대단히 큰 착각을 하고 있었다. 말을 하려다 말고 크리스가 무언가를 느낀 듯 고개를 문 쪽으로 돌렸다. 간발의 차로 서재 문이 벌컥 열렸다.

"크리스!"

천이가 다급하게 그를 불렀다.

"노크는 하고 들어와야지."

"노크고 나발이고, 에스야."

천이의 다급한 말에 크리스의 표정이 단박에 굳었다. 심각한 상황이 발생했다는 그들의 암호였다.

"잠시만. 록."

자리에서 일어난 크리스가 천이와 함께 건너 방으로 넘어갔다. 사뭇 심각해 보이는 그들의 표정에 록은 아무것도 묻지 못했다.

*　　*　　*

록이 턱을 괴고서 차창 밖을 바라보았다. 나뭇잎이 번져 보일 만큼 빠른 속도였다. 차가 엄청난 속도로 달리고 있었다.

야반도주라니.

록이 한숨과 함께 속말을 삼켰다.

천이와 대화를 마치고 돌아온 크리스가 록에게 '짐 싸. 이사 가야 겠어. 5분 내로 가방 챙겨서 1층으로 내려와.'라는 말을 남긴 후, 본 인도 짐을 챙기기 시작했다.

잠시 멍하게 서 있던 록은 크리스의 재촉에 서둘러 방으로 이동 했다. 짐을 챙겨 허겁지겁 내려오니 크리스가 서 있었다. 그가 앞장 서서 걷는 대로 따라가니 알렝이 차를 몰아왔다.

구겨 넣어지듯 차에 탄 록은 그때부터 십 분이 흐르도록 어떤 이 야기도 듣지 못했다.

알렝은 심각한 표정으로 운전을 하고 있었고, 크리스 또한 심각 한 얼굴로 태블릿 PC를 들여다보고 있었다.

록이 크리스에게 말을 걸 수 있게 된 건, 그로부터 한 시간이 더 흘러서였다.

"대체 무슨 일이에요?"

물을 마시던 크리스가 록을 쳐다보더니 눈썹을 추켜올렸다. 네가 여기 있는지 몰랐다는 듯한 표정이었다.

"아아. 록."

"왜 우리만 이사를 가요? 천이는요? 그리고 원은요?"

"음."

크리스가 잠시 갈등하더니 입을 열었다.

"어차피 록도 알아야겠지. 결국은 알게 될 테니까. 우리가 방금 머물던 집으로 테러집단이 급습할 예정이라는 정보를 얻게 됐어.

전면전으로 부딪쳐도 별 상관없지만, 그랬다간 애꿎은 직원들과 록이 다칠 수도 있잖아. 굳이 그런 피해를 낼 필요 없어서 피하는 중."

"테러집단이요? 그쪽에서 왜 우리를요?"

록이 깜짝 놀라 되물었다.

"정부군에서 우리정보를 테러집단 쪽에 흘렸어."

"네?"

록이 눈을 크게 뜨고서 되물었다. 이 나라의 정부는 원에게 호의적이라 들었다. 그 때문에 거액의 돈을 들여 원의 조직이 자리 잡을 수 있게 도왔다고 했다.

'그런데 왜?'

록이 의아한 눈으로 바라보자, 크리스가 설명을 시작했다.

"얼마 전 이 나라의 정권이 교체됐어. 이제껏 우리에게 호의적이던 세력이 아닌 다른 세력이야. 그들 사이에서 무기상으로 둔갑한 조직에게 지나치게 의존을 한다는 말이 나온 모양이야. 그 때문에 우리를 눈엣가시로 여기는 중이었는데, 마땅히 처리할 수가 없었던 거지. 그러다가 테러집단이 발발하면서 잘됐다 여긴 정부군에서 조용히 우리 정보를 테러집단에게 흘린 거야. 정보력과 자금이 부족한 테러집단이 보기에 우리는 우스웠을 테니 우릴 치기로 결정한 거지. 우리를 치고 나면 원하는 만큼의 정보와 자금을 얻을 수 있을 거라 생각한 모양이더군."

"……."

"어쨌든 정부군 입장에선 테러집단이 우리 조직을 치고 나면 세력이 많이 약화되어 있을 테니, 그때 테러집단을 쳐낼 작정이었던

거고. 동시에 우리도 처리되는 거니까 그쪽에선 나쁜 게 아니었겠
지."

몹시 복잡하게 물리고 물린 관계였다.

"그럼…… 앞으로 어떻게 되는 건데요?"

록이 조마조마한 얼굴로 물었다.

"글쎄? 왜? 위험하게 보여?"

크리스가 웃으며 물었다.

"네. 이렇게 도망치는 건 처음이니까요."

"말했잖아. 만에 하나 네가 다칠까 봐 그런다고. 전면전에선 절대
로 안 져. 그러니 안심해."

크리스가 천연덕스럽게 대답했다. 록은 크리스의 여유로움에 안
도하긴 했지만, 마음이 완전히 놓이진 않았다.

"그럼 원과 천이는 어디 갔는데요?"

"천이는 간만에 사람들 차출해서 테러집단 본부로 갔고, 원은 장
갑 되찾으러 갔어."

"장갑요?"

"피 묻은 장갑을 정부군에게 맡겨 놨는데, 그걸 찾으러 간대. 음,
지금쯤 도착했겠네. 한 번 볼래?"

"볼 수 있어요?"

크리스는 걱정 말라는 듯 웃으며 가방에서 노트북을 꺼냈다. 이
후 신기한 일들이 벌어졌다.

빠르게 달리는 차 안에서 인터넷에 접속한 크리스는 수십 개의
화면을 띄웠다. 주르륵 살피던 크리스가 '아, 여기 있네'라더니 한 화

면을 크게 확대했다. 회색 화면에 원과 세 명의 남자가 보였다. 그들은 중무장하고 있었다.

그때, 원이 끼고 있던 장갑을 벗어 바닥에 던졌다. 남자들이 달려들었다. 록이 얼굴을 찌푸리며 이를 꽉 깨물었다.

"윽!"

저도 모르게 비명이 새어 나갔다. 그러나 남자들은 원의 몸에 닿기도 전에, 바닥에 머리를 처박았다. 한 명이 원에게 총을 쏘려한 순간, 원이 한발 빠르게 총으로 그의 손목에 구멍을 냈다. 소리가 들리지 않아 알 수 없었으나, 그들이 고통스러워한다는 건 알 수 있었다.

원이 차근차근 남자들의 손목과 발목을 부수었다. 이후, 그들이 일어날 수 없게끔 갈비뼈까지 다 부순 후에야 자리를 유유히 떴다. 2분도 채 되지 않아 세 명을 박살 낸 원은 가뿐한 몸놀림으로 화면에서 사라졌다.

록의 얼굴이 희게 질렸다.

아, 맞다. 원래 이런 놈이었지?

그는 최근 상당히 유순해졌기에 착해진 줄 알았다. 그러나 그건 자신의 앞에서만 그랬을 뿐, 여전히 그는 미친놈이었다.

이후 크리스는 원이 움직이는 대로 카메라 화면을 확대해 보여주었다. 원이 지나치는 곳마다 피바다가 되었다.

정부군은 배신의 대가를 혹독하게 치르는 중이었다. 다른 조직원도 침투했는지 작은 화면으로 정부군이 속수무책으로 당하는 게 보였다.

"이제 그만해도 되지 않나요? 이랬다간 소문이 날 텐데요. 다른 나라에 위험한 조직으로 찍히면 곤란하잖아요."

록이 걱정스러운 얼굴로 물었다. 아무리 부실한 나라라지만, 한 나라의 정부군이 만만할 리 없었다.

"그러라고 하는 거야. 어설프게 계약위반을 하면 어떻게 되는지 보라고."

"……."

"우린 애초부터 위험한 조직이었어. 이제 와 느슨한 모습을 보여 주면 다른 조직이나 국가에서 우리를 우습게 보고 달려들 거야. 우리가 가진 정보, 재물, 인재들이 탐날 테니까. 그럼 그것들을 지키기 위해 우린 더 많은 피를 봐야해. 그럴 바엔 한 놈을 제대로 박살 내놓는 게 좋잖아. 재미있기도 하고."

크리스가 온화한 목소리와 달리 살벌한 말들을 쏟아 냈다. 록은 침통한 얼굴로 한숨을 내쉬었다.

"그랬군요."

록이 체념한 듯 중얼거렸다.

"네가 이런 원을 보호해 주겠다고 한 거야. 록. 이제 보니 정말 터무니없는 말 같지? 그러니까 어디 가서 그런 소리하지 마. 천이가 알면 일주일 내내 웃을 테니까."

크리스의 충고에 록은 입을 꾹 다문 채 창밖을 보았다. 자신이 허튼 생각을 한 모양이었다. 잠시 가만히 앉아 있던 록이 두 손을 거머쥐었다.

"뭐하는 거야?"

"기도요."

"왜? 이제라도 원에게서 도망치려고? 원이 죽기 전까지 그건 불가능할걸?"

"아뇨. 원이 무사히 돌아오게 해 달라고요. 그래도 혹시나 다칠지도 모르니까요. 이제는 우리 가족인데……."

록의 말에 크리스가 의아한 표정으로 바라보았다.

"진심이야?"

"네. 이제 저 원의 말대로 갈 곳도 없어요. 초능력까지 발현되었으니 인간계는 더욱 못 가겠죠. 그리고 설령 갈 수 있는 길이 있다고 하더라도 이제 안 갈 거예요. 이제 원이 있는 집이 내 집이고, 원의 식구들이 제 식구들이니까요."

록이 마음을 굳힌 듯 단호하게 말했다. 자신을 그토록 사랑해 준 사람이 없었다. 또한, 자신이 이만큼 사랑하는 것도 처음이었다. 그들의 운명에 자신의 운명도 함께 맡겼다.

"그러니까 다치지 않게 해 달라고 빌어야겠어요. 물론 천이랑 우리도요."

록이 두 손을 꼭 부여잡고서 기도하기 시작했다. 그 옆얼굴이 신성해 보였다. 그 깨끗한 얼굴 때문에 크리스는 무언가 말을 하려다 입을 꾹 다물었다.

원에게 신의 은총까지 합쳐지면 너무 무섭지 않겠어? 라는 그 말을 록이 들어줄 것 같지 않았다.

*　　*　　*

알렝이 모는 차가 6시간쯤 달린 끝에, 숲으로 돌진했다. 울창한 나무숲 사이로 차 한 대가 겨우 지나갈 법한 좁은 길이 있었다. 이 길을 숱하게 다녀 봤는지 알렝의 운전엔 거침이 없었다.

마침내 차가 울창한 숲을 지나 거대한 철문 앞에 섰다. 차에서 내린 알렝이 대문 옆에 손바닥을 가져다 대자, 번호판이 올라왔다. 알렝의 손가락이 보이지 않을 만큼 바쁘게 움직였다.

"설마 저게 다 비밀번호예요?"

"응. 너한테도 곧 알려 줄 거야."

알려 줘도 못 외울 거 같은데?

록이 암담한 눈으로 쳐다보았다. 입력을 마친 알렝이 차에 몸을 실었다. 차가운 한기가 훅 밀려들었다. 선선한 가을 날씨를 유지하던 이전의 집과 달리, 이곳은 파카를 입어야 할 만큼 추운 겨울이었다.

철문이 지잉 하는 소리와 함께 열렸다. 차가 그 안으로 느릿하게 들어섰다.

"와아."

록이 창문에 딱 달라붙어 입술을 크게 벌렸다. 자그마한 공터 너머로 넝쿨에 휘감긴 2층짜리 건물이 보였다.

직원들 없이 소규모의 인원만 사는 곳이라 작을 거라는 말과 달리, 집은 생각 외로 컸다. 스무 명이 살아도 거뜬해 보였다.

차가 집 앞에 멈춰 섰다. 넋이 나간 록은 알렝이 차문을 열고서야 내렸다.

"여기에 열 명이 사는 거예요?"

원, 자신, 크리스, 천이, 알렝을 포함해 믿을 수 있는 직원 다섯 명
이 산다고 했다.

"네. 그렇습니다."

"와아."

차에서 내린 록이 거대한 넝쿨에 휘감긴 집을 바라보며 다시 한
번 감탄했다. 이 추운 날씨에 넝쿨이 이토록 푸른빛을 띠고 있다는
게 신기했다.

"록, 절 따라오시죠."

알렝이 록의 짐을 챙겨 앞서 걸었다. 록이 그의 뒤를 따랐다.

"록은 앞으로 여기서 머무시면 됩니다."

알렝이 록에게 안내해 준 방은, 누군가가 살고 있는 것처럼 짐으
로 꽉 차 있었다.

"여기는……."

"네. 원의 방입니다. 원이 이 방에 짐을 풀라고 말하고 가셨습니
다."

알지 않느냐는 듯 알렝이 인자하게 웃으며 대답했다.

록은 잠시 갈등하다 그의 방으로 발을 들였다. 어차피 이전의 집
에서도 한 방 같은 두 방에서 지내던 그들이었다.

그녀는 알렝에게 고맙다는 말을 한 후, 자신의 짐을 차곡차곡 정
리했다. 모든 일을 마친 록은 침대에 걸터앉아 주변을 둘러보았다.

이곳이 원의 방이구나.

록은 그의 침대에 누워 숨을 길게 들이마셨다. 원에게서 나는 향
이 나는 것 같았다. 남의 집처럼 낯설던 공간이 조금은 익숙하게 느

껴졌다.

원에게 정말로 길들여졌구나.

록은 픽 웃으며 눈을 감았다. 그러곤 금세 잠에 빠졌다.

* * *

"록은?"

원이 집 안에 들어서며 물었다. 록의 인기척에 알렝이 마중 나왔다.

"방금 저녁 먹고 방에 계십니다. 능력에 관한 책을 부탁하셔서 그것도 몇 권 챙겨드렸는데, 아마 그걸 보고 계신 게 아닌가 싶습니다."

"그래요?"

원이 덤덤하게 대꾸하며 젖은 외투를 벗었다. 긴 싸움을 치르느라 피곤할 만도 하건만, 그는 나갈 때와 별다른 바 없었다.

알렝이 원이 내민 외투를 받아 들었다. 피가 잔뜩 묻은 외투가 묵직했다.

"이거 세탁 부탁해요. 1층 욕실 쓸 테니까 준비해 주고요."

"네. 알겠습니다."

알렝은 원이 록에게 피범벅이 된 꼴을 보이지 않으려 1층 욕실을 이용하려 한다는 걸 알아챘다.

원은 샤워를 하는 동안 전보다 더 많은 바디 클렌저를 사용했다.

온몸에 묻은 피를 평소보다 꼼꼼하게 씻어 낸 후, 알렝이 가져다

준 옷을 챙겨 입었다.

2층으로 올라간 원은 조용히 문을 열었다.

"어? 왔어요?"

새벽 3시가 넘어가기에 잠들었을 거라는 예상과 달리 록은 깨어 있었다. 록이 자리에서 일어나 원에게 다가왔다.

"어디 다친 곳 없어요? 아픈 곳은요? 오늘 위험한 곳 다녀왔잖아요."

"어떻게 알았어?"

"크리스가 말해 주던데요. 아, 말해 준 게 아니라 영상 보여 줬어요. 몇 개 보진 못했지만 관리청 해킹해서 CCTV를 보여 주더라고요."

원의 표정이 안 좋아지는 게 보였지만, 록은 원의 몸을 살피느라 알아채지 못했다.

"다행히 몸에 상처는 없네요. 화…… 났어요?"

록의 물음에 원이 가볍게 고개를 가로저었다.

"아니."

"그럼 피곤해요?"

"아니. 괜찮아."

원이 이전처럼 느슨하게 웃어 보였다.

"다행이에요."

"뭐하고 있었어?"

"책 보고 있었어요. 어떻게 하면 이 능력을 좀 더 체계적으로 잘 관리할 수 있을까 싶어서요. 크리스한테 이야기해서 내일부터 따로 수업을 받겠지만, 미리 예습해 두는 게 좋으니까요. 어쨌든, 무사히 잘 돌아왔어요."

록이 웃으며 팔을 벌려 원을 끌어안았다. 원의 큰 키 탓에 대롱대롱 매달리는 꼴이 되었지만, 록은 개의치 않았다.

"다쳐서 올까 봐 걱정했거든요. 무사해서 다행이에요."

록이 안도의 한숨을 길게 흘리며 말했다. 내색하지 않았지만 여태껏 걱정하고 있었던 기색이 역력했다.

다칠 리가 없잖아.

원은 작정하게 다치려고 들지 않는 이상에야 다치지 않았다. 그러나 원은 록을 꼭 끌어안으며 말했다.

"조심할게. 다치지 않도록."

원의 입술이 느슨하게 늘어났다.

일을 마치고 무심코 돌아서다 피에 젖은 제 모습을 보았다. 어렸을 적부터 수도 없이 봐 왔던 모습이라 놀랄 것 없었다.

그런데 자신의 그런 모습을 발견하자마자 가슴이 선득 내려앉았다. 왜인지 기분도 찝찝했다. 씻고 나서도 마찬가지였다.

록이 환하게 웃어주기 전까진, 그러했다. 자신은 거짓말처럼 겁을 내고 있었다. 록이 이전처럼 자신에게 거리를 둘 까 봐.

"그래요. 늘 조심해야 해요."

처음 들어보는 잔소리에 원의 입술이 늘어났다. 록은 평범하지 않은 자신을, 평범하게 대해 준다. 그래서 자신은 늘 록의 앞에서 괴물이 아닌 사람이 되었다.

원은 이 평범함이 그리웠다. 초능력이 발현한 뒤로 아픈 적은 없지만 '아프지 마'라는 이야기를 듣고 싶었다. 힘든 적도 없지만, '힘 내'라는 말을 듣고 싶었다.

"한 번만 더 말해 줘."

"조심해요. 원."

"……."

"스스로를 위해서, 그리고 기다리고 있는 날 위해서요."

"……."

"너무 힘들면 가끔 나한테 기대고요. 이래봬도 어깨가 튼튼하거 든요."

록이 원의 등을 토닥토닥 두드리며 말했다. 나긋나긋하게 감겨 오는 목소리에 갈증이 일었다. 원이 고개를 들어 록의 양쪽 뺨을 감 쌌다. 자그마한 얼굴을 감싸고도 손이 남았다. 원의 눈빛이 짙어졌 다.

"나는."

"……."

"너만 보면 미치겠다."

그의 목소리가 달콤하게 귀를 적셨다. 긴장한 록이 저도 모르게 마른침을 삼켰다. 허리를 숙인 원이 그녀의 입술에 입을 맞추었다. 움찔하던 록은 피하지 않고 원의 목을 감싸 안았다.

*　　*　　*

아침 식사 시간에 맞춰 원이 식당 문을 열고 들어왔다. 모처럼 본

가에서 먹는 식사였기에 천이와 크리스도 시간에 맞춰 자리하고 있
었다. 천이가 목을 쭉 빼며 원의 뒤를 살폈다.

"록은 어쩌고 혼자와?"

"피곤해서 자고 있어."

"얼마나 괴롭혔으면…… 어휴. 작작해라. 록이 네 체력을 버텨 낼
리 없잖아."

천이가 안 봐도 훤하다는 듯 고개를 절레절레 가로저었다. 록이
피곤해서 식사까지 거른다는데, 원의 얼굴은 훤하게 폈다.

원이 자리에 앉자 알렝이 다가왔다.

"오늘은 간단히 한식과 양식으로 준비되어 있습니다."

"한식으로 싸 줘요. 2층에 올라가서 먹을 테니까요."

"알겠습니다."

알렝이 인사한 후, 한 걸음 물러났다. 얼마 지나지 않아 천이와
크리스 앞에 음식이 차려졌다.

"크리스."

원이 그를 불렀다. 크리스가 고개를 들자, 원이 말했다.

"록이 어설프게 입단하겠다고 덤비면 거절해. 객원 멤버로도 쓸
생각 없으니까."

"왜? 진지하게 생각해 보지 그래? 묵혀 두기엔 록의 자질이 뛰어
나던데. 제대로 키우면 1급까진 아니더라도 2급 정도의 멤버는 될
수 있을 거 같아. 물론 5년 이상의 훈련이 필요하겠지만."

"그러니까 안 된다는 거야."

크리스가 왜 라고 물으려다가 입을 다물었다. 왜인지 알 것 같았

다.

힘이 강한 사람은 눈에 띄기 마련이다. 자연스럽게 타깃이 되기 쉬웠다. 더군다나 원이 직접 움직일 땐 대부분 심각한 일들이 벌어질 때였다.

자질은 뛰어나도 록이 정신적으로 버텨 낸다는 보장이 없었다. 설령 록이 정신적으로 버틴다고 하더라도 원은 록을 사지로 밀어 넣을 생각이 없었다.

원의 완강한 표정에 크리스는 알겠다는 듯 고개를 주억거렸다.

"식사 나왔습니다."

알렝이 쟁반을 챙겨 왔다.

"고마워요."

원이 싱긋 웃으며 쟁반을 가지고 올라갔다. 홀로 남은 알렝은 멀어지는 원의 뒷모습을 멍하니 바라보았다.

"방금 들으셨습니까?"

"뭘요?"

천이가 뚱하게 받아쳤다.

"원이 제게 고맙다고 하셨습니다. 웃으면서요."

"쟨 원래 멀쩡한 척 잘하잖아요. 웃으면서 사람도 박살 내는 인간이에요. 고맙다는 말도 알렝한테는 종종했고요."

"진심으로 저한테 고맙다고 말하셨습니다."

"그럴 리가요. 그냥 한 말이에요. 알렝은 원한테 너무 관대해요. 착하다느니, 순수한 영혼이라느니, 어디 가서 그런 말 하지 마요. 알렝이 대신 칼 맞으니까."

천이가 투덜거리듯 대답하며 식사를 이어 갔다. 그러나 알렝은 천이의 말과 달리 확신했다.

오랜 시간 그를 보아 온 자신만이 알 수 있었다. 원이 아주 조금씩 인간답게 변화하고 있었다.

＊　　＊　　＊

록이 부스스한 몰골로 눈을 떴다. 조금 더 자고 싶은데 잠이 오질 않았다. 뒤척거리는 사이 문이 열리는 소리가 들렸다. 록은 얼른 눈을 도로 감았다. 자는 척만이 살길이었다.

"록, 일어나. 식사해야지."

원의 말에도 록은 죽은 듯이 잠자는 척을 했다. 원이 픽 웃었다. 록이 잠든 척하고 있다는 게 눈에 훤히 보였다.

"안 먹어? 그래. 그럼 같이 침대에서 하루 종일 놀까?"

원의 말에 록이 눈을 번쩍 떴다. 그러고는 냉큼 일어나 나오지도 않는 기지개를 억지로 켰다.

"원, 왔어요?"

록이 이불을 가슴께까지 끌어올린 후 싱긋 웃었다. 원이 베드 트레이 위에 쟁반을 가져다 놓았다.

"한식으로 챙겨 왔으니까 먹어."

원은 록이 먹기 편하도록 쟁반을 가까이에 두었다. 록은 숟가락을 쥔 채 김이 모락모락 피어오르는 미역국을 물끄러미 바라보았다. 원이 팔짱을 낀 채 그녀를 바라보았다.

“왜?”

“이거 먹여서 또 잡아먹으려고 그러죠? 먹는 떡 됐다고 너무 뜯어 먹는 거 아니에요?”

새벽 내내 잠을 못 이룬 록이 우울한 얼굴로 투덜거렸다.

“그래서 싫어?”

“싫은 건 아닌데, 적당히 했으면 좋겠어요. 삭신이 쑤셔요.”

록이 입술을 삐쭉거리며 투덜댔다. 원의 입술이 늘어났다. 그는 웃을 뿐 대답을 피했다. 본인의 뜻대로 하겠다는 말이었다. 록은 원에게 원하는 대답 듣기를 포기한 채 식사를 시작했다. 허기졌는지 밥이 술술 넘어갔다.

“원. 물어볼 게 있는데요.”

“말해.”

원이 마주 앉아 식사를 하다 말고 고개를 들었다.

“우리…… 아이를 가져도 돼요?”

록이 조심스럽게 물었다.

“왜? 한 거 같아?”

원의 목소리가 싸하게 내려앉았다.

“아뇨. 한 건 아닌데, 이렇게 피임 안 하다가는 할 수도 있잖아요. 그래서 물어보는 거죠. 해도 되는 거면, 전 솔직히 아이를 가지고 싶어요. 이 세상에 내 가족은 하나도 없었거든요. 이제 원이 제 가족이긴 하지만, 더 늘어도 좋을 것 같아요. 이건 제 뜻이에요. 만약 원에게 짐이 될 거 같거나, 원이 원하지 않으면 저도 낳을 생각 없어요. 사랑받지 못하는 아이는 슬프니까…….”

록의 말끝이 씁쓸하게 끝났다. 자신은 태어나 사랑받지 못했다. 어영부영 25년 살다가 다른 세계에 와서 겨우 사랑받게 되었다.

사랑받고, 사랑을 하고 나니 알 것 같았다. 사랑이란 많이 주고받을수록 좋은 거라는걸.

너무 늦게 이 사실을 깨닫게 된 것이 슬퍼서 자신이 아닌 다른 사람은 겪지 않았으면 했다. 설령 그것이 자신의 아이라고 하더라도.

원이 숟가락을 내려놓았다. 그가 팔짱을 낀 채 생각에 잠겼다. 록은 차분하게 원의 대답을 기다렸다. 그가 어떤 선택을 하든 실망하지 않아야지, 라고 생각하면서.

"우리 아이는 평범하게 살지 못할 거야. 나처럼 살게 되겠지. 그래도 괜찮아?"

원이 덤덤한 목소리로 물었다. 그러나 그 목소리 안엔 갈등과 고통이 담겨 있었다. 록이 빙긋 웃으며 원의 손을 잡았다.

"우리 아이라면 그 정도는 감당하고 오지 않을까요?"

록이 원의 눈을 바라보며 물었다.

"그렇겠지."

"네. 그러니까 안심해요. 다 잘될 거예요. 아이는 많이 낳자고요. 한 명은 외롭고, 둘도 외로울 테니 셋 이상은 낳고 싶어요."

록이 두 눈을 반짝반짝 빛내며 말했다. 가슴이 터져 나가도록 행복한 이 사랑을 전해 주고 싶다. 그 마음이 록의 얼굴에서 드러났다.

"그래? 그럼 시간이 없네."

"네?"

"셋 낳겠다며. 조금이라도 서둘러야지."

원이 언제 갈등했냐는 듯 싱그러운 미소를 흘리며 트레이를 치웠다.

"어?"

록이 잠시 멍하게 있는 사이, 원이 그녀를 눕혔다. 뒤늦게 상황을 파악한 록이 벗어나려 했지만, 이미 꼼짝도 할 수 없게 되었다.

＊　　　＊　　　＊

세찬 바람에 창문이 덜컹거렸다. 적응할 수 있을까 싶던 차가운 날씨도 한 달 새에 익숙해졌다.

본가로 돌아온 후, 세 사람은 무척 바빠 아침을 거르기 일쑤였다. 그 때문에 록은 늘 홀로 밥을 먹었다. 알렝은 그런 록을 안쓰럽게 바라보았지만, 그녀는 신경 쓰지 않았다. 오히려 아침엔 느긋하게 혼자 밥을 먹으며 뉴스를 보는 게 좋았다.

여느 때와 다름없이 록은 태블릿 PC로 뉴스를 보았다. 이곳에 적응하려면 이곳의 상황을 제대로 알 필요가 있었다.

특보 뉴스가 떴다.

[아랑정부와 테러집단의 충돌이 잇따라. 피해 속출]

록은 아랑이라는 국가가 자신이 머물렀던 곳이라는 걸 알았다. 괴단체의 난입으로 정부청사 여덟 곳이 파괴되었다는 정보와 함께, 테러집단이 머물고 있을 거라 추정되는 곳에 거대 불길이 치솟았다는 뉴스가 잇따라 흘러나왔다.

그들은 정부와 테러집단이 맞붙은 거라 추정했지만, 알 만한 나라의 고위간부들은 다 알고 있었다. 두 집단이 어설프게 원을 건드렸다가 이도 저도 안 되게 되었다는 걸.

그들은 알면서도 증거가 없어서 원에게 책임을 묻지 못했다. 더군다나 자국의 일도 아닌데 총대를 메고 나설만한 나라도 없었다.

'여태껏 그래 왔던 것처럼 건드리지 않으면 묻지 않습니다. 그러나 가장 먼저 건드는 사람은 끝까지 물고 있을 겁니다.'

원이 쐐기를 박듯 일괄적으로 각 나라의 정부 고위간부들에게 메일을 보냈다. 그걸 보고도 덤빌 만큼 국력과 시간이 남아도는 나라는 없었다.

알렝이 조용히 다가와 록의 빈 잔에 주스를 따라 주었다.

"감사합니다. 저기, 알렝."

"네. 말씀하시죠."

"아랑은 어떻게 되는 걸까요?"

"아마 이번에도 망해서 없어질 겁니다. 아랑은 자원이 풍부하니 선진국에서 나눠 갖겠군요. 그 옆의 섬들도 몇 개 경매로 나올 테고요."

"이번에도라면 이전에도 있었다는 건가요?"

록이 깜짝 놀라 물었다.

"이곳에선 흔한 일이죠. 아. 록은 모르겠군요? 록의 초능력이 발현될 때 머물렀던 무인도는 과거 제르타라는 나라가 망한 후, 경매에 나온 걸 구매한 섬입니다. 세 나라의 국경에서 제법 멀리 떨어져 있어서 안전하죠."

"……섬을 사요?"

록이 떨떠름한 얼굴로 물었다.

"그런 섬이 몇 개 있습니다. 다음에 시간 내서 섬투어를 한 번 다녀오시죠. 멋있는 휴양지도 있으니까요. 그곳에서 나오는 수익이 꽤 된다고 들었습니다."

알렝이 인자하게 웃으며 멀어졌다. 홀로 남은 록은 멍한 얼굴로 앞을 보았다. 원이 얼마나 많은 일을 하고 있는지 모르겠다. 더불어 얼마나 많은 돈을 소유하고 있는지도 모르겠다.

"팔찌 장사 계획은 접어야겠네."

록은 공부를 하면서 팔찌를 만들어 팔 생각이었다. 작은 규모의 가게로 시작해 큰돈은 아니더라도 가계에 도움 될 정도로 벌어야겠다고 생각했는데. 다 부질없었다. 섬을 몇 개나 소유한 원에게 자신의 돈은 푼돈이나 다름없었다.

"까면 깔수록 뭐가 나오네."

록은 고개를 절레절레 흔들며 마저 식사했다.

*　　*　　*

점심 식사 후, 오후 운동을 마치고 돌아온 록은 침대에 앉아 팔찌를 만들었다. 방수기능이 되어 있는 고급실로 얼기설기 엮어 짠 초록색 팔찌였다. 빛을 어떻게 받느냐에 따라 팔찌의 색이 옅어지기도 했고 짙어지기도 했다. 오로라처럼 보이게 만들기 위해 록은 며칠 동안 씨름해야 했다.

“아, 다 됐다.”

록이 흐뭇한 얼굴로 팔찌를 바라보았다. 록은 팔찌를 챙겨 자신의 주머니에 잘 챙겨 넣었다. 간발의 차로 문이 벌컥 열렸다. 원이 방으로 들어왔다.

“왔어요?”

록이 웃으며 원에게 다가갔다. 1층에서 샤워를 하고 온 듯, 원의 머리카락 끝이 촉촉하게 젖어 있었다. 오늘도 위험한 전쟁터로 외출을 한 모양이었다. 록은 알면서도 아는 체하지 않았다.

“밖에 눈 와. 알고 있어?”

“눈요? 어?”

창가로 고개를 돌린 록이 눈을 크게 떴다. 회색빛 하늘에서 새하얀 눈이 쏟아져 내리고 있었다. 창가로 달려간 록이 창문이 찰싹 들러붙었다.

“우와.”

이곳에 와서 처음 본 눈이었다. 초록색 잔디 위로 하얀 점이 소복하게 쌓이고 있었다. 록은 눈을 기다리고 있었다. 추울 바엔 눈이라도 내려 아름답기라도 했으면 했다.

“서쪽 숲길이 있으면 참 좋았을 텐데…….”

록이 작게 웅얼거렸다. 록은 이전 집에서 서쪽 숲길을 무척 좋아했다. 울창하게 뻗은 침엽수 사이로 길게 뻗은 길을 보고 있으면 속이 탁 트였다. 길을 가다보면 구석구석 소담하게 핀 꽃들도 아름다웠다. 새삼 그 길이 그리웠다. 그곳에 눈이 내린다면 훨씬 더 아름다울 텐데.

"원. 산책 갈래요?"

록이 어느새 자신의 뒤를 끌어안은 원을 흘깃 보며 물었다.

"그래. 옷 단단히 입어. 바람 차가우니까."

"네."

록이 웃으며 드레스룸으로 들어갔다. 왼쪽 편엔 원의 옷이, 오른쪽엔 록의 옷이 걸려 있었다. 그녀는 가장 두꺼운 외투를 고른 후 돌아섰다. 원이 옷을 고르고 있었다. 별 다를 것 없는 검은 목폴라와 청바지였다.

"원. 그 옷 그만 입어요."

"이런 스타일 좋아한다며?"

패션 외길 인생이니?

록은 한숨을 내쉬다가 저도 모르게 픽 웃었다. 검은 목폴라 중 가장 두툼한 목폴라를 들고 있는 원의 모습이 귀여웠다. 이 속마음을 천이가 알게 된다면 육두문자로 욕을 할 거다. 록은 원의 손에 쥐어진 옷을 빼앗아 도로 걸었다. 그러고는 원이 이전에 입던 옷이 걸린 곳으로 그를 데리고 왔다.

"이전의 스타일이 좋아요. 자유롭게 입어요."

록의 말에 원의 입술이 기분 좋게 늘어났다. 표현은 안 해도 갑갑했던 모양이었다. 록이 드레스룸에서 나간 지 얼마 되지 않아 원이 나왔다. 흰색 스웨터에 검은색 면바지를 입은 그의 모습에 저절로 감탄이 나왔다.

그래, 이거지!

그녀는 개안한 것처럼 눈이 환해지는 걸 느꼈다. 그 위에 코트를 입은 그가 록에게 손을 내밀었다.

"가자."

록은 싱긋 웃으며 그 손을 붙잡았다.

"네!"

*　　*　　*

"어디로 가는 거예요?"

록이 자신을 끌고 가는 원의 뒤통수를 보며 물었다. 이 집에서 안전하게 산책할 곳은 축구장만 한 정원이었다. 정원이랄 것도 없이, 잔디에 나무 몇 그루가 전부였지만.

그런데 원이 정반대로 향하고 있었다.

"어디 가냐니까요? 응? 여기는?"

원을 따라 가던 록이 의아함에 고개를 갸웃거렸다. 원이 집의 뒤쪽으로 향했다. 그녀가 기억하기로 이곳은 벽의 보수공사가 있던 곳이었다. 그 때문에 위험하니 절대로 가선 안 된다는 경고를 들었다.

"원. 여기는 공사 중이래요. 위험하대요."

록은 원이 전해 듣지 못했을까 봐 다급하게 그의 손을 잡아끌며 말했다.

"공사 끝났어."

"네? 벌써요?"

"이리와."

원이 록을 끌어당겨 자신의 앞에 세웠다. 집의 뒤쪽에 건재하던 벽이 사라졌다. 대신 그곳에 숲길이 조성되어 있었다. 침엽수가 좌우로 빽빽하게 채워진 길 가운데 드문드문 겨울 꽃이 피어 있었다.

"어……?"

록의 입술이 자그맣게 벌어졌다. 그 틈으로 새하얀 입김이 새어 나왔다.

록이 간절하게 보길 바랐던 서쪽 숲길의 모습 그대로였다. 초록 빛을 머금은 숲길에 눈이 내리니 절경이었다. 록이 저도 모르게 숨을 멈추었다. 그녀가 느릿하게 몸을 돌려세워 원을 바라보았다. 펑펑 쏟아지는 눈에 그의 코트 위에 눈이 쌓였다. 눈의 흰빛 때문에 그의 모습이 더 눈부시게 보였다.

"선물이야."

원이 덤덤하게 말했다.

"우와, 혹시 나 때문에 일부러 만든 거예요? 내가 서쪽 숲길 보고 싶다고 자주 말해서?"

"어. 그래서 벽 밀었어. 원하면 말해. 이 산 자체를 숲길로 만들어 줄 테니까."

원의 말에 록의 입술이 길게 늘어났다.

이 남자를 어쩌면 좋을까.

자신의 말 한마디에 숲길을 만들다니.

그녀는 기쁨을 감추지 못했다.

"원, 음……. 저도 선물 있는데요. 물론 이런 선물에 비해서 보잘 것없긴 한데, 받아 주세요."

록이 성큼성큼 다가갔다. 그 짧은 시간에 눈이 제법 쌓여 뽀득 소리가 났다. 록이 원의 앞에 섰다.

"눈 감아요."

원이 순순히 눈을 감았다. 록이 원의 손목을 거머쥐었다. 손목에 무언가가 닿는 느낌이 들었다.

"눈 떠도 돼요."

록의 말에 원이 눈을 떴다. 손목에 초록색 팔찌가 끼워져 있었다. 록은 씩 웃으며 제 소매를 걷었다. 그곳에 노란색 팔찌가 끼워져 있었다. 빛을 받을 때마다 노란 나비가 날갯짓을 하듯 반짝거렸다.

"커플 팔찌예요. 생각나서 만들어 봤어요."

록이 싱긋 웃으며 말했다. 원이 제 손목에 걸린 팔찌를 물끄러미 바라보았다. 이전과 비슷한 형태의 팔찌였으나, 그보다 훨씬 더 견고했다. 자신이 작정하고 뜯어내지 않는 이상, 쉽게 뜯기지 않을 만큼 두터웠다. 그러면서도 투박해 보이지 않은 디자인이었다.

"방수기능 있으니까 편하게 써요."

"피 튀어도 괜찮겠네."

"……샤워할 때 요긴할 거예요."

록이 굳이 그런 말 하지 말라는 듯, 얼른 한마디 덧붙였다.

뺨이 얼얼할 만큼 차가운 바람이 불어쳤다. 록은 모자를 뒤집어 쓴 후, 원을 흘깃 보았다.

"산책할래요?"

그녀의 물음에 그가 고개를 끄덕였다.

"팔짱 끼고 싶은데……."

록이 웅얼거리는 소리에 원이 얼굴을 찌푸렸다.

"그게 뭐야?"

원에겐 섹스하는 것보다 낯선 게 팔짱을 끼는 일이었다. 록은 원의 손을 코트 주머니에 넣게 한 후, 팔에 자신의 손을 끼웠다. 그러고는 슬그머니 원의 코트 주머니에 제 손을 넣었다. 손이 닿자마자 따뜻한 기운이 몰려들며 괜히 짜릿한 기분이 들었다.

원의 시선이 뺨에 닿는 게 느껴졌다. 록은 못 느끼는 척 생긋 웃으며 앞을 향해 걸었다.

뽀드득. 뽀드득.

금세 발등을 덮을 만큼 눈이 쌓였다. 걷는 내내 소리가 울렸다. 얼굴에 차가운 눈이 닿았다가 스르륵 녹아내렸다. 찬바람이 서늘하게 몰아쳐 온몸은 추운데, 맞잡은 손은 따뜻했다. 이 사소한 순간이 수채화처럼 아름답게 느껴졌다.

가슴이 뭉클하면서, 아릿해 왔다.

"처음엔 내가 왜 이런 세계에 떨어졌는지 이해를 못 했거든요?"

록이 넌지시 말을 꺼냈다. 원이 쳐다보았으나, 그녀는 여전히 앞을 바라본 채 말을 이었다.

"안 그래도 힘들게 살았는데 왜 나를 더 힘들게 할까. 내가 뭘 그렇게 잘못했을까? 나는 얼마나 더 이렇게 살아야 하나, 싶었어요. 그런데 이제는 조금 알 거 같아요."

"……."

"여기가 내 자리였어요."

록이 생긋 웃었다.

원의 곁에 남겠다는 록의 결정에 천이는 '미쳤어.'라고 말했다.

'도망칠 수 없는 건 알겠는데, 그렇다고 완전히 포기하면 돼? 내가 너라면 도망칠 거야.'라고 소리쳤다. 그런 천이에게 록은 웃으며 물었다.

'그러는 천이는 왜 아직까지 도망 안 쳤어요? 그럴 실력 충분히 되잖아요.'

'그야……! 나는 이게 적성이 맞으니까.'

'나도 그래요. 천이처럼, 나도 이곳이 잘 맞아요.'

록의 말에 천이는 아무 말 하지 못했다. 록이 고개를 들어 떨어지는 눈을 바라보았다. 입술에 차가운 눈이 닿았다.

"내 자리가 아닌 곳에 머물렀기 때문에 힘들었던 거예요. 그리고 지금 내 자리를 찾아서 무척 행복하고요."

걸음을 멈춰 세운 록이 원을 마주 보았다.

자신의 말 한마디에 숲길을 만들어 주는 사람. 자신을 살리기 위해 죽을 뻔한 사람. 어쩌면 시간이 흘러 이 사랑도 마모되어 갈지 모른다. 그때가 오면 후회할지도 모른다. 그러나 후회할지도 모른다는 가능성 때문에, 후회되는 일을 선택할 수 없었다.

이젠 다른 사람들이 미친놈이래도 상관없었다. 자신에겐 세상에서 가장 아름다운 사람이므로.

록이 세상에서 가장 평온한 미소를 지었다. 록이 시간을 확인했다. 어느새 4시가 다 되어 가고 있었다.

"원."

록이 고백하기 위해 입을 열 때였다.

“좋아해.”

원이 말했다.

생각지 못한 고백에, 록의 입술을 자그맣게 벌어졌다. 숨을 멈춘 채 바라보자, 원이 한 번 더 속삭이듯 말했다.

“좋아해.”

“…….”

“처음부터 그랬어. 갖고 싶어서 저절로 손이 갔어.”

쓰러져 바닥에 뒹구는 모습을 본 순간 손이 움직였다. 어쩌면 술집에서 저를 보며 환하게 웃는 록을 보자마자, 손가락이 움찔했던 그 순간부터였는지도 모른다.

록의 입술이 느릿하게 말려 올라갔다. 그녀는 원의 목을 감싼 채 속삭였다.

“나도요.”

원이 웃으며 록의 입술에 입을 맞췄다. 차가운 입술이 금세 붉게 달아올랐다.

<완결>